U0113417

2020中国年度 科幻小说

星 河 王逢振 　选编

漓江出版社
·桂林·

图书在版编目（ＣＩＰ）数据

2020 中国年度科幻小说 / 星河，王逢振选编 .-- 桂林：漓江出版社，2021.1
ISBN 978-7-5407-8611-3

Ⅰ. ① 2… Ⅱ. ①星… ②王… Ⅲ. ①幻想小说－小说集－中国－当代 Ⅳ. ① I247.7

中国版本图书馆 CIP 数据核字（2020）第 224401 号

2020 ZHONGGUO NIANDU KEHUAN XIAOSHUO

2020 中国年度科幻小说

选编者：星河　王逢振

出版人：刘迪才
责任编辑：辛丽芳
书籍设计：石绍康
责任监印：张璐

出版发行：漓江出版社有限公司
社址：广西桂林市南环路 22 号　邮编：541002
发行电话：010-65699511　0773-2583322
传真：010-85891290　0773-2582200
邮购热线：0773-2582200
电子信箱：ljcbs@163.com
微信公众号：lijiangpress
印制：北京中科印刷有限公司
[北京市通州区宋庄工业区 1 号楼 101 号　邮编：101118]
开本：690mm×1000mm　1/16
印张：23.25　字数：320 千字
版次：2021 年 1 月第 1 版
印次：2021 年 1 月第 1 次印刷
书号：ISBN 978-7-5407-8611-3
定价：52.00 元

目 录
contents

序　言

星　河　王逢振

2020 年是相当独特的一年，也是将被未来人们铭记的一年。在这一年里，新冠疫情席卷全球，整个人类为之震撼。历史上许多优秀的病毒或流行病科幻佳作得以准确应验，然而现实还是远远超过了昔日作家的大胆想象。只不过人类抵御病毒侵扰的努力同样坚强有力，文明在负重前行的道路上执着一意，不屈不挠。

好在 2020 年的中国科幻文坛，似乎丝毫没有受到疫情的影响，依旧是佳作迭现，好戏连台。就小说而言，短篇、中篇和长篇都属于丰收之年，同时由于电影行业的介入，剧本类作品也有不少。一些相关的理论探讨与公众活动也次第展开，尽管由于疫情的缘故规模与次数已大大缩减。

作品丰收对于编选年选来说，可谓利弊参半。所谓"利"自然是遴选范围更加广泛，样本更多，编选者也更为从容；所谓"弊"则是篇幅有限，令编选者难以取舍，需要做出各种权衡，有时为了优中选优还不得不忍痛割爱。这就需要我们的工作更加认真谨慎，不敢有丝毫马虎。

与往年不尽相同的是，本年选中的很多作品都选自纯文学刊物。近年来纯文学刊物也开始垂青科幻小说，甚至包括一些地方文学杂志；而大型文学刊物《人民文学》和《中国作家》还特别开设了"科幻专号"；即便那些没有开设专号的文学杂志，也给了类型文学一席之地。

纯文学刊物介入的显著影响，不仅表现在语言风格方面，就连作品的背景也有所改变。以往的科幻作品，过多着眼于外星文明或遥远未来，但在本年选中这类科幻明显减少，即便出现其他文明，故事也发生在地球之上，或者与地球息息相关，同时大多都属于"近未来"作品，更不必说还有不少作品完全源自现实生活，成为科技发展影响社会变化的典型佐证。

事实上科幻文学的笔触从来就不曾局限于描绘遥远的外星与未来，必然也会着眼于身边的社会与现实——这还不是特指它对现实的夸张折射，而是对真实现实的一种拓展延伸。其实许多重大科技发现或者变革，未必都有一个引人瞩目的轰动结点，而是发端于我们日常生活的点点滴滴。描述这种现实，解释这种变化，演绎这种故事，应该成为科幻作家的基本使命与责任。

另一个特点就是在所选作品中，有几篇与时间相关的科幻作品。时间始终是科幻文学的要素之一，因为它涉及人类对时间这一维度的艰难认知。对时间的迷茫与揭示，也许最能体现人类对世界的探索和认识。

其他作品也各具特色，在此恕不一一赘述。

做一点技术性说明：本年选共计收入作品 13 篇，其中既有中篇科幻小说，也有超短篇科幻小说，但大多数还是以短篇科幻小说为主；主要选取成人科幻作品，同时兼顾少儿科幻作品；成熟作者作品为主，同时兼顾新人新作。构思与题材各具特色，语言风格不一而足，总体而言也算是安排得当，尽量全面。由于中短篇科幻的作品数量巨大，因而本年度就没有再考虑长篇作品的节选，或许会因此失去部分名篇佳作。此外《血色研究》一文刊发时署名"羽白泽"，收入年选时按照其常用署名改署"贾飞"，特此说明。

就其他方面而言，年选的选稿标准原则上不变。2020 年年选的选稿范围基本上还是沿用往年的惯例，自 2019 年 10 月至 2020 年 9 月，但也不严格拘泥于这一时限。毕竟不同的刊物面世的时间差异较大，所以可能会对有些作品在时限上适当延展或放宽。

最后还要说的是，与往年相似，除了入选作品，2020 年度还有很多非常优秀的科幻小说问世，遗憾的是因为种种原因未能入选，我们只能借此部分科幻佳作，向各位读者展示出 2020 年中国科幻文学的一个大致面貌，还望作者与读者海涵。

2020 年 10 月

说穿了，电影所展现的就是一种典型的伪时空。而《重庆提喻法》的作者，正是借助电影的拍摄与表现手法，将电影里不真的时空与科幻中虚幻的时空相结合，营造出一种虚虚实实、现实与历史相交织的状态与意境。主人公承担起不同角色的重任，恋人的形象同样也交叠重合，所有人物都是时间舞台上的客串演员。在《重庆提喻法》中，我们可以找到《你们这些回魂尸……》《国王与玩具商》等诸多经典时间科幻的影子，但作者还是在特定的时代与地域语境下，以山城剪影的方式完成了对这一故事的别样言说。

重庆提喻法

段子期

重庆，已经不是原来的重庆了。

　　当我看到这句话的时候，我正在想该如何度过这糟糕的一天。传统媒体落幕的速度比大多数人想象的都快，《重庆时报》在最后一版刊登了一封言辞恳切的信，有点像不舍离开舞台的演员，唱出一个略带埋怨的尾音。我的记者生涯也就此告一段落。然而，在最后一天，电脑上弹出的信息，让这个告别日变得离奇起来。

　　这是一封奇怪的邮件，比起告别信，它更像是一首诗、一些不知所云的闲篇，似乎好心提醒你不要变得跟写信人一样。现实世界给你制造诸多困境，最明智的方法就是暂时远离这世界，特别是在像立体迷宫一样的重庆。

　　这是我从信中诸多华丽的比喻中解读出来的一小部分。

　　邮件最后一句，又有点像一篇侦探小说的开头——

他们都希望我死了，你也是吗？

他是谁？落款没有留下姓名。希望他死了的他们又是谁？最关键的是，这一切是如何跟我扯上关联的？

办公室的电器一个接一个被关掉，像是失去光亮的群星。直到头顶的灯光暗下来，我才意识到，该走了。

编辑老李抱着箱子挤进电梯，问我也问其他人："接下来咋打算呢？"

顺其自然，似乎是最好的答案，大方得体且能终止对方的盘问。

跟他们不同的是，我还带走了一个谜，一个暂且看不到来路和去路的谜，在谢幕前的最后一秒，它以恩客的姿态从天而降。非要用比喻的话，它就像一个彩蛋或是一张地图，把我从暂时的伤感和沮丧中拽出来，随手抛给我下一个目标所在。

重庆的太阳明晃晃，压得人抬不起头。

天气炎热得能熔化一切，空气潮湿而黏腻，给皮肤裹上一层让人无法呼吸的膜。接下来的几天，我窝在房间跟空调相依为命。

我已经能把那封信背下来了，短短几百字，没有任何时间、地点、人物的提示，除了知道那人跟我生活的城市有密切关联之外，其余一无所获。

"你也是吗"，这句话像是"顺其自然"的一种变形，作为文章最末或对话结束时一个漂亮的收尾。我不知为何如此在意，或许，秘密，在平庸生活里总是稀缺的。

但很快，我又对自己的自作多情感到羞耻，这可能是一封发错地址的邮件，或仅仅是一个无聊的恶作剧。

我就这样跟夏天僵持着，直到她再次联系我。我都快忘记了，自己是如何失去她的。

阿棠跟我是一年前分手的，那个夏天热得让人想哭。她寄给我一个包裹，里面全都是刊登过我文章的《重庆时报》，她在报纸空白处写道："我搬家了，无意间找到你的东西，就全部寄还给你，祝好。"她甚至都懒得用一张新的纸来写下这些话。

我重新翻看那些文章，似乎能在黑色铅字上找到她目光停留过的痕迹，有种跟她重新对视的错觉。

在 2017 年 10 月 8 日的报纸上，我看到一篇报道。三年前，我曾注意到一部在重庆拍摄的老电影，跑了好多资料馆才找到尘封的胶片。我花了几个月时间查资料、做研究，写了起码三万字的笔记和评论，提交给报社的文字报道也有两千多字。我当时认为这是个独家，那个电影男演员身上藏着一个不为人知的重庆，可最后报纸发出来只有一个豆腐块。

后来，我把关于这部电影的文章全都匿名放到网上，有不少人知道了他，这位民国时代的男演员、导演——封浪，名字里都带着一种江湖气质。他出生地不详，来自动荡的北平或是十里洋场，是国内第一批出国留学的知识分子，后来在战时来到重庆。

拍电影对他来说是一件机缘巧合的事，或者说是一种注定。

重庆，已经不是原来的重庆了。

这是一句台词，来自封浪拍摄于 1945 年的黑白默片《坍缩前夜》，片长 40 分钟。由于年代太过久远，破损的胶片中只留下 20 分钟左右的内容。《坍缩前夜》虽然没有对白和复杂场景，但我感觉它更像是一部带着喜剧色彩的科幻片。

封浪在电影里饰演一位科学家，前半部分是他在地下基地做实验的画面，墙上挂着一个巨大时钟，中间是一个类似反应堆的装置。他摆弄着各种工具和图纸，动作夸张、表情滑稽。没多久，实验室进来了几位衣着破旧的难民，有母子、有夫妻。封浪让他们站到那个装置上，围成一圈。他按下一个按钮，一束强光从装置上方射下来，一瞬间，他们竟然全都消失了。

接着，几个日本兵闯进来，像是在找谁，封浪举起双手表示自己没看到。张牙舞爪的日本兵还是把他抓了起来，离开前，他盯着那个装置说了一句话，像是在自言自语。这句无声的台词在字幕上停留了整整十秒——"重庆，已经不是原来的重庆了。"

画面在这里戛然而止，后半部分的胶片完全损坏了。我对故事结局有过不少猜想，科学家绝地反击，更多难民被拯救，战争提前结束……当然，是大圆满结局的可能性比较大，因为电影本该如此。

除了类型上的独特，最吸引我的还是封浪本人。他是这部电影的演员兼导演。当时，重庆正值大轰炸的紧张时期，一部喜剧科幻片显然有些不合时宜。不过，也可能是战时用于政治宣传，像1940年正处于战争阴霾的伦敦，每天都有空袭，满目疮痍，可比城市更残破的，是人心，电影成了人们唯一的心灵慰藉。在当时，英国资讯局电影部为了提升国家士气、安抚民心，拍摄了不少政治宣传电影，比如《敦刻尔克大撤退》。

封浪拍《坍缩前夜》时，西南边陲地区民风守旧、信息闭塞，科幻这种超越常识的概念对人们来说不亚于巫术。在战争结束前，他可能也想用这种幻想中的胜利来慰藉人心，思议不可思议之事，对饱受痛苦的人们来说，的确是一场精神疗愈。

《坍缩前夜》中的镜头大多都是远景和中景，几乎没有特写，让人看不清封浪的全貌，他脸上滑稽的胡子和宽大的眼镜，成了辨认他的最好方式。他似乎刻意为之，将身体语言变成整个画面的主角，晃动的姿势和步伐，表现情绪时不自主的小动作，都变成与观众交流的工具，想让我们从这些特征直接看到他的内心。

几年前，我费了不少劲找到看过《坍缩前夜》的观众，他们当年只有十几岁，故事结局早已记不清。其中一个人说，封浪在那以后陆续又拍过一两部电影，可最后好像被特务暗杀了。

可那封邮件的结尾，否定了封浪已死的说法。如果他还活着，现在也有八十多岁了。

"封浪……的确是死了，不过，他有不少追随者。"

"追随者？"

"有人认为电影里那种技术真的存在，能把人带走。"

"带去哪儿？"

"反正离开重庆吧，没有战争的地方。当时甚至有人偷偷缠着他呢，求他施法把自己带走……当然，也有人想要他死。"

"为什么？"

"因为，他是个好人。"

我重新研究那些笔记，他之后拍的电影《狂想曲》《幻化网》，都没有留下胶片。我对此也有过过度的猜想，"曲"与"网"不仅在字的形态上有些类似，意象上也同样有着广大和细密的感觉，容易让人联想到时间、命运之类玄乎其玄的东西。我想，这些电影存在的意义不只是安抚人心，或许，像是他的胡子和眼镜，他跟电影本就是一体，成了一个标志、一个符号，代表着幻想本身。

而幻想，理应是每个怯懦时代最宝贵的意志。

谵妄的重叠景象消失于火焰，曾睥睨一切的国王消失于众生，这才是放逐。山与雨互为遮羞布，城之上还是城，城下住着逃兵，我像个逃不掉的孩子，重庆像是布景。

这些句子，让我想起毫不相干的从前。

在那个最应该逃走的年纪，我却被困在一个由自我打造的窠臼之中，十八九岁，我跟一个名字里带有"夏"的女孩反复恋爱和分手，在宿舍床上写着张牙舞爪的诗，在电影院做着张牙舞爪的梦，在火锅店制造比隔壁桌更张牙舞爪的嘈杂……我还常常故意把小说读到一半，然后放下，像是只谈了一半的恋爱，或是在只认识了一半的她们面前搬弄着文学典故，做任何能让别人对我刮目相看的事，却毫无意义。每个人的青春似乎都是这么过来的，仿佛布景一样被安排。

可很多时候，我想像电影里那样活得危险。

封浪的生活可能远比电影危险，我刷着论坛上关于他的旧文章，突然很想再看一次《坍缩前夜》。几年前为了那篇报道，我拜托朋友从档案馆调来胶片，然后去到几千千米外的电影资料馆才找到机器播放。主编对我的执着不以为然，我半开玩笑跟他说，我们的独家精神已经失踪很久了。

我常常不告而别，像从前对阿棠那样。而这次，我对着空荡荡的房间，好像没有可以说再见的对象。电影胶片也早早跟这个时代悄无声息地告别，像报纸一样变成一种纪念品。

我鼓起极大的勇气挺身迈入重庆的夏天，为了再次看到那卷胶片上的电影，这是值得的。

很多人都以为这个城市的奇异之处，是那些纵横交错的路与桥；是你站在一栋大楼的顶部，发现自己实际上位于山的深谷；是穿过一条依稀可见的小径，马上就抵达繁华的城市腹地；或是穿行于随着地平线起落的建筑带，不时被湿漉漉的云雾掩埋。的确，它在如此压缩的区域中集结了自然界各种地形地势，让穿梭于其中的每一个人都能体会到多倍于其他地方的江湖感。

但这并不是全部。

那些车马纵深、摄人心魄的纷繁景观，只是重庆的一个注脚。在我眼里，它就像电影本身，每一栋建筑、每一座桥、每一条街的沟回与曲折，都跟情节和故事丝丝入扣地对应着。电影里标准的起承转合构成了这座城市的主体，赋予它生命力和镜头感，磅礴而又鲜活。这些彼此互文的元素，像天空一样横亘在城市其上，共同组成了一个标志，一个符号。

我从路的起点走到路的终点，站到更高处才发现，根本不存在起点和终点。我常常这样一个人走，上次经过一座桥，从长江大桥往上，又经过高架桥，萦回，漂移，在这个角度能环视所有楼宇，让我有种要飞上天的错觉。然后，再驶入另一条轨道继续下一个盘旋或攀升。重庆总是这样，容易让人想起那条咬住自己尾巴的蛇，开始和结束不过是个谬论。

接着，我往城市边缘行进，感觉内心开始变得空旷起来。繁密的城市群落消失于高速公路，我嗅到一种若有似无的危险，电影里的那种危险。再次闯入封浪的幻想世界，是我逃离目前平庸生活的唯一出口。不断倒退的路牌坐标告诉我，离那卷胶片越来越近了，我竟隐隐感到一阵兴奋。

那座档案馆位于重庆城郊，倚靠在一座历史纪念馆旁，里面保存的都是些古旧的文艺资料。我到达时已接近夜晚，这栋低矮的木楼如同对大自然卑躬屈膝的隐居者，一位老人刚巧走出来将门锁上。

"您好，请问下……"

"明天再来吧。"老人双手背在身后，脚步轻盈，像个隐士。

"那……您知道附近哪儿有住的地方吗？"

"都没有。"老人缓缓抬起头，他瞳孔有些浑浊，单薄的身躯被一件深灰外套包裹着，声音却浑厚有力，"我看你是来找资料的吧，倒是可以到我家先住一晚。"

我欣然接受他的邀请，很奇怪，两个陌生人能在一两句对白后快速达成信任，或许跟炎热的天气有关。

他叫老姚，负责看守纪念馆，平时很少人来参观。他说，他一眼就看出我不是普通游客，是带着一件事情来的。不知为何，我对老姚也有同样的感觉，他也像是因为一件事而留在这个僻静之地，安心当个看守人，在等待谁或是保守着什么秘密。

不过现在，我心中的独家暂时只有一个。老姚家就在附近，房屋有些旧但很干净，晚餐后，我向他打听那卷胶片。

"那是很久之前的东西了。"老姚眯起眼睛努力回忆，"纪念馆曾经要修复一些老的影像资料，你说的那卷胶片因为时间太久远，没法弄。不过，现在有了一个放映厅，明天你可以去看看复刻的胶片版本。"

"好，那部电影，您看过吗？"

"没有，你说的那个演员也没听过，我就是个看门的，这些东西不太懂。"老姚揉了揉眼睛，"你要是这么喜欢电影的话，不如……"

"不如什么？"

他没再说，起身回到自己房间，像是场景骤然暂停，接着跳至下一个，让刚刚的问题悬在半空。

陌生的床上有一股被阳光烤过的味道，我梦到了阿棠。

我承认自己不够爱她，甚至记不住她最爱的颜色，或许只是因为她不够危险。我曾经拉着她站在重庆的最高点，俯瞰着城市被无数灯光勾勒出动人的轮廓，两条来自不同源头的江水在半岛外相接，怎么看都像是一个紧紧的拥抱。

我看着黑暗中她的侧脸说……我好像说的是，我想变成奔马落入未来，我想等到下雨，我们困倦得像一对纸象，就可以继续烂在一起，我还想去做很多很多不可思议的事，最好变成不可思议本身。

等结束了，重新上路，你愿意陪我一起吗？

她没看我，嘴唇轻轻开合。我不记得她说了什么，只感觉那时她的声音同样悬在空中，像蜘蛛，结了网又飘散，我就站在最高点，看着那声音飘散。

我依然不善用比喻，所以她离开了，头也不回。

过去和未来是接通就烧毁的电路板，火光蔓延未及的地方，住着鳏寡与孤独。我幻想着变成他们的形体，练习飞行跟迫降，恒星的轨道开始变得扁长，北纬30度的重庆进入漫长黑夜。

胶片包装袋上印着封浪的名字，它就躺在黑暗的储藏室里，像是在等我打开封印。老姚把它拿到暗室，无数个24格被一一铺展开来，然后卷进古董般的放映机。这卷复刻版的《坍缩前夜》还是只有20多分钟，不过，我希望这20分钟足够漫长，就像黑夜。

我坐在最中间的位置，视线里除了大银幕没有其他，黑白画面开始跳动。此时此刻，我比以往任何时候都更容易体会到一种仪式感，跟第一次抱着目的来看不一样，这次更加纯粹，像是准备入侵他的思想，在那段被复刻的时空彻底坍缩之前。

几十年前的电影摄制技术只停留在视觉语言，粗糙程度可想而知。正因为如此，运动的图像承担起所有叙事功能，给到观众类似于纯文字一样的想象空间，屏幕上的世界存在于二维，而另一个维度在我们的脑子里。

《坍缩前夜》前 20 分钟的精彩程度不输任何电影，没有声音和色彩的介入，反而让封浪发明了用眼神和表情造句的技巧。他只用了短短几个镜头拼接，就成功地把自己塑造成一个搞怪而神秘的科学家，他的胡子和眼镜，爆炸发型和宽松白大褂，都是这个形象之下的附属品，而不是这些元素去丰满了他的形象。

这 20 分钟的情节全都围绕一个母题——时间。即使不知道结局，我也能猜到，时间，是扭转局势的关键。

我作为银幕外的观众，也很快与其他角色产生了同频共振。这种暧昧的距离感，让我学会用一种悲悯的眼光来看待他们。

天空被黑灰色浓雾遮蔽，轰炸机咆哮着展开死神的披风，街道像一张被扭曲的黑白底片，有火光散落的地方就有尸体。空气在活下来的人耳边轰轰作响，他们弓着身子，不断涌入布满城区各处的防空洞。母亲把孩子抱在胸前，骗他说这声响只是摇篮曲；丈夫和妻子一同哭泣，为了刚刚失去的家和良田；还有那瘦骨嶙峋的老父亲，惦记着前线参军的儿子；更多的是陌生人与陌生人挤在一起，瑟瑟发抖，然后祈祷——

我们最好一起重复：小心翼翼地 / 我们随时失去生命 / 草木躬身地 / 我们原地等待奇迹。

导演会原谅我们以"我们"自居。他会在那个地下洞体安静地等待，扮演好一个拯救所有人的角色。

我能看出来封浪骨子里有一种英雄主义，在这个由他制造出来的困境里，紧接着又自己给出解决方法。及时地救赎，如同精准故事线里的第三幕高潮，对每分钟都在上演死亡的战争时代来说，这意味着神降。

于是，封浪把那个时间透镜反应堆也变成了一个角色，一个奇迹的象征。在故事情节里，时间本身成为一种英雄式的反哺，作用于拯救者和被拯救者的身体与心灵。

电影比生活更伟大的地方在于，它允许任何幻想中的神来之笔，即使不符合当下的现实，只要故事需要，都没问题。

我把自己想象成一个闯入者，通过对银幕的凝视而钻进封浪的角色躯壳里，跟他一起，等待那个最危险时刻的到来。反应堆上方的光线收缩回去，那些难民消失得无影无踪，接着，我们被士兵抓走。最后，给观众留下悬在半空的一句话。

尽管我和封浪之间隔着时间与空间的鸿沟，但这个幻想故事却能让我远离自身的原点，抵达另一个无限接近自身的边缘，这就是电影的魔力。

我觉得这20分钟已经足够，只是，我还没参透"坍缩前夜"的意思。

当那句"重庆，已经不是原来的重庆了"再次出现在大银幕上，我感觉自己的人生也迎来了第三幕。

滔滔不绝的胶片向放映机冲进最后一格，这部电影在我面前画下一个潦草的句号。一切宣告结束，周围变得异常安静，燥热的空气也停止对我的侵袭。

老姚坐在最后一排陪我看完，我感觉他才是一个纯粹站在第四堵墙外的观众，看着我参与到故事中，变成《坍缩前夜》的一部分，与这间母体似的暗室形成一种互文关系。

他缓缓起身，目光没有离开那行字幕。我努力从银幕里抽离，经过他身边时，他轻咳了一声，胡子牵动嘴唇，继而牵引着喉结上下滑动。"不如，你自己把剩下的电影拍完吧。"他依然没看我。

老姚的语气模糊不清，不像要求，更不像建议，可就是这句漫不经心的话，在我心中播撒下了一颗种子。这种子蠢蠢欲动，仿佛能孵化出《坍缩前夜》的完整命运。

"可……我要怎么拍？"

"有勇气就行。"

暗室外的光如同箭矢冲向全身，我闭上眼睛，数着开始变得灼热的呼吸，顺便掂量一下自己的勇气。比起现实生活，电影既超然物外又和光同尘，在观众生命里扮演着一种拯救与被拯救的暧昧角色。

我一直觉得，电影是更高维度世界卷曲在我们这个世界里的微观投影，那些创作者想要表达的，那些跋涉过自己和他人的自我意识，都被转换成另一种语言，幻想抑或谎言，曲曲折折地讲述出来，最后都要直抵真相。

我不知哪儿来的勇气，竟然想要帮助封浪，或者说帮助我自己去完成《坍缩前夜》。

玫瑰的耳旁腾起一股喧嚣，花蕊早已干透，无法承受的美四处散落，只能借由别人的故事拯救自我。时间也已经干透，俄尔停滞，在这缝隙，我无处藏身，我，是最肮脏的空气，是最干净的灰尘。

老姚帮我准备了很多东西，一台摄影机，一台电脑，还有灯光和其他机器。我问他，还需要什么？

你的意志，他说，让电影按照你和它的情理去畅言吧。

我点点头。老姚不像是一个什么都不懂的人，相反，他什么都懂，可能只是在等待什么。

他把我带到一个地下防空洞，这附近有高山做屏障，有坚固的山体构造，又挨近乌江水源，整个洞体隐藏于金子山超过 200 米深的地层。洞体外部坡陡林密，四季云遮雾绕，除了一根 150 米高的烟囱外，从外表看不出任何人工痕迹。

洞口看上去很平常，可进入内部简直令人震惊。经过曲曲折折的石板路，最后到达有着 20 多层楼高的人工洞体中心，老姚边带路边介绍，这儿以前是国营建新化工机械厂，曾是甘肃生产原子弹核装药的 404 厂的升级版。一个深处西北大漠，一个位于西南腹地，却因为共同的原因，成了一段特殊的历史记忆。曾经在那场 4000 万人的大迁徙中，重庆涪陵聚集了 6 万人，随后，这个地名从地图上消失不见，就像地图上无法找到的 404 一样。再后来，这个洞体就被改造成了防空洞。

老姚停下脚步，回声也渐渐平息。我站在洞体中央，往上望去，最顶部有一处山体裂开的缝隙。周围的一切都被封藏太久，一股破旧衰败的气味像一首发霉的歌钻入皮肤，但此刻，我却有种踏入圣殿的错觉。

不知来处的一束光像是计算过方向，在这方空间内铺撒下一张光的网，这熟悉的一幕宛若胶片自动卷入我的大脑，我一眼就认出，这儿是《坍缩前夜》的取景地。

防空洞，日，内。科学家、逃兵、难民、敌人。

顺着封浪的故事，我想象着后面的无数种可能性。在夜晚来临前，我开始将脑中的画面变成文字流淌到纸上，这是一种奇妙的创作体验，跟从前完全不一样。我写过很多篇新闻纪实稿件，见过很多人，当我的笔锋无限逼近眼前的现实，幻想的翅膀就会被重力向下拉扯，虽然我知道两者并不矛盾。

有的时候，我甚至觉得是键盘在牵引着我的手指，而不是我在操控它，这跟角色和创作者的关系一样，有时分不清楚到底是谁在拉着谁前进。

重庆日与夜的界线仿佛被悄悄抹了去，我像一把犁在桌上耕耘。故事很快写完，但手里的稿纸还只是半成品，唯有将它变成画面才有意义。

"有没有一种时间理论，能把两个不同空间连通的？"我像是在自言自语，盯着手里的分镜图，眼神落在虚空。

老姚在我背后，为晚餐忙碌着，漫不经心地说："我记得，美国曾经有一例时间透镜实验，能让时间产生间隙。那次吧，好像也是首例实现物体在空间和时间上同时隐形的实验。"

"你是怎么知道的？"

"看报纸。"

"这个实验能让《坍缩前夜》里的剧情实现吗？"

"你倒是可以这么写，反正不都是科学幻想吗？"

"嗯……"

接着，我查了所有关于时间透镜的理论。曾经有科学家采用相似的方法，在一个场域上产生了一个时间漏洞，尽管只是一瞬间的事，但时间停滞的效果持续约为每秒的四十万亿分之一。

就像密不透风的宇宙被撕开一个小口。

这个小口透进来的光，让我重新生长出翅膀。望着布满黄色浸渍的天花板，我开始想象，如果真的有一种设备能够将光线转向，让时间变慢，然后再加速，这样就可以在光束中产生一个缺口。这种情况下，发生于那一瞬间的事件将不会散射光线，看起来就好像……那件事从未发生过。

"探测器照射出一束激光束，然后激光束穿过一种名为时间透镜的设备。和传统的透镜能够在空间上使光线发生弯曲一样，时间透镜能够使得光线出现非空间上的暂时分隔。"我盯着电脑屏幕，一字一句念出声，"在时间域中，这是一种能够真正控制光束属性的方法。"

封浪没有在电影里解释这种理论，但在后面的剧情中我觉得很有必要。

在我的理解中，他在戏里那个时间透镜反应堆的发明在某种程度上扩大了时间场域，让相对时间停滞的效果得到持续。或许，他能等到多年后战争结束，再把难民传送回来，而他们消失的真正时间却只有几秒。

可这也许会产生无数时间分支，而且每个时空都是极不稳定的。

"会不会出现悖论呢？"

"真正的未来是无法改变的，因为源头早就注定了，多出来的部分，就像是主路上突然出现的岔路吧。"老姚回答。

"嗯，有道理。"

老姚接着帮我找来几位邻居当演员，服装和道具都由他来制作，他还负责在摄影机后掌控开关机，而我则要扮演，或者说是继承封浪那个角色。所有环节我都已经在脑海中预演过了，就等着画面像浪潮一样被卷入镜头。

我从前以为拍电影是人类发明的最消磨心智的一种工作，如今看来的确如此，不只是电影，只要跟自我表达与艺术创作有关的，都是。

按照他的思路，后续剧情我有颇多设计，"我"将会被日本兵带走拷问，然后与他们反复斡旋，上演逃离与追踪的戏码。而剩下的难民会安全抵达另一个时空，为了避免两个时空在能量交换后可能产生的裂缝，其中一位难民将会主动留下来，作为这一段时空的守护者。最后，他将继续维护那个反应堆的正常运转，再接着帮助"我"完成剩下的事，悄悄带更多人逃走。

比起我的阐述，镜头和画面组合起来会更有紧张感。

开机前夕，老姚准备了几道精致小菜，邀请我喝一杯。几口酒下肚，我问他，你的家人呢。他拿筷子的手停了一下，然后随便夹起一块什么塞进嘴里，含混不清地说，走了。我继续喝酒。

"不过，还会回来的，"他咽下去，接着说，"她……会回来，我都快想不起来她的样子了，但她肯定不会老，不会像我这样，呵呵。"

"嗯，她会回来的。"

后面几天，我们投入到拍摄工作中，我感觉得心应手，台词和表演都尽量保持着封浪的风格。而在后面的叙述中，我加入了一些属于自己的精神碎片。

于是，故事里突然多了一位名字带有"棠"的女孩，她是整部黑白电影里唯一的亮色。浪漫爱情在乱世里总是可贵的，英雄气概也需要一些绕指柔来作为调和。阿棠在戏里是一名单纯少女，一直默默帮助着他，她是他见过的最无所畏惧的女孩，他是她见过的最善良的科学家。她会在他的墓前献上一束鲜花，当然也会献上眼泪。

一周的拍摄很顺利，我们最后把重头戏放在时间透镜反应堆的场景。老姚跟演员们提前把地方收拾好，一切准备就绪，我们一起等待最后那个魔幻时刻的到来。

在这个地下洞体孜孜不倦，反而容易让人活在一种身不在场的状态中。我们的声音回荡在空腔石壁，像是轮船触礁，坟墓与子宫的意象接连不断拍打着我的脑门，这里什么都有可能发生，只要我想。

当"我"再次站在摄影机后，镜头开机，我仿佛看到一只来自宇宙深处的眼睛，正温柔地凝视着这一切。

直到洞顶的一束阳光透过缝隙垂直照射下来，尘埃开始起舞，触礁的光晕似水纹荡漾开去。此刻，空腔内壁好似发出微微共振，我们一起抬头，目光虔诚。即使黑白影像不能完全呈现光和这方空间交缠的神奇，但我们依然把那光当作集体入戏的隐喻。在故事结束之后，只需用一些剪辑切换的技巧，就能让科幻这件事变得令人信服。

电影里的时空之门即将开启，这一刻，戏剧和现实的边界被轻轻擦除，就像两个时空之间产生了细微裂缝，对我来说，这缝隙意味着全部。

棠站在反应堆中央，光仿佛一层薄纱降落在她肩上，接着完全包裹住她，像一只柔和之手在她身上来回漫游摩挲。我从摄影机后移步到一旁，眼神追着那光，甚至能看到她皮肤上的细微绒毛在飘飘起舞。

在最接近结局的时刻，她被升华成一个象征，一个符号，用来歌颂自由和缅怀牺牲。

我只差一个对"坍缩前夜"的解释，一个大圆满结局。

越是想要说什么，喉咙就变成一口干涸的井。时间成了第二颗心脏，微弱跳动着，伴随着想要赌一把的勇气。每一秒和每一寸变得难分难解，最后一段胶片被长久的沉默浇筑。生活，是电影的预备役，电影，是灵魂的暂住证。

杀青来得比想象更早，我留了一段空白胶片在结尾，在彻底填满它之前，我会先把上下两部重新剪辑在一起。

老姚忙着收拾剧组在地下洞体留下的痕迹，我特意找了一个机会，单独去跟扮演棠的女孩告别。她是一位单纯的大学生，短发齐肩，身上有股淡淡的柠檬香味，私下里跟面对镜头时是一种相近的状态，谈话间总爱把侧脸留给我。我没什么能送给她的，就用一段复刻的胶片做了一张书签。

送她离开前，我们正好看到山那边的夕阳变成一团沸腾的糖浆。"谢谢你……"她说。她的睫毛也沾上了一抹暖黄，像是从天边偷来的。

"我应该谢谢你。"这一刻有点像刻意重复，让我想起站在重庆最高点的那个夜晚。现在，我和她同样站得很高，同样看得很远，面对着同样的魔幻时刻，我们彼此道谢。

"谢谢你的电影。"她笑了笑。

我回以微笑，脑子里想的却是那一套艰涩的时间理论，如果此刻，我们都身不在场，我们会像奔马一样落入另一个未来吗？

所以只能是电影，让我相信有些幻想会有成为真实的可能性，特别是在我幻想了一个跟她拥抱告别的场景之后。在未来的日子里，我一定分辨不出来，那个拥抱到底存不存在。

太阳全部隐匿了下去，带着一丝羞涩，但若有似无的光线已经不再是先前撞击着她胸膛的那道光线了。我呆呆看着她的背影，在黑夜降临之前，我成了一只手足无措的飞蛾，切切地追逐着最后一缕微光。

剪辑和后期的工作相当枯燥，老姚已经腾出两间房间给我当工作室。杀青后，我的胡须越长越密，干脆就留起来。某次我对镜自照，发现嘴上这抹弯曲的造物，竟然跟封浪那会说话的胡子越来越像，不过，比起他，我还差一个英雄目标。

谁都不知道，在那段历史中他到底扮演了一个怎样的角色，绝不粉饰太平的慈悲导演或是真正的斗士，而他的电影和生活又是如何互相影响、互为注脚的。我猜测，他也有过一段没有结果的感情，在那个时代，满溢的才华会让人变成一个靶子，连同周围的人一起。他始终没有足够的能力保护好所有人，除非，时间真的能产生裂缝。

所以，我在下半部分的戏中加入了棠这个角色，当作是一种伟大而又自私的补偿。让他这部剩下一半的电影，不再像是只谈了一半的恋爱。

关于结局，"我"决定在坍缩前夜牺牲自我，为了那女孩，也为了战争赢得胜利，这对"我"来说的确是一种双重救赎。最后的最后，再留下一点悬念，关于"我"的死会有颇多解读空间，开放式结局又何尝不是一种大圆满。

在定剪之前，我准备去地下洞体拍摄最后一段素材。

这天比往常更加炎热，老姚告诉我他还有别的事，就不陪我了，如果我需要拍摄反应堆的戏份，就把摄影机架在对面的石壁中央，那个角度最好。太阳高照，我眯着眼睛，点头。

其实，老姚你很有演戏的天分，你演的难民，动作、神情，整个状态都太真实了。

也许我真的是呢，呵呵。他笑着说，露出老无所依的牙齿。今天就杀青是吧，对啊，也到时间了，快结束了呢。他接着说。

我扛起机器再次闯入这个洞体，它就像一个巨大的母体，洞口诱人的清凉空气使我加快脚步。走下一段迷宫般相接的楼宇通道，需要几次弯腰侧身的回转，才能进到洞体中心。我按照分镜的构图调整好摄影机，除了几个意象化的空镜，还剩下角色表演的部分镜头。

当我站在时间透镜反应堆中央时，阳光正好在头顶铺开。我已经设计好了一组寓意着自我牺牲的蒙太奇，按下开机键，显示屏上的红点亮起，一切都那么完美，连打破寂静的方式也令人感到惬意，就像用柔和之手轻轻唤醒石穴巨兽。

但似乎有一个声音在提醒我，它可能从未沉睡过。

接下来发生的一切，一如电影中悬而未决的高潮部分，似乎封浪此前的所有作品都在为这一刻暗中铺垫。

我开始明白，他虽然不在场，却是整出戏无可置疑的导演，而我，则像个傀儡。

机械启动的声音在这方空间显得尤为刺耳，如同触礁的涟漪。我不知道是什么触发了时间透镜反应堆的开关，光线位置、反应物质量、DNA 远程识别、时间预置或是别的什么。在此之前，所有人都把这儿当作一个虚假的布景。

实际却是一个极具耐心的塞壬女妖。

声音越来越大，连空气都轰轰作响，我像一个失去重心的水手，正要被这个巨大的母体渐渐吞没。轰鸣引起了不小的共振，反应堆周围的石体开始显露出机械化的一面，石壁次第向内收缩，脚下的土地也分裂开来，一圈蓝色的等离子光束垂直伸向空中，将我团团围住，像是海面上聚拢来的发光水母。

在我做出任何反应之前，周围仿佛被抽成真空，任凭双手和双脚在空中呈现出滑稽的姿态。

接着，是坠落，永无止境的坠落。

这口通往世界尽头的干涸之井，是封浪身上藏着的那个不为人知的重庆。

老姚的朗读声犹如山谷回音，他提前对我宣读过时间的荒诞与不确定性——

"博物馆有时会利用激光束扫描来保护艺术珍品，探测器的激光束不断来回扫描，如果某种设备能够让一部分激光束加速，一部分激光束减速，这样就会出现瞬间无激光束的情况。此时，探测器就发现不了相同位置发生的任何事。"

或许是我特有的命运在召唤，而每当我试着聆听，它却改用我无法理解的语言在说话。

"有人利用这种方法，通过改变激光束的频率与波长，从而使其以不同的速率传播，这样就能产生一种时间间隙。然后，时间漏洞的另一侧还有第二束脉冲激光，这束脉冲激光的作用，便是从相反方向改变激光束的属性，从而让激光束恢复到原有属性。在实验中，发生于时间漏洞之中的事件，都可以逃避探测器的探测。"

现实世界就像是这样一个探测器，我成了漏洞中的"我"。

这一切跟《坍缩前夜》的剧情无缝黏合，我还不敢去猜，真正的导演可能正是戏中那位科学家，他发明了那种装置，之后又拍摄电影，两种身份完美地契合，又接着互换。封浪，以一种身不在场的方式，跨越几十年的时间尺度，将真实与虚幻的边界轻轻擦除，最终完成了这部伟大的电影。

但是，他却让我觉得自己像一位英雄，从逃离生活，到重新坠入其中的折返跑，然后守着坍缩前夜的到来，与他完成了某种意义上的交接仪式。

最后，写诗、拍电影或者别的，留下些什么当作路标，用骨与血，用记忆与虚妄。我抬起布道者的脚，奔入未来，一掌推开看不见的星群，给她留下无数影子作为抵押。

可此时此刻，我在哪儿？

我在混沌的虚空里，在时间的缝隙里，其中自有一个宇宙在膨胀与坍缩，我们似乎真真切切地将意识在无数帧里不断切换，从而创造了移动和改变的幻觉，以及叫作时间的副产品。此时，我仿佛成了另一个觉照之人，透过无数摄影机的镜头看见我自己。

从前的影像和话语无数次浮现，将虚空填满，接着，我看到不同的时空图景像 24 格胶片一样在眼前滔滔不绝，如同在第三维度上增加了一个时间的变量。我看到不停有人坠入那个反应堆，我看到重庆的战争、看到无数生死在上演，我看到不规则的时空拼图随意排列组合，拼凑成全然不同的人生，有过去的过去，也有未来的未来。

时间不过是一种持续不断的幻觉，就像电影和爱情，前半句来自爱因斯坦。

他们都希望我死了，你也是吗？

我不确定在我刚刚消失的那个时空里，是否有人发觉此事。可能没人主观地希望我死了，或者，是死是活无关紧要，就像那只科学家饲养的猫。

如果我稍加注意，会在老姚的话里找到答案。他是难民，如果是真的，联想起我现在的混沌处境，那《坍缩前夜》的剧情全都是真实发生过的。封浪并没有虚构什么，他只是用电影复刻出那些真实的事物。

舌根传来的一阵苦涩味道，让我想起了开机前夕的酒，想起老姚的妻子。如果时间场域真的被改变，他妻子作为难民顺利逃离，那个集体消失的时空只存在几秒，而选择留下的老姚却在这里独自经历了一生。

"她会回来的，但她不会老……"我嗫嗫嚅嚅，在这缝隙里。

而我是谁，我没告诉过任何人我的名字，我也许可以被叫作封浪。在无数个裂开的时空之中往返跑，只为了那些悲悯的拯救。

是啊，关于时间的荒诞性，我也是身陷其中才知道。

1944 年 5 月 10 日，时间透镜技术第一次实验前，重庆。我几乎是下意识地张嘴说话，在虚空中自言自语。

语音似乎触发了一道指令，指令直接返送给了不知在何处的时间透镜反应堆，也许是源自量子级别的超距作用，谁知道。

我还在下坠抑或扬升，时空裂缝渐渐出现混沌外的秩序，而秩序，来自我的意志。

我通过一扇门进入一个场景，那是封浪的实验室，坐落在校园外的某处空地，里面放满了精巧的仪器和装置，正在进行的小型实验似乎远远超过那个时代应有的科技水平。他穿着修身西装，一副圆形眼镜架在鼻梁上，似乎刚从国外回到十里洋场，然后又来到战时的重庆。

有人敲门，是一位年轻姑娘，她一头短发、面容姣好，看上去十七八岁的模样。

"你真的决定了吗？"她说。

"嗯，我必须这么做。"这个时空应该是一种复刻，此刻我钻进了封浪的身体，看着对面的她。

"你就不怕实验不成功？这次回来，安心做一名老师不好吗，我们可以……"

"这不是实验，夏棠，这是一次拯救行动，你看，重庆已经不是当年的重庆了……战争短时间内是不会停止的。"

她叫夏棠，名字里同时带有"夏"和"棠"。

"我还是不明白，你为什么又要……"

"拍电影？"

"你不觉得电影这件事，在这个时代无异于戏法吗？没有人会懂你的意图的……"夏棠微微踮起脚，双手想要触碰什么，却又收回。

"在之后的时空，一定会有人懂的。必须有人，我是说……"封浪，或者说是我，侧过身躲避她的眼神，"我不知如何跟你解释，能量在不同时空里发生置换，需要维持相对性的平衡。根据质能方程式，时间可以进行物质和能量之间的相互转换，我们可以将三维的空间与时间进行一种等同转换的换算，这样的话，时空就会分出岔路口……因此，必须有人做出牺牲，在 N 时空需要一个守护者，保护那个反应堆装置。然后在 N + 1 时空需要一个跳跃者，他就像一根线，穿起所有针的线，跳跃者会不断往前跃迁，直到……而电影，只是一个比喻！为了找到那个跳跃者。"

夏棠拿起桌上的稿纸，上面密密麻麻的图形符号能比交谈更快走入封浪的世界，她的指节发白。"直到什么？"

"直到原始时空的我，找到让时间停止分裂的方法。"

"这太冒险了！对他们来说，只有几秒，可对你就是……你真的确定吗？"

封浪只是看着她的眼睛，不说话。

夏棠忽然意识到什么，捂住嘴："所以，跳跃者是……你？"

封浪抱住她，把头埋进她的瘦弱肩膀。"无数个我。"我闻到一股淡淡的、忧伤的柠檬香味，我不由自主闭上眼睛，开口说话，和封浪的声音重叠在一起，"无论如何，这是值得的，所有难民都会被拯救，他们会安然无恙，在战争结束后，再回来。"

她哭了，很轻。她知道，他想要变得危险，任谁都阻止不了。

我不知道在混沌中待了多久，我不断被推着往前往后走下去，直到穷尽所有可能性。那个原始时空的时间透镜反应堆上，一定有什么，和我身体里的某个部位紧紧相连。

路过一个岔路口，我选择回到一切开始时的原始时空。

彼时彼刻，轰炸正酣，封浪没了之前的儒雅，穿上粗麻布衣，跟所有人一样。地下洞体收容了数不清的难民，那些眼睛湿润、低垂，夹杂着瑟瑟发抖的恐惧和希望。随后，一批又一批，他像个魔法师，变戏法一样将他们送走，一个没有战争的时空，探测器扫描不到的地方，即使只有几秒，他们却在那里安然无恙。

《坍缩前夜》是他在轰炸间隙拍摄的。悲与喜不断交织，没人理解他。

我决定回到第一次见到夏棠的场景。

那是一所学堂，那时的封浪不过是个愣头青，却是她父亲最得意的学生。黄昏，天空低垂，光线争先恐后撞击着她的胸膛，睫毛上那一抹暖黄仿佛是从天边偷来的。

"听你爸爸说，你很爱看电影？"

"对啊！"

"那我知道毕业后要去哪儿了。"

"嗯？"

"法国，我要去学拍电影。"

"可是，你的时间透镜研究项目很快就要批下来了，而且正好有个防空洞可以给你做模拟实验场，你以后是要当科学家报效国家的！"

"两件事对我来说都一样，都是魔法……阿棠，你放心，我很快就会回来。"

世界逐渐缩减成一片无垠的星空，山城的风像是没有明天似的叫嚣，他只听到胸腔里的狂热，和她的心跳。

就这样吧。我就最后停留一次吧，然后就回归到我该去的地方。

最后一次见到夏棠，是在《坍缩前夜》放映后不久。封浪被隐匿在重庆的特务抓了起来，被冠以各种罪名。除了他们，还有不少人想要他死，他的电影被当权者、叛国者、入侵者当作传播巫术的巫术，可那些饱受战争折磨的人却认为他是英雄，于是，他拼死保护住了那个防空洞和那卷胶片。

夏棠不顾父亲的阻止，执意去救他。她只能跟时间赛跑，循着那个危险的方向，尽管她相信封浪有足够的智慧和能力脱身，却还是奋不顾身。拯救行动要是没有封浪，就像宇宙没有造物主。

"我愿意跟他交换……"夏棠的胸膛起起伏伏，一团浓雾卡在她喉咙。

敌人发出哂笑，眼神转而露出令人胆寒的光，他们齐齐盯着夏棠，像饿狼盯上了羔羊。

"你快走！"他大喊。

"他们，不能……没有你……"

"我知道我知道，夏棠，你走啊，我有办法的！我有办法……"他哭了，像个丢了玩具的小孩。

"不，你不知道……你什么都不知道……"夏棠眼神低垂，看向脚尖，右手轻轻抚在腹部。

他还不懂那个下意识的手势意味着什么，只知道，夏棠，在数学公式里，不是一个变量，而是一个常量。在他们眼里，对方即是一切的源头。

等结束了，重新上路，你愿意陪我一起吗？封浪曾经问她。

好啊。她看着远方糖浆般的夕阳说。

时间，却是一个变量。封浪在实验室里早已参透，而无数个生命与无数重世界，不过是正弦波叠加出来的相，投影源永远都在那个原始时空，在那里，爱，是常量。

后来，没人知道封浪去了哪里，就像凭空从世界上消失了一样。如果，跳跃也是必要的使命，我相信他不会停下来。

重庆这座母体的庞大与虚无正在逐渐影响我的时间观，分钟和小时在这里渺小得无法计算，我不得不用世纪的观点来思考，百年不过钟声上的一嘀嗒而已。

刚刚上路，我从产生了无数次时空涟漪的原点启程，发现距离外在的原点越远，抵达自身的原点就越近，仿佛一个坚定的量子物理法则。

接着，我在这些时空的记忆像一根灯芯抽离灯盏，像转身就漏光的水桶。有什么在开始褪色，重叠的时空和重庆的布景，亦渐渐填满了对方的隐喻，一层层，一重重。其实电影，也不过是个比喻，一种提喻手法，我和电影，仿若两面镜子互相对照，于是衍射出无限个镜像，每一个都带着一些不同于本体的微微变形。

我拍了所有的电影，《坍缩前夜》《狂想曲》《幻化网》，还有很多，为了保护那些时空难民，我成了跟细胞一样必须不停分裂以维护平衡的跳跃者，重新在另一个时空裂缝以一个全新的身份活下去。直到我找到让其停止分裂的方法，也许，我在未来很快会找到，然后，像个盗取火种的英雄，把它送到原始时空里去，这样就不会……

夏棠在无数个重庆，一次次与我分离。

想起她的眼神和右手那个动作，后悔像若有若无的影子笼罩在我头顶，不过，转而又被无畏的阳光驱散。快结束了，时间裂缝快要清洗掉我所有的记忆，接着，牵引着我，一步步走进这个盛大的提喻法中，渊薮般的重庆。

不愿稍停，直到我被强烈的亮光刺得睁不开眼睛，那条地平线上摇晃的白线，是我和过去时空的最后一丝联系。

结束了，我纵身跃入梦寐以求的未来。

重庆很快就要进入雨季，我困倦得像一只纸象。

在坍缩前夜，我去看了一部电影，那是来自封浪导演的《你的电影，我的生活》，故事发生在过去的重庆。讲述了一位失业记者发现了一部老电影，他开始追寻那位导演的足迹，接着遇到一位守护者老人，被他引领到一个地下洞体。在那里，他鼓起勇气继续拍摄只剩一半的电影。

在今天，电影这种艺术有了更新的呈现方式，影像画面从二维屏幕跳脱出来，能全方位地与观众互动，甚至能让角色和我们上演一些额外的桥段。

这依然是一个发生在山与城的故事，带着些新浪潮的色彩。夏棠的出现，创造了全片的魔幻时刻。在她与男主角分离的场景，我忍不住代替他拥抱了她一下。

愿我们之间孤立的情爱，住进世上最拥挤的住宅。

这句话，并非来自那封邮件，是我想对夏棠说的，在再次忘掉她之前。

我看完那部电影，往回走，在暗蓝夜色的陪伴下走到重庆的最高点。在这里，一片倒悬的星空坦坦荡荡地连接到地平线之外的地方，像是世界尽头。我伫立良久，身下的城市正市声鼎沸，制造着层层叠叠的重庆式喧嚣。

我已经在不停地问，不停地找，那个方法……时间还没到，还不是这里，不过快了，我有种直觉，只用再跳跃几次，就能够结束这一切。

我一直走，从傍晚走到深夜，仿佛故意用脚去惩罚地面一样，直到看见月亮在黑暗中找到了自己的位置。我回到铺满虚拟晶屏的家中，AI 管家不知何时学会了猫的谄媚，音乐自动打开，空气里加入了精心调制的柠檬香味。

在躺下来之前，我感觉身体被一双巨手从背后拧上发条，似乎是一种被寄予厚望的交接仪式。于是，我又坐到电脑前，准备发出一封奇怪的邮件，开头便是——

重庆，已经不是原来的重庆了。

——原载《科幻世界》2020 年第 1 期

正常的文学研讨会不幸遭遇意外，一群文人被迫陷于孤岛的境地。于是，众生百态次第显现，各方人士登台表演，文学变成了一种好玩的工具，在出世与入世之间逡巡徘徊。作者试图通过一幅扭曲变形的古怪画面，折射出更加扭曲变形的社会现实。

山 寨

韩 松

1

热爱文学的男性中年企业家创立了环球写作中心，把它修建在远离市区的一座无名荒山上。在悚然屹立的像是排骨的悬崖之畔，在风起云涌而面目模糊的苍翠松柏下面，在氤氲的谜团一样的雾气中间，跟南极考察站似的，一共耸峙起三排青灰色的贴有白色瓷砖的两层楼混凝土房。一排供访客住宿，一排用于开会，另一排是办公室、图书室和餐厅。转眼间，时光流转到这一年的秋天，企业家出资，邀请国内部分知名作家和批评家，来中心开研讨会。总共三十多人，坐火车或飞机从各地赶来，他们平时吃了拿了企业家的，此刻都要还他的情面。企业家安排一辆大巴接站，载运这一干人驶出城区，风尘仆仆，经过一个半小时颠簸，就进入到清寂无人的山野中。此时，作家和批评家纷纷透过车窗看出去，见崎岖的山石和回旋的砖木建筑，累叠复加，迤逦直上，虚实之间，具有了古典小说中的绿林山寨气象。满山树叶或红或黄，明暗相杂，气机上升，云蒸霞蔚，空气清洁透明得令人反胃，又仿佛唐僧取经路上的风貌。他们是第一次来，不禁心儿扑通扑通直跳。企业家见状，就放声高唱当地民歌小曲，以让众人开心。

研讨会的主角，是一位中年女作家，名声播于海内外，企业家从小喜读她的作品，崇拜得五体投地。他早想以她为主题举办一次活动。他通过各种关系邀请了好几番，矜持的女作家才终于应承。这可是文学界的大事，因为女作家通常是拒绝抛头露面出席活动的。研讨会预定进行三天，第一天按各自准备好的讲稿，围绕女作家的创作做主题发言；第二天展开自由讨论，女作家进行回应；第三天观光山间名胜。会就这样开了。引人瞩目的是，清瘦得有点干涸的女作家身着古希腊神祇般的鹅黄色长裙，笔直着腰杆端坐在主席台正中位置，颧骨突出，咬住嘴角，不苟言笑，看得出来，年轻时长得相当漂亮，现在姿色依存。但她还是略显局促，或是觉得，这个地方，有些野僻了，不是她平时常去的大雅之堂。她的左手边是研讨会主持人，一位花白头发、深孚众望的老年男作家，写作中心所在地的作协副主席；右手边是一位年轻的男性新锐批评家，担任副主持人。女作家五十多岁了，以入骨三分描写现代人的极端心理和变态情感而享有盛名，作品在市场上连年畅销，并被译成多种文字在海外发行，获得了国内外的一系列文学大奖。

首日，嘉宾们逐次发言，纷纷褒赞女作家及其作品在文学史和文化史上的重要意义。企业家也来到现场，坐在后排角落位子上。他是一个虚浮的胖子，长相如骡，紧紧抿着短促的嘴唇，有些黯然而困惑地倾听，甚至都不敢怎么看女作家，不一会儿，额上乃至涌出大滴热汗。他面带歉意，掏出手帕反复擦拭，嘴角才滋出一丝痴妄而满足的笑意。就这样，头一天相安无事。晚上，企业家为客人们准备了丰盛的招待宴，吃大鱼大肉，喝好酒。宴毕，又宴请醉醺醺的作家和批评家，簇拥着脸色潮红的女作家，到山崖边观看泪珠般的落日，并及惨淡的一弯新月。才见到，远方仿佛有海一样的存在，似若一层浅薄的银灰色疮疤，在大地巨兽的皮肤表面犹疑翕动。随后，他们歇息了。作家和批评家，一人住一间大客房，清闲自在，远离尘嚣，体会到随心所欲的释然，终于可以不受凡尘干扰,除了山涧流水潺潺和小虫鸣唱悠悠,安静得不得了,已近于世外桃源了。原来,这地方真美妙啊。好了,这便是第一天的情况。

2

次日一早,吃罢早餐,研讨会继续举行,由于有了昨日的铺垫,气氛更为热烈,大家都把自己打开来,唯一例外的是,企业家却没有到场。直到临近中午,会议快要结束,他才皱着眉头,一脸苦相地出现,带了手下两个打杂的小厮,步履跟跄着进来,不可思议,三人手中均挥舞着自制猎枪,明晃晃的,还咔吧直响。企业家仍如昨日一样满头大汗,嘴喷白沫,嗓音混沌地吼叫:"谁也不许动,你们被劫持了!"作家和批评家们哄堂大笑,以为企业家像唱民歌一样,又为研讨会精心准备了一出愉悦人心的节目。然而,根本不是什么节目。这是确确实实的劫持。很快,大家明白过来了。他们平时没有见过这阵仗,又养尊处优惯了,又是文化人,完全不懂得该如何反抗,便在心里说:不!不!不能这样对待我们啊。却只是沉默而古怪地凝视忽然变得陌生起来的企业家。人的行为竟然是这样不可理喻,难道真的跟小说中描写的一样?或许除了女作家,他们以前都没有写过这种变态的心理。此刻,她也一言不发,拧起眉心,微微闭眼,像陷入冥思,在外人看来,还以为是为一个新的小说寻找灵感呢。终于,有人大起胆子,询问企业家:"你怎么回事?你想干什么?不开会了吗?"但就在关键时刻,企业家却似乎忘记了劫持的目的。面对做凛然正气而不可侵犯状的女作家,以及她身前身后的这班文化人,这些他自小崇拜的偶像,他慌张了,结巴了,油渍渍的嘴里嘟囔半天,也没有说清楚。这把他急得不行,窘得不行,汗水把整个身子打湿透了,像条落水狗,也令他请来的客人们万分焦急,恨不得反过来帮助他做点什么。于是大家都企望女作家讲两句公道话,让场面好看一些,但她扭过脸,似乎有些生气了。

企业家表现烦躁，就好像觉得自己有哪儿做得不到位，就勉强哼了两句歌，又喝令手下人拿着枪，把这群男男女女关押在了研讨会会场，只有女作家享受特殊待遇，被单独送进一间客房。企业家让人一日三餐定时送来饭食、茶饮和水果，好好招待他的客人或人质。这时，追问事件的缘起已无太大意义。文人们想，真狼狈啊，有什么地方搞错了吧，有哪股筋搭歪了吧。但当前要考虑的是，怎样才能摆脱困境。谁也无法预料，接下来还会发生什么。他们会被囚禁至死吗？哦，关于逃离，应该是有办法的吧。连渣滓洞白公馆都有人脱险了。他们平时最善鸿篇巨制，惯于奇思妙想和凭空构造，熟门熟路，属于智多星级别。并且，由于手机意外地没有被企业家收缴，大家就借此与外界联系，很快，打通了各自作协的电话——很奇怪，并不是给自个儿家里打，他们首先寻求的，竟然是组织的帮助。但是，那边传来更加让人惊惧的消息：第三次世界大战爆发了，组织无法接应你们，请好自为之吧！说罢就寂无声息了，信号中断了。这样一来，他们就真的与世隔绝了，被困在了这座无名荒山上，困在了环球写作中心这样一个地方。他们窃窃私语。有人泣不成声。由于女作家不再露面，他们都失去主心骨一般，不知所措。而且，不久，远处果然传来隐约炮声，似乎，还看见了血红天光，波澜般起伏不定，闪闪烁烁，分外妖娆。始料未及的剧变在一瞬间发生了。

他们便议论起来："真的是世界大战啊，那持续的时间应该不会太短吧。""谁才是不幸的人呢？是我们，还是待在外面的？""是呀，幸亏来这儿了，否则怕是都死了。""留在山上，倒也清净，可以安下心来写传世大作了。以前老受到琐事干扰。""可不，在山下，要考虑读者，要考虑市场，让作者的心灵都扭曲了。""作品受到的各种限制也真多哪。""现在，可以抛开这些约束，做一回自己想做的事了。"但奇怪的是，他们在议论中，并没有提到自己的家属、别墅、情人，以及在股市中投下的资本，还有稿费、版税什么的。大概，是不好意思说吧，他们毕竟是文化人，跟劫持他们的企业家不同，要顾及尊严和体面。或许也是体悟到，这是战争时期了，环球写作中心成了一处山寨，就像当年先辈们打游击那样，他们也要慷慨做出牺牲了。但这又如何呢？除了战争，分明还有一个更为迫切的问题：劫持。这关系到众人的生死。新锐批评家于是提醒大家，当前，首要的是，应该让企业家回忆起劫持的目的。他可是这山头上唯一能供养大家的人啊。如果战争持续下去，就得依仗他，不能老这么僵持，他得赶紧给出一个答案，要钱，还是要什么，说出来就好办了。但老年作家冷静而练达地分析指出，企业家一旦回忆起了劫持目的，会不会把大家干掉呢？他还手握猎枪不放呢。杀人灭口，才是他的目的。商人的阴险歹毒，是文人不可想象的。所以，要审慎考量。

这段时间里，仿佛装作深怀城府的企业家本人，如同女作家一样，并没有露面，只是让手下人把吃喝送来，一点也没有怠慢。他本人偶尔会来到女作家客房门前，屈下身，单膝跪地，左耳贴在门板上，张大嘴巴，流出口水，久久聆听里面的动静，然后嗟嗟牙花，交叉双手拍出响来，哧哧偷笑着跑开。这样下去，逐渐地，待在会场上的作家和批评家百无聊赖了。战争暂时也还没有打到山上来。考虑到自己本是这个国家的精英，被称为人类灵魂工程师，他们就决定，研讨会继续进行。作品才是第一位的，而不关乎名望、自由、饮食和拘禁。他们要以此捍卫文化人的荣誉和尊严。这也是参战的一种方式吧。此番，不单是女作家的作品了，而是在座所有人写的东西。以前，他们是不屑看同行作品的，现在，都宣称对方写得才真是好哇。他们围绕每人的作品，逐个展开研讨。他们内心深处本来就对应召前来研讨女作家一个人的作品感到有些那个，只是看在企业家的面上才不得不来。现在，自己的作品终于可以拿出来了，平等讨论，公正对待，才心安理得。刚开始，对于他人的东西，本能地也少不了冷嘲热讽，鸡蛋里挑骨头，指桑骂槐，但迅速习惯了，有了一些实事求是的评价。至少他们觉得是这样的。这是在和平年代从未做过的。毕竟是战时，得有些新气象吧。众人吃惊于自己的改变，大大出乎意料，感到颇有收获，特别是发现，众人的作品都很相像，连句式段落都没有多大区别，仿佛终于明白了来到环球写作中心的目的。哦，企业家其实是在帮助大家噢，让人摆脱自私自利，回归文学的光明正大。他们与世隔绝了，才重新走近了真正的文学……三十多人的作品都研讨完了，他们兴犹未已，又决定做小说接龙，完成共同的想法，好像每个人都在参与写作一部伟大的传世经典，当然，这是一个关于战争的主题，他们认为，应该为战争做些力所能及的贡献，要用正能量的作品鼓舞前方将士。

"各行其是的作家们又团结起来了，作家和批评家之间也能达成谅解。我们虽不是在沦陷区，但这种同仇敌忾，真是难得呀，多年未见啊！"白发苍苍的老作家击节赞叹。众人都高兴得把双手越过头顶挥舞，觉得他们这些人本就没有什么差别，于是，一边高歌"团结就是力量""大刀向鬼子们的头上砍去"，一边思忖，怎么才能把新的接龙作品传输到外面那个世界呢？战场若没有了他们，就该无法支撑，谁来为将士们提供精神食粮呢？这关系到国家民族的生死存亡。他们内心焦急，觉得自己受到了忽视。新锐批评家说："本来，这是人民最需要我们的时刻。活了半辈子，终于明白是为谁写作了。可是，我们却被隔绝在了远离战场的荒山上。"大家便蠢蠢欲动，扒住窗口，睁眼观察外面的地形，期待到了次日清晨，便能解除拘役，纵身下山，投笔从戎。但就在这时，企业家的一名手下出现了，令他们噤声，不要乱说乱动，因为目前的环境十分复杂，事态也特别敏感。这个人说："请看看窗外的树木吧。"他们便去看窗外的树木，见一株株的像是原始部落矮人，遍体鳞伤般闪射幽灵似的粉色微光，耸动满身枝叶，从石缝间火箭般连根喷射，在半空中连缀成一片，而之前他们并没有注意到这番气象。于是，心中意气顿时消沉下去。"噢，看天空啊！"有人怖然嘶叫。不知什么时候，天空的色彩又一次改变了，无以形诸言辞。他们怀疑战场中心有特种炸弹爆炸，尽皆吓住，不敢再搞什么小说接龙，也不再讨论到前线参战了。

3

半个月后，企业家终于解除了对人质的羁押，准许他们到外面活动，大家这才重新见到阳光。经过激烈战争，阳光已被撕裂成斑马状的条纹，大气层上有很多洞穴，像亿万的斑斓伤口，流出血一样的熠闪光焰。企业家又遣来手下，说，必须立即停止文学研讨，因为储备粮快要吃光，为维系能量来源，支撑持久生存，需要大家在山上自力更生，进行劳作，开垦种植。"这也是对的呀。劳动创造人哟，这本是文学艺术的起源，与研讨会的主旨并不矛盾。"老作家宽慰大家。这时，企业家拿着农业工具亲自出现了。众人便一边挥舞锄头，一边喊着号子，跟他干起活来，仿佛，终于找回了自己。早年间，出身农家的企业家是虔诚的文学爱好者，还在读中学时，就参加创作活动，却总遭到退稿。他辍学了，也不务农，而是更加投入写作。他总在写同一篇小说，也就是写一个青年上了大学，在辅导员的帮助下，成了名噪一时的青年小说家，赢得好多女性追随者。但现实情况是，编辑仍然总是退他的稿。老编辑退，新编辑也退。他的作家梦破灭了。为了生计，只好去打工，帮人看场子，做搬运工，当建筑工，到饭馆端盘子，跑运输，什么活都干，什么苦都吃，后来机缘巧合，做起自己的买卖，日积月累，又遇到贵人，得到扶持，进入房地产行业，逐渐扩大经营，发达起来，终于，有了今天的规模，成了当地的商界领袖，政府红人……看样子，企业家此时越发忘却劫持这批人的目的了。整个世界都变了，记忆又算什么呢。

一开始，文人们干得很苦很累，一步三喘，腰酸背疼，种下的植物，第二天就倒伏了，直接死掉了。他们连水都不知道怎么浇。人人沮丧。企业家便手把手教导，耐心开示，对于偷懒的，也用鞭子抽，打得嗷嗷叫。种不好地的，便不让吃饭。两周以后，大家俱喜欢上了这份工作，甚至知道了作物叫什么名字，有地瓜、玉米、红薯、大豆，也懂得了怎样种活它们。劳动过程中，饭量大增，遂产生幻觉，觉得说不定自己原本就是干这个的呢。他们也闹嚷着要大碗喝酒、大块吃肉。写作中心地窖里已有大坛备好的老酒，肉则是从山上打来的野物，秧鸡和兔狲什么的。文人们称兄道弟，争做豪爽状，绿林好汉似的，捋袖大嚷，端起大碗，仰脖下灌，却也喝不过企业家。大伙儿一齐上，也喝不过他。企业家伸手指点着大家哈哈大笑。这真让人惭愧。私下里，大家也琢磨喝过他的办法，但总是纸上谈兵。于是彻底服了他，称他大哥。随后，又开始对山寨进行加固维修，大家都渴望着为企业家做点什么。他们扩建了房屋，还在悬崖上修了一座二十米高的瞭望塔，以观察远方的战场情况。除了仅有的两名诗人溜号外，其他人都参与了建设。诗人也许与众不同吧，总觉得自己不食人间烟火。诗人甲从食堂偷了一个秤，怀抱它，离开热火朝天的工地，来到一处冷僻的荒坡。那秤盘是玻璃钢做的。诗人甲就爬上去，蜷身躺下，再不离开，好像可以风雨无扰。诗人乙晚间上厕所，不小心掉进粪坑，他就居住在里面了。此二人就这样自绝于集体，遭到大伙的白眼。另外还有女作家，她仍然自闭在宿舍，没有出来参加劳动，自然也无机会逃走。这方面她唯一受到了优待。却不知道她是否写出了新小说。

接着，这群文化人便轮流爬上新修好的瞭望塔，去眺望外面的世界，但是看不了多远。好像有电磁辐射构成的发光云层把战场实况遮掩住了。天地间染上十分陌生的一种颜色，说不好具体是什么，跟人类以前认识到的色彩不大一样。另外，仿佛有巨鲸一样的二维生物，纸做的幕布一般，若隐若现浮荡在天际线。的确，山脚下可能就是汪洋大海。但现在对此也不能断定。不知道海的那一端，又是哪儿，是主战场吗？战争缘何而起？是巴以冲突，还是美伊之争呢？抑或是资本主义与社会主义的决战？还是人类集体抵抗外星人入侵？总是与某种特别事件有关的吧。大家现在不搞小说接龙了，离文学又远了，成了两腿是泥的庄稼汉，谁知道又跟什么有关呢。没关系，没关系。但他们转而焦虑地想到，战火有一天会不会延烧至此，破坏他们精心建设的房屋呢？于是加快了干活的节奏。快要忘掉自己是文化人的文化人们，如若站立在通向另外世界的入口，心中滋生了从此岸到彼岸的感受，开始尝试把记忆清零，同时却为谁也不会说外语而苦恼——这样子，就算有一天战争真的打到了山脚下，他们抓获了敌人的奸细，也不能盘问出个究竟呀。只有老作家还保持清醒，认为写作不能中断，他们应该充分利用在劳动中获得的创作资源。他提议，考虑一下如何描述这个世界吧，亦即飞速变化的地球村——近在咫尺，却远在天边。他们便趁企业家睡觉时，重新在会场上坐好，轮流发言，围绕一个主题：写作与现实。

"是不是原爆效应呢？这个我们真的没有写过。"乡土小说家看着天上的无以名状的光影说。"大概吧。除了我们，其他生命都完蛋了。为谁写的问题更是无法解决。"都市小说家说，困窘地瞟了一眼老作家。"然而，是后毁灭的一种情形吧。不是战争的话，难以设想我们会变得如此之好！以前写那么多文字，其实无聊，因为没有一个人写到战争。"后现代小说家说。"现代军事方面的事，涉及深奥的物理、数学和化学定律，咱们不懂得的，就算现在要写，也不要说外行话啊。来到这座山上，才懂得了什么是文学，以前的认识，太肤浅了。"鲁迅研究专家说。"不，不是物理、数学和化学。我认为，第三次世界大战，大概是经济危机的一种表现，比如坦克车，是华尔街符号的变形，牤牛那样厉害的家伙。但我们以前真的很不了解经济学，写的东西太自我，太情绪化，太琐碎，怎配在时下提起呢。"师范学院文学系教授说。"咳，是的，连这些，以前也不懂得呀。人类的历史就是经济发展的过程呀，我们却一直看不起企业家。"专写明清逸事的小说家说……这时，他们记起了二十年前文学家与经济学家的一场对话，那是由某个好事者组织的。作家们强调道德，而经济学家则说，根本不存在什么道德。结果，话不投机，不欢而散。这是不是眼下这事的起因呢？企业家的内心，是否播下了连他也意识不到的复仇种子呢？这是不是一个阴谋呢？企业家是经济学家设定的一个角色吗？所以这场战争的根源到底在哪儿呢？

"不懂得，那就算了。总之，只剩下我们这一伙了。今后，怕是要担当恢复世界的责任呢。"来自华东的散文家懒洋洋地说。"我们除了码字儿，其余什么都不会，怎么恢复呢？"北方的环境小说家说。"瞎说，不是学会了种地吗？再说了，今后的世界，兴许就是要用码字儿的办法来恢复，所以，其他东西都毁灭了，只留下了我们。可不能再把世界交到经济学家、实验科学家和网络工程师手中。哦，可能也要靠诗歌，那才是文学的最高境界。但诗人离开我们了，不屑参加劳动。这怎么办呢？"新锐批评家说。"不是这样的呀。企业家呢？还是要他来发挥主力军作用吧。大哥始终跟我们在一起哩，正是他出钱邀请我们来的，正是他带领我们干活，无论今后会怎样，得对得起他哟。还要为他养老送终、为他写传记呢。你们说为谁写，不就是为他写嘛。我们是什么东西，他却没有杀掉我们，还教会了我们自食其力种植粮食，通过这个才第一次接触到文学的本质，谁能这么慷慨无私呢？"老年作家最后满怀感激地说。一说到大哥，众人就又来了感情，觉得有了底气和依附似的。希望好像重新降临了。这时，他们一齐转头看去，见那些低矮的树木都飘浮在半空中，似乎摇头晃脑唱起什么歌来。但它们并不是为他们献唱的。而且，待他们走到它们面前时，植株们又都缄口不语了。

4

又过一个月，企业家宣布，他决定迎娶女作家，要置办婚礼了。作家和批评家都得准备随喜。大家想了各种办法寻找礼物。山上的虫子、树叶、石头什么的，都被征用做了礼物。本来，是企业家娶妻，但不知为什么，反倒是作家和批评家兴高采烈，亢奋不已，好像是他们自己要入洞房。男作家们疯打成一团，搂抱着在地上滚来滚去。文学系教授与鲁迅研究专家还为谁的礼物更好而斗嘴，互不相让，最后大打出手，抓挠得浑身血淋淋的，其余人都围观，拍手叫好。只有三个年轻的女作家，不想加入众人的争执，只坐在一旁抽烟喝酒，做出吸毒的表情，不时发出一阵阵咳嗽般的大笑。她们显然不愿与这些过时的、不爱洗澡的中老年男人一般见识。她们来到这里，本有希望获得女作家的提携，但现在是另外一回事了，她就要结婚了，放弃写作，随了企业家，专心相夫教子。这本是令每一个女子向往的，而与她们是否身为作家并无关系。年轻女作家们于是都有了重重心事。她们连妆也不想化了。每天早上，她们结伴相约而出，痴痴走到悬崖边，站成整齐的一排，上身穿了宽松毛衣，下身只穿短裤，手挽手，用不同声部合唱《山路十八弯》，就好像要在婚礼现场表演这个，把它作为献给女作家的礼物。想到这里她们便得意地笑了。但这才是她们的真实想法吗？或许仅仅是要重新引起她对她们的注意吧。

这一天终于到了，文人们带着羞涩表情，莅临婚礼现场，也就是最初举办研讨会的会场，看到两位已不年轻的新人背后，插着两面无精打采的红旗，上面画着枪和笔的图案。女作家裹在一堆茧似的银色服饰中，像个卡通人物。他们很久没见着她了，见她更消瘦了，脸色锡纸一样，胳膊上青一块紫一块，不禁心生怜惜，却不便询问。会场里面，摆下四桌宴席，企业家的手下忙碌不停，把鸡鸭鱼肉端上来，把老酒也摆好。但婚礼进行曲刚刚响起，化装成伴娘的三位年轻女作家和身穿迷彩军服的企业家正要合唱《山路十八弯》，屋外便传来不小的动静，像是树木重新吟唱了。除了一对新人，其余人都急切冲出去，看到门口停了一辆形状古怪的坦克车，液压传动装置呜啦呜啦，黑洞洞的滑膛炮口正对着婚礼现场。他们很惊恐而愤怒，以为战争终于打到家门口了，但很快镇定下来，站成人墙，手拉着手，瞪大眼睛直视它，似要用血肉之躯阻止铁甲战车冲撞大哥的婚庆大典。这么对峙一阵，他们就瞌睡了，于是双腿直立着匆匆入眠。待醒转来，那不速之客已经消失，只在岩石上留下两行数学公式般的模糊印迹，好像是它送来的随喜。众人颇感失落。这时，婚礼也结束了。大哥携着新婚妻子，不知钻入了哪间客房。

次日一早，众人又在食堂后面的空地上看到几个机器人，呈纯金色，青春年少样，在那里跳来跳去。环境小说家感叹："这就是代表了东亚的颜色啊。原来，并不是西方人眼中的黄色。这是不是提供了有关战争的一些线索呢？还是两个文明的冲突吧。这正是我研究已久的写作主题。"机器人的屁股上拖着一根辫子般的电缆，它体内闪闪发光，跳了一阵，又老婆婆般绕屋蹒跚而行。早饭过后，又出现了另一种机器人，它的右脚是用人的肝脏拼合而成的，左脚是一个长满发髻的金属佛头。跟班一般簇拥着这些机器人的，是一些像是石膏做的垃圾青蛙。这些新奇玩意儿，在作家们的作品和批评家的文章中，都从未提及，这令大家好奇而自卑，再一次觉得文学其实一直远离了生活。的确，他们这才从中嗅到了生活的真实性。以前的所谓的烟火气也好学术性也好，都是面纱。但很快，这些家伙也消失了，只在地表留下一些平面几何的曳痕。紧接着众人又发现了一些外来物质的残片，不像金属也不像塑料，上面镌刻有岩画般的图形，好像是以录像和照片为基础制作的。从其中负载的有效信息了解到，依靠文人恢复世界之类的想法，大概只是一厢情愿，因为有某个真正强大而神秘的力量已经在外面重新创造出了一个世界。在那儿，"国家"与"区域"不复存在，也没有作协和文联，更无读者和市场了，甚至，连文字也被数字取代。但那是一个什么样的世界呢？确切来讲，不是一个世界，而是一个"中心"，比所有的文学、所有的写作加在一起，还要更有想象力，还要更硬气的中心。战争打出来的，就是这样的一个出乎意料的作品。而战争本身也成了一个表意符号，比文学更具审美价值。作家和批评家们，又一次难过地觉得自己被抛弃了。

然后，在一个傍晚，他们看到满山松枝上，挂着数不尽的冲锋枪，枪口悉数挺得笔直，这回也不是什么先进到魔幻的东西，像是 AK-47，却不是企业家的自制猎枪。男作家们先是一懔，然后便周身充血下体发硬，有人取下枪来掖藏，爱意浓浓不住把玩。只有鲁迅研究专家未去取枪，而是满脸不悦地说："瞧你们那德行，难道是准备发动一场叛乱，用暗杀的手段，干掉请我们来此的人吗？竟然还在仇恨他劫持咱们吗？他做得有何不对呢？或者你们嫉妒他娶了那女人？"仅仅"暗杀"二字，已使文人们无法自持。他们觉得，这才是自己心中的真实想法，以前其实只是没有机会罢了，搞文学什么的，不过是装蒜或伪饰。但是，正因为有了这样的想法，才蓦然意识到，企业家是大哥哪，业已明媒正娶女作家，他要杀谁才可以杀谁，在这山寨里，大伙是一家人了，作为大哥手下跑腿的，怎能图谋不轨呢？怎能去想他的女人呢？于是迅疾打消邪恶念头。另一个原因在于，他们根本不会使枪，何况是 AK-47，这其实是外部世界的死难者，他们的记忆被机器智能拷贝出来，打印成物质，才形成的。这些枪啊，是一个一个的人哪，他们不再会写作文学作品，而只能用火光和喷响说话。另外，文人们虽参加了劳动，却也害怕见血。他们之前见得实在太少了。但仅仅过了一夜，那些枪支俱消失了，只留下许许多多弯弯曲曲的阿拉伯数字，好像武器被拆解的后果，一大堆零件闪闪发光。作家和批评家见此，一个个唉声叹气。他们不知道怎么用文字描述这一幕。他们的表达能力还是储备不足。

他们又注意到，山寨周围，出现了一些新生物，比如四耳猫一类。悬崖边爬满蚕状的蝴蝶，或蝴蝶状的蚕。还有一些菜花蛇，可以蜷缩在指尖上。另有一亿多年前的蚂蚁和六千万年前的侏儒云鼠，后者可以爬上树梢模拟水果，被鸟儿吃掉后，就以鸟儿的腹腔为子宫，进行孵化，繁衍自己的后代。但不管是哪一种生物，它们身上的某个地方看上去都像兔子。它们经常跑来偷吃文人们种植的庄稼，这太不友善了。另还有一些生物，像鹿，约半人高，能够两足直立行走，没有头盖骨，大脑皮层不打褶，直接从颅内长出来，往外往下耷拉，瀑布般白森森披盖在全身的皮肤和骨骼上，这样一来，它们身体的每一个部位都能思考。文人们又想，或许，那场战争，归根结底还是宇宙战争吧？银河系及河外星系的不同生物，都汇聚于此了。地球是时空隧道的一个节点。他们见到的，是战后残留下来的迷途者。这时，他们才想到科幻小说家。但这一群文人中，并没有科幻小说家。科幻小说一直被视为不入流的类型文学。现在看来，过分了吧。也许科幻作家才有机会介入时下的新世界，发现和利用写作的机会。于是，为应对外来生物入侵，大家就决定放弃坚持多年的主流文学创作，转而在环境小说家的指导下，开始集体学习《十万个为什么》。在环球写作中心的图书室里，就有这套书，品相八成新。跟许多科幻作品一样，这同样是由少年儿童出版社出版的，却比科幻书好读。他们也不管这个，如饥似渴，试图从中找到答案。这里有一个问题："世界变化这么大，我们要怎样活？"对此的回答，丛书条目的撰稿者语焉不详，或者，本来已回答得比较周全了，但用的是一种旧时的表述方法。作家和批评家当然都是语言艺术的实验大师，然而，他们已不知不觉退化到了一种读不懂别人话语的地步。

5

他们只好去注意蝙蝠。作为夜空的主宰者，这种生物比较传统，又是此间土著，相对来说较好理喻。原来，山寨中，处处是蝙蝠，种类繁多，占了既存哺乳动物的五分之一。除去蝙蝠，没有其他任何一种哺乳动物能凭一己之力飞上天空。这些家伙长着极为特殊的翼，还具有回声定位功能。它们通过谨慎的飞行而自由享受夜空中的"自动餐"——从快速飞行的甲虫到石蛾，从蟑螂到微小的振翅飞蛾。它们体内装满病毒，具有强大的免疫力。只有它们似乎不受战后新世界规则的约束。蝙蝠像强击机一样飞来飞去，使得作家和批评家们越发自惭形秽，相信自己长年以来就是不劳而获者。在这种心理的作用下，于是，探寻蝙蝠洞成了他们的最大爱好，甚至超越了劳动带来的喜悦。他们在一个洞穴中，发现了几十万只蝙蝠无声无息聚集在一起。环境小说家小声告诉大家，还有几百万几千万只群居的呢，可不要乱来啊。众人均吓得目瞪口呆。这也是他们以前从不曾写过的。仅仅这种数量上的对比，也使山寨或环球写作中心的规模，变得不像最初那样震撼。文人们想，是不是要向大哥和嫂子报告这个情况呢？

在嫉妒心的驱使下——实际上是对环境小说家的嫉妒，因为到了这时，他的知识更具有实用性，也更接近战后真正的文学——大家便合力捕捉了几只蝙蝠，拿回来仔细研究，才发现其面相犹如魔鬼。他们便用旅行剪刀把它们活体解剖了。他们扯烂了蝙蝠的翼膜，分离了其骨骼，才发现此种生物拥有有力的锁骨，用来固定前臂，还有比人类更宽敞的胸腔和具有龙骨的胸骨，以及巨大的飞行肌和其他的飞行专用肌肉。"哦，同属劳亚兽总目进化支，蝙蝠与鲸的亲缘关系更近，而与人类更远。"环境小说家在大家厌恶的目光中，自吹自擂地嚷嚷。紧接着，鲁迅研究专家发出一声惊呼，原来，他发现，一些蝙蝠的头骨已进化成了时钟，从上面发现，时间流逝到了一九六八年的刻度。文学系教授则宣称从蝙蝠的身上，看到了逃避这场灾难的可能性。于是，在他的建议下，众人便在两个山头之间，拉扯起一道铁丝，大家学习蝙蝠，十个八个一串，双脚倒挂在铁丝上，夜里便开始飞翔，从这边飞到那边，凌空跨越悬崖。其实也不是飞，而是滑翔。但蝙蝠最初是由可以滑翔的树栖祖先进化而来的，在一亿年前它们跟马更接近。那时人的祖先也跟蝙蝠相似。所以大家也没有什么两样。文化人一只只飞过去的时候，在半空中，看到企业家带着女作家，搬了凳子，双双坐在屋顶平台，撮着嘴儿，半口半口饮红酒，不时还互哺，一边仰头观赏飞过头顶的"蝙蝠"。飞行者做出张牙舞爪的姿势，也就是表演状，像是要取悦或吓唬两人。在有月亮的时候，他们也在天上唱歌，试图引起这对恩爱夫妻的注意。

> 我们是蝙蝠，
> 自由的精灵。
> 向东又向西，
> 夜空中飞行。

这果真吸引了两人的注意力。女人很喜欢，说："你养的这群动物真有趣。"而男人脸上露出了憎厌神情。"咱们还是回屋去吧。"他不安地对新婚燕尔的妻子说。她已经重新为自己取了一个名字，叫作"失落园的翠西"。她说："不，我还想看呢。从蝙蝠身上，我看到了基督。""原来，你信上帝？"他吃惊地说。企业家以前并不知道这个。他很熟悉这些作家和批评家，他们是最现实和最世俗的人，对神敬而远之。包括在她的小说中，也从未有过这方面的描写，而他一直觉得她的人比她的小说更真实，这就是他与她结婚的理由吧。但现在，她变得陌生了，疏远起来。他不禁腾一下站起，像要离她而去。她觉出了丈夫的心理变化，有些害怕，急忙解释："我小时候，上海的家附近，有一所教会学校。我很盼望能去那里上学。但家里穷，去不了。我看见那些衣着华丽的学生进进出出，嘴里说着英语，十分羡慕。我就自己找了《圣经》来看，结果看出了写小说的奥妙……但我没有把这些写进小说。我从不曾尝试。不敢写啊。那样的话，没有出版社敢出。但现在终于可以写了。因为这是在你的山寨，在你的写作中心，在我们自己的家。你能为我做主，是不是？不过，写给谁看呢？哼，没有人会懂。那么，可以写给你一个人看吗？还是也要写给你养的那些动物看呢？瞧，它们天天晚上飞来飞去。它们真的是好幸福啊。哦，它们真的从来没有读懂过我写的，尽瞎说一气。"企业家快快地说："等战争彻底结束之后再说吧。"女作家说："战争不是结束了吗？"

但就在这时，铁丝忽然断了，大部分"蝙蝠"掉在松枝上，得以幸存——只除了都市小说家，他落在岩石上当场摔死了。四分五裂的尸体使企业家恐惧，他不禁想到，与女作家的婚姻，又能够维持多久呢？他会不会做了一个错误的选择？幸存的"蝙蝠"们召开了一次会议，研究如何处理后事。新锐批评家提出，这事没这样简单，是不是意外还很难说，兴许是一起谋杀吧。全场顿时冷飕飕的，大家倒吸着凉气，面面相觑。谁干的？但如何立案调查呢？他们中间没有推理小说作家。以前，他们觉得推理小说跟科幻小说一样，是不入流的类型文学，不，连文学也算不上，现在才知道不一定。有用的就是文学。他们最需要的也许并不是企业家，而是福尔摩斯、波洛、奎因、罗宾……可是，对于发生在眼前的惨剧，他们连描述都不会描述，更谈不上进行推理。会议只好半途中止。他们决定把死者冷冻起来，放入食堂冰柜，等待有了机会，再进行尸检。这件事就这样过去了。滑行运动随后中止了一段时间，但天下太平了，战争好像真的结束了。

6

此时，在静谧的山野中，只有秤盘上的诗人甲，还在独自香甜睡着，外界哪怕天翻地覆，都好像与他没有任何关系。他躲在自己的梦中，到底见到了什么呢？但是，终于，老作家看不下去了，大概是容不得异类在山寨中的存在，就提出，应该把诗人甲推翻，把他掀下秤盘，再带他去亡故"蝙蝠"的灵柩前凭吊。大家毕竟是一个集体，哪怕是在战争期间，也不能放任自流，各行其是。于是，这天，老作家引领大伙儿，慷慨激昂地走到秤盘跟前，却看到上面空空的。原来，就在他们来这之前的半小时，诗人甲忽然睁开眼，看见一个像是小姑娘的奇形生物，正哼着歌采花。诗人甲很兴奋，就爬下秤盘，但不小心，把脚摔坏了，于是折了一根树杈，拄着它慢慢走过去。他一路跟踪小姑娘，见她是一个扎红头花、穿黄色连衣裙的妹妹，十二三岁年纪。小女孩只用右手采那些有毒的灰色花儿——它们正是从漫山遍野的 AK-47 解体后化作的数字零件上长出来的，可能是亡灵的再生体吧——再用左手贴胸搂抱，用裙幅兜拥。诗人甲见了，暗自诧道：难道，春天来了吗？他们被企业家接到这里时，还是秋天呀。真难以置信。他目不转睛看着女孩，魂不守舍，内心重新被花花绿绿的诗意涨得鼓鼓囊囊的，踏着少女的足迹不知疲倦地走过一个山坡一个山坡又一个山坡。忽然，花的海洋消失了，他的面前出现了一堵墙。不，不是墙，是一个形似军用直升机的大铁家伙，涂满翠棕色迷彩，凭滑橇停在地面。小姑娘一声不吭，顽强地沿着舷梯钻进机舱，就消失了。诗人甲迟疑片刻，爬了上去。

于是，在诗人甲原来待过的地方，就只剩下秤盘了。作家和批评家们又手挽手，结成人墙，围了一圈认真观察，却琢磨不出头绪。过了好半天，他们才想起什么似的，蹑手蹑脚排好队伍，小心翼翼挨个爬上去称量体重，结果发现都变胖了。他们哈哈大笑，觉得这真是像神话一样，比写作有意思多了。"但这分明太危险了。"有人提醒，"如果她发胖了该怎么办哟？"这指的是女作家。"是啊，这很有可能。因为她结婚了嘛。""不要这么嫉妒嘛。她今后还要生孩子呢。那时她会变成个圆滚滚的老太太。""那岂不更可怕，都知道大哥不喜欢孩子。这怎么行呢。"于是，他们团团围着秤盘坐下来，忧心忡忡地开了一个临时会议，最后得出一致结论：防止女作家发胖，是大伙今后的中心工作。"如果她发胖了，那可不得了，今后，万一有一天想写东西了，该怎么办呢？孩子又闹腾。"老作家语重心长地说。这确是战后的头等大事，关系到新世界的续存。于是，他们赶紧返回去，又不顾生命危险，恢复了高空滑行，每天晚上，去骚扰那对新人一次，只是换了山头，改变了拉扯铁丝的方向，以保证安全。他们从她和她老公的住宅上方飞过，纵声高唱：

我们是蝙蝠，
幸福的精灵。
向南又向北，
天堂中飞行。

　　唱了半天，屋子里也没有反应。难道这回连上帝也无法引起女人的兴趣了吗？她其实骨子里热爱着魔鬼吗？到了半夜，她的丈夫实在受不了，手举一把扫帚冲出来，轮换着垂直跳跃左右脚，对准天空一通狂挥乱舞，驱赶这些会飞的文化人。"你们搞什么搞啊，都这种时候了，还不让人清净清净吗！老子白养你们了！"他脸红脖子粗地吼叫。但天上的人们反而更加得意，大概觉得自己真的是蝙蝠了，拥有了与环球写作中心和谐共生的法力。这时候，他们才又一次想起诗人甲。他们原本是要去把他从秤盘上推下去的，却没有找到他。"我们要找到他才成。他明显是失踪了，对于山寨来说，这可不是小事。我们都在辛苦劳作，他凭什么逃脱！"于是，大家又开了一个临时会议，重新商定了下一步的中心工作，就是尽快找到诗人甲。这时，他们才意识到，整个新世界，从它的颜色、气氛和格调看，搞不好是一幅数码漫画。也就是说，世界不再需要文字了。那么，这种情况下，只有诗人能与之抗衡，因为在所有文字中，只有诗歌是超越文字的，能进入更高维度，甚至能与数字一战。诗人的命运与大家的命运息息相关。他的失踪可能是一个预兆或信号。新世界不能没有诗人。他们已经失去科幻小说家和推理小说家了。这是最后的希望。"但是，怎么找呢？""是呀，世界，大着呢。""总有蛛丝马迹吧！"……这时，皓月高挂于夜空，从云层的无数破洞中投下光，照亮五湖四海，他们便勾起身子，悬停在铁丝上，蜷缩着大头朝下，手搭凉棚看出去，见一道山谷中，暗红色的光焰深处，仿佛有湖青色的浓烟滚滚，像是飞行器坠毁了。他们顿然心意寥落。

　　他们便下到陆地，身经百战的士兵一样，排好队形朝那里走去。不知过了多久，终于看到一个长着旋翼的大型金属构件，棺木一样腐朽了，四分五裂。催动心跳的火焰像在几十亿年前就已熄灭。他们做收翅状，改变了自己的生物形态，摇身一变，做了花果山猴子，蹦蹿跳跃着，来到水帘洞前似的，却又不敢马上钻进去，因为大闹天宫的保护者还没有回府。犹豫许久，才推选一个代表，也就是乡土小说家，让他先爬上去。过了一会儿，乡土小说家探出脑袋，做个鬼脸，犹疑地朝大家招招手。他们才互相拉扯衣襟，逐次跟入，见里面鲜花盛开，隐没着七彩壁画，画中有一个小姑娘的背影，若行在仙境中，似曾相识。她是否是年轻时的女作家本人呢？他们一起哇哇哭了，像是替大哥感到难过。但没有找到诗人甲。最终，他们自身也没有消失在这个似已损毁的金属巨物中，而是集体走了出来，平平安安，毫发无损。散文作家回头看了看颇似直升机或者外星飞碟的残骸，说："烧……烧掉这间屋子吧。"环境小说家说："不……不，这不行的。说不定，它就是那个神秘的力量派来接引我们的，只是我们愚昧识不出。"无望之余，老作家想到了唯一的希望，便急忙带领大家，转身往回走，去找住在粪坑中的诗人乙。他是硕果仅存啊。但他们看到，山头露出来的那片像是银幕的云天上，正用一种他们不认识的印刷体，一排排滚动着他们每人的名字，就仿佛电影结束时的演职人员表。这是文字吗？哦，它似乎重生了。

——原载《中国作家》2020年第6期

快节奏的社会让每个人都像上紧了发条的玩偶一般在传送带上奔跑个不停，更可怕的是身在其中者却习以为常毫不自知，毕竟大家都想成为通常意义上的人生赢家。《赢家圣地》就是为这种成功人士定制的一款大型"疗伤式""游戏"——在这里，你可以旁观和审视自己的生活状态，感受完全不同的生活方式，并重新定义人生的努力目标与方向。

赢家圣地

陈楸帆

我们的未来走进了赌博模式。

——贝尔纳·斯蒂格勒

1

吴先生已经在车里坐了一个小时。这个时间段进出地库的车很少，他感觉自己就是停车场的主人，可在倒入车位时，还要小心不要剐蹭到旁边路虎的后视镜。

一百米外就是电梯间，电梯上八楼就是温暖的家，家里洋溢着橘黄色的光，儿子会争抢着帮爸爸把衣服和包挂起来，女儿一如往常安守在桌旁，乖巧如陶瓷套娃，妻子已经准备好可口的饭菜，香气四溢，等待着一家人开始幸福的晚餐时间。

可是男人一步也不想离开自己的黑色仿皮座椅，他调暗了车厢灯光，这让一切显得苍白而黯淡。他手里反复把玩着一张炭黑色卡片，上面有着烫银纹路和订制字体。他在思考着什么，似乎这张卡片上承载着无法言说的重负，甚至超过了他现在拥有的一切。

刚入住的时候他想过把旁边的车位也买下来，毕竟自己车大，停起来方便。可一打听，那车位早已售出，主人是某领导秘书的女儿。毕竟能住进这高档小区的，非富即贵。男人万没想到，经过一番努力，早已成为金字塔尖上的人中龙凤，可住进了这里，还是得跟人抢。

这简直是他整个人生的缩影。

从小学到考博，他总是第一名，也许有那么几次意外跌落王座，他会深深自责，并用加倍的努力来弥补。倒不是父母催逼，而是自打生下来之后的整个成长环境，都充斥着一种莫名其妙的氛围，人像是拉满的弓，蓄势待发，没有一刻能够放松下来，自由自在地玩耍，就好像倘若人一泄劲儿，天就会塌下来，世界就会末日。

直到很久之后，他才明白这种病态的感觉叫作"过度竞争综合征"。

与之伴生的还有"低风险偏好"，男人做出任何决定之前，都会经过极其理性甚至是偏执的计算与分析，他要确保自己的所有路径毫无差错地落入社会预期的区间。他无法忍受自己变成一个所谓"落伍者"，更不要提"零余者"。因此他跟相恋多年的女友分手，只是因为她无法满足成为一个贤妻良母的必要条件，然后迅速地与一个条件相符的相亲对象确定关系与婚期。

人生没有 NG。这是他的座右铭。

事实上他也做到了，博士毕业之后凭借着过硬的专业知识和不计回报的勤恳付出，他在公司内迅速蹿升，成为区域内最年轻的投资策略总监。相继降临的两个孩子也没有拖慢他前进的步伐，毕竟他选择了一位任劳任怨，承担起大部分维护家庭及养育职责的妻子，哪怕为此不得不牺牲她自己大好的艺术前程。

两人之间话越来越少，摩擦越来越多，甚至大部分时间都是分房而睡，但在外人面前却仍然得表现出完美的中产阶级家庭形象，就像从杂志广告上走下来的那样毫无裂隙。

可是，身边的所有人不都是这样的吗？这有什么问题吗？

吴先生也是这样想的，当他坐稳了某一个区域高管的位置之后，看到自己就像一列匀速驶向终点的火车般，坚定而心无旁骛地就这么开下去，开下去，直到引擎的轰鸣停顿，车毂摩擦着铁轨缓缓靠站，车头撞击保险杠发出最后巨响的一天。

可是他错了。

幻象并非一日建成，却有可能在一息间崩塌。

男人清楚记得自己崩溃的那个瞬间。某一个周一，天飘起了细雨，午休后回办公室的电梯间充满了潮湿的气息。他看着那些年轻的、斗志昂扬的面孔与肉体不停进进出出，而自己仿佛被逼进了一个死角，只是看着楼层数字不停往上跳动，一阵极度惊恐的感觉突然攫住他的胃部。他不得不提前挤下电梯，跑进卫生间，大吐了一场。

面对着镜中难掩衰老的苍白面孔，他试图用理性逐条批驳这种突如其来的恐慌情绪，让自己觉得好受一些。也许是这个季度的业绩考核不太理想，也许是新来的对手虎视眈眈。但他很快明白，这种绝望并非来自外界的威胁——那些进击的年轻人，或者日新月异的科技，而是来自内心深处，一种身份的僵化，像是冻结在冰块里的鱼虾，只能永远保持同一个姿态，再也没有其他的可能性，直到腐坏变质。

他那貌似完美的家庭也是这巨大坚冰的一部分，最接近核心也是最寒冷的部分，完全没有改变的余地。

这个季节地库里已经有点冷了，后视镜上蒙了一层水雾，他并没有发动引擎和空调，只是用手抹去那层雾气，露出了一张愈加疲惫的脸。

吴先生清楚自己必须做点什么，哪怕只是一件微不足道的事情，让自己感觉还活着，还有力气可以蹦跶，去对抗这种腐坏的趋势。每当他进入会议室，环顾四周，看身边的那些衣着光鲜、谈吐不凡的成功人士，他们各自有着自己的小小自留地，一块不为人知的私密空间，也许是几个情人，也许是假借出差名义的赌博，也许是极限运动，也许是药物，也许是秘密宗教，不一而足。但那些都不是他想要的。

他究竟想要什么呢？

第一次意识到这个念头时他自己也吓了一跳，就好像从石头中蹦出了花朵。就像卡尔·荣格所说的，是中年人而不是年轻人，才需要用"神圣体验"去帮助他们完成人生下半场的谈判。

那张卡片在指尖变得硌手，像是烧红的钢板。

它来自一位吴先生这辈子最为信任的人，甚于父母。但恰恰因为如此，当导师老柳递来这张卡片时，他犹豫了。

2

老柳接到久未联系的学生吴谓打来的电话，听着那边欲言又止的客套话，知道这个当年被寄予厚望却又辜负了自己的年轻人肯定是遇到了什么事。

"你来看看我吧，正好我生日也快到了。"老柳这么说着，他明白没几个人知道自己真正的生日是哪天。

老柳从来不是那种跟学生走得很近的人，当其他同行的师门为导师张罗寿宴或者各种庆功聚会时，他往往只是笑笑走过。该拿的不该拿的奖也都拿得差不多了，学问从应用数学转到拓扑数论也有几十年了，离现实生活越来越远，也许在孙子辈的有生之年里都看不到转化成实际工具改变世界的那一天。哪怕只把现实的轨道撬动一点点，他都会心满意足，可是没有任何希望。搞这些歌舞升平又有什么意义呢?

想到孙子,就会想起儿子,就会想起早走的老伴,往事就像一串珍珠般一颗颗从回忆的缝隙里掉出来,滴溜溜地滚得满地都是,拾捡不起来。老柳不敢去捡,更不敢细琢磨,每一颗都会让他钻心地痛,他宁可等着它们滚远,消失在视野尽头。他觉得这是最符合理性的做法。

快七十了,没几天清醒日子了,想到这儿,老柳总会觉得释然。这辈子经历过的起起落落也够写出一柜子书了,得失寸心知,不到最后关头真的不好说谁输谁赢。话又说回来了,在死亡面前,谁敢说自己能赢?

不知从什么时候开始,老柳一改以往的孤傲超然,竟然开始主动联系起学生和朋友,甚至是那些有过龃龉的所谓敌人,不管是在学术上还是政治立场上,曾经发生过剧烈冲突并老死不相往来的旧人。可惜,他能找到的并不多,大多数都不在国内,少部分已经入了土或者无法维持正常交流状态,剩下的要不就是忙,要不就是觉得和老柳之间情分也没那么深,口头表示表示,再逢年过节送点礼物,也就够了。

吴谓就是其中的一个。

老柳想要的不是这些,他想知道,这么多年过去了,自己究竟错过了些什么。

这年头,没人愿意跟他掏心窝子。

大多数时候,他只能坐在小楼的阳台上,柳荫轻拂,日光游走,看着自家养的橘猫点点哗啦啦地踩过书桌上翻开的书页,跳进他的怀里,用脑袋蹭着老柳的手祈求抚摸。这也许是他一天中最温暖的时刻。

所以当吴谓再次来电时,他知道,也许时候到了。

那个西装笔挺的中年男子拎着大袋小盒进屋后,一脸窘迫地在书堆中寻找落座的空隙。老柳从门后变戏法般抽出一张折叠凳,就像来客只是个孩子,而不是每天手头上下几个亿的金融精英。吴谓坐下了,折叠凳发出咯吱怪响,像是随时可能散架。

老柳戴上老花镜仔细端详，从吴谓脸上他才觉察出岁月是如此无情，当年意气风发的小伙子如今成了心事重重、满腹焦虑的中年男子。他又一想，自己何尝不是老得不能看了，人总是会看不见自己的衰老，就像是心理上的盲点，总觉得自己还活在最美好的时光中，这也许是亿万年进化出来的一种自我保护机制吧。

寒暄客套几句之后，吴谓似乎想问什么，又看了看屋里杂乱不堪的迹象，把话咽了回去。

老柳明白了，主动挑起话题："你师娘前几年突发心梗去了，现在就只有我。"

"哦。"吴谓不知道该说什么好。

"你怎么样？家里都挺好的吧。"

"还行，还行。"吴谓把手机里的全家福照片给老师看，一张张翻着，像是从奢侈品杂志上截下来的那种完美家庭，丝毫看不出任何一点为金钱或现实犯难的痕迹。

"看来你当年的选择是对的，我错了。还好你没听我的。"老柳还是乐呵呵的。

"也不能这么说，老师，都是选择，各有各的活法，没有对错……"

"看看我现在这样，你能说没有对错吗？"

一句话把吴谓噎了回去，两人默不作声。

"老师……"吴谓终于下定决心，"……我能问你一个事吗？"

"来都来了，有什么不好问的。"

"您以前不是这样的，我是说，您不会主动来联系我们，更别说请我们到家里来……是有什么需要帮忙的吗？"

老柳表情凝固了片刻，像是瞬间跌回到时间的旋涡里，花了好些工夫才挣扎着浮回现实，又恢复了笑意。

"我就知道你要问这个。先别急，咱们师徒一场，我先问问你，你是遇到了什么事吧？"

吴谓愣了一下，没想到老师会这么单刀直入，他干笑了两声："能有什么事啊，没……没什么大事。"

"是，对于一般人来说，不关系到生老病死、倾家荡产就不算大事。可很多事，你没处说，没人能聊，只能憋在心里，小事也会变成大事。这种人我见得多了，今天还跟没事人一样吃饭唱歌开会，明天就能从楼顶跳下来，摔成烂泥。"

吴谓露出一副被看穿了的表情，他管老师要了一杯热茶，打算好好梳理一下自己的思绪，把那些常人无法理解的困扰一五一十说出来。

日头西落，橘猫从阳台上下来，进了屋，唤了两声想要吃食，又跳上老柳的膝盖，露出自己的肚皮，轻轻地打起了呼噜。

"我明白了，你这是遇到了中年危机啊，呵呵。"

"不是的，老师，我这真不是……"

"先别急着反驳，也别管叫什么。你是不是觉得自己和世界的关系在发生变化，原本你以为可以依靠自己的努力与天赋成为中心、塔尖或者其他什么高高在上的位置，但现在你觉得自己被一股无形的力量或推或拉，朝着边缘滑去，于是你开始焦虑，开始怀疑自己，想要去做一些事情补救，可是却徒劳无功，你开始觉得这一切也许都是一场阴谋，都是为了把你束缚在某个角色里，像一颗螺丝钉一样永远安分地运转下去。你想要改变，却害怕改变。因为你不知道改变带来的会是什么，也许是一无所有。"

吴谓哑口无言。

"我是过来人啊，小吴。"

"那您是怎么……过去的？"

老柳撸着怀里的猫，含笑不语，半晌过后，才开了口：

"谁说我过去了。那时候年轻气盛，以为什么事都可以强撑硬挺，谁知道岁月像烈酒，后劲大得很啊。你以为一切都好了，其实并没有。"

"所以呢？"

"你不是问我为什么突然变了个人，开始念起旧来。其实是因为我去了一个地方，遇见了一个人……"

"嗯？"

"我这才觉得，也许那些过不去的，都过去了。"

吴谓听着老师佛偈般云山雾罩的话，更是摸不着头脑。

"那您告诉我那地方在哪，我也去试试？是哪座庙吗？"

"那地方啊……不是谁都能随便去的。不过……"

"不过？"

老柳站起身来，怀里的橘猫委屈地哇了一声，蹦到地上去。他到处翻找着什么，最后还是在书柜门后的一本厚厚的《集异璧》里找到了，原来被他当成了书签。

"收好了，这可是有钱都买不到的。"老师朝他眨眨眼，像一只饱经沧桑的老猫，这种熟悉的神情曾经伴随吴谓走过人生的黄金岁月。

吴谓接过那张炭黑色卡片，在夕阳下闪着不安定的光，上面烫着四个专银小字——赢家圣地。

3

吴谓躺在巨大蝌蚪状的白色舱体内，温热的弹性材料自动包裹住他的身体，空气中有种令人平静的甜味。他想了很久究竟在哪里闻到过，记忆只能回溯到儿子女儿出生时的产房前。据说医院提取了羊水中的某种成分做成香熏，对产妇和家属都有镇静安抚的功效。

舱门合上了，吴谓感觉自己脑壳被盖上一条热毛巾，四周亮起了蓝绿色的光，有节奏地闪烁起来，越来越快，一种类似静噪的嗡嗡声笼住他整个意识。

面目姣好的工作人员告诉他，整个拟合过程可能需要40—60分钟不等，取决于每个人的身体状况。而在此之前，他已经接受了基因测序、脑神经扫描等数十项烦琐流程，足足耗费了他一整个上午的时间。

吴谓告诉妻子公司有急事，需要加个班，午饭前就能回去。看来他不得不继续用第二个谎来圆第一个谎。

他开始有点后悔，为什么要相信导师的话，为什么要下载那个加密软件，扫描识别那张ID卡，又为什么要约定时间来到这座远离市区的郊外园区，受这份莫名其妙的罪。

这该死的嗡嗡声无休无止，似乎会永远这么持续下去。有那么一瞬间，吴谓甚至觉得自己上当了，这只是某种高级的骗局，而老柳这种年近古稀的高级知识分子正是骗子最喜欢的目标人群，理性了一辈子，最后也没落得什么欢喜下场，只能退而求助于漫天神佛。

就跟自己一样。他突然想到这一点，有点恼怒又羞耻地叹了口气，开始用力敲打玻璃罩。他不想做了，他要出去，他快透不过气了。

罩子刺一声打开了，工作人员迷惘地看着他。

"抱歉家里有点急事，今天就到这里吧，下次另找个时间我再过来。"吴谓又恢复了文明人的模样。

"可是吴先生……"

没等工作人员话音落地，吴谓便钻进了更衣室。更衣室里水雾缭绕，客人需要把头上身上涂抹的那些导电凝胶洗掉，因此配备了全套的淋浴装置以及最高级的卫浴用品。吴谓心想这家公司还真舍得花本钱，又觉察到无论是沐浴露还是洗发水，那淡淡的甜味与舱体里的香氛是完全一样的。

一丝不挂的吴谓离开了淋浴间，正想打开自己的储物柜取衣物，突然看到对面也站着一个赤条条的人，吓了一大跳。

那并不是镜子，而是一个七八岁的男孩，浑身湿漉漉地站着，像一头被大雨淋湿的幼鹿，不知道在寻找什么。

"找什么呢你？"吴谓顺手抽了条浴巾递给男孩，问他，"你跟谁一块儿来的？怎么丢下你不管了？"

"没跟谁。"男孩头一歪，不屑地回了句。

"可以啊小伙儿，胆够大的。"吴谓来了好奇，蹲在男孩面前，"那你来这里干吗呀？"

"……要你管。"

"嚯，年纪不大，脾气倒不小。那你自个儿玩去吧，我先回家了。"

"……没人陪我玩，我也没有家。"男孩用小得几乎听不见的声音喃喃道。

衣服穿了一半的吴谓听到这话停住了，又看了一眼男孩，白白净净的，眼神清澈，对人也没什么敌意和戒心，不像是流浪儿，也不像被拐卖的，说不定是和家里闹别扭，偷了父母的卡离家出走呢。他想找工作人员过来了解一下情况，不知怎么的，这个男孩身上的某些东西触碰到他遥远的记忆深处，就像是旋涡里的一根树枝冒了个尖。他改变了主意。

"那你就穿好衣服跟我走吧，我带你玩。"

小男孩听到这话，愣住了，像是不敢相信，伸出了弯弯的小拇指。

"说话算话？"

"算话。"吴谓跟他使劲地拉了拉钩。

小男孩一直不愿意告诉吴谓自己的名字，在副驾驶座上显得特别安静，安静得有点不像他这个年纪的人。吴谓努力想找些话题打破尴尬，最后却只能打开车载音响，随意地听些电台节目。

……中国航天局载人登陆火星计划进入倒计时，预计将于……

"我不想听这个！"男孩突然抗议了起来。

"那你自己选台。"吴谓告诉他哪个旋钮是用来换频道。

……第一批被选中登陆火星的……滋滋滋……引发全球关注，他们将会在火星的 3 号基地……滋滋……这次的科考任务包括有……滋滋……

"烦死了，怎么都是这个……"

"你这个小孩有点奇怪哦，别人都是追着宇宙飞船的新闻，你居然会觉得烦……"吴谓觉得好笑。

"我的烦不是那个烦啦，哎呀说了你也不懂！"

"那你倒是说说看。"

"不说。"

"你说了，我就带你去一个地方，那里能实现你任何一个愿望。"吴谓对自己的耐心感到惊讶，平时妻子总埋怨他对孩子不够有耐心，容易焦躁。想起自己的两个孩子，尤其是女儿，不知为何他有意地调转注意力的方向，回到眼前这个男孩的身上。

"你骗人！"

"我们拉过钩了。"

"那得再拉一次，双重保险。"

"没问题。"一阵笑意漫上了吴谓的嘴角，他感到一种久违的轻松与愉悦，这条路也似乎没有了平日的拥堵，无比顺畅，他有点希望能够这样一直开下去，开到世界的尽头。

男孩开始磕磕巴巴地讲了起来。

他是一个航天迷，收藏了许多飞船的模型和画册，家里贴满了宇宙和星球的海报，甚至连他的电脑桌面都是模拟太阳系运行的轨迹，说起各种火箭的运载能力和空间站对接的全过程，他如数家珍。

他最大的愿望就是有一天能成为宇航员，去感受神奇的失重状态，用自己眼睛从太空中看一眼蔚蓝色的地球。

可是当他在班上说出这个梦想时却遭到了一致的嘲笑，有的说他太矮，有的说他额头有一条疤痕，到了太空会炸开，里面的脑浆会跑出来，还有的说你爸爸是卖水果的你妈妈是收租的，太空里没有水果也没有房子收租，你上去干吗。

在哄堂大笑中，男孩跑出了教室，他再也不想回去，也不想回家。父母一天到晚忙着工作赚钱，闲下来就是打牌玩游戏，一开口就是要他好好写作业，根本不会听自己说这些不着边际的梦想。

在操场的秋千上，他觉得自己变得好小好小，影子投在沙地上，在夕阳下被拉得长长的，薄薄的。所有人都看不见他，从他身上踩过去，却留不下脚印。这时，一个老爷爷出现在他面前，挡住了落日的余晖。

"一个老爷爷？"吴谓警觉起来，"他长什么样？"

"他的脸被笼罩在太阳里，看不清楚，只能听声音和看走路的姿态。"

"他给了你一张黑色的卡片？就像这样的？"吴谓掏了掏自己口袋，却没有找到，难道丢在更衣室里了？

男孩点了点头，说："老爷爷要我去一个地方，说那里会有一个人，帮我实现心愿。"

吴谓不自然地笑了笑，好个老柳，居然玩起这套把戏，莫非他才是这一切的幕后策划人？可这究竟是为了什么？

"所以叔叔，你就是那个帮我实现心愿的人吗？"

"我吗，呵呵，是呀……"

吴谓嘴上含糊答应着，突然发现车子的自动驾驶系统把他们带到了一个以前从来没有注意到的地方，像是一座巨大的废弃游乐场，孤零零地立在马路旁边，有摩天轮、旋转木马、过山车……简直应有尽有。一艘银白色的火箭立在日光下闪闪发亮，似乎随时可能发射升空。

"哇，火箭！你果然没有骗我！"男孩兴奋地大叫着，吴谓却满心狐疑，以前从来不知道这里还有一家游乐场。

车子刚刚停稳，男孩便跑了出去，吴谓来不及阻止他，只能跟了上去。

没有工作人员也没有游客，一切都像是尘封已久的状态，静静等待着有人来开启。男孩跑到一个悬挂在半空的红色按钮前，下面写着"START"字样，就像是电子游戏里的那种重启键，他踮着脚够了半天，也没够到，只好求助于吴谓。

"叔叔，你帮我一下好不好。"他无助地望向吴谓。

吴谓走到那个按钮旁边，只见立着一块落满了灰尘的牌子，上面似乎密密麻麻写着一些说明文字，他四处探望，想找块东西擦干净看一看，最后只从兜里掏出皱巴巴的眼镜布。

"温馨提示：进入赢家圣地的每一位玩家，都必须接受游戏规则。这里的规则有且只有一条——玩家必须打破外界施加于自身之上的凝固状态，主动迎接改变，无论是身体的、身份的还是时空上的改变，都是人类通往下一阶段的必经之路。只有改变，才是永恒不变的真理，这是赢家圣地所秉承的至上信念……"

这参禅般含混不清的行文让吴谓陷入沉思，小男孩斜着脑袋说要不你抱着我，我来按。

吴谓想了想，拍下了按钮。

像是隐形的蜂群从大地升起，一阵嗡嗡的电流声如波浪般涌出，在巨大的快乐机器间窜动，带来生气。似乎这个巨人打了一个长长的呵欠，从睡梦中苏醒，一切都开始为这两人忙碌地运转起来。

"谢谢叔叔。"男孩眨巴了一下眼睛，乖巧地对吴谓说。

这表情似乎勾起了吴谓某段回忆，却又瞬间被眼前这宏大而喧哗的热闹庆典打乱了思绪。

4

吴谓和男孩玩了过山车、旋转木马、摩天轮……还有各种赢取奖品的复古射击小游戏，奇怪的是那些奖品居然还在，还能自动送到他们面前。男孩几乎都抱不动了，吴谓找了个储物柜才把那些奖品都塞了进去，换回一把带着金色号码牌的钥匙。

他们心照不宣地把火箭留到了最后。男孩沿着长长的舷梯爬上平台，突然转过头来朝地面上等着的吴谓使劲挥手，像是发现了什么新大陆。

"这上面说需要两个人——"

"什么——"吴谓大声喊着，声音在风里四散。

"正副驾驶员——不然没法开动！"

"好吧……"吴谓一边咕哝着一边不情愿地往上爬。上次他玩这种娱乐项目还是三年前，被两个孩子缠得不行，他才勉为其难地陪着在海盗船里大呼小叫了一通。但打心眼里，他对这种追逐感官刺激的游戏并无兴趣，并且认为那些热衷于此的人有着某种对高风险生活方式的病态偏好，总有一天会害死自己。

他不敢看向脚下的地面，高处的风摇撼着舷梯，微微震颤，他的腿有点发软。

吴谓终于双手双脚着地趴在舱门口，男孩却已经坐在正驾驶的位置上，全副武装，很像是那么一回事。

"快点儿，你怎么那么慢，真的是老人家哦。"

吴谓好气又好笑地进了驾驶舱，舱门在他身后关上，齿轮咬合，发出沉闷的响声。麻雀虽小，五脏俱全，舱里的装饰和仪表盘还真像那么回事。男孩摸摸这里又碰碰那里，兴奋地停不下来。

"别乱碰，碰坏了我们就完蛋了。"

"你先把安全带系好，我们要出发了！"

"出发？去哪里？"

"坐好了！"男孩似乎没有听见吴谓的问话，只是重重拍下仪表盘上如卡通片般醒目的红色按钮，一阵奇怪的轰鸣声从四面八方响起。

吴谓以为只是老式电子游戏机的 8 位模拟音效，但紧接着座椅连带着整个人甚至整个舱体都开始剧烈而持续地震动起来，一点也没有想要停下的意思。他开始恐慌起来，忙乱地扯着身上的安全带，以为这台老旧机器哪里发生了故障，就快要爆炸了，安全带却死死卡住，纹丝不动。

身边的男孩突然发出一声尖叫，吴谓以为他是因为害怕，正想安抚一下，扭头却看见男孩因为兴奋而涨红的脸。

"喔嗬！我们要飞了——"

还没等吴谓回应男孩荒谬的说法，巨大的加速度就将他重重压在座椅上，让他几乎透不过气来，五脏六腑被震得翻腾不止，肾上腺素快速分泌让他心跳加快，血压升高。在万分惊恐中，他以为自己就要挂掉了，许多往事如电影残片高速回放，掠过眼前。

他注意到窗外的景色开始变化，光线由橘红变成暗紫，火箭真的升空了。一个蓝色发光物体出现在视野中，如此巨大澄澈，他花了好一阵子才回过神来，那就是地球。

这怎么可能呢？在那一瞬间闪过吴谓脑中的，竟然是该如何向妻子解释这一切。但随即一阵更猛烈的加速度袭来，他眼前一黑，失去了知觉。

不知道过了多久，冰冷的流水让吴谓醒来。他发现自己倒悬着，头发泡在水里，身体仍牢牢地绑在座椅上，动弹不得。男孩被困在离水面更近的一侧，咿哇乱叫，努力将半个脑袋探出水面。水正不断从破损的舱门处涌来，使得倾斜的水位不断上升，很快将会把两人都淹没。

"快！快救我啊——"男孩发出小动物般的咕哝，不时被水呛到。

"这玩意儿怎么解开啊……有没有什么按钮……"吴谓手忙脚乱地摸索着，可越是挣扎，那保险带就收得越紧，像蛛丝般层层包裹，让人无比绝望。

"我快不行了……"男孩的声音消失在水中，只剩下一串气泡凌乱破碎。

"坚持住……"

吴谓深吸一口气，将头探入水中，瞪大双眼，试图寻找解开安全带的机关，可原本应该是按扣的地方，如今却没有任何可以拆解分开的结构，这简直让他精神崩溃。他努力拽了拽系带连接座椅的部位，坚不可摧。他无计可施，只能再把头探出水面，深吸了一口气。留给他的时间已经不多了。

我要怎么做才能活下去？吴谓惊讶地发现，在生死面前，人的潜能能得到无限的激发，所有日常的琐碎烦恼，全都变得如微尘般不值一提，被注意力抛之脑后。而所有的认知资源全都被投放到求生上来，一个又一个的方案如气泡般浮现，随即破灭。他逐渐看清了自己的处境，任何常规的逻辑与理性都无法拯救他，遑论那个男孩。

拍下 START 按钮前的那段说明文字突然无端蹦出，吴谓被其中的几个字眼所激发，改变，凝固，身体。莫非这正是游戏的一部分？可是我要怎么改变自己的状态？

水已经没到他的下巴，马上就要阻断氧气。吴谓已经没有时间再思考，他放弃了抵抗，全身放松，沉入水中，任由冰冷的液体充斥自己的五官腔体。如果这是个游戏，那所有的角色技能必须有触发机制，就像马里奥兄弟里的蘑菇。

他别无选择，只能放手一试。

吴谓与自己身体中的本能搏斗着，亿万年来形成的恐惧反应模式让他下意识地封锁呼吸道，阻止水进入自己的肺部，但当他完全放松身体之后，却惊讶地发现自己并没有窒息，相反却呼吸得更加顺畅。

这也许就是规则里所说的改变？

他尝试着将身体从安全带里挣脱出来，一切都像是在瞬间发生的，他的四肢变得柔软无骨，身体变得扁平，似乎一条海鳗般滑溜地从被紧缚的躯壳中游出。他感受到了自由，但同时又想起了男孩，那个等待着被自己拯救的生命。

可是另一个座椅已然空空如也。

吴谓奋力在幽暗水面下寻找着男孩的踪影，却一无所获，无奈中只好顺着水流的方向游出驾驶舱。外面是一望无际的海面，暮色微露，在海天相接之处有紫色薄雾如轻纱浮动。他甚至不知道自己是否还在地球上。

"就知道你没问题的。"

吴谓猛地扭头，看到同样浑身赤裸的男孩坐在逐渐下沉的舱顶，正笑嘻嘻地看着自己。

"你……这究竟是在哪里，这是怎么一回事？"

"这里就是赢家圣地啊，不是你自己选择要来的吗？"

"我……这是虚拟现实，还是什么人造幻觉？"吴谓看着自己的双手，与记忆中并无二致。

"这些很重要吗？难道你应该问的不是怎么离开这里吗？"

吴谓环顾四周，他赤裸的身体轻盈漂浮在水中，不冷也不热，像是回到了母亲的子宫中，一切都是刚刚好的样子。他已经许久没有这种感觉，一种纯然天成回归赤子的自由感，毫无拘束与负累，仿佛下一秒钟便可以突破重力，翱翔天际。所有令人窒息的灰暗现实都可以被抛到脑后，眼前只有纯粹的自我探索。如果这是一个梦，那不妨做得久一点。

"所以这一切都是柳老师创造出来的？"

"不完全是，他提供了部分核心理论依据。"

"所以你是谁？或者说，你是什么？"

男孩笑了笑，纵身一跃，在水面扑起浪花，倏忽间像鱼儿般快速向前游去，清脆的回答飘荡在空气里：

"我就是你的领路人呀——"

5

吴谓跟随着男孩，像鱼儿一般划开海面，高高跃起又落下，不知道花了多长时间才抵达岸边。他并没有感到疲惫，如果这并非是系统预先设定的效果，那就没有存在的必要。这跟现实完全不一样。

他想起自己有时在办公室里枯坐一天，就算什么也不干，到下班时也会感觉精疲力竭，像被榨干的橘子。

也许这也是另一种系统设置吧。

两人从夜晚的海里走来，身形逐渐变高，踏上细腻的沙滩，海风拂过，竟有凉意。吴谓抱起双臂，扭头看男孩已经换上了一身便装，十分清爽。

"连身体都能变，为什么不添件衣服。"男孩笑说。

吴谓若有所思，他皮肤上出现了一层雾气般流动不定的物质，颜色与样式经过几轮转换后，终于凝固下来，还是他所习惯的商务休闲装。人往往习惯了一样东西之后就很难改变，哪怕外部环境已经发生了翻天覆地的变化。

"所以接下来我们要去哪儿？"吴谓望向岛屿深处，在丛林背后，有星星点点的光亮，似乎隐藏着一座城镇。

"你满足了我的愿望，现在该轮到我满足你的愿望了。"男孩眨眨眼，那种熟悉的感觉又回来了。

"你到底是谁？你叫什么名字？"

"就叫我微微 2.0 好了。"

"微微……2.0？"吴谓搜索着记忆，这个名字并没有掀起什么波澜，或者只是随机取名的 AI 角色。

"话说回来，你觉得名字很重要吗？"

男孩兀自走去，消失在一片茂密的灌木丛中，不知何处传来无名鸟兽的啸叫，吴谓赶紧跟上。

丛林中的一切都如此精细真实，蛛网的微弱反光，藤蔓植物上滴落的露珠，从脚边滑过虫豸的细碎脚步声。吴谓惊叹于这一切被虚拟得如此真实，他想起了自己的两个孩子，吴用用和谢天天，以及他们那代人所熟悉的另一个世界。

作为 2030 年后出生的一代人，他们被媒体称为"V 一代"或"虚拟一代"（V-Gen），是虚拟世界的原住民。对于前面几代人来说十分纠结的"真实"与"虚拟"的界限对于他们来说根本不存在，一切都是真实的，一切又都是虚拟的，只有有趣和无聊之分。适应视野中出现的叠加信息、奇怪物体以及频繁切换的虚拟界面，就像是吃饭睡觉走路一样平常。

儿子吴用用大部分时间都在虚拟游戏中，就像在经典科幻小说《头号玩家》所描写的大型虚拟现实游戏"绿洲"那样，只不过换了个名字。传统大型多人在线游戏可以让成千上万名玩家通过互联网互相连接，共存于同一个虚拟世界中，但总体来说只是一个世界或者几个小星球。玩家也只能通过二维的视角——也就是电脑显示屏，来接触这个小小的在线世界——能实现互动的工具也仅仅只有键盘和鼠标而已。

而在"绿洲"中，系统提供了数千个高拟真度的三维世界供人探索，它是一个"开放式的现实"，每一个玩家都可以创建自己的世界，设计自己全新的身体。

"在'绿洲'里，肥佬可以变瘦，丑人可以变美，生性羞涩的人可以变得活泼，甚至成为为所欲为的歹徒。你也可以改写你的名字、年龄、性别、种族、身高、体重、声音、发色，乃至骨骼结构。你甚至可以放弃人类的身份，当个精灵、食人魔、外星人，或者其他电影、小说、神话里才有的生物……"

吴用用把这段话背得滚瓜烂熟，甚至设置为自己进入游戏时需要反复聆听的教诲，就像是某种受洗仪式。

想起儿子，吴谓不由苦笑着摇了摇头，新的一代人完全不像自己少年时，需要遵循由老师或者学校，换句话说，成人世界所指定的一整套规则，越适应规则的孩子越能得到更多的奖赏。所以我们的整个教育系统其实不是在培养孩子，而是在制造成人。

而在吴用用的游戏里，每个世界都可以拥有自己的规则，无论是物理规则还是社会规则。可以是零重力环境或者土星光环上，可以是黑魔法时代或者凭仗蛮力的罗马斗兽场，穿越于星门之间的太空歌剧，可以是硅基生物之间独特的脉冲交流，也可以是将感官完全错置的通感世界……在这里，只有想象力才是现实的边界。

微微2.0不时回头看吴谓一眼，这让吴谓回想起在驾驶舱里的惊险一幕，他也开始理解儿子所沉迷的世界，那种可以随意改变自己感官信号的生活是怎么一回事。

借助穿着的体感服可以同步体验他人所有身体感受，但这种感受又是通过另一个人的体感服传递而来，看似真实的感官体验其实经历了两层中介的作用，倘若我们再加上经由操控虚拟化身进而遥距传感来自真实世界的传感器数据，则是三重中介。我们已经无法分辨每一层之间的区别，从感官角度看，真实与虚拟其实就是一回事。

为了防止沉迷，每隔一段时间系统会自动切换到真实场景模式以维持"现实感"，但玩家可以通过虚拟货币换取更长的间隔时间。事实上，整个虚拟世界的经济体系都建立在"体验"基础上，你可以通过创造虚拟物体、提供虚拟服务或售卖虚拟体验来换取虚拟货币，体验的想象力、独特性及对人类生理心理机制的洞察力将决定其价值。

吴用用认为自己可以成为一名体验创造者，他擅长在游戏世界里寻找最为危险最为人迹罕至的边疆，并选择适当的虚拟化身，创造出独一无二的体验。他凭借着这种特殊的天赋和技能已经赚取了不少虚拟货币，并赢得了一定的声誉。他希望能够沿着这条路走下去，而不是像传统的父亲所希望的那样，进入高等学府，和另外数万名来自全世界的学生一起竞争，最后取得某个天知道有什么用的学位。

毕竟后者是吴谓所熟悉的赢家模式，他希望在自己儿子身上复制这种成功。这也是他和妻子谢爽之间诸多不可调和的矛盾之一。

妻子希望让儿子干自己喜欢干的事情，哪怕在世俗标准看来不那么成功，但至少能成为一个健康快乐的人，她永远不会说出口的下半句潜台词是"而不是像他爸一样"。

吴谓心知肚明，为此他经常报复性地威胁儿子说，如果他不去上学，就会申请封禁他的游戏账号。在这件事情上，无论哪个时代，似乎都是一样的。

而在女儿谢天天身上，又是另外一回事。

"我们到了。"微微 2.0 打断吴谓的沉思。吴谓抬头，眼前的景象让他大吃一惊。

毫无疑问这座小镇是为他吴谓量身打造的。每一处场景都是他所熟悉的日常生活的一部分，从公寓到停车场，到写字楼的电梯，办公室，甚至每天午后小憩的咖啡馆，都丝毫不差地被复制出来。

不单单只是复制一次，而是加倍奉送，所有的场景都乘以七，然后以空间叠加的方式组合起来，形成一座迷你小镇的形态。

"这是什么？"吴谓不知该做何反应，尽管他知道这一切都是系统虚拟出来的，但当一个人有机会以如此具体而微的方式窥探自己生活的全貌时，还是不免被这局促而琐屑不堪的匮乏感所震撼。

"你的愿望。"男孩轻巧地回答，"你不是希望看到生活的更多可能性吗？"

"可我从来没有想到会是这样的……"

像是同样的电影片段拷贝七遍同时播放，却如复制 DNA 产生了变异，每个片段的细节都有些许差别。

吴谓看到七层一模一样的公寓楼里，妻子与儿女以同样的步调行动着，准备晚餐，沉浸游戏，或是呆滞地望着虚空。七辆车子先后进入地库，七个吴谓在驾驶座上沉默许久，离开车厢，进入电梯，肩并着肩，却如同面对陌生人般视而不见。他们进入不同的楼层，敲开每一扇门，面对同样的谢爽、吴用用和谢天天。每一个吴谓说出的话，做出的举动，虽有不同，但大差不差，引发家人做出反应，导向不同的剧情发展。

无论如何，这七条故事线都同样的乏味。

"这是游戏吗？"吴谓问微微 2.0。

"这是你的生活。"男孩回答。

"可为什么是 7？这个数字代表着什么？"

"可以是任何一个更大或更小的数字，只不过是经过反复迭代之后收敛到 7，这是对你的感官系统友好的数字。"

吴谓不确定自己完全理解了微微 2.0 话里的含义。

"你不想进去看看吗？"男孩微笑着问道。

"我看不出这有什么不同之处，只是一些无关痛痒的变量。"

"不同之处在于，你可以把脚伸进别人的鞋里。"微微2.0又眨眨眼。

"什么意思？"

"我带你试试。"

他们走近那栋公寓，还没等吴谓试图制止，微微2.0就按响了门铃。是吴用用开的门，吴谓低头看着自己的儿子，正在琢磨应该开口说点什么，可微微2.0却把他的手一攥，两人如孙悟空般"跃入"了吴用用的身体里。之所以说"跃入"，是因为所有视线角度的转变都是瞬间完成的，没有更好的词语能够形容这种古怪的感觉。

吴谓用儿子的眼睛去看，用儿子的耳朵去听，甚至所有的心理活动，他都感受得一清二楚。

"谁啊？"他听到了自己的声音从客厅传来，一阵混杂着厌烦与恐惧的感受升起。

"外面没人。不知道谁恶作剧。"儿子怯怯回答。

"该不会是你幻听了吧，让你少玩点游戏。"父亲或另一个吴谓冷硬回道。

"哦……"他明显感觉到儿子内心的抵触情绪，似乎所有的错误都归咎到吴用用的身上，这已经成为父子交流的一种定势，而儿子所能做的只有逃避。

"别玩了，帮你妈收拾一下桌子吃饭了。"

"哦……"

儿子怀着满心的不情愿坐到桌上，对食物兴趣缺乏，对父亲更是如同隔着一扇透明的屏障。两人近在咫尺，却无法产生任何有意义的交流。吴谓从未想过自己在儿子心目中是这样的形象，他总以为自己每天为家人辛劳，回到家中理应得到尊重和善待。他试图改变儿子的想法，主动摆出友好的沟通姿态，以儿子的身份主动挑起话题。

"爸，今天在公司里有什么有意思的事吗？"

另一个吴谓抬了抬眼睛，满脸的不耐烦："上班能有什么意思，还不都是那些鸡毛蒜皮的破事。"

"那你还每天在公司待那么久。"

"还不是为了你们两台碎钞机，学费谁掏，游戏谁买，吃喝拉撒睡不都是钱。"

躲在儿子身体里的吴谓几乎想冲上去抽自己一巴掌，可他没有，毕竟自己只是客人，而且儿子打老子似乎有点违背自己立下的规矩。他只能沉默地埋头吃饭。来自儿子的情绪和自己生发的情绪混杂在一起，如牛奶和咖啡，旋涡中分不清界限。这种感觉过于奇妙了。

"要不要换个人试试？"微微2.0的声音在吴谓耳边响起，"试试你妻子？"

还没等吴谓做出回应，他们又是一跃，已经从饭桌的这头"跃入"正端着菜上桌的谢爽身上。

一阵强烈的疲惫如浸水棉被般包裹住吴谓的身心，让他一下子喘不过气来，可还有那么多活要干，衣服要洗要晾，孩子功课要辅导，家里要打扫，明天还得去看望生病的亲戚。可这一切眼前的这个男人、自己的丈夫都不闻不问，似乎与他毫无干系。谢爽放下菜，看了一眼吴谓，想从他身上找到一丝半点慰藉，可是没有，他只是自顾刷着工作邮件，对眼前这个忙乱了一整天的爱人视而不见。

这样的状态已经持续多久了，好几年了吧。吴谓分明感到自己心里一凉一沉，那是妻子心慢慢枯死的信号。甚至，他感受到了悔恨，与追求新生的渴望，可随即又化为绝望。他从来没有想过妻子竟然如此厌倦自己所扮演的角色，厌倦自己的另一半。

真的一点爱都没有了吗？吴谓不甘心地发起尝试。

"听说最近刚上的沉浸式戏剧《剧本人生》很不错，不如找时间去看看，咱们也好久没一起看戏了。"谢爽假装突然想起来，手搭在吴谓肩上。

"哦，好，找个时间。"吴谓的眼睛没有离开过屏幕，肩膀不自在地耸了耸，像是下意识地要甩开这额外的负担。

"最后一场是周五晚上。"

"周五晚上……我看看，好像有会啊。"吴谓声音里露出一丝制式化的为难。

"能不能推了？就这一次。"

"亲爱的，这关系到我下半年的业绩能不能达标，说好了，下次一定陪你。"

谢爽内心竟然一点波澜都没有，她早就预料到了这样的结果，这样的对话似曾相识，不知道重复过多少次，说好了永远说不好，下一次总有再下一次。她不知道自己为什么还会做这种愚蠢的尝试，甚至带有一种自取其辱的羞耻感。她只想赶紧吃完这顿饭，干完所有家务，躲回自己的床上，躲进那些愚蠢而无害的搞笑视频节目里。

附在妻子身上的吴谓产生了一种生理性的不适，他恶心、头痛、想吐，甚至不知道这究竟由何而来，是眼前的自己，还是漫无止境的折磨，他只想赶紧离开。

"还想看看谢天天吗？"微微 2.0 问道。

吴谓犹豫了，他和女儿的交流更少，天天完全活在属于自己的世界里，妻子嘴里所谓的"时空旅人"，根本无法预测自己在她眼中会是怎样一种形象。

尽管吴谓不是那种铁板一块的古怪宅男，也会在意别人对自己的看法，但以如此直接而沉浸的方式代入第三方的视角，甚至还能"读心"般产生情感上的共鸣，这还是第一次。信息冲击是如此巨大，他还久久没能缓过神来。

罢了罢了，不知道也好。吴谓，或者妻子谢爽的目光投向窗外，那些街道、写字楼和咖啡馆，还有下属、老板、竞争对手、服务员、路人……在他们的眼中，我又是一个什么样的人，我的存在对于他们意味着什么？

甚至生活还出现了不同的平行剧本，剧情无限分岔，这么想下去似乎无休无止，让人精疲力竭。但他又无法停止想象，一旦经历过身份认知的流动，大脑中的某块区域就被激活，就像一个无法抹去的烙印，将深深影响今后看待自己与他人的方式。

"我不明白……这一切的意义在哪儿？"

两人恢复到正常的状态，坐在山坡上，看着属于吴谓一个人的小镇，七重人生如同一曲结构精巧复杂的赋格，不断交叉重复变奏，却永远无法抵达高潮。

"作为一个赢家，你在单一的价值观坐标里生活得太久太久。"微微2.0现在说的话听起来根本不像一个七岁男孩，相反，更像一个比吴谓要年长智慧得多的老人，"而单一价值观总是很脆弱，就像一座沙子堆成的金字塔，一旦受到来自外部的挑战便可能引发系统性雪崩。那些自以为是人生赢家的，往往会因此一蹶不振，甚至走上绝路。而一旦你看到了更大的图景，就会有完全不同的想法……"

吴谓看着小镇，若有所悟。

在他眼中，虚拟化身们的生活轨迹逐渐虚化加速，像高速粒子在夜色中绘出光的形状，那些形状虽然表面各异，可倘若抽象成数学模型，它们却高度一致。

正如绝大多数人的人生。

"所以老柳把你制造出来，就是为了给我们这种人传道授业解惑的？"

微微2.0眨眨眼："那是另一个故事了。"

6

柳微微出生时，得到了父亲老柳给他准备的一件礼物，当然他当时对此一无所知。

礼物是一套高清全身扫描仪，外形像是魔术师手中的圆环，只要将它套过身体，所有的身体拓扑数据便会被传送到云端平台进行渲染加工，建成等比例的3D模型供用户下载绑定使用。

微微长得很快，扫描仪的尺寸也得不断加大。这些不断更新的数字模型形成一个时空连续体，亲戚朋友们可以在百日礼上，看着微微由呱呱坠地的婴儿快速长大的全过程。由于孩子太小，还无法用自主意识去驱动虚拟化身，因此父亲记录下他的一些动作数据和声音模式，并托管给 AI 程序，即便这样，也足够逼真了。当出差在外的时候，父母也可以随时与孩子（的虚拟化身）进行实时的沉浸式互动，毫无疑问，这种虚拟交互所维系的情感纽带却是真真切切的。

老柳的妻子，微微的母亲，却对这种虚拟化身深感困扰不安。她是属于旧世界的人，总觉得用这种方式来传递爱意有违自然法则。她甚至暗中认为老柳对虚拟化身倾注了更多的爱，超过了他真正的儿子。

微微第一次接入镜像世界是在他十八个月的时候，经检测他的视觉系统已经足够成熟，一切发生得自然而然，他接入，看到自己的虚拟双手和身体，一面拉康式的镜子帮助他在真实自我与虚拟化身之间建立认知上的联系。他动了动手指，咧嘴微笑，虚拟化身丝毫不差地反应，甚至可以带动虚拟环境的效果变化，比如挥手拉出彩色光带，或者所有的虚拟物体会根据化身的面部表情进行相应的反馈，这种看似廉价的小把戏却获得了大众的欢迎。

在很早之前人们就发现，决定虚拟现实真实感程度的并非美学风格，而是是否像真实世界一样，营造出一种连续、低延时的感官反馈机制。因此哪怕是低多边形风格的场景也能带来超过电影级现实主义的沉浸体验，只要设计得足够巧妙。而带入真实玩家的互动便是最为有效的杀手锏，每个个体之间不同的反应模式和千变万化的组合，会带来超过任何 AI 算法所能模拟出的趣味性，这些由真实人类大脑驱动的虚拟化身充满了不确定性，一举一动间折射出背后的性格与认知差异，夹带着温度与情感，如同平行相对的镜面，能够反射出无穷无尽的人性深渊。

这也是老柳的用意所在。其时他正与另一个神经生物学家展开某项重量级的联合研究，希望从数学层面上建构一个个体从出生之日起对于身体及自我认知的发展全过程。

而当时妻子并不知道这个秘密项目的存在。

尽管微微正处于一个全方位迅猛发育的初始阶段，但某种对于他者的好奇心已初见端倪，无论是在真实世界或是虚拟空间。甚至，他对于虚拟化身的兴趣超过了育儿房里的活人，这也并不是很难理解的事情，毕竟他们能将烦人的哭闹转化为愉悦的视听效果。渐渐地，孩子们不再满足于依样画葫芦的复刻版虚拟化身，年纪稍大一点的换上了流行文化的符码形象，将自己投射到卡通偶像的躯壳上，同时不可避免地带上了其某方面的精神特质。

但这种投射还仅仅局限于拓扑形状对位的变身，人形对人形，四肢对四肢，所有的功能与感知都是因袭旧有的模式。而早在杰罗·拉尼尔的时代，他一直幻想能利用虚拟现实技术将自己变成一只能够行走的龙虾，手臂变成钳子，耳朵变成触须，双脚变成尾巴，这些转变不仅仅是视觉形象上的，也包括相应的运动机能。而到了斯坦福大学的杰里米·贝伦森时期，他通过实验发现，人们通常只需要四分钟便可以将大脑中的操控手脚的神经回路进行重置，就好比你用踢腿去操控虚拟化身的手，而用挥手去控制虚拟世界中的脚。这种神经可塑性和认知流动性对于正处于成型阶段的婴幼儿来说简直像打开了一扇无限可能的大门。

这正是老柳所希望达到的效果，通过改变可无限复制的虚拟化身，来验证人类神经系统对于身体的感知与控制是否可以突破认知上的局限，甚至，拓扑学上的界限，达到一种真正的自由。

五岁，微微开始学会用耳后肌肉群去操控他的虚拟触角，其灵巧程度堪比双手，用后背肌肉去控制双翼，用复杂的关节运动去使唤附肢。所有这一切在他幼小的心灵中都是正常合理的，他对于身体的认知已经超越了固定的性别、种族甚至物种的概念，对于他来说，功能即结构是最为朴素的道理。当然，他也将像其他属于这一时代的孩子一样，面对同样的问题，当他们回到现实物理世界之后，会对自己单一、局限、沉闷的身体功能感到失望。

一个夏日的午后，老柳的妻子突然发现七岁的微微不知去向。在湿气蒸腾的教工大院里，她遍寻不着儿子，只能一家家地敲开邻居的房门，试图从小玩伴的嘴里得到线索。

那些孩子都说微微最近有点怪，老想变成一条鱼，在水里游，还说自己能够在水里呼吸，别人要是不信他还着急，说要游给人看。

妻子一听就急了，赶紧给老柳打了电话，院子里各家大人也都纷纷出动，到附近的水体找人。

尸体是当天晚上在学校后山的水库里捞出来的，微微浑身赤裸，缠满了墨绿色的水草，活像一条被放生又难逃劫难的鱼。

妻子号啕大哭，而老柳只是呆呆地站着，浑身湿透，几缕头发贴在前额，七魂丢了三魄的样子。从那之后这个家就已经垮了。老柳沉浸在镜像世界里，和微微的虚拟化身不分昼夜地待在一起，就像那是儿子的一个数字鬼魂。而妻子却完全见不得那个玩具，她会歇斯底里地大叫，情绪崩溃，并把所有的错归咎于老柳。那还是远在她知道名为"德尔塔"的秘密项目存在之前。

微微永远停留在了七岁，无论在现实中还是虚拟空间里。老柳与妻子的关系也凝固在了那个破碎的瞬间，任凭怎样努力都难以修复回原初的状态。

那已经是二十年前的事情了。

7

听罢微微2.0的故事，吴谓陷入了沉思。按照时间推算，发生这桩惨案时应该正好是自己离开学校前后，他竟然毫不知情。或许是老柳将心事包藏得过分谨慎，也可能是自己全副身心投入名利场，想要出人头地，根本无暇顾及旁人。

或者两者兼而有之。

他竟然有几分心疼，为自己的导师，为师娘，也为了那个过早夭折的生命。

"所以老柳就靠你聊以慰藉……或者，你就是他另一段生命的延续。"吴谓开始明白为什么男孩身上有那么多令人熟悉的气息，甚至连他童年的经历都混杂了老柳的真实家庭背景，一个寒门出身的天才儿童。

"老柳试过很多不同的方式。甚至给自己也建了一个虚拟化身，陪伴我随着时间长大，毕竟在程序世界里这并不花费什么力气。可最后他还是决定让我停留在这个模样，也许在他心目中，这就是最接近真实的。"

吴谓想起了自己的两个孩子，一种柔软而温暖的情绪突然充盈起来，他有点想要回去，回到真实的世界里去了。

"老柳肯定想永远陪着你。"

"对于虚拟化身来说，这也不是不可能啦。但是，你有没有想过，当父母知道他们不会死并留下自己的孩子时，父母和孩子之间会有什么样的关系？"

"你的意思是？"

"当你 30 岁的时候，你有了吴用用，如果你能活到 200 岁，他就已经 170 岁了。但那是 170 年前发生的事情，亲子只是你生命中的一小部分。170 年间可以发生很多事情，历史上许多王朝更替都比这个时间要短。外部世界的变化对人的影响远远超出你的预期，你和你儿子都已经不是 170 年前的那个人了，你们需要不断地重塑自我，包括职场上、科技上、社会关系上，甚至需要适应新的星球环境。可你们还是父子，还期待彼此像原先父子一样对待彼此，你懂我的意思吗，这是极其荒谬的一件事。"

"我现在有点懂了。所以他宁可保持现在这样。"

"这是模拟计算出来的结果。就跟你的七重人生一样。"

"那接下来我们做什么？是不是该结束这一场游戏了？"吴谓一直在回想自己究竟是什么时候进入虚拟世界的，是从舱体里出来时？更衣室里，还是在车里？他说不清楚，这一切都发生得太玄虚了。

"作为一名赢家，你还没有克服自己内心深处的不安全感。"

"这话听起来很矛盾呢，小伙子。"

"不矛盾。真正幸福开心的人很少是赢家，因为他们根本不需要成为人生赢家。驱使像你们这样的人不断自我苛求，挑战极限的动力，就来源于你们人格中根深蒂固的不安全感。"

"我竟然无法反驳。"

"所以，想想你自己最大的不安全感是什么，你又将如何面对它。"

"我……不知道。"吴谓仔细想了想，坦诚道。

"所有赢家最害怕的就是失败，对于你来说，最大的失败是什么？"

吴谓沉默了，一系列念头闪过他的脑海。是职场失势？投资失败？家庭崩溃？还是别的什么不可预知的风险？对于中年男人来说，成功也许只有一种，但失败却可能有千千万万种，每一种都将是致命的。

"你愿意代入妻子与儿子的视角，却拒绝代入女儿的，为什么？"

"我……"吴谓自己都没有意识到这一点。

"也许对于你来说，女儿是你完美生活中的一道裂缝，这道裂缝会越变越大，变成引发大厦坍塌的一场事故。潜意识里你将女儿视为人生失败的潜在诱因，你想要逃避这个现实，刻意忽视她的存在，甚至否认你们俩之间的情感联系。"

"我没有！"吴谓突然失去了力气般，语气疲软下来，"我没有……"

"那我们回去？"

微微 2.0 指向不远处的那栋楼，所有重复的场景开始交叠融合放大，最后变形为一个单独的房间，在那个巨大而空旷的暖色房间里，地板上孤零零地坐着一个女孩，她空洞的双眼似乎在望向两人，又仿佛什么也没有看见。

吴谓看着那张脸，开始憎恨自己做出的选择。

8

一开始，吴谓和谢爽以为自己特别幸运，生下如此懂事乖巧的女孩，当别的婴孩使劲哭闹时，天天总是安静地躺在婴儿床上，望着粉色的天花板，一声不吭。

直到十八个月后，他们才开始意识到，这也许与性格无关，而是某种隐形疾病的征兆。

基因检测结果表明，天天染色体上位置为 chrY:16807351–19304967（hg19）的基因组出现 2498kb 的杂合缺失，这非常罕见。该段缺失和智力低下、癫痫、语言障碍、视网膜发育不良、心脏病等高度相关。带有这类基因缺失的孩子出生后异常安静、喂食困难、啼哭乏力迟滞、面无表情、对周围人及环境缺乏兴趣。

抉择是艰难的。对于吴谓来说，这意味着经年累月的额外照顾与不菲花费，或者一辈子也无法等到女儿好转的那天。

抉择是简单的。对于谢爽来说，这是属于她的孩子，一条生命，她不会把谢天天丢到专业医护机构里，任凭她成为诸多被遗弃的病儿之一。甚至，她根本不相信自己的女儿有问题，在她看来，女儿只是换了一种与常人不同的方式看待世界，进行沟通交流，但从本质上，她与其他人没有任何不同。谢天天仍然是那个最美丽聪慧的孩子。

吴谓选择了妥协，或者说，逃避。他努力赚钱，保证经济上的强力支撑，但从情感上，他总是浅尝辄止。他怕自己对女儿的付出得不到任何回报，哪怕在遥不可及的未来，这与他的成功哲学背道而驰。他不敢去爱。

于是，担子就落在了谢爽的肩上。

谢爽是两个孩子的母亲、吴谓的妻子、在读艺术史博士生，以及，一个虚拟现实艺术家、教育家、自学成才的认知治疗师。

她接受了中央美院本科和英国皇家艺术学院的硕士教育，又继续攻读宾夕法尼亚大学的艺术史博士学位。她所在学院将视觉艺术史作为一种理解研究手段，进而理解人类智力和文化发展史。文艺复兴时期的宫殿，安藤广重印刷品，现代清真寺，伊特鲁利亚人坟墓，米拉奈尔电影，都被带到这里作为学生们研究的对象。

谢爽研究的领域是人类艺术史上的时空感错乱问题，从乔伊斯的《尤利西斯》、约翰·凯奇的《4分33秒》《永恒的记忆》和《清明上河图》、巴厘岛的桑扬舞、亨利·摩尔的大型纺锤件、萨拉·凯恩的《4：48精神崩溃》到库布里克的《2001：太空漫游》，人类最为杰出的创作者们通过不同的艺术形式挑战日常生活中的线性时空观，试图诱导出大脑对于时空感知的另类可能性。

而现在，谢爽正在尝试分析虚拟现实究竟是如何改变我们对于时空的感知的，这或许能够帮助女儿与正常的世界搭建起沟通的桥梁。

事实上，早在虚拟现实技术刚刚兴起之时，人们就观察到身处虚拟空间的体验者们会因为感官的放大效应和丰富的细节而错误判断自己的浸入时间，通常来说，体验者们的主观时间会是客观时间的两倍，也就是说，现实中只过了五分钟，而体验者们会误以为自己已经在虚拟世界里待了十分钟。

这种时间感的倍数关系能够被操控且利用。

虚拟现实体验开发者们利用人类大脑对于时间感知的小小后门，制作出许多奇妙的应用，包括在具体场景中的时间冻结、减缓、加速、倒放等等。由于强烈的沉浸感和临场感，每个体验者都获得了在正常物理时空中所无法想象的超凡感受，甚至可以在同一个剧情场景中允许不同时空流动速率的并存，仿佛是一条均匀平整的河流中出现了湍流、旋涡和泡沫，由此也大大丰富了各种游戏的玩法。

不止游戏，同样的逻辑也被应用到许多商业虚拟现实场景中。

商家会在希望消费者充分体验、提高购买决策概率的场景减缓时空速率，而在一些无聊的、冗长的垃圾时间尽量提速，AI也被引入这一机制，它能通过监测消费者的一些生理数据来判断用户究竟是兴奋、欣喜还是厌烦、不适，从而自动反馈到时空速率上。

统一的时空观已经被打破了，每一个人都活在自己的河流里。

而一旦退出镜像世界，回到均匀单一的物理时空，许多人明显感到不适，这种不适是生理性的，也是心理性的。严重者甚至会产生官能障碍，仿佛自己成了被囚禁于时空茧中的提线傀儡，逐步丧失自主行动及沟通能力。

这些人被称为时空旅人，一种带有粉饰意味及政治正确的荣誉称号。

谢爽的课题便是通过跨学科的研究，希望以逆向工程的方式，开发出能够逐步矫正、恢复时空旅人对于正常世界时间流速适应能力的艺术形式与体验。但正如伊凡·萨瑟兰为世界上第一台头戴式显示器所起的名字"达摩克利斯之剑"一样，任何技术都是一把双刃剑。对于时空旅人来说是解药，而对于另一批玩家来说，却恰恰可能成为诱发新的病症的潜在魔鬼。

谢爽并非对此毫无知觉，但了解得越深入，她仿佛是浮士德博士般，无法自控地想要更多。因为在她眼中，女儿谢天天就是另一个版本的时空旅人，被囚禁在了另一个平行宇宙中，无法跟现实世界里的家人建立联系。

或许她所研究的技术便是能打破这一屏障、解放女儿的武器。

为了追赶进度，她经常把自己囚禁在近乎静止的虚拟时空中，以争取到更多学习与思考的时间。这让她与吴谓情感上的距离也日渐疏远，某种程度上，谢爽成了她自己想要拯救的那一种人。

9

微微 2.0 将吴谓带到了女儿的房间前。

"准备好了吗？"男孩问。

吴谓摇了摇头，他永远不会有准备好的一天。在他的世界里，一切问题都可以通过计算得出确定的答案，没有模棱两可，或者无法界定的灰色地带。但在情感上，尤其在女儿面前，他感觉自己就像面对一个深不可测的黑盒子，无法用理性和逻辑去推演，你永远不知道你的输入会得到什么样的结果。

对于吴谓而言，这就是失败。

微微 2.0 牵起他的手，纵身一跃。

活了这么多年，吴谓第一次感觉自己濒临失控边缘。人类语言已无法表述他所处的状态。

最初的狂乱之后，恐慌逐渐消退，吴谓醒悟过来，这便是女儿所感受到的时空。

他无法看见，却不是黑暗，无法听见，却不是寂静。似乎所有感官都被悉数剥夺，无法遏制的恐惧如潮水般冲击着理智，他开始明白为何天天会如此安静，一切都在混沌之中，感受陌生而强烈，甚至比五官健全时还要丰富敏感，但是你却无从把握其含义，所有与信息对应的意义都断裂了，留下的只是刺激本身。

他像个附身的幽灵，飘荡在这无解的世界，更绝望的是，作为人类的自我意识在渐渐模糊、冲淡。

某种知觉在迅速膨胀，其他感官蜷缩到次要的位置，像是整个躯体被包裹于一枚无比巨大的蛋黄，你能感到四面八方传来有节律的震颤，一种均匀的压力迟滞而坚定地迫近，仿佛有一只巨手捏着这枚鸡子，而它将无可避免地走向破碎。

世界便是这枚鸡子。

这就是谢天天的不安全感，比吴谓所体验过的所有脆弱与惊恐加起来还要强烈。

他突然有种强烈的冲动，想抱抱女儿，抱抱这个宇宙间最孤独的孩子。

一些感觉的残片开始浮现，游荡在意识中，来自另一个人的体温、皮肤的触感、拥抱与亲吻的混合物、毛发拂过脸庞的瘙痒、湿润的气息、手臂上最后的一线疼痛。

吴谓猜测这是来自谢爽的记忆片段，毕竟她是那个花了最多时间在女儿身上的人，尽管随着时间流逝，这些信息也都将无法挽回地逐一消逝，甚至这个人，这个名字也会像水面的皱褶，平复如不曾存在过。

但他猜错了。

那发根坚硬、气息中带着烟味儿、手指上触感粗糙，那不可能来自妻子，而只可能是——他自己。

从女儿意识深处传出持续的震颤，变换着频率和模式，带着繁复的节奏和配合，然后便有一种宁静的愉悦弥漫全身。吴谓尝试着去体会那种共鸣腔的感觉，类似于坐在按摩浴缸中，让水流慢慢没顶，引发共振。

那是一种爱的感觉。

这是吴谓此生最为深刻的体验，令人疯狂而眩晕。仿佛共有一颗大脑的连体婴，又像是一个置于音箱前的麦克风，回输信号被无限循环放大，推向神经冲动的极限。

在那共振中，他触摸到更为遥远、古老而宏大的存在，像是穿越了幽暗的岩层和数万米的海洋，穿透了大气与辽阔无际的星空，穿行于时间与空间交织而成的躯体，仿佛所有的感官都恢复了正常，但只有电光石火般的一瞬。

世界疯狂旋转，开始只是水平旋转，然后垂直，最后是不定向的变轴旋转，仿佛苏非教派的旋转舞仪式，舞者右手朝天通神，左手指地通人，不停旋转至意识不清之时，便是与神最近之处。

吴谓被囚禁在蛋壳中，在海中，在铅与火的洗礼中，即将破碎。他膨胀，溢出了蛋壳，溢出了海洋、天空以及万物的间隙，他便是万物。

蛋壳碎了，旋转减缓了，膨胀停止了，然后是猛烈、急速、无尽的收缩，如恒星坍塌，如地铁穿越隧道、如精子游入子宫，如浴缸拔掉塞子，像是要把万物都塞回某个渺小、脆弱、安静的容器中，这个过程如此漫长，以至于连时间都失去了弹性。

父亲离开了，爱消失了。

随之而来的巨大空虚和失落远超过人类所能想象的极限。他们曾为一体，如今各自分离。恍如躯壳悬于真空，割断了所有与外界的能量联系，一个感官的黑洞，无所依托，无法触及，没有意义，只是宇宙间一个孤独的物体。

吴谓看不见，听不着，身体漂浮在知觉之海上，缓慢地穿越时间的尽头，而一生的记忆却凝缩在须臾之间，从摇篮到坟墓，只隔一朵浪花。

他终于理解了女儿的世界，理解了女儿的爱。

如果命运把我们抛掷到无法理解的境地，而我们所能做出的回应，无非一个姿态、一种仪式，体面地接受失败，鞠躬离场下台。再漫长的历史，再强大的国家，再深刻的思想，都会在时间洪流中烟消云散，何况两段人生短暂的交叠。

在时间面前，没有赢家，没有胜利可言。只有爱，能够让我们苟延残喘。

"我受不了了，我要离开这里……"吴谓从意识深处发出求救信号。

"出口就在那里，只要你……"

吴谓还没来得及回应，便被猛然抽离女儿的意识，然后，他看见了光。

10

那是一具尸体，漂浮在无垠的星空中，没有因为真空失压而爆裂，也没有因为极低温而粉碎，只是像日常生活中葬礼上能看到的那种死者，穿着得体，表情冷淡，妆容精致，只不过换了个炫目得过分的背景。

那是吴谓的尸体。

"微微，这是怎么回事？"吴谓看着自己的尸体，发现自己失去了实体，甚至无法控制自己的行动，只是随机漂浮在太空里，像个孤魂野鬼。他开始惊慌起来。

"冷静点，赢家先生，这是最后一道仪式。"

耳边响起的，竟然是叠加在一起的两把声音，一把是男孩微微2.0的，另一把来自他的导师老柳。二重唱式的音响效果，让眼前的这一切显得更加庄严诡异。

"什么鬼仪式？快让我回去，我要回家。"

"你这就在回家的路上，死亡是每个人的终点。"

"不！不应该是这样，这只是一场虚拟游戏，一场廉价幻觉，快让我走！"

"人类文明又何尝不是一场游戏一场梦。"这是吴谓所熟悉的那个导师老柳，洞若观火又带着虚无喟叹，"在我人生最后十年的研究中，我发现了一个终极规律，它是拓扑数论中一个非常边缘化的分支，但却能解释从大脑神经元连接到集体无意识行为，从量子效应到宇宙天体湮灭，这横跨微观到宏观数个量级之间的各种现象，它回答了一个困扰人类多年的不解之谜：费米悖论。"

"费米悖论？"

"从数学上看，银河系大约有 2500 亿颗恒星，就算按照最严苛的德雷克方程，智慧文明也应该是多如牛毛。可为什么，我们一个都找不到。是否存在着某种大过滤器机制，当文明发展到一定阶段，就会被过滤毁灭掉，就像滤掉残渣的咖啡滤纸，特定网眼尺寸的渔网，或者靶向攻击的基因病毒？"

吴谓感到一阵瘆人的寒意，即便他现在没有能够感受寒意的肉体。他已经远离这样的终极思考太久了，回想起学生时代，他最喜欢跟同学争论的，就是这样没有答案的问题。可那样的日子已经像星光一般遥远黯淡了。

"这跟我有什么关系？"他几乎是条件反射般回应。

"呵呵。吴谓，这可不是以前的你。以前的你肯定会站起来打破砂锅问到底。这和你有莫大的关系，你觉得自己遇到了危机，对吧？"

"算是吧……"

"你不是唯一一个。"

"什么？"

"事实上，全人类都在面临同样的危机，我把它称之为'赢家综合征'。具体产生的机制尚未清楚，但是就像是打开了大脑中某个隐藏的开关，神经元连接的拓扑结构产生了微妙变化，人类开始变得盲目、短视、过度竞争、自私自利，甚至带有强烈的自毁倾向。而个体组成了社会，社会组成了文明，我们就在悬崖的边上摇摇欲坠。"

"我一直以为您是一个乐观主义者。"

"曾经是，直到我发现盲目乐观也是症状之一。一个盲目乐观的社会与一个盲目悲观的社会相比更为可怕，因为每一个个体都将竭力用自己的乐观扼杀他人悲观的权利。"

"所以，您打算用游戏来拯救世界？"尽管颇为不敬，吴谓还是掩饰不住自己的讽刺语气。

那把声音沉默了许久。

"不……我只想拯救我自己。我也是患者，我牺牲了我的儿子、妻子，还有我整个的人生，只为了能赢。"

吴谓一下子说不出话来，幻觉中的身体，某个地方隐隐作痛，也许是心，一个曾经被认为与思考和感受无关的器官。老柳是真心相信自己所说的话，才会如此坦诚而残忍地揭开疮疤，让学生看清自己最不堪的一面。

"老师……"

"还是叫我老柳吧，我只是不希望你重蹈我的覆辙。你是我最看重的学生，我不想看到你变成现在这个模样……"

"可是我……我已经走了这么远，我不能放弃现在的这些东西……"

"难道你还看不清吗？你牺牲掉的远比你得到的要多得多。"

游戏中的场景迅速闪过吴谓眼前，他明白老柳是对的。为了毫无负累地前进，他牺牲了自己的妻子；为了不断击败竞争对手，他牺牲了自己与孩子相处的时间；为了莫须有的胜利，他牺牲了自己最钟爱的研究。他才是那个被囚禁在果壳里自以为是的孤独国王。

"你们被告知，要不惜一切代价去赢得人生中的每一场战争。可是他们没有告诉你的是，你就是那个代价。"

"可是……这个世界本来不就是这样的吗？"

"从来如此，便对吗？"

吴谓语塞。

"建造这个赢家圣地，便是为了改变每一个困境中的人。也许我们终究不能突破大过滤器，无法抵抗文明的孤独症，但至少，我们可以改变每一个人看待世界的方式，重新建立起与他人的情感连接，扭转神经元网络的拓扑结构。"

吴谓看到自己的尸体慢慢地腐烂、枯萎，如同坛城沙画，再怎么繁华锦绣，都抵挡不住时间，终将化为齑粉，和光同尘。他回忆起这一路上经历的种种，心头若有所动，像有束光打在了久不见天日的幽暗石壁上，照亮了一线青苔与藤蔓。

"老柳，我想家了。"

11

玻璃罩刺的一声打开，吴谓花了一些时间从甜美香氛中苏醒过来，回忆起自己身处何处。工作人员搀扶着他离开舱体，进入更衣室。

洗去身上的导电凝胶之后，吴谓走出水雾缭绕的淋浴间，去储物柜拿自己的衣物。他突然被眼前一个朦胧身影吓了一跳，定睛一看，原来是一面等身高的穿衣镜。

他端详着自己日渐隆起的小腹和略显松弛的肌肉，叹了口气，一切似乎都没有什么改变。

坐进车里，吴谓惊讶地发现自己在舱体里的时间最多不超过一小时，可感觉却像是过了一个世纪那么漫长。他想起所有经历过的虚拟场景和老柳的话，恍如隔世。

车窗外的城市依旧繁华如故，赢家与输家们不舍昼夜，战争不会为谁真正停歇。

车缓缓驶入地库，吴谓小心地挨着旁边的路虎停好。按照习惯，他会在车里再坐一会儿，像是做好某种心理建设，再离开座驾，上楼回家。

可是今天吴谓却一刻也不想在车里多待，他迫不及待地熄火，解开安全带，溜出车厢，走向电梯间。

在掏车钥匙时，他的手指碰到了一样触感陌生的物体。摸出来一看，是一把金色的钥匙，孤零零的，连着圆形的号码牌，上面写着"42"。

吴谓凝视着那把钥匙，似乎唤醒了某些回忆。

一声清脆的响铃，他回过神来，走进电梯，门缓缓合上。想起马上可以见到自己的妻子儿女，吴谓脸上露出了幸福的微笑，反射在所有的镜面上，尽管这不过是地球上无比平常的又一天。

直到另一个吴谓打开门，迎接他回家。

——原载《芙蓉》2020 年第 2 期

《分泌》是一个具有超现实性质的故事，它构建了一个因缺少内分泌激素而臣服于医疗体系的阴暗世界，只不过它没有止步于简单的荒诞现实，而是将发掘的目光引向更深层次的人性与社会主题。故事的前五节由女主人公叙述，阴郁而压抑；自第六节转由男主人公叙述之后，开始变得紧张而凌厉。作者将社会心理性的科幻设定赋予变形的世界，又从变形的世界中抽离出富有深刻寓意的科幻内核。

分　泌

彭思萌

1

　　2063 年 5 月 3 日，是我二十四岁的生日。我走下长长的地铁通道，独自搭乘地铁前往望帝最大的安定医院。那时距离大混乱发生不到二十四小时，我却对此一无所知。在这个阴霾密布的下午，满脑子都是那个黑色的问题：我能活着走到安定医院吗？

　　我所居住的是一座破败的大楼，离地铁站不过两百米，此时这段距离却长到令人发指——我用完了这个月的情绪激素，在花岗岩台阶上的每一步都像踩在刀尖上，勉强走进地铁大厅就躺倒在了地上。

　　平整的大理石地面，又冰又静，我的左耳、左臂、左腿紧贴其上，身子蜷曲。地铁大厅带着厅内所有人转了半个圈，这个嘈杂的世界忽然失声。

　　这不是我第一次这样做了，在很多个情绪激素供接不上的瞬间，通常是晚班结束之后，我偷偷从诊所后门溜走，拨开蔓生的灌木丛，走到没有了车也没有了人的水泥马路上，随意地躺上去，感觉那颗粒饱满的地面：粗糙，带着白天烈日的余温，毫不留情地蹭着小腿肚，一直剐擦到我的心里去。头顶是一张薄饼似的月亮，缺工少料，坑坑洼洼。

我这样做了很多次，和大地的亲密总能疏散我心中一浪一浪的焦虑，那成了激素胶囊之外的另一种心瘾，然后愈演愈烈。离开了月色的掩映，我也开始想和地面深深联结：坐在办公室里，走在大街上，穿行在各种又暗又长的楼道里，我常常会被这股冲动擒住，又一次一次摆脱它的追捕。直到此时此刻，那匮乏熟悉又强烈更甚往常，让我第一次在公共场合屈从于它的诱惑。

我静静躺在地上，像熟睡的婴儿蜷缩于子宫。果然，躺在地上就舒服了，紧绷的心弦全部松开，痛苦渐渐退潮，紧缩的自我悄然舒展。我终于从黑暗中睁开了眼睛，开始察觉，我察觉到了，察觉到了身边的一切：空间永恒静默而立，时间自虚空起始，万千变化后带来生命，带来这个地铁站直至挤满人群。

那都是些面无表情的人，他们从我身边走过去，甚至跨过去，我的右手挨了一脚。

"对不起。"

那人说着，声音中却毫无歉意，一步从我身上跳了过去。

我无动于衷，我心如铁石，我躺在这儿享受着这浑浑噩噩，感觉好得很。三根被踩过的手指辣椒一样燃烧着，心中却不起一丝波澜，丝毫没有再站起来的念头。

人群像一条河流，朝我捉摸不透的方向流动着，急了，又缓了，织成一张光影的密网。究竟过了多久？我不知道，我对时间失去了感知，我对一切都失去了感知。

腿那儿又被人踢到了，我忍受着，装作一无所感。痛感加大了，还是小腿肚那儿，同一个地方连挨了三下，真痛啊。但这种痛远在天边，和眼下与大地紧紧联结的满足感相比，根本不值一提。我还是懒得动弹。

但很快，我被猛拽住两只胳膊拉起来了。

左边是一个穿着蓝背心的胖保安，右边是一个穿着蓝背心的瘦保安。

胖子说："没事吧。"

我摇摇头。我是一百个不愿起来，但既然被拽了起来，只好撑住两条腿勉强保持站立。失去了和大地的联结，痛苦再次侵袭而来，我的胸口开始一阵阵发紧，神志在痛苦中清醒。

"身体没事，是情绪问题。"我用尽量冷静的声音说，却降伏不了其中的颤抖。

瘦子拽过我的右手，看了一眼那上面的安定表。

"抑郁Ⅳ。"他抬头打量我的脸色，"严重是有点严重，也不是非用药不可，要用药吗？我们有紧急注射权。"

"不用，不用。"我马上说。

每个月的情绪激素配额都在严格限定之下，我早已用完了这个月的剂量，怎么能为这点小事预支宝贵的额度呢？

"你的胶囊呢？"瘦子一脸怀疑，瞅着我的右臂。

我卷起右边的衬衫袖子，露出手臂上一块泛黄的医用胶布。胶布上盖着一个颜色已快褪尽的红戳，那是电子邮票，下面藏着刺激多巴胺和内啡肽等积极情绪激素分泌的混合缓释胶囊，只是，已经用光了。

"提前用完了，我这就要去安定医院领这个月的配额，没事的。"我机械地说。

"你自己说的咯。按照规定我们要确认三遍，配合一下，有录音的。"胖子说，他瞅了一眼瘦子，"你来问她。"

"你现在处于恶劣情绪抑郁Ⅳ，是否需要注射情绪激素进行干预？"瘦子说。

"不需要。"

"你是否有过自残、自杀，或者伤害他人的历史？"

"没有。"

"你现在是否有自残、自杀，或者伤害他人的念头？"

我沉默了一会儿："没有。"

他们放我走了。

我知道有人在抑郁Ⅳ、抑郁Ⅴ的情绪跳下地铁轨道，就是我脚下这条。烂泥一样的残躯铲走之后，酱油似的血迹一个多月后才和轨道上的污渍融为一体。但我没有这打算，至少现在没有。

我挪动两只脚，踏上地铁，被张着漆黑大口的通道吞没。地铁开往安定医院总部。

2

地铁空擦空擦开过。

我望着玻璃窗上自己苍白的影子，平淡的五官，单薄的身子，简直要融化在黑暗之中。我从来不曾了解自己躺在地上的原因，但我知道这件怪事是从什么时候开始的——从认识何遇开始。

我一直记着我们认识的那一天，真是个滥俗的开头。

那是一个普通的工作日，我如常坐在安定诊所门口发呆，任凭心中风起云涌，面不改色。我厌恶每一个前来就诊的病人，光是看他们一眼就要透了我的性命。他们的肤色，不是过于黝黑，幼年留下的痤疮印记清晰可见，带毛的痣点装饰在眉间或嘴角边，就是死尸般惨白，血管和青筋暴露在外，随着他们张嘴说话或每一个细微的表情微微跳动，似要挣破那层薄纸般皮肤的束缚。还有那些佝偻的背，僵直的脖颈，他们这辈子弯过的每一次腰受过的每一次紧张和悲伤的折磨都刻录在他们的躯体之上。这些丑陋猥琐和蠢头蠢脑尖锐地支棱出他们的身体，毫不客气地刺痛了我。我尽力忍住想要呕吐的感觉，用理智和经验控制自己处理一切：微笑，点头，为他们指点所有的鸡零狗碎包括一百次回答厕所的方位。

我是接诊护士，就得戳在这儿接待每一个人：来领配额的走左边通道，精神崩溃的坐在长椅上等保安，安乐死的去右边排队。

但那天，那个男人已在我这里登记了领取配额，却又坐回到门口的长椅上，抬起手腕，注视着手上的安定表，一动不动。

"这位病人，你应该走左边的通道。"我提醒他。

他放下胳膊，局促地搓了搓手："我在想该怎么跟你开口，说我想认识你。"

他的直接让我吃惊，但更让我吃惊的是这直接不叫我讨厌，于是我们就认识了。

这个叫何遇的男人非常奇特。他相貌堂堂，身材高大，肤色干净，腰杆挺直，丝毫没有留下为生活折磨的印记。他也在安定医院工作。安定医院是一个巨大的体系，包括了从源头的科研到末端的病患服务。他做的是上游的药物研发，属于核心机密部门，工作内容需要严格保密。他的话很少，交流浮于表面，真逼急了会讲两句俏皮话，但总的来说十分缺乏个性。

但他又有一个最特别的特点：他太正常了。

五十年前那场差点毁了整个人类文明的大灾变之后，人们历经良久，重新组织起了紧凑的商业制度和严厉的政治制度，几乎一手一脚重建了文明。我们在过去文明的尸体上开出了新的花朵，唯独缺少了快乐，快乐不知道被什么给吸走了。针对精神病患设立的安定医院越建越多，快乐却越来越稀薄。我们出了问题，所有人都出了问题，积极的情绪激素分泌越来越少。我那从大灾变中死里逃生的爷爷奶奶一直在说，搞不懂为什么现在的人脸上不带笑容。对诞生在灾变之后的新生一代来说，快乐和平静天生就是一张电子缓释邮票下严格规定的限定品。

在这个所有人都有情绪问题的世界里，正常就是最大的不正常。人人手上都戴着安定表，用那玩意二十四小时精确监控所有细微的情绪，时刻提防负面情绪到达威胁生命的临界值。何遇的安定表却几乎派不上用场，任何时候看，都指在顶端的空白，那不存在数字的零点。

据他说，当他在那张破旧的咨询台前第一次注意到我时，他感觉到了揪心的紧张，抬起手腕注视安定表，指针竟在慌乱Ⅱ和慌乱Ⅲ之间颤动不止。他在长椅上长久静坐，望着震颤的指针，确定表没有坏，才决定和我说那句话。

这对他来说是不可思议的事情，我不知道他是如何获得了从安定表中解脱的超能力，他总是平静得像一尊雕像。

我们之后有了越来越多的时间待在一起，每次和我待在一起，那种波动就越发强烈，所以他喜欢跟我待在一起。

而我，也因为他有了前所未有的体验。那不是因为我们一起做了什么，我想不起我们做过什么特别的事情，我只是因为他是他而感到满足，这个男人好像是我的反面，补全了我的残缺。我们不停地走路、讲话、欢笑，去我独自一人时绝不会去的地方闲逛，奢侈地挥霍时间。

我不善言谈，他也是。还好，我是护士，他是药剂师，所以我就可以一直聊安定医院的事，聊我们过于严苛的制度，聊我们难用的系统，那些怪模怪样的病人。医专毕业之后，我就一直在当护士，但这么多年过去，我就从来没有喜欢过这份工作也没有喜欢过这些病人。现在，我就不停地谈着这些，不知道怎么多出了那么多话。以前我的安定表时刻在抑郁和焦虑的情绪间摇摆，可跟他在一起，安定表竟出现了——虽然只是一闪而过的——信赖、友善、亲密、惊喜。我看着那小小的圆圆的表盘机械滚轴上跳动的文字，才知道原来在我见熟了的那些情绪，抑郁、忧伤、寂寞、沮丧、惊恐、焦虑、慌乱、懊悔……之外它还能显示这么多情绪。还有平静，我以为永远不会降临在我身上的平静。有一天晚上，他送我回到我家楼下，然后我们一起倒退着向后走，我不停地挥着手，他也是。我一直倒退着走到楼道口，看着他的身影变得和一个挥着枝杈的小木棍一样伶仃，然后渐渐消失。抬头是一轮圆月，低头看着安定表，发现指针停在零点。这是我第一次停在零点，那一刻我的心像月光一样澄明。

我悄悄翻遍了诊所里的诊疗手册，那上面有针对患者的就诊指南。那似乎是多巴胺、肾上腺素和五羟色胺综合分泌的作用。一个人因为对另一个人的感情而自主分泌出了激素，在我们这个分泌贫乏的世界里像中了彩票一样罕见。那种对周围每一个人的厌恶在他身上失效了，他不仅没有伸出尖锐的刺，而且浑身散发出温暖的光，那光芒笼罩了我，使我不靠邮票也能平静地活下去。

身处幸福的时候，人很容易误会那就是永恒。我以为我会永远平静而幸福，但这种平静终究未能持续多久，覆盖其他人的灰暗滤镜最终还是蔓延到了他的身上，我的快乐时代迅速终结。我清楚地记得那个决定性的瞬间，我们一起去吃红胖冰淇淋，据说那冰淇淋里添加了一种非洲灌木的果实，换言之，微量的积极情绪激素。运气好的话，可以让人体会到一种略带眩晕的开心。大部分能让人开心的食物都进入了违禁品的单子，安定医院希望所有的快乐都是被牢牢掌控的，这冰淇淋只是钻了个空子，谁知道它还能卖上多久呢？所以店门口排起了如龙的队伍。我们排队一个多小时，终于来到了队伍最前面，在面前的冰淇淋机嘎吱作响、挤出冰碴的时候，他忽然转过头来，对我说：

"我们要是在一起也挺好的。"

我清晰地听到了这句话，他吐字很慢，这些字句一下一下敲打着我的心。我明白他的意思，但我只是低头看着脚尖一言不发，没有给出他想要的回答。再抬起头的时候，他的身上也开始蒙上那层灰暗的滤镜。

我们后来一起吃了那个传说中能让人开心起来的冰淇淋，不知道他是什么感觉，但我没有感觉到开心。那之后他没再提起这个话题，我却开始真的思考起这件事，我幻想着跟一个什么人建立起长期稳定的关系，那个人或许是他。我们以彼此的男友和女友自居，朝夕相处，直到结婚，每天一起吃饭，像我的父母那样住在一起。

所有人都说结婚对夫妻双方的好处都很大，因为婚姻能让双方自主分泌催产素等一系列积极情绪激素，这几乎是最可靠的分泌了，成功的概率很高。婚姻会给绝大部分人带来好运，长期、自主的分泌会降临在夫妻双方身上。当然，这并不总能奏效，想想我的父母，他们彼此折磨的时候要多得多。

我想三十年前他们刚刚在一起的时候，是美好的。他们那一代是所谓陨落的自由一代，诞生在大灾变之前分泌充足的年代，纯粹因共享快乐和爱而结合。大灾变之后他们勉强苟活下来，均承受了严重的分泌问题和长期的情绪不稳定，最后双双进入医院系统谋得一席之地。父亲在一家社区医院做医生，母亲在城市另外一端的医院做护士，都已经办理提前退休手续，但仍按照退休前的习惯每天早晨分别离家前往不同的地方：一个去公园下棋，一个去医院职工俱乐部跳交谊舞，以避免过多相见，而各自在浅薄轻浮的集体人际交往中觅得一些有益的情绪激素分泌。这是他们在长久的争吵暴怒之后为维持家庭结构不至于分崩离析找到的解决方案。每天晚上回家凑在一起晚饭的一个小时是难得的宁静一刻，每周末我会短暂地回家待一会儿，分享一点美好时光，那有点像已经永远破碎的过去的美好时光的影子。

这种和谐的相处模式也不过是在最近才觅得的，在此之前，他们在我成长的漫长岁月里彼此折磨又坚持要待在一起，随时可能把对方逼疯。我想起母亲那阴沉的脸和父亲的一脸嫌恶。那是我面对得最为长久的两张脸，除了让我知道美好永远不可能长久，他们真的有因为婚姻更好一些吗？

我脑子里渐渐塞满了这些乱糟糟的想法，何遇仍然会约我，我也仍然会去见他，但我渐渐沉默下去。我想我那些因他而起的分泌已经停止了，这太倒霉了，我所承受的是断崖式落差的情绪起伏，但这没什么，我早已习惯了这种倒霉。

何遇倒是一如往常，情绪稳定，神采奕奕，在他那并不轻松的工作和我的约会中来去自如，他最近的加班多了起来，因为工作内容保密甚至不能透露新的工作内容，但他依然只要一有时间就约我。在我们那越来越紧凑的约会中，他甚至有一次轻描淡写地告诉我，如果他以后跟一个什么人结婚，他准备把自己的激素额度转让给她一部分。每个月的配发额度会在月末最后一天结束时失效，不准转让，无法保存，但在那之前转让给自己的直系血亲或者配偶是被允许的。这是我们严酷法律罕见的温情一面。

"我根本不需要那东西，已经好几年没去领那个额度了。"他说得很轻松。

听到这句话时我正在抑郁和焦虑两种状态间痛苦摇摆，甚至害怕长久的抑郁将要转化为双相障碍，再一次提前用光了那个月的额度，听到这话我大吃一惊。

我明白他话里的含义。他知道我一向过得很糟，这是有原因的。我的五羟色胺有问题，成因可能是不可修复的先天基因缺陷，或者复杂的后天损伤。可能是递质本身较少，也可能是受体的问题，也可能递质和受体都没问题但就是无法成功起效，问题太微妙而复杂，定症都无法做到，治疗就更无从谈起。总而言之，我天然是一个吞没情绪激素的黑洞，这就是真正的倒霉。我知道，这不公平，我既承受着我们这一世代普遍的分泌稀薄，还有只属于我自己的情绪缺陷，雪上加霜。但又有什么事是公平的呢？唯一公平的似乎只有每个人情绪激素的配额，配方可以自选，但每人每月剂量恒定，不会因为你有什么缺陷就多给你一些。我早已习惯了自己是一个不幸的、一直沉浸于负面情绪中的怪胎，我习惯了那些投向我的怜悯而疏离的目光。这没什么，还有很多比我过得更糟的人，那些关起来的精神病人，那些游荡在街头的放弃族，还有许许多多提前结束了自己生命的人，这些事情每天都在发生，而我还能正常工作、生活，我还活着并将继续活下去，只是……不太开心。

我再一次考虑起何遇这个人，他比我大两岁，长得不错，家境殷实，彬彬有礼，药剂师也是个好工作，最关键的是，有什么人愿意和情绪怪胎在一起呢？我知道自己对男人来说没什么吸引力，我皮肤惨白，偌大的眼睛像盲人一样，没有焦点。一天中的大部分时间都昏昏欲睡，提不起精神。以前尝试接近我的男人都在嗅到这股凄惨味道后马上逃跑了，只有他，他是我遇到的唯一如此诚心实意愿意和我在一起的人。和他在一起，我应该能过得好一些吧。

这样想着，我却越发不想见他了，我说不上哪里不对，我焦虑频发，不断失眠，对约会一再迟到，要么就是编出各种理由来推脱，实在找不到推脱的理由的时候，勉强赴约，就会拼命找借口跟他吵架。

这一次是因为他买酸奶的时候加错了配料，我尖叫一声，把酸奶瓶子掼在地上，一地白浆混着玻璃碴儿，冷森森泛着光。

何遇这一次没有像以前那样忍耐或者唯唯诺诺道歉，他等着我消气，走过来抓住我的手，看那上面的安定表。

"焦虑Ⅲ。"他盯着我的眼睛，"你是不是不喜欢我？"

"没有没有，我讨厌你永远不记得我喜欢吃什么，我喜欢吃桑葚，最讨厌蓝莓。"我说。

"有时候我怀疑，"他停顿了一下，"你是不会喜欢任何人了。"

这一次我没能糊弄过去，他已经很接近答案了，下一秒钟好像就要大吵起来，他那种要发脾气的样子让我想起了我的父母，我畏缩地把头扭向一边。

他只是沉默地站了一会儿，就迅速恢复了往常的冷静，也让我们都冷静冷静，说他正好要被紧急征调做一个星期的药物封闭研发，一个星期后再和我见面，好好谈一谈"我们的问题"。

鬼知道我是怎么熬过这漫长的一周的，明天，我们就要见面了。

我已经想好了。我一定要让他感受到我的温度，感受到我对他的喜欢，哪怕这喜欢来自暂时的伪装，来自强效的情绪激素，那也一定要调动起我无论如何也汹涌不起来的情绪。我在不断下沉，下沉，在阴沉的水底待了那么久，跟他在一起，头一次感觉到阳光的温度。我不愿再沉入水底，我必须抓住点什么，不管那是什么。我必须抓住他。

随着有节奏的空擦空擦声，我被地铁带到了安定医院站。这个城市有着如雷贯耳的旧名，大灾变过后它叫望帝。整个望帝有数百家安定医院，全是灾变后新建的建筑，在大片大片年久失修的破旧楼房中鹤立鸡群。我工作的只是一家小小的社区诊所，而这里是望帝的安定医院总部，最大的一家医院。今天过来，不是来工作的，我来领这个月的额度。

我走出地铁，注意到大厅立柱上新贴的海报，有几张激素劫犯的通缉告示，上面是一个皮肤焦黄好像戴着蜡制面具的中年女人，额头生着烂疮，她的照片下写着：禁止滥用管制激素。

我低头看了一眼安定表，圆溜溜的表盘上，小巧的指针牢牢指向抑郁Ⅲ，情况略有好转。

我猛吸一口气，走向安定医院。

3

三十年前的大灾变之后，全球自由化潮流戛然而止，经济危机、政局动荡，甚至局部核战争导致了全球人口锐减，之后就是各国几十年的孤岛式发展。复兴时代中，人群向有限的几个大城市集中，重建文明。此后，分泌问题渐渐显现，医院系统应运而生，每个城市都演化出了自己独立的医院体系。巨大的医院系统逐渐崛起，谣言四起，四处都在流传，说医院体系的规则如此严厉，都是为了免于重蹈覆辙。

在所有这些医院体系中，望帝最为复杂，整个城市的数百家安定医院全部属于公立机构。除了管理激素配额的发放，进行异常激素配额的发放，还要收治精神病患，顺带着也处理处理身体上的问题，毕竟身心问题皆成一体，而纯粹的身体问题只占精神病患的一小部分。这些医院之中有社区医院、儿童医院、妇女医院、专科医院、福利医院，还有专门收治权贵的特殊医院，这种医院普通人连踏进门内一步的资格也没有。而我要去的安定医院总部是其中最大的一家综合性安定医院，总部之外的医院系统工作人员一律给安排在这儿求医问诊，而不是在自己的单位就近治疗。而总部的医护人员又被安排在其他医院就诊。这是为了保护隐私，上头是这么说的，但我们都觉得是为了避免配额发放被自己人动手脚，规定就是这么严格，一个空子也不给钻。

走出地铁站通道，来到外面，远远望见医院主楼，我发现头顶密布的阴云竟然散去不少，天空中透出了些许蓝色。初入夏的阳光已经有了几分力气，刺破终年不散的雾霾，将医院主楼照得晶莹剔透。我一边走近一边打量着这座不论从哪个角度观赏过多少次依然牢牢粘住我目光的大楼。整个外墙由特殊的哑光金属玻璃材质打造，从高耸的尖顶到层层叠叠的塔楼都像沾满了糖霜，通体洁白，在周围环绕着的大灾变前留下的灰头土脸的建筑中鹤立鸡群，好像一座巨型的现代化教堂。它充满宗教意味的造型颇能抚慰人心，让我的心平静不少。这其中只有一丝不和谐的元素，有一些塔楼上排列着不同寻常的小窗，圆圆的小窗带着铁丝网罩，用来把病人和医院外自由而危险的空气隔开，那是高危病患的病房。

我慢慢登上医院宽阔的石头台阶，穿过那些垂头呜呜哭泣的人们，他们和零星停歇的鸽群混在一起，散布在又长又阔的白色大理石台阶上。这不是什么问题，真正危险的病患都住进那些带着圆圆小窗的高危病房了，只剩下这些伤害不了别人最多伤害伤害自己的抑郁患者。他们还活着，却像石像一样了无生气。我轻易地穿过他们，进入大楼宽敞的门厅。十二个安全检查入口是进入医院大楼的必经之路，此时都排起了长队。不当班的我不能走工作人员通道，只好挑了一队排了起来。随着围栏间的队伍缓缓挪动，我慢慢生起气来：该死，怎么又这么多人来看病，该死，不能让这个走走形式的安检更有效率吗？

我抬起右手，安定表上，指针正在焦虑Ⅱ和焦虑Ⅲ之间跳动。焦虑像一头暴躁的小兽，在我体内左啃一嘴，右啃一嘴，呼之欲出。

我探头去看排在我前面的人，这支队伍和另外十一支队伍一样安静又坚固，很长时间内几乎岿然不动。过了好久好久，队伍最前面的蓝裙女孩子终于被放进了安检门内，却被蓝背心从身上搜出了一支打火机。扔掉还是寄存？她选择了寄存，然后就开始仔细填写寄存表格，那又花掉了好长时间，后面的人，包括我在内，只能干等着，而这段时间两边的队伍都进去好几个人了，我们这队严重落后。

"蠢货，就不能快点吗？"我骂出了声，掏出口袋里的一个小东西扔了过去，看着空中那道粉色的抛物线我才发现，那也是一支打火机，何遇的打火机。

那支打火机正中蓝裙女孩的后背，她回头看了一眼便再次低下头填表。她就站在那儿，一手抓着铅笔，一手托着那张小小的表格，眼睛紧紧盯着那张表，认真得好像那是她的遗体捐赠同意书。除此以外，不管是蓝背心还是队伍中的其他人都对此事毫无反应，大家依然沉默得好像水中的顽石，我这过激反应在这儿实在是太正常了。

这发泄倒让我好受了一些。但过了一会儿又自责起来，我也常常丢三落四，尤其是匆匆忙忙赶时间的时候。那蓝裙女孩留着齐刘海和娃娃头，看起来心地好年纪也很小，我为什么要这样苛刻对她？

随着这阵自责，我又觉得自己是个毫无可取之处的人了。我回想起了今天灰色的记忆中最灰暗的那一段，那是今天凌晨时我做过的那个已经做过千百次的梦，梦中那头生着嘲笑脸的怪兽追着我跑了一整晚，而我只能埋头在灰暗城市中躲躲藏藏。满头大汗从这个梦中惊醒后，我就不断反刍着那段记忆，浑浑噩噩在床上继续赖了两个小时，直到预约的问诊时间快要来不及才匆匆赶来。我还回想起了我那丧气的外表，回想起了我活过的毫无亮点的二十四年，回想起了这样子的我好不容易有一个人喜欢却就要失去。这阵灰暗的浪潮漫延开来，彻底淹没了我，倾覆了整个世界。眼泪簌簌而落，我赶紧摸出纸巾擦了起来。抽抽搭搭哭了一会儿，眼泪浸透三张纸巾，终于止住了。我感觉好多了，哭泣带来了深沉的宁静，我的双手紧紧攥住打湿的纸巾，没有看安定表，但我很清楚，指针应该指在抑郁 I 。

就在这阵轻柔的抑郁中，我慢慢挪动到了队伍的最前面，通过了一整套烦琐的检查，身上没有第二个打火机或者其他任何阻拦我进入诊疗室的东西。

遵循医院挂号机上的提示信息，我乘坐前厅尽头的电梯来到二十二层，这是乘坐普通电梯可以到达的最高层数，再上头是特需病房，要从特殊电梯才上得去。

走到走廊尽头，我推开诊疗室的门进去。

屋子里没有开灯，窗前亚麻色的窗帘隐隐约约透着天光，我站在房间中央，温暖的环流空气一阵一阵吹拂在脖子后面。

"你来了？"带着滋滋电流音的北方男子的声音，似乎就站在我对面，我却从来没有见过他。

"嗯。"

"今天聊点什么？"希如常问我，语气轻盈，满含关爱，他是我的诊疗 AI。

"今天……不聊了……"我犹豫着说。

我当然是很乐意和希聊一聊的，他了解我的一切也包容我的一切，尤其是在我漫长的青春期里，每个月和希的聊天甚至就是我活下去的唯一动力。不找人分担那些始终折磨着我的情绪，我又该如何活下去呢？身边的每个人都在情绪中溺水下沉，其中包括我那时还无力逃离的父母，他们三两句话互相不对付就相继沉入忧伤或者暴怒，以摔打家具和呼天抢地来发泄脾气。其他那些关系较远的人，包括学校的同学们，都好像浮冰一样危险而锋利，让我不敢接近。不光是人，动物们也是如此，猫大多变得过于阴沉，狗则太有攻击性，这些动物都被赶出了城市重归荒野。只有诊疗 AI 不一样，希像一块稳定的浮木，他一直在水面之上。在我遇到何遇前他是我唯一的希望。

希的主要作用是审核特殊的配额申请。普通的配额领取在街头的极乐泉就能搞定，我来到这里，是有不同常规的需要。在一个小时或者按需可以更长的时间内，我可以跟他聊任何和情绪有关或无关的事情，以往我都会抓住这个机会大谈特谈，直谈到痛哭流涕。大概是我不曾全然信任其他任何人吧，而希的记忆力那么可靠，保密功能又设定得那么严格，将我所有最细微的顾虑都一一瓦解。就在他那些恰到好处的"嗯嗯、啊、对、然后呢、别担心、所以你怎么想呢"的话语中，我往往痛哭流涕，在宣泄后获得安慰，心怀感激地离去，并惦记着下一次相会的时间。

但这一切都因为何遇改变了，我将我跟何遇的所有事当成了一桩秘密，那衍生出了一种奇特的羞耻心。我从未向希透露过任何我跟何遇的事情，我独自吞下了欣喜、犹豫和压力，装作若无其事，即使对面是一个绝对不会刺伤我的诊疗 AI。但隐瞒渐渐侵蚀了我对他的坦诚，终至于无话可谈。

此时，我以为希会询问些什么，但他没有说话，于是我开口了：

"我想要'夏娃'，请把我这个月的配额全部兑换成'夏娃'。"

我已经做了足够充足的功课，我的配额足够兑换三份"夏娃"，一种复方激素胶囊，短时起效，效果显著，能让人体会到深具感染力的浓浓爱意。这个月我会按照以往的规律继续和他约会三次，每次使用一颗胶囊，他会相信我是喜欢他的，他会相信我能因他产生浓烈的激素分泌，那么他终于会放心，跟我成为情侣，继续关心我、疼爱我、照顾我，我们会建立一种稳定、互惠的关系，谈恋爱，走向婚姻，甚至可能有个孩子，不，可能会有好几个孩子。

三次抽奖的机会，胜率不低，奖品是积极激素的自然分泌。

我打了个寒战。

"原因？"希问。

"短时危机干预。"我唱歌一样流利地说。

"我调用了你生平所有的配额领取记录，你过去的五年内都在用'茉莉'，这是平衡抑郁情绪的缓释激素，可以做到整月生效。你要放弃'茉莉'，意味着你在一个月的大多数时间都处于无干预的自然分泌状态。你如何平衡日常情绪呢？"

"我的情绪最近已经明显好转。"

"我也调出了你的安定表记录，前两个月是有好转，但这个月的情绪反而恶化了，虽然你从来没有告诉过我原因，但我服务的是整座医院的全部患者，我有丰富案例和数据积淀可以比对，根据我的判断……"

诊疗 AI 显然不会有情绪波动，但希语调中的电流音还是强烈了起来，滋滋声掩过了他的说话声，我听不清他在说什么，我感受着温暖的微风，等待那声音稳定下去：

"……总之，这样用药会产生自我攻击的危险。"

"我可以承担这些风险。"我马上说。

希没有再说什么，只有那不稳定的电流滋滋声在屋子里蔓延，我在行使配额管理条例许可范围内的自由，他的沉默意味着计算，计算结果将决定他继续履行建议权还是行使干预权。

最终，电流声小了下去，他的声音响起："走过去。"

我往前走，窗前的桌子上一台机器亮起了小绿灯，我走过去，在机器前的圆凳上坐下。凳子的皮面又细又软，好像一块丝绒蛋糕。我努力把注意力集中在这些细枝末节上，装作毫不在意地卷起袖子，把手伸进那个亮着绿灯的机器正中间，那儿是一个筒状的通道，我完全伸直胳膊后，通道周边柔软的气囊就充实起来，将我的手臂牢牢固定住，这让我更加紧张。通道的末端是开放的，露出整个手掌，那上面的悬臂挂着一个蜷缩的机器爪，爪中央闪烁着蓝色幽光。机器爪悄无声息地落下，用五支金属小叉固定住我的五根手指，而机器爪中央我看不清的地方还有更加细密的机械在操作着，我感觉旧的邮票被抓住一个角，掀开剥落，一根金属探针刺入我的皮肤之下，咔哒，咔哒，咔哒，机器爪的中央发出金属滚动的声音，三个小小的颗粒埋入皮肤之下，那有些疼，我想攥紧拳头，整个手掌却被牢牢压在陶瓷板上，丝毫使不上劲。但痛苦很快结束了，探针收了回去，一张新的胶布覆盖其上，机器爪放开我的手掌向上收起，手臂上的力量随之松弛下去。我抽回了手臂，在机器的微光下欣赏着我的新胶布，上面有一个艳红的戳，写着今天的时间和操作医院，以及三行小小的"夏娃"。那下面藏着情绪激素，我要的"夏娃"，高剂量多巴胺，当然，当然，还有肾上腺素，加压素，类鸦片物质，和我渴求的五羟色胺，一顿丰富的大餐。

"用之前拍碎，三秒钟生效，每颗有效期一小时。"

希这样解释，声音中的电流声已完全消失，温和纯净，不带一丝情绪。

4

走出医院无须经过重重安检，我很快就从那十二条安检通道一侧的出口离开，回到了医院门外宽阔的石阶上。

我从牛仔裤口袋里摸出手机，给何遇发了一条消息，说我想见他。

我听说在很多年前手机已经发展到了虚拟触屏技术，但大灾变后除了生物医疗技术突飞猛进，其他技术包括通信技术却倒退回了许多年前。我们现在重新用上了黑白液晶屏手机，只有最简单的收发消息的作用。

我攥着手机等了一会儿，始终没有收到他的回复，便也坐了下来，坐在冰凉的大理石阶上，看着白鸽们挪动两条小胖腿，在抑郁病患间缓缓踱步，间或扑棱棱飞起，在空中盘旋一阵又降落回来。一定有人在喂它们，但我始终没有看到是谁在做这种闲情逸致的事情，这个人的抑郁程度一定还很初级，要么就是在日渐康复。我继续看了一会儿鸽子，简直快睡着了，忽然一只白鸽从头顶降下，落在我的肩膀上，在我耳边轻轻咕咕。我屏息静气，不敢动弹，动物们都很喜欢我，但身上落下一只鸟还是第一次。我用尽量轻的动作再点亮手机，还是没有任何回复。我开始感到不安，我们已经一个星期没有见面，这期间也没有发消息联系，在这之前他对于我的消息每发必回，即使是他正在参与那运作严密的项目。我抚摸着手机上又小又软的关机键，那个位置上画着的绿色的小电话已经被磨得有点褪色了，我摁亮手机屏幕又把它摁灭，摁灭又摁亮，越来越不安，鸽子也振翅飞走了。

我的手探进衣领，拽出一根挂绳和上面那个青白玉的挂坠。那是一条蛇，或者说一个女人，或者两者皆是。她是女娲，何遇说的，那是他送我的礼物，他故土的神祇。蜷曲的蛇尾上是一个身材妖娆的裸女，脸却端庄俊秀，一只纤细的手抬起，托举起一轮圆月，身边环绕星辰。何遇还说，她是开天地和造万物的大神，属于一个远古的灵性的时代，那时人和兽的区别还不分明。荆楚浪漫，那里的神话让她一直孤身一人。在他的故土，更往南些苗疆聚居的小镇的传说中，她被许给一个配偶，那是另外一个人首蛇身的男神，挂在何遇的脖子上，他们一起创造了新的人类。我还记得他说这话的样子，蓄满星星的眼睛。那一次我莫名情绪崩溃，蹲在路边哭了好久，等我哭完站起身来，他把这块玉石挂到了我的脖子上。你要像她一样坚强，那是何遇最后说的，看着我的眼睛。

我抚摸着冰凉的玉石，想着到底什么是坚强。脖子上的这一位，我始终觉得她不像一位神，更像一尾蜿蜒的蛇，有时无意中瞥到甚至会吓着我。我把它塞回领子里面，忽然涌起一股强烈的预感，我得赶紧去找何遇，不然一定会失去他，这是我最后的机会了，我从地上跳了起来。

带着一丝惭愧，我忽然意识到，何遇送我回家那么多次，我却从没去过他那里一次。只是曾经给他寄过一次快递，得到了他的地址。那还不是给他的礼物，是我买了一个眼罩，白天值班不方便收件时让他替我收。据他说，他楼下住着一个朋友，不用上班，每天在家，白天也可以代为收件。我在我们的聊天记录里翻出那个地址，离这儿不远，往西边去，大概五千米路。这儿正好有一班顺路的地铁，但我现在不想乘地铁了，天越来越好，空中的阴霾全部散去了，蓝色的天空中射下金色的光束，这感觉真让我舒服。我想起刚乘过的地铁，那阴暗潮湿的通道让我直坠谷底，而我现在已经没有额度可用了，每一刻都得谨慎小心。我还要这样挨过一个月，但我努力不去想这回事。

好好的吧，好好的吧，莫羡。

我喃喃念着自己的名字，用脚尖点地，跳下医院的台阶，朝江边走过去。

江边有一座拉索的高架桥，桥面本是深沉钢色，现在挂着一道一道橙黄的锈迹，像是深刻的泪痕，那是大灾变前就建起的野马桥，现在依然承担着疏通两岸交通的职责。桥墩底下聚着一群像野人一样从头到脚披着黑黢黢外套的人，他们是完全的放弃族。

我在各种医院摄制的宣传片上看过关于他们的介绍，用以警示人们遵守额度使用规范，谨慎规划额度使用。在彻底沦为放弃族之前，他们大多有过正常的生活，其中甚至不乏精英人士，只是因为情绪问题不断恶化，所有治疗方案均告失败，终至于丧失正常情感能力，行动力也随之丧失。他们无法工作，无法照顾自己和任何人，无法建立哪怕一条正面情绪回路。如果他们有过亲人，亲人也很快厌弃了照顾他们，任凭他们沦为乞丐，流落到这尚可遮风避雨的野马桥下。至少他们还可以在这里彼此依偎，挤在一起，希冀得到一点正常世界里并不存在的温暖。

好几个蓝背心在他们周围晃荡，其中一个刚推过来一个带着滚轮的白色塑料大桶，另一个拿一柄亮闪闪的不锈钢长勺伸进桶子里，舀出来麦糊一样的流食，舀进桥墩下的一个木制食槽里，那食槽看起来和猪厂里的并无不同，而那些放弃族们抢食的姿势也和猪们一样，他们忽然从自己那片小小的领地冲出去，撅着屁股扎着头，猪一样挤在食槽前抢食，拿两只手把眼前的食物尽可能多地塞到嘴里。

那食槽早被啃得坑坑洼洼，露出新木头的嫩白色，晃晃悠悠，几乎要被挤翻过去，还好被几条铁索牢牢缚在地上，铁索现在也晃悠着叮当作响起来。

我望着他们远远地绕行。

人和人之间的关系，就是我给你一点多巴胺，你回馈我一点肾上腺素，如果我们凑在一起共享些催产素那是最好不过。假使无法进入这种正循环，我们也不要阻止彼此获取新鲜的内啡肽。这就是我这个情绪怪胎在社会中艰难求生总结出的通行法则。但这些完全堕入负面情绪，也只会给别人带来负面情绪的，就是人人避之唯恐不及的黑洞，真正的黑洞。我背上的那片汗渍刚刚被江风吹干了些，现在又蔓延开一大片。

我沿着高架桥继续向前，终于望见了江水，我向江岸走去，爬上兽脊似的堤坝，迎着江风继续向前。这儿天宽地阔，江面一览无余，可以望见前日连连大雨后高涨的江水和江对岸的冉冉绿荫。水汽氤氲，风团忽来忽去，吹得我飘飘欲仙。我放松下来不少，努力不去想身后的安定医院和放弃族，渐渐涌起了一股毫无由来的自信。今天的事一定能成，那个男人之前如此醉心于我，现在又怎会不回心转意。我放开步伐朝前走着，间或大声唱歌，荒腔走板的歌声在江面徘徊。好极了，继续下去，不要停。

在两条腿走得完全麻木之前，我注意到了江岸下路旁的指路牌，银色的金属杆上招摇着蓝色的指路牌，上面是三个我刚才在手机上见过的字，还有一个指向左边的箭头。我深吸一口气，跳下江堤，穿越路口，向左拐弯。

经历大灾变的城市一片荒芜，房子变得不再紧缺，一大半的建筑都空置着，这条不大的路上却住得满满当当。放眼望去整条街道井然有致，统一规划后新建的仿古院落，青砖墙，朱红门，一左一右蹲着两头大石头狮子。但仔细看看各家却各有差别，有的门口挂着"至尊会所"的劲书匾额，四周都加高了围墙，只能看到内里小楼尖尖的房顶；有的内拥着曾经高大华美却攀满枯枝败藤的楼房；有的楼又小又破，但在阳台上挂满了男女老少花花绿绿的衣服；有的小楼窗户反射出镭射玻璃的七彩光华，还在房顶上伸出炮台一样的天线塔。

而我身边这个院子似乎毫无以上这些奇特之处，只是一个普通的小院和一栋普通的小楼。大门上小小的绿色门牌写着"江阴道1号"，没错，就是这儿了。虚掩的大门一推就开，我一脚跨进高高的石制门槛，踩着了满脚青草。沿着草地中略踩秃了些的小道走去，小道被随意搭建的土房和棚屋挤得七弯八绕，终于走到了院落后一座稍成气候的小楼前。跟隔壁那栋带着三个拱形圆顶的宫殿似的洋楼比起来，这栋爬山虎点缀的三层青砖小楼太朴素了，只有楼前逼仄的空地上有几棵怪头怪脑的灌木，我认不得它们是什么。

何遇说过他的家在二楼，我刚踏上小楼的门廊，正有些畏惧地望着那积满了灰的楼梯，一楼尽头的门忽然开了，钻出来一个比我高不了多少的小老头。他端着一个脸盆，走到楼前的空地，朝那几棵灌木根部刺啦一声把水泼了，拎着脸盆一甩一甩地回来，抬头看到了我，他一愣，随后问："你找谁？"

"找何遇。"

"找何遇？你是他什么人，你怎么认识他的？"他警惕地看着我，一张肉质丰厚的脸，从鼻子周围弥散开各种皱纹，簇拥着两只逗号一样的眼睛，紧紧盯住我。

"我……我是他的朋友……"

"什么朋友？"他严厉地追问，把脸盆捂在胸前，好像一个盾牌。

"你没听他说起过我吗，我叫莫羡。"

"哦哦哦哦……"他垂下脸盆，整个人松弛下来，"我知道你，他提起过你，我还给你收过一个快递。"

"是一个眼罩。"

"哦哦，怪不得快递盒那么轻。"

我一阵沉默，想到每天贴在我脸上的眼罩曾经经过这个小老头的手，哪儿哪儿都觉着不太对劲。

"他出去了，何遇出去了。"

"哦。"我应了一声，觉得丧气，我憋了一身劲呢。想问，又怕唐突，不问，又舍不得。过了好一会儿，还是问了：

"他去哪儿了？什么时候回来？"

"忙他们的保密项目嘛，究竟是怎么回事他也没和我说，他啊最近就是忙这个，你别多心啊……"老头话锋一转，"上我屋里坐坐吧，他一会儿就回来。"

他说完一头钻回房间，我却在门口站住了。屋里没开灯，什么都看不清，这个其貌不扬的老头看着老实，谁知道实际上是怎么回事呢，人心这东西，难以预测。我的心猛跳了两下，望向那漆黑的屋子，觉得那儿充满了未知的恫吓。

我犹犹豫豫站在门口，想着要不要跟他说，还是算了吧，我就在门口等等。

屋里却忽然亮起了黄色的灯光。"快来，喝点饮料。"老头叫道。

这声招呼单纯不掺杂质，莫名让我放下心来，我走了进去。

走进门口正对着一扇半面墙那么大的窗户，窗下是一个炕台，东北常用的那种。台上摆着一张小木桌，老头蜷缩在桌子靠里那头，伸手示意我坐到对面。于是我脱了鞋，爬上炕台，阳光落了一身，这儿挤挤攘攘，整个房间里似乎只有我们面前的这张炕桌是有活力的，炕上垫着绵软的被坐过千百回彻底坐扁的百纳坐垫，桌子中央是一张茶盘，上面有茶壶和一群小茶杯。他的食指捏住茶壶的把儿，大拇指压住壶盖，倾斜壶身，行云流水地在面前茶盘上浇了一圈，水珠滋啦滋啦直往茶盘外面蹦，他也完全不管，接着往一只小杯子里倒水进去。然后提起杯子放到桌面上，轻轻推到我面前。

"尝尝。"他两只眼睛瞪成句号，期待地望着我。

我双手捧起这只滴溜溜圆的小瓷杯，杯子很白，里面盛着的金黄色液体在阳光下闪着光。我提心吊胆地尝了一口。不甜，有点涩，但又好像有点甜，好喝。

"不错。"我用还蘸着那液体的舌头舔舔干涩的嘴唇，"再来一杯。"

他赶紧给我又续上一杯，我一饮而尽，这一回味道更涩，但甘甜也更明显了，我从没有尝过这么美味的东西。

"你给我喝的是什么？"我问他。

他笑了，露出一口黄牙："是茶呀，最好的芽叶。"

"茶叶，茶叶不是违禁品吗？"

他只是嘿嘿地咧嘴笑，连口腔最深处的龋齿都露了出来。

"哪儿来的？"我又问。

"自己种的。"他指指窗外。

我透过窗子望出去，还是那几棵歪七扭八的灌木，叶片紧实，微微泛着油润的光，灌木底下还挂着刚刚泼上去的水珠，还有被水打湿的深色的土壤，是刚刚脸盆里泼出去的水。

我转过头，警惕地打量着这个诱骗我喝下违禁品的老头，发现他似乎没有我当初以为的那么老，最多也就四十出头，只是一身深蓝色土布衣服，穿着过于肥大的裤子，趿着一双踩塌了跟的褪色的布鞋，脸上的头发和胡子糟乱，完全不拾掇，整个人显得糙且老。他面上不带一丝愧疚，非常坦然地看着我。

"怎么可以给我喝违禁品？这是违法的。"我又急又气。

"不是所有违禁品都那么了不得。咖啡、茶，不过是些微不足道的咖啡因罢了，能有什么坏处。你这么神经脆弱的姑娘也可以承受的。"他说。

我震惊地看着他，这个违法犯罪分子，不仅公然对抗法律，还拖我下水。违禁品就是违禁品，违禁品遭到禁止的原因，就是它们会伤害到我们已经非常脆弱的分泌回路。这些话我每天耳濡目染到可以倒背如流，在我们很小的时候就坐在教室里从投影屏幕上看这样的宣传片，长大后又在每天的楼宇地铁广告上一次次被提醒着不要遗忘。虽然靠着限定额度我艰难度日，却一刻也没起过歪心思，从来对这些来路不明的违禁品敬而远之，它们提供的快乐都是恶性透支。现在我已经喝下了两杯茶，虽然暂时还没什么事，但谁知道我过一会儿会不会发起疯来。这个老头想干什么？肯定是想让我成瘾，然后成为他这几棵破茶树的奴隶。我越想越生气。

老头却没有注意我越来越凶恶的表情，仍是没事一样问："你感觉怎么样？"

我想说，我很生气，我现在就要去找最近的蓝背心举报你，但我没有说出口。气愤过后，我的记忆活络了起来，他的那些话我也曾在其他一些地方听过，这儿那儿，总有些离经叛道的人偷偷摸摸说着离经叛道的话，可能是在网络论坛的角落，可能是在哪个愤世嫉俗的青年的咒骂中，我已经不记得听到这些话的具体场景。我从没有相信过那些有着诱骗意味的话，但我也无法将这些完全相反的论调从大脑里删除。而且现在，我确实感觉到一种异样的感觉，好像身体里多了一条小蛇，它这儿那儿地游着，把我整个人给游活了。先是头皮发麻，然后浑身都起了反应，好像所有的毛孔历经一波涤荡，微微张开了。

这一刻，我、这个又小又乱的房间，还有外面那片无限广阔的空间的存在，都显得无比清晰，我体会到了躺在地上与整个宇宙联结的感觉。我有点想笑，但忍住了。我抬起头，看着对面这个人，困惑无比。

"奇怪的感觉。"

"你是第一次喝茶？"

"当然！我可没接触过违禁品。"

"真羡慕啊，第一次感觉会特别好。"老头说，"我都快喝皮了，好好享受吧。"

这又是怪事一桩，他的话里又出现了让我放心的东西，竟将我深重的警惕心暂时打发了。我干脆闭起眼睛，感觉在温暖的阳光下，一切都那么宁静，那么美好，全世界的人都是好人，我是他们中普通的一个。这阵开心的浪潮来了又退去，我陷入平静，然后那习以为常的压抑漫上心头。我在这阵灰色潮水中待了一会儿，却无法像往日那样忍受了。我睁开眼睛，看到老头还在打量我。

我把面前的空瓷杯朝他一推。

他嘎嘎地笑了起来，笑声粗野难听，好像一个破瓦片在吃得精光的饭碗上不停地刮擦。我敏锐地辨别着那笑声，发现里面不无嘲笑的成分。我又羞又恼，简直想掉头离开。但他边笑边又给我续上茶水，叫我没办法发火。他笑得太过厉害，手不停发抖，许多茶水都洒在了茶盘上，太浪费了。

我仰起脖子一饮而尽，温热的茶水顺着喉咙一路滚落，开心。我看着老头，他现在把眼睛眯成了一个半角句号，嘿嘿地笑着，我终于也忍不住笑了出来。我已经忘记了自己有多长时间没有笑过，我不用看安定表就知道现在有多开心。我们坐在阳光下，笑得一耸一耸，像两尊坏掉的一直一直笑下去停不下来的弥勒佛玩具，把茶水喝掉一壶又一壶。

等到我笑得不那么厉害了，我们聊了起来。老头叫程潜，不是本地人，是江城人，甚至也不是江城本城人，而是来自江城下一个名字无趣的小镇，和何遇是同乡。他没有工作，没有户口，黑在望帝，远离户口所在地和户口所在地那些可以给他提供额度的极乐泉和安定医院，也就是说没有领取情绪额度的资格。但他想办法给自己弄来情绪激素，自给自足。比如眼前就是一个法子。

如果是大街上哪个人拉住我就和我说这些，我一定尽我所能赶快逃开，但现在偏偏不是这样。我坐在这个怪异的小屋子里，三面墙都放着顶到天花板的柜子，柜子上横放着成捆的枯枝败叶，还有高高低低的密封罐，里面好像是些惨白的肉质模糊的肉团子，墙上挂着带着尖利犄角的动物头骨和干花，除此以外，更多的是既认不出是什么也说不出派什么用场的杂物，上面积着灰尘或者说细沙，还有又厚又重的蛛网。房间的角落里挤着一张小床，床头床尾几根竹竿挑起一张暗淡的帐幔。而这古怪屋子的主人老程刚招待我喝下了风味绝佳的热茶，由不得我不相信他的话。

我的心思活络起来，想追问他究竟是怎样不靠医院的额度活着的。这时候一只黑猫闯进门来，我给吓了个半死。我一直记着小时候被狂怒的野猫在街巷里追赶的经历，那让我的右脚腕上至今带着一道爪痕。那猫径直朝老程去了，蹿上炕，卧在他的膝头。老程拉开炕桌边的小抽屉，从里面摸出一只红漆的小木盒，推开上面的盖子，两个手指从里面捻出些粉末，向猫咪抛洒而去，看起来好像是些干草屑。那猫在老程怀里扭了起来，两个爪子扒拉着，眼神迷离，把身体拉成一个长条，拧了几拧，后腿猛弹，好像在空气中跑步，然后团成一团，打起盹来了。

等那猫完全不动了，老程望向窗外，说："时辰到了，容我打坐一会儿。"

然后他就把两手往腿上一搁，挺直腰杆，双眼紧闭，一动不动了。

我呆坐了一会儿，自己伸手抓过茶壶，倒了杯茶水，尝一尝，已经彻底凉了，只剩下苦涩的味道，我慢慢抿着。

太阳慢慢歪斜下去，我望着窗外的杂院发呆，看那些茶树和门口栅栏上的一排狗尾巴草在风中微微颤抖。过了一会儿，窗外多了个人影，我盯住那身影，拍拍玻璃窗。

那人本来要往楼道过去，停下脚步，张望过来。

是何遇。

我轻轻跳下炕桌，踏在满是头发和纸屑的肮脏的地上，穿我的帆布鞋。我仔细把两只脚的鞋带系好，我总是绑不好完美的蝴蝶结，但我尽力去系了，这是我的尊严。

我走出老程的屋子，他和猫还是一动不动地坐在那儿。我小心地给他把门带上，走出门外，何遇就在那儿等我，他什么都没有说，我也是。我跟在他身后，上了二楼。

何遇的屋子格局跟老程那儿一模一样，就是一个大开间，但东西少且放得整齐，感觉上宽敞了不止一倍。门口是一张写字桌，上面一张和穿衣镜一样又大又平又薄的电脑屏幕，黑色的底色上滚动着我看不懂的符号和字母。我不知道这个药剂师什么时候摆弄起这些电脑编码的玩意了。此外就是角落里一张单人床，窗台下一张沙发，其他的东西几乎没有了。

何遇一步跨到电脑前，抽出桌下抽屉里的键盘，按了两个键，把屏幕熄灭了。

他指着沙发对我说："请坐。"

我没有动，也没有说话，我太紧张了。

他看我不动，就自己先坐到了沙发上。他背对着阳光，脸上半明半暗，在胸前抱起双手，屋子里的气氛越来越紧张，简直趋于凝固。我深吸一口气，走过去坐到了他的旁边。这沙发是张三人沙发，表面是清爽的红白条纹细麻布，不软不硬，但坐起来就很放松。我缩在扶手旁边，离他好像有一百光年那么远。但即使离了那么远，我依然感到不安。

我试着开了几次口，不停地给要说出来的句子打着草稿，然后一次一次地画掉。

"我……我……我……我……"我舌头打着战，连一个"我"字都说不清楚。

"你要说什么？"他终于忍不住问了，"聊聊？"

我只能拼命点头。我低着头，望着自己的脚尖，我的旧帆布鞋已经很脏了，绿色的帆布被洗得很旧，变成了一种暗淡的草绿色。我已经不敢继续洗，怕再洗就要洗破了。但鞋带是簇新的白色，虽然系得歪歪扭扭，左边的一根鞋带拖到了地上，仍然白得亮眼。

我把两只手伸到背后，假装整理身后的靠垫，左手却偷偷摸到右手背上那个凸出的地方，用力按了下去。

整个世界慢了一拍。混合激素击碎了我僵硬的心，我无力抵挡也不愿抵挡，我胸膛深处那个小小的硬邦邦跳动的内脏忽然柔软了，它将更多又甜又美的血液泵向我的主动脉，及至全身每一处直径不过微米的毛细血管。我抬起头来，看着对面的那个男人，为什么我从未好好看过他呢？他的挺直的额头，英气的鼻梁，薄薄的嘴唇，温顺的大眼睛，像小鹿或者什么动物似的，满怀心事地望着前方，望着我。

呀，这是我的男人，我能全然地拥有他真是太好了。为什么我们要坐得那么远呢？为什么我从来没有给过他一个拥抱呢？我撑起身子，朝他靠了过去。

"能跟你在一起真是太好啦。"我柔情蜜意地说，靠在他的肩膀上，轻轻嗅着他的味道，温柔冷静，我想记住这味道。

"你这是怎么了。"他往一边躲。

我没有说话，只是赖着他。

"抱一抱我吧。"我央求道。

他转过身子来，双手环着我。

"能这样太好啦。"他说，"为什么之前你从来没有这样过呢？"

我高兴得要命，他的语气那么温柔，和之前一样，他怎么会舍得离开我呢？

"不要离开我好不好。"我说。

"我还以为……你不喜欢我。"他有点犹豫。

"我只是……我从来没有谈过恋爱，我不敢信任你，我害怕受伤，我的心里乱糟糟的。"我把头埋在他胸前，扭着身子。这样会不会看起来很像心中充满挣扎？

"没事啦，没事啦。"他轻轻拍着我的背。

"我们就这样好好的好不好。"我完全靠在他身上，用一种从来没有用过的温柔的声音说。我竟然也能发出这样的声音。

他以更加有力的拥抱回应我，把我紧紧抱进他的怀里，那力量让我安心。

直到，直到他的气息变得深重。他的一只手从我的脊背悄然滑落，伸到了我的衬衫里。

我一下僵住了，拼命地让自己冷静，阻止自己把他推下沙发，落荒而逃。

又一个让我害怕的黑暗禁区。

没关系，值得的。别害怕，迟早会来的。我在脑子里面轰隆隆的噪声中拼命鼓励自己。

但他忽然停下了，他放下那只手，和另外一只手一起，捧起我躲在他怀里的脑袋，望着我说："你真的喜欢我？"

我缓慢而坚定地点了点头。

他直勾勾盯住我的眼睛，似乎在检验其中的真实。他黑色的瞳仁里映着我小小的影子，不知道为什么，那让我怕得不行，想转过头去。他任由我躲避他的目光，拉过我的右手，我拼命想把手臂缩回去，但他的力气大得无法抗拒，我想从这张沙发上挣开，半个身子都掉了下去，还是被他把手臂拉了过去。

他的手指在我的右手背上轻轻摸索，轻柔得像缓缓放电的电鳗。

"少了一颗？时间戳显示的是你三个小时前刚领的就少了一颗？"他语气戏谑，却又无比冷峻。

"为什么用药，就为了见我？"他追问。

"你在胡说什么，我今天状态太差，赶紧用了这个月的第一份剂量而已。你怎么可以怀疑我？"我假装生气。

"你的瞳孔只有针尖大小，大剂量情感激素使用的明显反应，你用了什么？'爱'还是'夏娃'？我这儿有专业测量仪器，要不要拿来给你测一测？"

我一言不发，我不会承认的。

"哦，我看到了，这儿写着呢。三份剂量的'夏娃'。"

他甩开我的胳膊。

"你果然不会喜欢任何人了。"他摇头。

"不！我这么做是因为我喜欢你，不要离开我。"我受不了了，大叫出来。

"莫小姐，你怎么就不愿意承认你连自己都不喜欢呢？"他尖刻地说。

我们一起沉默了。我忽然觉得累了，我懒得再表演或是争取些什么了，我知道一切都无可挽回了，我知道我会搞砸的，一切好运气的兆头都是假象，最终我还是搞砸啦。

我哭了起来。

"好啦，好啦，不要哭啦。"他说。

"我们就这样了吗？"

"不然呢？"

何遇平时从来不这样说话，我能感到他话里的疏离和冷漠。一个惯于冷漠的人最能察觉他人的冷漠。我从沙发上跳起来就往外走，在这儿再多一刻都待不下去了。

"哎？就这么走啦？"他也从沙发上跳了起来。

"不然呢？"我拿衣袖擦着眼泪，几乎抬不起手臂，那儿很痛，被他拽的，我开始讨厌他了。

"你就从来没有想过你能好起来吗？你可以正常起来，就依靠你自己，开心地活着，敞开心扉去爱。你就非得依赖这些胶囊？你不是也看到老程了吗？他不用什么配给激素照样过得好好的。"

"现在说这些还有意义吗？"这个人刚刚侮辱了我，让我颜面扫地，我根本无心听他的教训。

"我跟你一块出去，我送你回去。"

"为什么？"我从眼角瞥他。

"你平时情绪就很不稳定，别再出什么事。"

"有必要吗？"

"还是，还是朋友呀，怎么没有必要，走走。"他走到我身后，拍拍我的肩膀。

我呆呆地开门走出去，到走廊上去。我刚哭过的眼睛烫极了，外面的光线刺眼，眼睛就更痛了。楼下是蚯蚓一样七歪八拐的院落小路，丑陋、凌乱。身后啪的一声，何遇带上了房门。

5

我逃出那个小院，再次朝江边走去，由着江风把脸上的泪水吹干又缓缓落泪，落泪又吹干，直到脸颊紧缩起来像一个干瘪的橘子，刺痛。我再次爬上那江边的堤坝，在风中摇摇晃晃走着，感到"夏娃"的效果在我体内急速消退，那留下的心灵虚空渐渐被痛苦填满。一阵复杂的思绪抓住了我：担心之事已经全部成真，之后要怎么办呢？该怎么办又能怎么办呢？想要牢牢抓住的东西已经无可挽回地失去，从今以后又只剩下我一个，在无休止的抑郁和焦虑中沉浮。没有办法活下去了，该怎样活下去呢？

我看着堤坝外的江水，那滚滚浊流汹涌奔腾，气势骇人。入夏后降下几场大雨，水位暴涨，江水浑黄激越，挟裹着泡沫、泥沙、树干，还有破旧的家具和种类纷繁的生活垃圾滚滚而下。江水起伏，乱流纵横，就在我身边江水里有一个大旋涡，江水旋转汇集的中心已近乎中空，将这些杂七杂八的垃圾一一吞下。不论是轻浮的泡沫——迅速地破灭在了转动的水流中，还是好几米长的浮木——和旋涡厮打一阵终于被吞下了，还有翻着肚子的肿胀的不知道是什么动物的尸体——迅速坠入了旋涡中甚至没有溅起一丝水花。那旋涡吞下了越来越多的东西，不断积蓄着力量，在旋转中渐渐伸展，越长越大。

我呆呆看着那左右腾挪、耀武扬威的旋涡，那似乎能吞噬一切的力量让我既惊又怕，但又对我充满了迷人的吸引力。我纵身朝江堤外一跳。

我没有扑向江水，我被人从后面抱住了，扑向江堤里面，结结实实摔在了地上。我脑子里的旋涡消失了，取而代之的是一股子泥土和青草的气味。哦，还有另一股熟悉的味道。

"你疯了吗？"何遇在我背后叫起来，"你到底在想什么啊！"

我默默不语，瘫在地上，感觉他松开抱住我的双手，在旁边呼呼地喘气。我的心在迅速从深沉的黑暗中抽身，在那最黑暗撕扯之处，我却听到了内心最深处的声音：我要活下去！我不知道那股求生的力量从何而来。我迅速回到尘世间，想起了身边还有这么一个人，他一直跟在我身后，他还在意我的生命，还会想救回我。我抓住颈间那个又小又凉的挂坠，迅速做着盘算，寻死的事情竟放在了一旁。那或许只是一瞬间的冲动，不，现在我已经不想死了，因为我燃起了新的希望，这事似乎潜藏着转机。说不定，说不定我还有机会抓住这个在意我的男人，至少他还顾惜着我的性命。我这样想着，就放松了下来，闭上眼睛，打开折叠的腿脚，在这片阴凉的草地中把自己瘫成了一个"大"字。广阔的草地那么平坦，虽然身下是草茎，却比家里的席梦思床垫平整一万倍，我忽然不那么痛苦了，我又和我亲爱的大地联结在了一起，我感觉自己躺在地球上，整个地球蜷缩在我身下轻轻地咳嗽。

"你好了吗？莫大小姐，行行好，起来吧。"

我睁开眼睛，看到何遇眼巴巴地站在那儿。

"你太可怕了，你太可怕了，你快要完全疯了，你就放任自己沉沦。"他不住地摇头。

我默默不语。

"咱们赶紧回家好吧，别再出什么岔子了，送好你我还有事呢。"他说。

"你有什么事啊？"我勉强撑起了身子坐好。

"去找我妹妹。"

"我也去。"

"你去什么呀。你这个样子，赶紧回家，好好待着，整理一下心情，不要想三想四了。"他停顿了一下，"我顾惜你的生命，不是想和你再续前缘，所有的努力我都做过了。不行，我没办法和你在一起。"

我选择性地忽视了他的最后一句话，我在琢磨其他的事情，任由他拽着我的手臂，把我从地上拉起来，跟他走了。

我的家位于城南的聚居地，是大灾变前的老房子，但在老房子里已经算得状态很好了，是医院分配的。楼里也大多住着医院系统的人，大部分人都是熟脸，偶尔见着还能点个头打个招呼。但总的来讲，整栋大楼还是安静得吓人，只有一半房间住着人，我的隔壁和楼上都空置着，这常常让我害怕。但比起城北大片大片连个人影都没的鬼楼，能见到活人的概率已经相当高了。在我们还要好的时候何遇经常送我回家，甚至有两次上来找我喝点水聊聊天——纯粹字面意义上的。现在他极为娴熟地找到了这栋大楼，我挂在他的手臂上，跟着他乘坐老式电梯来到门口，用食指按了一下门口的电子锁，门锁发出一声愉悦的滴滴嘟的声音，向内敞开。

我安静地随他走到屋内，昏昏沉沉歪倒在沙发上，任凭他喂我喝水，还给我吃了一片他偷偷从实验室拿回来的安定，给我擦脸，把我扶到床上睡下，拉好被子，一切都妥妥当当的，他走到了门口。

"走啦？"我轻轻地说。

"走啦。"他说。

"以后好好的，别寻死觅活，有事叫我。"他补了一句，带上了门。

几乎在一瞬间，我从床上一跃而起，轻手轻脚，走安全楼梯，飞快下了楼。

我已经盘算了一路，他是提过他有一个妹妹，但我既没有往下打听更没想过去见见她。那时我自顾不暇，对何遇的好感都极为有限，更何况他的妹妹。但现在不一样了，我的心在疯狂渴求着活下去的可能，我需要他也需要他这个妹妹，也许我在她面前好好表现一番，还能挽回一点印象。说不定他就不会离开我了？很有可能，但至少我得先见到她。

我刚出楼道就远远望见何遇正走出楼道口，我等到他的身影消失不见，就冲出大楼，看着他穿街过巷，远远跟在他身后，在街道边零星的商铺门口躲藏，从这家店铺冲到那家店铺外，假装在门口的柜台前流连，拿眼角注意他的动向。

这种鬼鬼祟祟的追踪带给了我一种刺激的快感，连失恋的痛苦都减轻到近乎无。我看着他也向江边走去，就一直跟他走到滨江大道，他在江堤边走，而我在马路对面跟随。他一直走一直走，走到了野马桥的桥墩下，那个放弃族的聚集地。

我远远望着那些放弃族，他们刚吃完了饭，此时三五成群地靠在一起，懒洋洋躲在大桥的阴影下面打盹消闲。除了间或有一两个忽然跳起来拽着自己的头发"啊啊啊啊啊"大叫一阵，这一幕倒也安宁满足。

这群情绪黑洞，不视他们为正常人类，像我之前那样远远避开才是正常之举。此时何遇却旁若无人地走到他们中间，左顾右盼，一个个打量那些脸黑得和头发一样的人，好像在寻找什么，他的行为着实难以理解。他在那儿转悠了一阵，停了下来，这时候，一个放弃族翻了个身，站起来走到他旁边，拉了拉他的衣袖。我紧张起来，但何遇回头看了看这个人，平静地点了点头，带着他一前一后地走了。

我好奇得要命，马上跟过去，又怕被发现，始终不敢靠得太近。只好拼命踮着脚张望，从躲藏着的一家便利店门口的立式冰柜后面探头去看，就这样还是看不清那个放弃族的样子。他个子矮小，长头发纠结在一起好像披着一块毛毯，和所有放弃族一样，一身黑乎乎油腻腻看不出本来颜色的厚重衣裤，无论冬夏都是如此。

他们一块过了马路，马路宽阔，这儿又偏僻根本没有什么车，但看得出来那个放弃族仍是慌乱紧张，脚步乱踩，何遇护着他。他们走到我这边的马路上，往前又走了一阵，左拐进了一条小巷。我保持着距离，等他们转过去一会儿了再跟上去，我倒要看看他带着一个放弃族去找妹妹是要干什么，三个人一起打扑克？

他们在小巷里走了一阵，来到一个灰色大理石的高台前，相对而立，何遇正好背对着我，让我鼓起勇气靠近了一些，看清楚他们中间是一座极乐泉。

极乐泉，这东西我再熟悉不过了，官方的名字是"情绪激素自动柜员机"，除开特殊的额度申请，每个月我们都在这儿领取自己的情绪激素。

此时，何遇和那个放弃族同时向极乐泉伸出了一只手，他们的手臂被固定，手掌上方垂落两只机械爪，手掌也给固定，好像趴着两只钢铁大蜘蛛。何遇的面前浮现出一张泛着微光的全息投影界面，极乐泉的一切技术都是最先进的，这种屏幕比我们能买到的民用技术先进了好几个世代。他用左手在面板上点了两下，那个放弃族的面前也浮现出了一样的面板。我往旁边缩了缩，想看清两人面板上的文字，但那些字太小了，我看不清，两张屏幕上都有一红一绿两个又大又圆的按钮，很是显眼。我看到何遇按了绿色，而放弃族按了红色。

咔哒，咔哒，咔哒。金属爪发出熟悉的声响，然后松开他们的手，悬臂缩了回去。

两人收回了手臂。

我忽然明白了，我明白了他们在干些什么，这事我是听说过的，但从没有见过。额度转让，仅限于法律承认的夫妻和血亲，且需要双方同意。我想如何遇对我所说，他没有结过婚，所以那个放弃族一定是他的亲人，是谁呢，我被自己的想法吓了一跳，那一定是他的妹妹。

这太让人难堪了，我是说，我替何遇感到难堪，他可从来没说过他的妹妹是放弃族。这是可以理解的，家里出了放弃族是一种耻辱，那代表着潜藏的情绪基因缺陷，关系越亲近也携带这种基因缺陷的可能性越大。我想起一贯情绪稳定的何遇，打了个冷战。

在我待在那儿想这些事情的时候，他们已经走下极乐泉，往我这儿来了，我一下子回过神来，左右张望，但这小巷中没有店铺，无遮无拦，我转过身子想原路跑掉，却被叫住了。

"莫羡？"何遇叫道。

"真巧……"我转过身子。

"你在这儿干什么，不是刚带你回家躺下吗？"他走了过来，莫名其妙地看着我。

我捋了捋头发，完全编不出谎话。

"你……跟踪我？"

"我舍不得你走……"我只好继续装无辜。

何遇冷冷地瞪着我，那个放弃族在他身后木然地张望着，我并不知道她在看哪儿。

"这是你妹妹？"

"对，她就是何碧树，我妹妹。"

"碧树你好，我是你哥哥……"我看了何遇一眼，"的朋友。"

我现在能看清何碧树的脸了，虽然脸上黑乎乎没一块干净地方，但能看出来五官细巧，确实是个女孩，年纪不大。她冲我眨着一双大眼睛，但眼光却又好像没有落在我身上，而是在凝视我们俩之间的空气。

"你哥哥刚才把额度给你了？他真是个好人。"我轻轻地说。

"是我把额度给他，他要的，聪明药。"碧树忽然开口了，她的声音喑哑得像一块燃尽的木炭，完全不是年轻人的声音。

"别跟别人说这些。"何遇猛地拉过他妹妹，从我身边挤过去，带着她快步走到小巷尽头，过马路走了。

等他们走过马路，他回头冲我喊了一句："你快回去吧！"就再也没有回头，匆匆向着来时的方向去了。

我在原地站了一会儿，刚才好像明白了，现在却又糊涂了。何遇，这个曾经那么关心我，在意我，想要把我从情绪暗流中捞起来的男人，原来才是最大的情绪骗子？他连放弃族妹妹的额度都不放过。当然，当然，这些事情一直都有，社会的渣滓总沉淀在社会的暗处，那些欺负亲生爹妈，欺负没文化不懂额度政策的兄弟姐妹，甚至拿亲生孩子当额度来源养的人渣，谁没听说过呢？他们比那些持刀剖开手臂的抢劫犯更不如，因为他们欺负的是自己的亲人。但，何遇也是这样一个人吗？好吧，好吧，我自然也不是什么好东西，某种程度上我也是把他当作摄取正面情绪的工具，但我从没有想过他也是这种人。他的情绪那么稳定，他需要吗？我气极了。

我走出小巷，也向来时的道路走去。

我大步地走着，再次返回野马桥下，何遇身边已经没有他妹妹，他正从桥墩那儿穿过马路回来，朝岔路口走去。我抬起头，发现那座大教堂般恢宏的安定医院就在前面，我加快脚步跑起来，追了上去。

"别跟着我。"何遇注意到我了，仍是快步走着。

我紧紧跟在他身后。

"你怎么不回去休息？"

我仍跟在他后面。

"我，说，过，了。别，跟，着，我。"他停下脚步，紧紧盯着我，一字一字地说。他几乎从不生气，这样已经算得上非常严厉了。

但我毫不畏惧，我觉得我是正义的："你告诉我为什么要拿你妹妹的额度，我现在就回去。"

"我为什么要告诉你？我凭什么告诉你？"

"你不是说你情绪稳定，很久都不需要额度吗？原来是靠着妹妹的额度在强撑？"

他不说话，大步走着。

"她已经是放弃族了，没有这点额度，这个月可能都活不下去，你也忍心？"

"你也好意思说我？你自己拿我当什么？"他终于再次被我气得尖酸刻薄了起来。

"她那感受我最明白。"

他深呼吸一下，声音忽然缓和下来："你总是能让我激动起来，对，你给我带来过开心和感动，但我现在真的没有时间跟你解释，就这样吧。"

他说完这句话，掉头就走，我不知道哪儿来的勇气，冲着他大叫："你这个骗子！你这个小偷！你这个无耻混蛋！"

这条大道和整座城市一样，都是空旷、冷寂的，但此时零星的几个行人都停下来，向他投过去目光。

他仍然快步向前，都快要跑起来，似乎是想逃过我的喊叫，但走了一会儿又慢下来，站定，转身跑回来。

"我不是骗子、小偷和无耻混蛋。"他跑回我跟前说。

"那你干什么偷你妹妹的额度。你就为了自己高兴，不顾她的死活了吗？"

"好，好。"他抬头看了看天空，高楼大厦间掩隐着一个咸蛋黄般的夕阳，"我就再花点时间，跟你说个清楚。她那样怪谁？你这样怪谁？是我造成的吗？你为什么天天就守着那点额度苦苦地活，还想用结婚来骗我的额度但还是开心不起来？为什么碧树成了那个样子，天天要跟群猪似的守在桥底下？为什么那么多人都挣扎在崩溃的边缘？为什么明明每个人都可以自给自足，正面情绪却如此匮乏？"

"为什么？"我不由自主地接住他这番莫名其妙的话。

"我有时候可怜你，觉得你就像以前的我，或者像以前的碧树，我觉得自己能帮你，如果我帮了你，你就不至于变成碧树那样，毫无尊严地活着，还不如早点死掉。但有时候——"他顿了一顿，"有时候你真让我觉得恶心，好像实验室里的白老鼠，为了一点点饼干渣疯了似的往前跑，绝想不到这个世界很大，在他们的玩法以外，还有别的玩法。"

"他们是谁？我不知道你在说什么。"

他向身后一指。

我看到了那座尖顶层峦叠嶂，如大教堂般恢宏的建筑，安定医院的总部。

我警惕地望着他，我想起了老程，想起了电视里那些被逮捕的异见分子晃动的身影，还有门下塞进来的可疑的小卡片。

"为什么要做情绪的奴隶？"他的声音是激动的，但面上仍然那么冷静，嘴角甚至似笑非笑地上扬。

多么居高临下的指责呀，我最受不了的指责。

"好，你运气好，你和你的亲妹妹不一样，和我也不一样，你抽中了基因彩票，你分泌稳定，永远平静、理智、愉悦。而我像这个世界上大多数人一样，活下去都很困难，不靠人工情绪激素一个月都撑不过去，如果失恋了甚至可能寻死觅活，什么你做不出来的蠢事都能做出来。你永远无法感同身受，只会居高临下地指责。"

"你怎么知道我分泌稳定？你怎么知道我之前不是和你一样？我只是克服了，老程也克服了，还有许许多多的人，都克服了。你没有见到，不代表他们不存在。连碧树，这也不是她第一次把额度让给我了，依然还活着，你就这么确定你做不到，你生来特殊？"

"碧树？"我笑了，"不靠额度活着？当然，是活着，你每次拿走，哦偷走她的额度，都是一次冒险，你觉得她还能活多久？"

"我偷她的额度？"他斜着眼睛看我，好像这事再好笑也没有了。

"我拿走她的额度，是为了弄来更多的额度，给她，也给你，给我们，我们望帝城的所有人。"

"哦？什么意思？"

"我说得够多了也太过了。算我求求你，别再跟着我。"他又看了一眼夕阳，转身就跑，这次没有再回头，一直跑上安定医院的石阶，跑进安定医院的大门。

有一瞬间，我动摇了，我想扔下他，回自己家去。我何曾受过这样的指责？这个男人已经不能为我提供我想要的正面情绪了。不止于此，他刚刚向我倾倒了那么一大堆负面情绪，他会把我拖到水底，而不是拉到水面，这再明显不过了，我已经燃烧着熊熊的怒火。为了证实这个想法，我抬手看了一眼安定表：愤怒Ⅳ。

但难以自制地，我仍向安定医院跑去，追随着他走过的道路。我想搞清楚这究竟是怎么一回事，我想让他说个明白，我想让他向我道歉，但我心里又明明白白地知道，这都是借口，我只是不愿让他离开我。虽然他已经明明白白地放弃了我，还是个道德败坏的小偷。但我就是不愿从这儿独自离开，我非得追上他，看看他究竟在做些什么。

医院对面的街上，停着好几辆车，其中有一辆破破烂烂的面包车。何遇径直走过去，驾驶室的车窗正落下，他探头和车里的人说着什么。我快步追去，发现驾驶室里是一个梳着高马尾，肤色黝黑，五官鲜亮的酷姐儿，穿一件军绿色的无袖帽衫，胳膊上有起伏的线条。

他看到我又跟了上来，回头问我："你是非跟着我不可了？"

"对！"我大声说。

"就这人？"那个酷姐儿扬着下巴点着我。

何遇冲她点头。

"抓紧时间。"她没回头，直接伸手从后面的车厢里抓过一个纸袋，递给何遇，关上车窗，一气把车开走了。

从后面车窗深色防晒膜内摇动的人影来看，车上还有好几个人。

何遇从纸袋里抓起一件绿色薄外套，扔给了我。

"赶紧换上。"他说。然后从里面拎出来另一件黑色外套，套在白T恤外面。纸袋就折起来塞进旁边的垃圾桶。

"走，你不是要跟着我吗，去医院。欢迎加入黑狗小队，我是队长何遇。"

他说完，小跑着穿过马路，冲向安定医院正门。

6

我们排队通过安检，进入大厅。争执浪费了太多时间，我抬头看大厅正中那面圆形挂钟，长短两条指针连成一条直线，指向6:00，安检通道已在我们身后关闭。

入夜之后，医院大楼停止接诊，夜间急诊转向分院，时间所剩不多，我得抓紧再抓紧。

我穿过大厅里拥挤的人群，穿过闪烁着"一针见效　终生安宁　究极狂暴疗法"的红字广告牌，穿过综合服务台前矩阵排列的机器，穿过狂躁症挂号厅，穿过职工食堂前白衣大褂的队列，一直走到大厅深处，透光天顶的尽头。

我放慢脚步，身旁的女孩喘气连连，仍固执地跟着我。

我挎上她的手臂，掸一掸高级丝绸面料的外套，昂首阔步走向那道关卡，那道由不锈钢门档和一个蓝背心守卫着的关卡，那后面是特需病人部。

"我们去特需病人部干什么？你去那儿干什么？"她问我。

"别说话，过去告诉你。"我说。

我用手推开门档，我和李篱之前已经试过多次了，这玩意只是个虚设。那个守卫拿他见多识广的势利眼在我们 22 姆米的丝绸外套上轻扫一眼，就继续他的神游了。

我们顺利进入电梯厅，这儿用黑色大理石板装饰齐整，电梯上用米白色碎石拼出"12 号电梯间"的大字。4 部电梯门旁的装饰金光闪闪，贵气逼人。

我带着莫羡走进离我们最近的那部电梯，按下控制板上唯一的按钮——23 楼。

电梯门轻轻关上，莫羡终于忍不住开口问："去 23 楼干什么？那里是最高层，特需病人部，都是政府权贵，你想对他们干什么？"

"你说错了两点。第一，23 层不是最高层；第二，我对这些大人物也不感兴趣。"我指出。

"那你想干什么？"

我竖起食指，指了指电梯顶上的摄像头，又放在嘴前。

"耐心些。"我轻声说。

她瞪着眼睛，不知道又在胡思乱想些什么，但总算不说话了。

我也不说话了。我感受着臂弯中这个不平静的躯体，也感受着电梯微微的震动，一下下地数着，23 下以后，电梯灯亮，电梯门开，我挽着她走出去。

这是一条静谧的走廊，被暖黄色的灯光点亮，屋顶间挂着绿萝和吊兰。我和她步调一致，踩在柔软的地毯上，无声无息。沿这条走廊走到尽头，再左拐，来到另一条两边都是病房的过道。每间病房上都有四位数字的门牌，开头都是23，自2301起始，一字排开。走到2306前，发现下一间病房的门牌被人遮挡，一个白大褂抱着胸倚在那间病房前玩手机。

从这人身边经过时，我开口问："一切正常吧？"

莫羡转过头望我。

白大褂头也不抬，仍用大拇指飞速划着屏幕，手法让我想起刀削面师傅，但屏幕没有被他削成一片片飞入沸水锅里，只有他低沉的嗓音传来："一切正常，祝你好运。"

我们继续向前，走过最后一个标记着2313的病房，在岔路口继续左拐，踏入另一条走廊，这条短短的走廊尽头有一扇门。我抓起门把手，拧开，先推莫羡，然后自己也钻了进去。

一片漆黑，我重重地跺了一下脚，灯光亮起，这是一个又暗又小的电梯间，整个房间里只有一部货运电梯。

"你听我说。"我开始对莫羡迅速交代，"我们就从这里上24层。24层才是这座楼的最高层，这是唯一一部通向24层的电梯。你得小心，紧紧跟在我后面，不要出声，不要捣乱，要快，不能被任何人看到。如果有任何人看到我们……"

我猝然停下了，因为那部货运电梯红色的指示灯亮起，随后是"叮——"的一声。有人下来了。我赶快冲到门口，开门挤了出去。

莫羡却没跟出来，她愣在那儿呆望着我，我赶紧朝她招手，让她出来。但电梯门已经缓缓张开，我迅速带上门，从门上的玻璃小窗向内观察，电梯里走出来一个人，她已经被看到了。

现在说什么都晚了，我只能透过窗子，摆摆手又摊开手。我也是服气了，这姑娘聪明的时候聪明得吓人，关键时候又呆里呆气。我想起她那拙劣的跟踪和演技，头痛不止。我只能让自己迅速冷静，观察事态发展，做好随时冲进去的准备。

电梯里钻出来一个西装笔挺的矮个男人，他两寸长的头发在发胶的作用下根根挺立。面容倒是清秀，两条腿却短得像小矮人一样可笑。这个人我认识，特需病人部的操部长，操院长的儿子。

"你怎么在这儿……莫羡？"他瞪大眼睛看她。

原来他俩认识。

"我……没什么啊，我就上来转悠一下。"她说。

"转悠什么？怎么会转悠到 23 层来？"他显然不相信，废话，这话谁能相信。

"你今天当班吗，怎么会来总部？"他追问。

"不当班，我过来领情绪额度。"她解释。

"领额度怎么跑这儿来了？极乐泉不能搞定？"他继续追问。

"我……"她低下头，两手背在身后，脚下拧巴在一起，脸上像在挣扎，左手却猛地按下右手手背。

她再抬起头来，眼角竟然有泪："我领完额度，还不想走，想着还是来看看你。"

好啊你，又来这一招。我觉得好笑，又有点生气。

"找……我？干什么？"

"我在考虑你上次和我说过的事情……我想还是要当面和你说说……"

"哦……"操部长面无表情，却朝她靠近了一步。

他清清嗓子，看她没有继续说话，问："你同意啦？"

她抬起头，用我难以忍受的含情脉脉的眼神看着他："我挺犹豫的，其实我对你不是没有那个意思，但我总是顾虑……"

"那就别犹豫了。"

"不……还有一件犹豫的事，我希望你是真心喜欢我的，但你为什么和护士部许多女孩关系都那么近，这个医院也有，那个医院也有。"

"没有，我跟她们没关系，别听别人瞎说。"他赶紧解释。

"不不……"她又低下头，"你不是在欺负我吧……我心里犹豫极了。"

"我们只是，工作上的接触……我的工作性质，难免的嘛。你和我在一起以后，我当然可以不理她们任何一个，相信我。"他的眼神得意起来，欣赏着她的纠结。

再抬起头，她脸上挂了泪。她看了一眼操部长，眼神复杂，幽怨，羞怯。他没看出她的花招，给镇住了。他姿态僵硬而扭曲地想上去抱她，她却躲开他，推开门冲出来。我即时躲在一边，给她把门带上。电梯间里只留下操部长一个人。

她抓住我的袖子使劲摇晃，想逃走。我抗拒住她的拉力，看着她那瞳孔放大，仍旧情欲闪烁的眼睛，摇了摇头。我丢失了电梯间里的视野，但还听着里面的声音，操部长可一动也没动。而这时候，又是"叮——"的一声。

电梯开门的声音，新的脚步声，另一个人走出电梯。三步过后，他停住了。

"定制回路是你这么用的？"新的声音，年长，质问，压抑怒气。这声音也是我熟悉的。

"我也是在行使许可范围内的自由呀，自由才能解放生产力嘛。"操部长的声音，赔着笑。

"别打哈哈。多少人紧盯着的东西。商界、学界、政界……你是不在乎，下面多少人盯着你？没我这个老子你敢这样？别以为我不知道你拿那些额度去干了什么。亏你还是专业的。要不是我看了药剂科报告，你以为我不知道你小子胆大包天？"

"这都是小事，小事说出来让您烦心干吗？您放心，正事耽误不了，放弃族的事，我牢牢在盯着，已经在研究稳定性更大的激素了。"

我明白了另外一个人是谁，那个黑暗固化世界的秩序捍卫者，这个世界本不该如此。

"那就好，搞清楚正事。我没指望你有什么建树，但千万别添乱子。"

"是，是。"

四只脚走动的声音，冲我们这儿来的，明白无误。

我抓住莫羡的手就跑，冲到走廊尽头，右转后拉开第一扇门。推她进去，我也躲了进去。

我们紧靠门站着，看着房间里惨白的灯光照着房间中央的病床，和绑在床上的病人。那是一个全身被黑色皮革的束缚服包裹的人，只露出一双紧闭的眼睛。那眼睛忽然睁开，这个人剧烈挣扎，整个床随着他的身体一同颤抖。他还发出了一些嘟嘟哝哝的怪叫，但嘴里塞着那个球，把嘴巴撑得鼓鼓的，发不出很大的声音。

房间外的脚步声渐渐靠近，松软的地毯一次次在脚步下塌陷的声音，好像是踩在雪地上。我无法想象我和莫羡被他们一起看到会怎样，说起演技，我还不如她好。

脚步声止住了。我俩背后的门，我俩之间透光的小窗暗了下来，我歪过头和她对视一眼，我知道发生了什么，门外两个人中的一个，我不知道是谁，在向这里面张望。

我的身体完全僵住，还在冲她眨巴眼：没事，我们站在他们看不到的地方。她也冲我眨巴眼，只要开开门，他们就什么都看到了。对，而这个房间里的第三个人更拼命地挣扎起来，甚至发出了一种倒吸气的嘶嘶声，好像下一秒钟就要断气。

但门外的脚步声又响起了，那窗口又射进来昏黄的灯光，他们走了。离开了那个在床上像刮了鳞的鲤鱼一样乱蹦的病人。可能这就是他的正常状态。

我继续等待着，等着外面的人走远。莫羡一只手抓住脖子上的挂坠，一只手拽住我的衣袖。我握住她那只手，它又瘦又凉，微微颤抖。她的面色也是如此，好像下一秒就要哭出来。她的情绪一向不太稳定，直到现在，她的表现都超出了我的预料。她没有寻死觅活，没有大呼小叫，她不知道我在干什么却始终配合。她信任我。

我扣过她的手，用手指轻轻在她的手背上摩挲，找到了那块滑溜的胶布，和胶布下一个米粒大的凸起。那是她的最后一颗"夏娃"。

"很受欢迎嘛。"我说。

她瞪我一眼。她太忧郁了，但那种忧郁很适合她，在它不那么尖锐的时候，甚至变成了一种吸引力，仿佛潜藏着我期待的温柔和安慰。

我的手避开那个凸起，紧抓住她的手。

我们又那样站了一会儿，我握着她的手。病床上的人最后猛弹两下，安静下来，一切都安静了。

我看着她指指头上，她点点头。

我推开门，她先钻了出去，我也钻了出去，听到身后又传来挣扎的声音，关上门，也紧紧关住了那声音。我们顺原路返回货运电梯那儿，电梯还停在我们这一层。

"我忘了件事，就在这儿等等我。"我说。

她点头。我钻出房间，返回走廊，在岔路口左拐，找到男厕所。第一个厕所间的门上贴着蓝黑条交织的胶带，我撕下胶带，推开门，在马桶的水箱下找到了一个塑料袋，我拎上跑了回去。

"走。"我说完冲上电梯，时间已非常紧张，但还能尽量争取。电梯的操控区仅有两个按钮，23 和 24，我按下 24。

"这是唯一能上到 24 层的电梯，用来搬运电子设备。"我说。

她点点头。

24 层到了，这里空旷昏暗，水泥地面，水泥墙面，毫无粉饰。一盏高瓦数的黄色灯泡照亮整个大厅。墙三面都立着高高的铁皮柜，绿色的油漆已开始剥落。大厅里只有一扇门，我穿过那扇门，来到一个没有灯的房间，只有旁边一个无框的窗子透进来昏暗的天光。眼前还有另外一扇门，双开门，不锈钢材质，门框边透出刺眼的白光还有嗡嗡的巨大震颤。我在塑料袋里掏了一会儿，找到手电筒，拧开开关，黄色的光圈照亮那扇门，镜子似的反光。

门上挂了一把锁，门中间蹲了一个人，一个瘦高个男人，李篱，我们的人。

"别照，遇哥，别照了，有摄像头。"他拿手挡着脸，慢慢站起来。

"不照怎么开门？别管摄像头了，直接开。"我说。

李篱勉强抬头看我一眼，又看一眼莫羡："咋没带刀姐来？你来晚了，要来不及了，黑哥那儿已经开始了，八点车就要走。我们下次再来吧！"

我问莫羡："现在几点？"

她掏出手机看了一眼："七点十分。"

"还有五十分钟，你赶紧开，来得及。"我说完，从袋子里掏出一个稀里哗啦作响的圆盘扔给他，那上面拴着各种各样的金属工具。

他没接住，那团东西掉在地上。他弯腰捡起来，开始在上面寻找。我拿手电筒给他照亮。

好一会儿，他终于找到了一个用得着的工具，戳进锁眼，开始了努力。

"不会被人发现吗？"莫羡问，她显然注意到了头顶上三个摄像头。

"一定会被发现。就算在这里不被发现，进去以后也有警报，既然是破坏性闯入，警报一定会响。但只要我们动作够快……"我冷静地说。

一切都是经过精密计算和演练的，且具备充足的容错性。这里我已经提前来过不下十次。唯一尚未经过演练的是警报响起后会发生什么。我不知道，但我不在乎，发生任何事我都不会在乎了，主机就在里面，必须有此一试，我已经做好了最坏的打算。

李篱仍在努力，他已经换了好几个工具，但门纹丝不动。我注意到他的身子在不住颤抖，手也在不住颤抖，他是个开锁高手，只是紧张。

我走过去，拿手搭在他肩膀上："别害怕。"

"我想做这件事，我太想了，但我害怕，我太害怕了，我怕他们……"他回头看着我，瘦削的脸颊上竟然挂着眼泪。那个圆盘脱手再次哗啦啦掉在地上，他弯下腰哆哆嗦嗦怎么捡都捡不起来。索性放弃了尝试，用手哆哆嗦嗦在胸前画着十字。他不去教堂已经多年，但最危急的时候还是祈求主的怜悯。

我走过去，捡起来，递给他，但他没有接。

"对不住了，遇哥。"他说。

我知道他的意思了："你走吧，坐电梯下，再从安全楼梯走，跑下去，去找刀姐他们。"

"你们呢？"

"你走啊！"我大声说。

他转过身飞快地跑走了，一边跑一边嚎了两声，有一声好像是在叫主啊什么的。

我把手电筒递给莫羡："帮我拿着。"

她用那灯照着我："你还会开锁？

"我不会，但现在必须试试。"我在右手背上使劲拍了一下。

先是一阵眩晕，然后是一种闪电般的震颤，照亮了一切，彰显了一切，让万物都清楚而明白。我站在宇宙的中心，站在这座 24 层高楼的最顶端俯瞰着这座蓄积着压抑充塞着恐惧的不幸的城市。我洞悉了望帝城里所有的生灵和所有的心，他们的一举一动，他们的所思所想。我现在应该干什么？我太清楚了，我要对付眼前这把锁，这扇门，还有背后那个庞大的计算机系统。但那不是我现在最想看的，我最想看的是身边这个女人。她迷茫又伤心的眼睛，在黑暗中闪闪发光的眼睛，那后面是一颗心，一颗可以破开那些遮蔽和破碎的一颗完整的心。我看到了她的爱和怕，她的痛苦和欢欣，那伤痕累累的心，那震慑过我的藏着黑暗的心，那尖锐到刺开我密不透风的人生的心，内心最深的角落里有一个人。那个人背向我而立，我忍不住去看他的样子，只要我再努力一点，我就要看到那个人的脸了，但我竟不忍心看下去。

"聪明药。碧树给你的聪明药。"她说。

对，当然，当然。聪明药，大剂量高浓度苯哌啶醋酸甲酯，高效的中枢神经兴奋剂，还有抵消副作用的长春西汀和酪氨酸。由我妹妹的人身安全交换得来的全部三颗药，全部用掉。

"我要试一试。"我回到了这间屋子。

我在那串金属小件上拨弄，找到了一个最尖的小锥子，开始尝试。开锁，其实只是寻找一种了然的感觉，和所有我曾经面对过的问题并无不同。我触着冰冷的铁门，感受那凉意阻隔下所有机器的呼吸：它们在欢迎我，它们希望我进去。我用那小尖锥在锁里轻轻捅了几下，便对弯弯道道了然于心。尝试，阻挡，失败，更换用力方法，再试，再失败，再换，再试，再失败，再换，再试……

门猝然开了。

刺眼的白光照进眼睛里。我向里扑去，倒在地上。

7

我撑住粗糙的水泥地爬起来，两只手掌都擦破了，莫羡在哪儿？这个念头稍一闪现就消失了，我被眼前的东西牢牢吸引：几百座和天花板近乎等高的服务器编成整齐的方阵，齐声轰鸣。我一跃而起，跑过两排服务器中间狭窄的过道，两边机器的蓝色荧光灯纷纷闪烁，风扇带出一股股热浪，我只管向前飞跑，冲出声潮和热浪，跑到队列尽头的空地。

空地中央是一张单薄的白色塑料桌，我冲过去，在桌子四处摸索起来。没错，这就是整个机房的操作台。我从左往右从上至下一点点查看，在右桌腿那儿发现了一个绿色 LED 灯，呼吸般轻柔闪烁。小灯下面，是一个卡槽。我在塑料袋里摸索，掏出了一块存储卡，插了进去。

桌面上亮起一片白色的背光，背光之上，字母和数字组成的代码落雨般降下。眼前的桌面上缓缓浮现出一个光线勾画成的键盘。

我将双手放上桌面，落在虚拟键盘上，用存储卡里的破解器侵入数据库，进入权限很快被破解，但系统修改指令还得我自己编写，我接触所谓的计算机编程不过一周，作为李篱的备份。破门以后，警铃开始放声大叫，莫羡跌跌撞撞跑了进来，看起来吓得够呛，安保力量虽然被黑哥牵制，蓝背心们肯定也在赶来的路上，留给我的时间不多了。我深吸一口气，拍碎手背上剩下的三颗胶囊。

第二道闪电划过，触电般的链接感，激活了所有死记硬背过一次就已全部忘记的编程语句，天书般的代码也变得清晰可读。我的双手跳跃起来，输入大段指令，提交发布，等待反馈。系统迅速接受。但那只是本地服务器，还需要将命令传至线上，再更新到所有客户端，也就是散布在望帝城大大小小街巷的一万多台极乐泉。我看着眼前蹦出的进度条，只等这个进度条跑到最后，一切就都大功告成。

刺耳的警报声忽然消失，另外一个声音响起来："你们在做什么？何遇，莫羡。"

这是谁？男人的声音，他认识我，但我一时识别不出这是谁，他从哪儿看着我们，红光闪烁的摄像头？

"希？"莫羡犹豫着问。

"是我，停下来。想想你们在做什么。"那男人说。

我怀疑地看着莫羡。

莫羡没有回答，她仓促地望了一眼门口："有人进来了。"

"没事的。"我的眼睛回到那进度条，偏偏它爬得极慢，将将走到三分之一。我低下头，操作台上是一片水渍，我的汗滴。

"你从旁边过道出去，悄悄溜出去。"我把她往旁边推，让她赶紧溜走。但她挣开我的手，扬手亮出一根钢管。不仅不往旁边去，反而挡在了我的前面。

"哪来的？"

"门口那个人掉在地上，我就捡过来了。"

我知道了，这是李篱的武器。我回头看看身后，那进度条竟卡在正当中一动不动。我想带她跑掉，但我不能走，我的任务还没完成。他们还有余地采取干扰措施，断电、撤回代码、回退系统，在事情尚未完全无可挽回之前，我不能离开这儿。我们已经等待了太久，我已经等了太久，现在就是一步都不能退之时。

我们就守在操作台前严阵以待，听着嘈杂的脚步声越来越近，从服务器阵列中冲出五个蓝背心。他们倒没直接扑上来，而是在我们面前停下，对峙。一共五个人，每一个都比我高大，都是一身白色制服上再加一个蓝背心。五个人里面只有一个顶着玻璃面罩的防爆头盔，像是他们的头儿。

戴头盔的这位说："你们放下武器，举起双手。"声音瓮声瓮气，好像头上扣了一只鱼缸。

我一动不动。莫羡不仅脚上没动，还神经质地前后左右挥舞着手上的钢管，簌簌直响。

戴头盔的那个忌惮地看着钢棍，脸色渐渐不好看下去。

"跟他们废什么话。"他们中间最高的一个大高个儿取下腰间的配枪，对准莫羡。

我赶紧去拉她，但已经晚了，她身子一颤，被击中了。她的右肩挨了一下，那儿露出一簇紫色的箭羽，小飞镖那么大。那不是子弹，而是一枚情绪弹，效果立竿见影，她的眼睛瞪大到不可思议的程度，脸色苍白，身子一僵，向后倒去。我没了解过那东西的配方，可能是大量肾上腺素，为了制造恐惧。我揽住她绵软的身体，她不住地颤抖，直往地上滑。即使这样，她手上还牢牢抓着那根钢管。

我拉过她握住钢管的右手，找到那粒小小的凸起，按了下去。

她睁开潮湿的眼睛，望着我，望向对面那个依然举着情绪枪的蓝背心，慢慢从我怀里直起身子，站了起来。

我夺过她手中的钢管，侧挥过去，第一棍就打在那个持枪人的手腕上。他被猝然击中，惨叫一声，枪落在地上。我在他脖颈根又是一下，一声闷响，他应声倒下。

其他的蓝背心紧张起来，脚下挪着步往一块儿挤，却没有一个人敢去扶倒地的那位。我击倒持枪人后就将钢管收在颈侧，前后跃动，提防他们的动作。

这一年的擒拿格斗不是白学的，果然有备无患。见他们没有动作，我就主动出击了，擒贼先擒王，我上前一步，盯准那个戴头盔的就是一棍，击中他的左肋。他一看就是惯坐办公室的，毫无应对之力。我听到了骨头断裂的脆响，只不知道断了几根，他捂住胸向后退几步，坐倒在地。

我迅速收回棍子，想一个一个对付完剩下三个，但忽然整个都不对劲了。那三个刚才还蠢笨无能的蓝背心此时变得勇猛又精干，我坚定的信心迅速消退，开始担心能不能以一敌三。继而我感到左胳膊针刺般痛起来，我一看，那儿也多了一簇紫色的箭羽。

我的手颤抖起来，我的心畏缩起来，这太可笑了。自从我能控制我的心以后，我已经很多年没有体会过这样的恐惧。但现在，畏缩的感觉席卷而来，几乎要将我吞没。但只是一瞬间，我的心里涌起了另一种感情，那是我穿越那段孤独又黑暗的岁月反反复复练习过的，对怯懦的反击，一种打倒这三个蠢货的强烈渴望。

莫羡把手搭上我的肩膀。"你没事吧？"她轻轻地问。

我摇摇头，憋住气不说话，继而一棍挥向那个不知道什么时候偷偷掏出枪击中我的秃头。他迅速扭转身体躲开这一下，枪却被我一棍打飞了出去，越过整个机房所有的主机，撞在对面的墙上。这时候另外两个家伙一拥而上，一个抱住我的右臂抢夺钢管，一个抱住我的左臂，两个人一起用力把我向后拉倒，我把手中的钢管扔给莫羡，就再也无法挣开他们的攻击。那个丢了枪的秃头稍微一愣也加入进来，紧紧抱住我的脖子，把我往后拽。

我当然被他们放倒了。只能盯住头顶苍白的日光灯管，无可挽回了，但没关系，进度条一定走到尽头了，没关系。不！我忽然想到，他们可以回到操作台那儿，覆盖代码，回退进程，让一切恢复原状，功亏一篑，一切功夫都白费了。我拼命挣扎，一点用也没有，我的脖子和两条胳膊都被紧紧压住，无法动弹。

那恼人的男人又说话了："放弃吧，失败是从一开始就能计算和预料的。"

"老实点。"抱着我脖子的秃头恶狠狠威胁。

我头痛欲裂，应该是短时间内用了太多聪明药的副作用，视线逐渐丧失，眼前一片模糊，头顶的日光灯管变成一道白光，完了，全完了。

但忽然，我感到脖子上的力量一下子松脱开，我扭头一看，那秃头的脑门上涌出一道暗红的血迹，沿着下巴流进白色工作服里，把前襟染得通红。莫羡举着钢管站在他身后，面无表情，正对着另外一个人的脑袋比画。

那家伙也看到她了，他放开我的左手，去抢钢管，莫羡和他撕扯起来。我猝然发力，甩开右手上的束缚，一个左勾拳，打在他脸上。他一个踉跄，放开了莫羡。我拽住他那件蓝背心，把他拉过来，对着他的脸左右开弓，几拳过去，一脚把他踹开。他一下撞在服务器上，瘫在地上，人事不省。另一个蓝背心又扑了上来。我发现了，这些人拳脚松散，个头虽然大，却没受过专业训练，不足为惧。我根本不管他的王八拳，一脚踹在他小腹上，他坐倒在地，我抓过莫羡的钢管，在他头上敲了一下，他昏死过去了。

现在，整个房间又静了下来，机器们轰鸣的底音上是起起伏伏的呻吟声。我稍喘几口气，忍住剧烈的头痛，跑回操作台，进度条已见底，提示全线成功发布。我挥起钢管，一下下砸向操作台。白色塑料屑飞溅，一顿狂砸，操作台已彻底报废，成了一堆破烂。失去了输入设备，他们一时半会儿没办法挽回刚才的操作了。

喇叭中又响起了那个男人的声音：你们楼下的同伴已经被制服，更多的安保人员在赶来。整座大楼已经被封锁，你们无处可逃，投降吧。

"这究竟是谁？"我问莫羡。

"是……我的诊疗 AI，我想也是整座医院的主控程序。"她说。

AI 继续开口："即使命令侥幸发布，一切的影响都在计算内，只是一场小规模暴乱……"

我将手中的钢管狠狠掷出去，钢管像标枪击中高挂的喇叭，把它击得粉碎，声音消散了。

我跑过去，拉起呆立在原地的莫羡，所有该做之事都已了结，此时不跑更待何时。

穿过主机、穿过大门，窗外已是昏沉的夕阳。穿过空旷的走道，来到货梯，下到 23 层，警铃余音犹在耳，但始终没有更多蓝背心赶来，看来楼下的行动一切顺利。我们拐向走廊，在岔路口左拐，依然是躲在 2313 病室那位激动的老朋友那儿，躲过两个匆匆而过跑上楼支援的蓝背心，再跑出去，绕过特需电梯，走消防通道离开。

整整 23 层楼梯，我们狂奔而下。跑下楼梯，直接从楼梯厅的一扇小门跑出去，到了大街上。这扇小侧门只出不进，在入夜以后不属于大楼任何一个安保片区的管辖范围，是一个死角。这甚至不是这座看起来固若金汤的大楼里唯一一处死角，我们三个月的调查期内还有许多这样的发现。

我挽着莫羡在街上快走，速度控制在既不引人瞩目又尽可能地快。我们绕行一圈接近医院后门，后门口停着一辆警车，还有一对蓝背心守在门口，他们手里握着对讲机，四处张望。

我低着头，让莫羡靠在我身上，装成一对热恋中的小情侣，匆匆过街。几个交警拿着小旗和尖尖的路障在道路上布置，指挥封闭道路，现在是高峰期，马路上不多的车辆在这里形成短暂的拥堵，慢慢往两边开。我仔细观察，发现其中没有刀姐她们的车。我掏出手机一看：20:05，晚了五分钟，超过原定时间，他们已经走掉了。

我把手机塞回口袋，穿过马路离开安定医院。

"他们应该在这儿等我们的，但我们来晚了。没关系，Plan A 失效后还有Plan B。我们去找他们。"

"刚才 AI 说他们被制服了。"

"虚张声势。跟我走。"

"去哪儿？"

我没有回答，我发现身后那对蓝背心正在匆匆穿越车流，他们沉默着，眼神也不在我们身上，但我知道他们是奔我们来的。我拉着莫羡在道路尽头拐弯，越走越快，最后索性狂奔起来。

空旷的大街上没什么人，更不会有人说出他们的压抑，但这股压抑紧张的暗涌一如往常，我们冲破这股凝滞，拼命向前。起风了，我觉得身边的莫羡跑着跑着越来越轻，简直要飞起来。

我们跑过路口，在道路尽头冲进一个小广场，穿过小广场，挤进商场大门。这就是望帝北城区最有名的平价卖场。天色已经暗了，商场大厅却挤得水泄不通，外面马路上消失的人好像都跑这儿来了。

大门口竖着一块告示牌，"金门女士内衣厂家直销大会"。仔细看，这里是内衣内裤花花绿绿的海洋，无数面色红润的中年妇人在此间沉浮。我推着莫羡往人潮中最挤的地方挤进去，随手从衣架上摘下一套绿色的内衣裤。

"走，走……"我使劲推着她向前挤。

她没有说话，和我一起默默用劲，在无数的肩膀脖子手肘间腾挪。

"我们得去试衣间。"我推着她一直向前，来到试衣间前面，趁一个年轻女孩刚钻出来，赶快推她进去，不顾身后一个中年大妈对我们插队的辱骂。

我无心解释，跟在她身后挤进去。

我跟她挤在狭小的塑料布搭起来的临时试衣间里，鼻尖对着鼻尖。我把那套内衣裤扔在板凳上，脱掉了身上的丝绸外套。

"脱呀。"见她不动，我扯掉她那件绿外套。

"现在，跟我从商场西门出去，紧紧跟住我。不要管你身后有什么人，记住，紧紧跟上我。黑狗小队的车就在西门门口等我们，只要上了车就是安全的。明白了吗？"

"明白了。"她盯着我说，眼里已没有丝毫畏缩。她掀开门帘，先跑了出去。

我越过人流，看清了内衣卖场出口，开始努力挤过去。我看到了两个蓝背心，就是医院后门见过的那两个，他们正在卖场入口跟大妈挤在一起，努力向会场中央靠拢，却又寸步难行。我不顾脚上一直被踩，脸上一直挨胳膊肘，拼命向出口挤过去，好不容易到了出口，一位虎赳赳戴着袖章的大妈拦住了我。她操起一只饭勺一样的检测仪把我从头到脚扫了一遍，又让我撩起 T 恤给她检查。我只得服从，以证明并未私藏内衣的清白。她对着我松散的肉体轻笑两声，终于放行。我挤出人潮，回头望见莫羡也刚被一个大妈放行出来，应该没有看到我的窘状。

我沿着商场边的通道向前跑去，跑向西门。据事前调研，西门是整座商场人流最少的出入口，既无顾客，也无保安，今天也是如此。我从旋转门出去，下了台阶就是一片空地，昏黄的路灯照着唯一的车辆，就是刀姐的金杯。

我跑过去，拉开车门，莫羡从我身后蹿过，先跳上车，朝我伸出一只手，我抓住那只手，也跳上去，拉上车门。

车已经打着了火，呜呜作响，微微颤动，在我关门的一瞬间开动了起来。我随车身晃动，跌坐在门口的座位上。

"搞定了吗？"刀姐问我，声音冷静到近乎懒洋洋。

我拼命喘着气，莫羡也在喘气，我在黑暗中摸索，抓住她的手，又冰又凉的小手。

"搞定了。"我说。

8

车子七拐八绕，驶出小路，驶入滨江大道。我感觉莫羡手上的力气越来越小，直至完全脱力。我把她的手放回膝头，她已经睡着了。

"人都齐了吗？报一声。"我说。

响亮的口哨声，刀姐。

"我在。"老程。

"在呢。"黑哥扬着刀疤脸，我们这儿唯一的粗人。

"来了。"张纵波。他就是那个特需部走廊上的白大褂，我们的内线，厕所里的工具也是他从职工通道顺进去藏好的。

"来了，遇哥……我替你祈祷过了。"李篱冲我挤眉弄眼一笑，这个临阵脱逃的家伙也归队了。

"怎么这么晚？"刀姐问。

"路上二操从 24 层下来，差点堵上我们。纵波。"我看他。

"他们肯定是提前去机房视察，就在我去厕所藏工具的几分钟里上去的。"张纵波说。

"你就恰好尿急啊？"

"我的锅，我的锅。"他说。这个特需部主治医生精明能干，但因为妻子抑郁症去世后就有点间歇性精神恍惚。如果不是这样他也不会加入黑狗小队。其他人的情况，各有不同，总的来说，又差不太多。

"算了。"我也吹了声口哨，靠回椅背上。窗外只有起伏不停的江水，反射着一点若有似无的微光。事已经做下，成不成的，看天看命。

"你们那儿还顺利？"我忽然想起来。

"顺利。黑哥先进场，他露脸以后现场就炸了，保安和门口的病人都是，他那张脸在通缉告示上出现了太多次，震撼力太大。"老程答。

"嗯，你那儿也跟上了？"

"跟上了，我在药房闹大动静，医院以为那才是真正的目标，储备安保都过去了。"

"最后撤退还顺利？"

"顺利，人质出地下通道口全放了，我们顺利换车。"

"好。"

一路过去，再无人说话。大概半小时后，天已经全黑了，车停了。我摇醒莫羡，一起下车。老程先去开门，我们紧随其后，跟他进了路边一栋房子。这房子又大又破，是我们很久不用的一个据点。我把机房的情况大致一讲，约定明早再看是否往城郊转移。饭菜已提前备好，大家简单吃了点就各自回房。

我搀着莫羡上了三楼，她下车后不是揉眼睛就是打哈欠。今天对她来说太刺激了，还用了那么多"夏娃"，中了一粒情绪弹。打开房门，地上只有一张裸的席梦思，她径直扑上去，朝窗外蜷起身子。我关上门，躺在床垫另一边，熟练地进入冥想，这是我在漫长的黑暗岁月中练就的绝招。我先排空大脑，任凭念头升起，一一观察，再一一放过：安定医院总部顶层的机房、举枪的蓝背心、莫羡、碧树、发出咔哒声的极乐泉……它们盘旋一阵，最终都离我而去。我陷入昏沉，初夏的夜，寒意袭人。身边人忽然翻了个身，钻进我怀里，我抱着那个冰凉的身子，感到一点暖意。双眼在一瞬间张开，看到了窗外夜的幕布上布置着的银色的星星。我睡着了。

我做了一个梦。我清楚地知道我在做梦。我回到了江城的老宅，和父亲母亲一起坐在餐桌前吃饭，他们的面容看起来还很年轻。我就着一盘青菜吃完米饭，忽然想起了什么：

"妹妹呢？"

饭桌对面的父母交换了一个忧愁的眼神。

"她去哪儿了？"

他们一起摇了摇头，没有说话。

我扔下碗筷，冲出屋子，跑下楼，邻居老程正站在楼道口做广播体操。

"碧树呢？"

他张开双手做扩胸运动，一手往后山的小树林一指。

我穿过围栏，爬上后山，钻进小树林，沿着一条小河跋涉许久，远远望见一个小姑娘。她蹲在河滩上用树枝画画，我走过去，扳过她的肩膀，是碧树，脏兮兮的小脸上满是泪水。

"我检出了问题。"她说。

"没有，他们搞错了，别相信他们。"

她没有说话，站了起来，眼睛盯着远方，眼神渐渐直了。

我忽然知道了，我知道要发生什么了，就像我千百次梦到过的那样，一艘木船从小河上游漂流下来。船上挤满脏兮兮的孩子，他们一边哭叫，一边向碧树挥着手。碧树向他们走去，我想抓紧她的小手，但那小手滑溜溜根本抓不住，我要抱住她却扑了个空，她的身子好像根本不存在似的，我疯了一样大喊起来，却叫不出声音。

　　我就眼睁睁看着她被一双双小手抓住，拉上船。那艘船随着水流继续奔流而去，她的身影渐渐变小，她回头看我，脸庞却变成了莫羡的脸。我追着船蹚入了冰冷的河水，听着声声呼喊，看着那张熟悉又陌生的脸，直到一切慢慢消失，只剩下我一个人了。我知道，从今以后就只有我一个人了，永远站在河滩上。我醒了。

　　莫羡躺在我怀里，枕着我的手臂，望向窗外。

　　"你醒……"我想问她，却被她捂住了嘴。她指指窗外，那儿停着好几只大鸟，是长尾巴的蓝喜鹊，在窗前那张四处开裂的皮沙发上跳上跳下，冲着她叽叽喳喳。我知道那梦中的呼喊声从何而来了。我一点声音也没出，那些鸟儿却不安起来，扑棱棱全飞走了。只剩下阳光映照着灰尘，在这个破败的房间中舞动。

　　莫羡仍望着鸟儿消失的地方发呆，那儿只有一片虚空。

　　"你在看什么？"我问。

　　"时间。"她低声说。

　　我没有听懂，感觉右手麻了，慢慢把那条手臂从她脖子下抽了出来，伸了个懒腰，若无其事道："我刚才梦到你了。"

　　"梦到我什么？"她回过神来。

　　"梦到你变成了碧树，被他们带走了。"

　　"我也梦到你了。"

　　"梦到我什么？"

　　"我梦到了一只一脸嘲笑的怪兽，它一直在梦里追着我，从这个梦到那个梦，但我刚才第一次把它干掉了。"

"我在哪儿？"

"我怀疑你就是那只怪兽。"

她说完转过身子，直直盯住天花板。那儿糊着褪色的暗淡壁纸，勉强还能看出之前葡萄缠枝的图案。她就盯着那壁纸慢慢发问："你们到底干了些什么？"

"我说过了，把额度还给所有人。"我揉着眼睛，尽量轻描淡写，"我们入侵了安定医院的主机，修改了程序，全程你都在。"

"然后呢？程序生效以后会发生什么？"

"无限情绪激素，无限快乐。"我想缓解一下紧张的气氛。

她拧着眉头望着我。

"快乐不应该是一种特权，为什么要被本该属于自己的东西控制？"我说。

"你们疯了吗？"

"人们往往通过事情的结果判断一个人的动机，即使采用这种世俗的评判标准，我们很快也会有一个答案。"我说。

她不说话了，望向窗外。

"你们是一个犯罪团伙。"她忽然提高声音，"我跟你一起只是因为我……我爱上了你。但我从没想过你们会这么疯狂。"

"如果看到更高更值得服从的秩序，这一切并不疯狂，我们只是新的秩序的一部分。"

"狡辩。你们会毁了整座城市，毁了所有人，没人受得了情绪的冲击……你从没真正体会过情绪的力量，我怀疑你这辈子都没有情绪失控的时候，那种为之生为之死的感觉。"

我笑了，这太好笑了。

"情绪失控。"我耐心地咀嚼着这词组，"莫羡，你真的不太了解我。"

"你几乎没有情绪，比希还要平稳。"

"我知道了，你以为我只是一个冷酷的药剂师，一个计划周密的暴徒，是吗？那如果我告诉你，我带着和碧树一样的基因呢？我和她一样，和你也一样，带着情绪缺陷基因。我只是靠自己一点一点把自己变成了这样，我确实很多年没有用过人造激素了。"

"你从没说过这些。"

"我说过了，但你能明白又相信吗？谁没经历过那些呢，痛苦和破碎，一次又一次，但我已经有一个亲人崩溃了，我不能允许自己再崩溃。我要承受那些，所有的痛苦，所有的黑暗，让那些破碎的自我再合起来。"我指指自己的胸膛，"渐渐地，我有了一颗新的心，更坚强的心，我还是我，但又不是我了，所有的破碎合成一个新的我。我，作为一股力量，汇入了这个世界生生力量的海洋。那以后我就知道我可以，所有人都可以。我走出江城的小镇，来到望帝求学，做药物研发，组建黑狗小队。我没能救得了碧树，但能救你，还有其他人。不是吗？不用依赖那破额度，我们都是一样的，都可以好好活下去。"

"所以？你就要做这些？"

"是，唯有一场冲击性的暴乱，才能冲开这套医院的秩序。哪怕之后留下一地废墟，新的秩序也一定会建立起来。不用攀缘不用索求，激素给你们的，我们的大脑都能给自己，从古至今都是如此。这是我们所有人坚信的。"

她不说话了，瞪着我，好像在想些什么。

忽然她把枕头扔过来："你有时候理智得真叫我害怕。"

我翻了个身，从床上坐起来，放好枕头，说："你也起来吧，我们得准备转移了。"

9

我在盥洗室迅速收拾了一下自己，走出房间，下到二楼，发现老程站在大厅里，正在窗前张望，晒着太阳。

"早啊。"我扬扬下巴，喜鹊和阳光，今天应该是个好日子。

"早啊。"他嘟嘟哝哝，头都没有回。

"把人都叫过来吧，我想过了，我们尽快撤到隔壁甚平市去。这样妥当。"

我迅速说完，他却没有答话，仍是梗着脖子，望向窗外，十分古怪。

"再观察观察吧。"他说。

"观察什么？你没事吧？"

他没说话，指着窗外，另一只手猛招，让我过去。

我走过去，站在他身边，顺着他手指的方向望去，也看呆了。

窗外是一块被居民区包围的小广场。广场正中是两座极乐泉，旁边立着几棵歪脖子树。一个穿红T恤的小伙子从一栋居民楼走出来，走向其中一座极乐泉，站上操作区，他向那机器伸出手臂，然后就一动不动了，脸和手臂都看不清，只留下一个背影。过了一会儿，他收回右臂，换了左臂。又过了很久很久，得有半个小时吧，他把左臂也收回来了。他拿胳膊紧贴身子，想掩饰那上面密密麻麻的电子邮票标记，完全是掩耳盗铃，太多了，根本遮不住。他转身跑起来，一边笑一边跑，胳膊紧贴身子，两条腿飞快甩动，钻进居民楼间的小巷，不见了。

"看来是成了。"我说。

我们就站在那儿，身边渐渐站满这座屋子内所有的人。以下是我们所见到的景象：

接着来了第二个、第三个、第四五六七八个人。他们在极乐泉前久久流连，把它整个围了起来。那些人，满面愁容了无生趣地来，笑容满面地去。他们的脸上挂满了我曾一百次想象的表情，愉悦、幸福、兴奋、骄傲、和善、亲密……我多久没看到如此众多的笑容了？

很快，不只是笑容了，巨大的笑声从这座破房子的每一个窗口传来，好像阵阵沉闷的浪潮，渐渐变得喧嚣。整座城市回响着疯狂的笑声，如果不是在所有的窗前亲眼见到了那些边笑边跑的人，我不会相信那是人类在这座沉闷压抑的望帝城所能发出的声音。

"他们给自己用了什么？"莫羡走到我旁边问我。

"理论上，所有大剂量使用兴奋剂属性激素都可能造成现在的结果。但我推测大部分人都用了安非他命和MDMA，致幻剂混合兴奋剂，他们一定看到了一个不一样的望帝，然后对眼前的幻象高度狂热。"

我指给他看一个男人，那个头发花白的汉子跪在马路中央，对着面前的空气一下一下磕头跪拜，间或放声嘶吼。

我继续说："当供给剂量有限的时候，大部分人都会选择有轻微兴奋或者镇静效果的激素，以获取长效的效果。比如你一直在用的'茉莉'，含有咖啡因和THC。但当供给趋于无限，鬼才不用更强刺激的东西呢，这正是我想要的。强效刺激，一举冲破束缚，迎接看破和自由。你不试试吗？"

"绝对不要。他们让我觉得恶心。"她摇头。

"你只是习惯了那种死气沉沉。"

现在她没有枕头可以扔我了。

现在已经没有转移的必要了，所有人都同意留在这儿，为了随时监控事态发展，或者欣赏我们的战果，直到一切落定。李篱提议我们索性加入这场狂欢，让我拦住了。我们得继续观望，直到安定医院的抵抗完全瓦解。房子的地下室储存着大量的生活物资，我们就躲在这座堡垒中，哪儿也不去，轮班监测城中的动向。

中午的时候，几辆防暴警车冲到了小广场边，从警车上拥下好几队蓝背心，他们戴着防暴头盔，手持电棍，腰里别着情绪枪。刚一下车，就和簇拥着极乐泉的人群冲撞在一起。

几乎是一瞬间，蓝背心们就被人潮冲散了淹没了。在失去理智的人潮中，全副武装就是个笑话。他们被人群推来挤去，剥掉全身装备，撕烂了制服和蓝背心，露出白色的背心和内裤，然后被高举过头顶，送向极乐泉。在那儿，他们的手臂上也打满了邮票，然后，他们就成了这狂热人群的一部分。

这些特殊成员的加入激起了人潮新一浪的狂潮，人潮涌出广场，向江边去了，没过多久，这个小广场边只剩下零星几个歪歪倒倒的人。

"他们去哪了？"莫羡问我。

"安定医院总部。他们想明白了，从总部切断激素供应源头他们就什么都得不到了，得把那儿完全控制住。你看，现在不需要我们做任何事了，人群自发行动起来了。"

"整座城市都疯了，这就是你想看到的？"

"疯狂是理智复苏的前兆，我早有预料。"我说。

"你妹妹呢？"

"现在激素供应已经完全放开了，也就不存在放弃族，碧树现在只是一个普通人，她要接受自己的命运。"我说。

"你真的完全疯了。"

"可能吧。"

我们躲在屋内，任凭外面沸反盈天。入夜之后，整座城市的天空都烧红了，火光四起，市中心刮来的风里带着焦煳的味道。长鸣不断的警报声、哭叫声、喊叫声和那越发炽烈的牲畜般的笑声组成了一曲惊魂动魄的交响曲。这个城市在进行一场巨变，最深的压抑变成了最炽烈的爆发。

我们睡在一起。她轻轻触摸着我的脖子，然后环住我，用焦躁不安的身子紧紧贴住我。她和这座城市一样，经受着冲击，承受着撕裂。那完全是她心里的暴乱，我再也帮不上她，任何人也帮不上她，但我终于找到了让她解脱的办法，就在这张床垫上。

我进入了她。

她比她看起来要小得多，身体也是。快二十五岁了，依然是个处女，从未打开过自己的身体，也不知道该如何摆放它。她似乎从来没有离一个人这么亲近过，一边想要躲藏，一边又忍不住想接近，脸上写满了抗拒，或者说欲拒还迎。但我知道，这一次我就是无比坚定地知道，她喜欢我给她的一切，我的吻，我的触摸，我的坚硬的下体，我的一次一次的冲撞。我俯瞰着她，看着我胸前的伏羲和她的女娲撞得叮当作响，几乎要撞碎在一起。她苍白的面色渐渐泛红，她活了过来。我也是一样。我好像忘记了自己，却又感觉身体里睁开了一千双眼睛。我爱这场盛大的抽奖狂欢，多巴胺、后叶催产素、五羟色胺，还有内咖肽，那因为无法通过脑血屏障而无法从极乐泉中获得的最美好的内咖肽啊，我爱这些丰厚的奖品。我一直紧紧盯着她的脸，她的意外连连的脸，第一次参加抽奖，毫无期待，意外所得全是惊喜，高潮来临时瞪大的眼和颤动的睫毛，然后归服于平静，归于轻轻的呼吸声。

10

我们在这座破屋子里躲了三天三夜。直到窗外吹来的风不再带有硝烟的味道，那些怪异的声音，那些血与火的味道，那些让莫羡不安让我兴奋的东西都散去了。这座重归寂静的城市里，只留下了浓浓的人造激素的味道。

现在，我们可以出去了。我捡起房间里四散的衣服，和被莫羡扔掉的安定表一起递给她，她却扬手把安定表扔在了一边。看着她那张精疲力尽又容光焕发的脸，那个在情绪崩溃边缘徘徊的女孩已经变得稳定。而我呢？我感觉体内的一部分稳固已久的东西已被清理置换，获得了一股更具生机的活力。

整座城市空空荡荡，江阴道上见不到人影，也没有车辆，只有空空的风声和惊起的鸟群留下的鸣叫。我和莫羡，还有黑狗小队的其他人，走上滨江大道。

太阳刚刚升起，新鲜的阳光照耀着宽阔的江面，江水已渐渐落下。空气里曾经紧张的东西已经松弛下来。我们一路朝安定医院总部走去，发现倒在路边的人越来越多。这些人全都一样，衣不蔽体，甚至裸着身子，神情迷乱，瘫倒在地，嘴边挂着一个微笑，两只手臂上都是密密麻麻的电子邮票胶布。

这儿弥漫着纵欲后的味道，我四处环顾，我们的人都四散开去，莫羡还在我身边，神情却渐渐惊惶。

路上到处都是玻璃碴儿，路边是被砸烂的店铺，带着火烧后又被水浇的痕迹，火是早已熄灭了。那些脸上挂着笑容安睡的人有的会忽然睁开眼睛，爬起来，走到商店里，从货架上抓起些袋装食品，然后就蹲在路边扯开包装袋，大口吃起来。吃完后再在邮票上一拍，仍旧躺下。

莫羡差点踩到一个老头子，他默默绕开她，爬起来以后去街边的极乐泉再领一块邮票，拍碎后，脸上浮起无比痴迷的笑容，看我们走过，就把那满脸褶皱中绽放的微笑送给了我们。

"那是什么？"莫羡问。

"MDMA 或者 MDA，能刺激血清素，它可以让人真正地彼此理解，互相关爱，逾越所有的心防。你不觉得这很棒吗，最后，大家还是选择了最温和的激素，彼此默默理解，互相爱着，这是好事。"我说。

"爱……着？"

我不说话了，我觉得怪怪的。一切都在我的分析和预判之中，分毫不差，但那个没有温度的笑容让我觉着怪怪的，但这没有关系。

"我们走到这条路的尽头，然后商量对策，你就在这儿等我。"我继续往前走。

她却呆站着，望着路当中，那儿开来了一辆救护车，不知道这来自哪个还保持着正常运转的安定医院。几个白大褂蹲在人群中忙活着。

"别管他们，所有的救援都是杯水车薪，他们会自己好起来的。"

但她却没有挪步，她向救护车的方向走去，在她的面前是一个孩子，一个又瘦又小，头发又脏又纠结，满脸满身都是污渍，全身只有一条短裤。

她弯下腰去，抱起那个瘦弱的孩子。

明亮的朝阳照着她脖子上露出的女娲玉坠，在这片焦土前，她整个人宛如新生，大风吹起她的裙角，背后好像升起光晕，好像来自我故乡古老的神祇，点亮了这幅暗淡的街景。

我再次感觉到了第一次见她时那种让我心动难安的东西。

"醒一醒，醒一醒。"她一张一张撕掉孩子瘦弱的胳膊上那些电子邮票，那些医用胶布纷纷落地。

孩子脸上挂着笑，眼皮在不住地抖动，却依然没有醒过来。

我走到她身旁。

"抱着他。"莫羡对我说，她静静地看着我。

我不知道为什么，我不应该那样做的，但我还是那样做了。我伸出手去，接过那个轻到没有重量的孩子，忽然颤抖了起来。我不知道那是什么，那是一种比蜜还甜的暖流。我知道所有的情绪激素和它们精确的体验，却不知道它是什么，那不是多巴胺，不是肾上腺素，不是催产素，不是内咖肽，不是苯乙胺，不是任何一种我体验过的美好的情绪激素的感觉，但那感觉又像是它们的全部加总。

那是什么？

我望着光里的莫羡。我还不知道那是什么，但我相信，一个更美好的时代必将来临。

——原载《花城》2020 年第 2 期

作为一篇写实性科幻,《章鱼》描述了一个发端于普通研究所的故事。在这里,神秘事件肇始于人工智能,却终结于他者智慧。看似平常的生物,却作为一种特殊的纽带连接着人类发明与其他世界。面对这种波澜壮阔,通篇叙述依旧不紧不慢平平常常。

章 鱼

星 河

1

我们管脑科学与神经科学研究所叫神经所,有时候也叫它神所。上次来神所,是和老板、师兄一起来的,这次只有我和师兄两个人。今天我们带来一份老板签过字的合作合同,请神所所长签字,所以不用劳动老板亲自出马。所里的学术秘书说所长还没到,客气地请我们在会议室稍候,但我们坐不住,到走廊里观看那些花里胡哨的宣传栏。

走廊的白墙已被标本橱窗占满了,几乎没有空地。展览出来的大多真是标本,没有一点生气,旁边附有详细介绍,主要是为了应付领导视察和外人参观。不过其中有一个家伙是活的,一只长相普通的章鱼。我说它看着就有些灵气,师兄没有搭腔。我拦住身边路过的白大褂女生,问她这是不是专门用来表演的。她应该是白了我一眼,说了句"那是做实验用的"就走了。她走远之后我问师兄她是说我傻那个吗,师兄说她是说你傻那个。

秘书喊我们进去，所长和我们握手寒暄签字换文。其实签文件是次要的，我们还有一项任务是领人。合同约定请神所的一位博士生参加我们课题组，协助解决有关神经网络的问题，今天我们顺便带回去认门。

在回程的车上我们聊得很嗨，这位张晓慧十分健谈。她说她对数字化的神经网络很感兴趣，她说她上学时就经常路过我们所的红色大门，觉得特别高大上，她说那个白大褂女生应该是她师姐，她说那只章鱼其实不是用来做实验的。它是不久前热心市民送来的，说是在海滩上捡到的，看着实在可怜就给送过来了。

但我们不研究这个，算是暂时寄养吧，过一段时间会送给相关机构处理。她解释说。

老板向神所借人，是因为我们的数字化神经网络的自我学习快到瓶颈了。这课题我们开始一段时间了，是在基本上无资金支持的情况下自行开始的，所以只能小打小闹。但想要构建数字化神经网络总要先学习一下自然界真正的神经网络，也就是所谓的生物神经网络。在这点上我们完全外行，两眼一抹黑。老板请神所所长来讲过一次课，我们就像听天书一样；所长留下一本英文专著，我们分头研究，还是不得要领；最后老板请求神所派驻援军，两家来一个课题合作，这才有了张晓慧的到来。

老板为张晓慧申请了专家公寓的宿舍，她上午入住下午就来实验室了。张晓慧进组的第一步是熟悉项目，由我给她介绍课题进程。我以前负责对外科普宣讲，自以为讲得比较清楚，但说了半天，她还是一头雾水地微笑点头，我就知道她根本没听懂。讲课我不行，但看人还算清楚，看来我糊弄得了公众糊弄不了真正的科研人员。

师兄讲，我们的项目其实是拾人牙慧。当然老板肯定不会这么和你说，见了你他一定会说：现在国内好多家都在搞，大部分都在吹，只有我们是比较踏实的。这项目国外早有人搞过，所以咱们当然也要搞。主要是培养一个自主学习的程序，达到给定刺激就输出反应的目的，然后解决一些鸡毛蒜皮的问题。

张晓慧听出一点眉目，插话问道：就是我们平常说的人工智能？就是我们平常说的人工智能。师兄点头表示肯定。

为了弥补刚才的尴尬，师兄让我负责演示实验室的得意之作：小强。

那只突然出现在屏幕网格上的家伙着实吓了张晓慧一跳。它先是快速游走了一番，然后才放缓速度慢慢巡视。小强在屏幕上来回移动，摇头摆尾的样子怎么看怎么像一只蟑螂。张晓慧问我它在做什么，我说它应该在学习，或者说在上课，否则移动这么慢有什么意义。现在它至少拥有两岁孩子的智力水平。

知识水平。师兄纠正道。不能说智力水平，只是知识水平。

其实它真动作起来还是很快的。我接着说。有时它会消失在网络里，但我们一叫它它就会马上出来，瞬时的，不会这么慢慢悠悠。理论上它真正的速度应该是光速。

那它到底是个什么东西呢？张晓慧追问道。

没有什么东西，不存在。我笑着告诉她。就是一团虚拟的智慧，你看到的那些触角啊什么的都不存在，或者说都是虚无缥缈的数据。

哦对了，生命，其实它就是生命。我突然想起我给来所参观的小学生做的比喻。小强是我们设计出来的生命，或者你可以说它就是一个数字生命。

也没那么玄乎。师兄实在听不下去。算是数字化模拟的自处理功能体吧。

张晓慧当然不接受"生命"的说法，一个念了多年生物教材的人自然不会像小学生那么富于幻想。但我煞有其事地告诉她，所谓生命，就是能自我保护，也就是数据的排他性、能自我学习，也就是成长、能自我复制，也就是繁衍，等等等等这类特征的东西吧。你凭什么说它不是生命？

好吧生命。张晓慧不想和我多争执，但接下来她却幽幽地问道：那这条生命，平时住在哪儿呢？

自然是这块硬盘里。我愣了一下回答她。这块硬盘是小强的摇篮，但它不会永远待在摇篮里。我这是在套用俄罗斯宇航之父齐奥尔科夫斯基的话："地球是人类的摇篮，但人类不会永远待在摇篮里。"

那我们说话它不是会听到？

不会的。我们没给它设计声音采集功能。

你说过它会自己学习。

这是两个概念。它没有耳朵。鱼就是再会学习，没有翅膀也不可能飞上天去。

但张晓慧还是觉得不放心，她分明觉得，就在我们说话的那一瞬间，小强把它的头往回一扭，也就是把触角往回一伸，朝她来了一个诡异的微笑。

几天之后张晓慧才对我说起这个镜头，我听完哈哈大笑。所谓回头，很可能是小强那时正好要朝反方向行进，而那一笑，肯定是张晓慧的想象。

2

晚上老板设宴欢迎张晓慧，大家作陪。老板照例致了欢迎辞，阐述了项目的重大意义，展望了课题的美好远景，也实事求是地客观评价了我们的团队和进展——现在国内好多家都在搞，大部分都在吹，只有我们是比较踏实的。不过讲到具体步骤，老板还是回归到科研人员的正常状态。他告诉张晓慧，我们的小强，在原始设计中只有最基本的反馈系统，也就相当于最原始的生物神经系统，其他都是由它自己后天"习得"的。而且这种学习只能是摸索着自学，没有父辈一代的经验可以传承，像有些机构，一上来就给类似的自处理功能体注入和储备各种先验的知识底色，这种投机取巧的事情我们是不做的。

老板一兴奋起来，脸都要凑到张晓慧耳边了。张晓慧一边退一边自我解围：这倒是真有点像章鱼。我连忙问她干吗只拿章鱼举例，鸟类以下的鱼类两栖爬行不都是没爹没妈自学成才吗，更不用说无脊椎的软体动物和其他了。张晓慧摇摇头告诉我不是这样，因为和其他水生动物相比章鱼格外聪明，而这种超凡脱俗的智力水平与它完全自学的经历严重不匹配，有点过于学霸了。章鱼不但能很快记住所有的经验教训，甚至还会主动使用工具。

张晓慧的话一下就改变了当晚饭桌上的交流导向，我们立刻抛开小强，一致讨论起章鱼来。本来老板好像还有好多话没说，现在也只能一脸干笑着边听边喝。最后时间差不多了，他赶紧招呼大家举杯祝课题成功。

喝完红酒有些兴奋，我回到实验室，坐在那里观看以前的视频。

屏幕上一个方形光标来回往返，像一个反复尝试想要走通迷宫的小白鼠。每一次的路线都比上一次的路线更近，每一次的时间都比上一次的时间更短，也就是说每一次它都学习到了新鲜东西。只不过这时，它还只是一个简单的正立方体。

这是三个月前的小强。那时它的学习速度极快，就像一个初生的婴儿，贪婪地吸收着自己所能接触到的一切。但是现在，它的学习之路变得越走越窄，进步就没那么显著了。

它原本是一个长宽高完全相同的立方体块，这样设计的目的就是考虑到它自由移动时的各向同性，之所以没设计成球形是为了排除失稳的干扰。每当小强四处行走的时候，总是如轻风滑过，悄无声息，就像一个性格内向动作轻盈的小姑娘一样。可是那帮参与项目的本科生不甘寂寞，非要别出心裁地往这个方块上加点小料。

开始只是随便加上几条简陋粗糙的细腿，那段时间师兄比较忙也就没注意到，结果正好上级来所视察。师兄给领导展示的时候，一个滑稽可笑的卡通小强出现了，师兄的脸当即就变了。好在领导的脸没有变，还笑呵呵地说孩子们的创意真好。虽说事后师兄还是发了一通脾气，但到底是放任不管了，这下小本们的情绪上来了，这里加两笔那里添两画，最后干脆把它画成长着六条腿一对翅膀一对眼睛一对触角的蟑螂模样，变成了一只真正的小强。可有了眼睛和触角也就意味着有了头部，无论它朝哪边运动触角都代表着前方，本来它可以前后左右随意游走，现在它倒退的时候看起来就显得有些滑稽。

我说它是生命，自然有起哄的成分。其实它就是一组拥有海量数据和应激功能的数据库，给出一个刺激，得到一个输出，只是这些输出目前全都不定，不能反推，换句话说，就是不能根据它的行为反应，反推外界的刺激形式。

第二天中午我和张晓慧吃饭的时候，又说起昨晚的章鱼话题，这次她比较正式地建议：真要像你说的那样，类似生命什么的，那你们倒是真可以研究一下章鱼。

我问她怎么个意思。她说章鱼受到刺激后的反应就是不定的。章鱼和别的动物不同，比如说用针刺你一下，你的手会立刻往回缩。无论多少次，只要没有主动命令，你的下意识反应都是一样的。

我在假想中做了个被刺后的动作，果然是把手往回一抽。张晓慧接着说：但章鱼不是这样。章鱼的某条腕足要是被刺了一下，它不是简单地往回抽，而是做出一个复杂的旋转动作，而且每次的方向和花样都不相同，似乎不是在应激一次攻击，而是在传递什么信息。

传递信息？哦，被打了，第一反应不是反击，而是发出一个信号——别再打了啊！再打我报警了啊！我呵呵呵地笑了起来。这章鱼有素质啊！

这还不是最神奇的。最神奇的是，它不只是这一条腕足有反应，其他腕足在同一瞬间也会做出相应的反应，只是旋转的方向与花样与这条腕足不同。

这正常啊，我被扎了除了缩手可能还要跺脚呢。

但反应速度应该不对。有人测量过，按照章鱼的神经传递速度，应该来不及在接到刺激并传给大脑之后再传回来指示其他腕足。

我咀嚼了一会儿这个长句的意思。张晓慧看着我补充解释：这话的意思就是，似乎章鱼的每条腕足里都有一个大脑。这我就开始不屑了，连笑都懒得笑，看来学生物的脑回路还真是清奇。每条腕足里都有一个大脑？这是科幻里的外星智慧章鱼吗？但张晓慧的神态还是十分认真正经：你说的没错，章鱼还真被这样分析过。据说它身上的基因，与地球上其他任何生命的基因都不相同。

当时师兄正好端着食盘坐到旁边。后来他说，就是我那句什么外星啊智慧啊，让他下定决心要把神所那只章鱼借过来研究。

3

每月我们都有个神仙会。

这个时间地点本来是给公众科普用的，我的科普宣讲就是从这里起步的。刚开始公众热情高涨，老人小孩一窝蜂地赶来看热闹，还有电视台现场报道。后来大家兴趣淡了，我们又没有网红撑门面，这就成了我们自嗨的研讨会，往好听里说叫"头脑风暴"。

只能风暴，因为严肃研讨很难进行。这个会经常会招来一些民科，有些还属于半职业选手，他们从不缺勤，比我们都准时。既然名义上是公开活动，你就不能拒绝人家参与。开始我们像看笑话似的和他们玩，但玩过几次也就腻了。后来我们改为内部通知，不再面向社会，但那些死硬分子还是来问过几次，铁了心地往学术圈里钻。

这次的议题是"未来的意识"。我们引文献摆经典地折腾了一阵之后，一位民科大牛开始发言了。之所以称他为大牛是因为他知识贫乏但逻辑清晰，像一个标准的民科一样在辩论中永远以诡辩立于不败之地，他还自诩学贯中西涉猎颇广，我们听说附近几家研究所的研讨会都留下过他的身影。

当时我们正在讨论意识的数字化问题。经典理论认为，人死之后，他的意识可以以数字化的形式继续保存在硬盘里，不过它的作用可不是像死者捐献的图书那样仅供人查阅。给它一个刺激就会得到一个反馈，给它一个选择就会得到一个判断，甚至给它一句模糊的提问就能得到一个清晰的回答，那么从理论上讲，这个人就没有死去，他依旧活在我们的硬盘当中。当然我们说着说着就漫出科技领域，扩展到社会范畴，我们担心这一技术真正实现之后，经济因素的介入会营造新的不公平环境，比如我有钱我就能保存我的意识你没钱你的意识就会彻底消散回归自然，等等。就在这个时候，大牛适时地插话了。

这根本不是问题。因为届时一定是出现意识的融合。什么你有钱就能占多大空间我没钱就无立足之地，这都是咱们现在的小家子气想法。开始的时候每个人的意识确实会独立储存，但最终大家会相互予取互通有无，最终一定会在网络中实现意识融合。

可刚开始的人一定会有这种操作啊。张晓慧没经历过这种讨论场面，也从没见识过这种新奇好玩的大牛，所以第一个开口与他交流。我发现一个相当奇怪的现象，那就是民科更喜欢数学和物理学，而对更容易理解的生物学地理学之流却没什么太大的兴趣。

那又怎么样？放在历史长河里，这也是文明必经的弯路而已，用不了多久就能自动纠偏。张晓慧的反馈让大牛眼睛一亮。就算错过一些没条件进入储存机制的有识之士，从整体上来说人类的意识也不会缺失太多。

万一要是错过艾萨克·牛顿爵士呢？我不想让张晓慧被纠缠得太久，决定笑着帮她一把。其实我要真想嘲讽大牛的话，应该问"万一要是错过您这样的学术大牛呢"。

牛顿只是人类个体里的极致，错过他虽然特别可惜，但也不至于到影响整个人类公共意识的程度。真到了最后的集体时代，融合后的云智慧一定会超过历史上任何一个个体智慧，甚至都不是一个量级的。

大牛的语气让人相当反感，但我不得不说他说的没错。

这段插曲算是张晓慧到所后的一个小噱头，也算给平淡的日子添了一抹亮色，让我们去神所的路上有了话题。张晓慧说要请我吃神所食堂有名的四喜丸子，当然我们更主要的任务是去取章鱼。

我们也可以自己到海滩上捡，据说有段时间满海滩都是这种章鱼。但这种说法有点夸张，因为那得正好赶巧了，还需要海潮之类的影响因素配合。而师兄是一个有了想法马上就要付诸行动的人，所以催着我和张晓慧赶快。

后来师兄强调说，之所以催我们赶快，还因为他直觉上就觉得那只章鱼有问题。这我就一点都不相信了。

当初被送进神所的那只章鱼，是一名中年女性旅游者在海滩上捡到的，她说她看到章鱼瘫在沙滩上用眼睛看她，她圣母心一软就给送到所里了，反正她就是这么描述的。接待她的就是张晓慧的师姐，说这应该送到海洋生物所去，但所里外宣办的负责人有经验，知道与对方纠缠起来会很麻烦，于是就爽快地收下了。那女人回家后还总是打来电话询问，负责人每次都会热情地敷衍几句。后来她可能看到了新闻，说这里海滩上搁浅的章鱼越来越多，随手就能捡到几只，而且不是什么珍稀动物，未列入《濒临绝种野生动植物国际贸易公约》附录及《世界自然保护联盟濒危物种红色名录》。不过新闻还是呼吁大家不要随便捡回家煮煮吃掉，特别提醒大家注意2003年和2020年席卷全球的流行病灾难。总之那女人也觉得有些不好意思，嘱咐了几句还是别吃掉吧毕竟有感情了什么的，负责人说绝不会吃掉我们或者送去研究或者直接放生肯定不会吃掉我们可是科研工作者。其实有句没说出来的话大家都心知肚明：放生了就是让别人捡到吃掉呗。

负责人说话算话，没有把章鱼吃掉或随意扔掉，而是让张晓慧的师姐找时间送回海边。正好这话没说多久师兄就建议录用这只章鱼，于是就有了我和张晓慧的迎章之旅。

这么做合适吗？回去时一路上张晓慧都有些犹豫。总比吃掉合适，我说，再说咱们说是实验，又不会切割解剖什么的，只是观察观察而已。

为此我们购置了一个一米乘一米乘一米的玻璃鱼缸，它装满淡水后的重量应该是整整一吨，加了盐的咸水应该会更重一些。我们开始每天写观察日志，当然只凭肉眼其实什么也观察不出来。

遇到危险的时候它不吐墨汁吗？我凝视着这个无脊椎的丑陋家伙，时不时还挑逗性地用手搅动两下静水，怎么联想都觉得它不像我小时候在海洋动物书里看到的可爱章鱼。

加州双斑蛸没有这个习性。张晓慧告诉我。

我用了好几天才记住这只章鱼的学名。

4

做课题的日子就是一段段按部就班的日常，那些异想天开海阔天空的讨论可以让民科大牛们激动兴奋，却不会让我们的工作哪怕是加速一丢丢。

我们开始借助仪器来观察章鱼。我们发现章鱼看似透明的内部结构不是一块整体，而是逐级分层的。换句话说，就像是池塘里的冰层，今天结一层明天结一层，假如你凿开一个洞，就会看到洞壁上有一道道时间留下的痕迹，如同树干截面上的一圈圈年轮。

当然我们没有凿开章鱼的脑袋或者其他部位，我们是文明人，我们用的是光分析仪。

我们发现，在章鱼的体表之下，收纳着五颜六色的美丽光线。

可以肯定，这是色散的效果。章鱼的外表层是透明的，或者说最外面几层都是透明的。任何光线穿过这些透镜般的透明层都会得到拆解，就像太阳光射过三棱镜一样，集聚在一起的白色光被依次铺展开来，仿佛雨后天空的七色彩虹。

看见这道光了吗？我指着电脑给张晓慧展示。其实这不是一道光线，而是一个倾斜的面，看得出来吗？张晓慧点头。然后我稍微调整了一下角度，就微调了一下，我们马上看到，那个霓虹灯一般的斜面并不平坦，似乎在上面又斜长出另外两个斜面，同时呈现出新的色彩排列。

张晓慧眯着眼睛仔细看，果然看清了我所描述的情形。接着我又调整了一下角度，在这个新增的斜面上，又出现了两个更新的斜面。也就是说，每个斜面都被一分为二，形成一个像坡顶房屋一样微拱起来的立体结构，然后这两个斜面再各自一分为二，形成新的立体结构。当然每次构造都会让新斜面的面积比原来缩小一半，一直这么持续下去，就像一个无限下降的阶梯。

我们就这样一层层地观察下去，那些彩色条纹也就这样一道道地显现出来。在可测量的极致精度上，依旧能显出清晰的彩色光条来，丝毫没有减弱的迹象。

这就是章鱼能在几毫秒的瞬间转换肌体颜色的原因。

但关键的问题不在这里。问题是每道经过肉棱镜散射的彩色光条粗细不一，排列各异。色条的粗细问题本来不难解释，因为章鱼体内的各个透明层毕竟不是标准的三棱镜，光线穿过并色散的时候，有些变形也属正常。问题是这些色条在每层都会显出不同的排列。我们把这些排列输入电脑，发现它们具有某种规律性，用不同的数据显示出来，如同一组组神奇的密码。

假如每一层都折叠出两个面，那么第 n 层所形成的信息元就是 2 的 n 次幂，这些排列足以构成海量的信息。

这就有点意思了。

研究章鱼毕竟算是副业，张晓慧的到来还是为我们解决了不少问题。她利用专业知识修正和优化了小强的一些功能性参数，让小强顺利度过了它的瓶颈期。现在，小强可以自觉类比某些经验的相似度，以避免获取大量不必要的冗余信息，而不像我们当年构思的那些小技巧，累吐了血也只能是让它不要来来回回地走重复路线。要说这对一个搞神经的博士生来说不算什么难事，全靠模糊数学做技术支撑。此外还有很多小改进，小强的智商明显上了一个层次。但我心里知道，这些都属于小改进，并没从根本上解决问题。真想解决瓶颈问题是把瓶颈部分打碎，而不是缩着身子勉强挤过去。

开组会的时候，我们把这些成果向老板汇报，老板还没开口，师兄先敏锐地看出了问题。他问张晓慧能不能对原本那个完整的仿神经系统进行彻底改造，而不是只解决一些枝节问题。这正是我担心的事情，我本来应该在会前与师兄私下沟通的。不过老板的发言还是让我松了一口气，他在认可师兄建议的同时，还是对张晓慧的工作给予了充分肯定。他说不必拘泥于形式，搞科研就是这样，没有那么多的大一统和灵光乍现，就是到处瞎拱，这里拱一下那里拱一下，最后一集大成就成了诺奖。所以他让张晓慧继续搞，不过师兄的建议也不妨听一听。

下来后张晓慧问我到底应该怎样继续，我说还是朝着师兄提供的方向努力吧。别看老板说得这么轻描淡写，下次很可能就不是他了，他是什么人我心里可清楚得很。

后来想起这些，唯一真正让我后悔的事情，就是我们做的所有这一切，都没有避开章鱼加加。

这段时间组里的小本玩小强的时间明显减少，因为他们玩章鱼的时间显著增加，他们还给章鱼起了个名字：加加。小强自然不知道也不关心这种变化是怎么回事，但我却发觉加加总是在偷偷注意小强。只要屏幕上出现小强的身影，它的眼睛就会有些发鼓，我觉得那就是窥视的意思。这回轮到张晓慧来取笑我了，她说那肯定是我的想象，因为章鱼看东西不看东西眼睛都那样，她劝我别拿人类的行为来框动物。

我只能收起自己的想象，毕竟我和加加不熟。只可惜小强看不见加加，因为我们没给它配备视觉系统。要是小强能看上几眼加加的话，那神情我保证一眼就能认出来。

自从张晓慧进组之后，我就有意和她走得比较近。白天我们一起实验讨论，晚上我们一起吃饭看电影，反正总是腻在一起。不过我有个原则，就是不喜欢待在实验室里，哪怕晚上实验室没什么人的时候，只要一和张晓慧说工作以外的话我就浑身别扭。

因为有加加在旁边看着我们。

我想过很多办法，其中一个是把玻璃水箱蒙上东西，比如塑料布之类的，但每当我走过去查看的时候，都会发现加加一动不动地藏在布后，仿佛它的目光能够毫无阻碍地穿透遮挡。

张晓慧却有另一种担心。只要显示器开着，她就感觉小强在窥探我们。我知道这是错觉，就算小强真能看到我们，也不会通过什么显示器。

总之，左边是小强，右边是加加，我觉得我们俩离被害妄想不远了。

5

我们喜欢沿海步行，栈桥是我们去得比较多的地方。有时在桥上，有时在桥下。我们在那里看海，从黄昏看到天黑。那段时间会经常掉下雨点，雨不算大所以不会影响我们的心情，最多暂时躲到桥下去。也就是这种时候，我们可以尽情放松。

直到满天星斗时，我们才调头转回实验室。那天雨也不大，但下的时间长了点，所以我们朝桥上走的时候，她脚下一滑，一下摔到了泥里。我马上伸手去拉，也弄得一身泥浆。

她显然是踩到了什么东西，我仿佛听到一声短促的呜咽，其实声音发自她的嘴，而不是那个被踩的家伙。

我们又抓到一只章鱼。

于是我们又购置了一个一米乘一米乘一米的玻璃鱼缸，与原来的大鱼缸并排摆放。老章鱼叫加加，新章鱼自然叫减减。减减与加加在两个玻璃单间里做了邻居，咫尺天涯，隔窗守望。我们都等着想看点什么，就算没有两眼泪汪汪，也该有个大眼瞪小眼的场景，但它们就像没看到对方一样，照样我行我素。

我们对减减做了同样的观测，结果与加加一样，它的身体里也藏着一堆密码。从密码的相似度来看，储存的信息应该与加加不同，但我们照样还是破译不了。

第二天我和张晓慧去外面吃饭，回来已经很晚了。我们所楼比神所楼建得晚，没盖几年的大楼十分干净，长长的过道白墙刺眼，走廊里经常空无一人，有时候能听到脚步声却看不到人影还真有点瘆人。

离实验室还有几十米，我们就听到一阵咚咚咚咚的声音，仿佛是什么东西在撞击什么东西。我突然有些害怕，想起以前看过的一个故事，那是在我关注章鱼之后读到的。

新西兰国家水族馆有一只名为墨水的章鱼，居然在没人的时候从半开的水族箱里爬出来，穿过房间，钻进排水口，再走过五十米长的水管，最终回归大海——整个就是一个《肖申克的救赎》的章鱼版。还好我们的玻璃鱼缸是全封闭的，不但有上盖而且还带锁。

张晓慧紧紧地抓着我的手，我能感觉到她浑身都在颤抖。这时我觉得她一点也不像一名科研工作者。

进门后我的第一反应是开灯，接着我便看到那幅骇人的画面：两只章鱼相对贴在各自的玻璃壁上，远看起来却像合拢在一起一样，如同两个分割开的半球，合并成一个核桃般的大脑。

再仔细看，就能发现它们不是静止不动的，而是在相对旋转，两个家伙的方向相反，一个顺时针一个逆时针。

它们这是在调情吗？不知道为什么，一时间我竟想起了那个瞪眼鱼的笑话。我很想讲给张晓慧听，但又觉得这时候讲不合时宜。

网上有个著名的段子，说有一种瞪眼鱼，是靠互相瞪眼来交配的。这么惹人注目的帖子下面肯定引得一堆人回帖。三楼形象地发出"你瞅啥"，四楼马上接到"瞅你咋地"，关键的人才是五楼："三四楼已完成交配"。

我突然又想起一次神仙会上师兄的话。他说其实生命复制的意义，主要是在传递信息。你爹把他身上的东西，和你娘的混吧混吧，就合成了你。这里没有什么特别的变化，就是基因的剪裁与混合。有时候我挺奇怪，师兄的父母都是大学教授，也算书香门第，为什么他嘴里的比喻总是那么粗俗。

但就是在师兄这些粗俗的比喻里，蕴含着不少深刻道理。信息与信息进行组合与复制，真的就相当于生命的交配与生殖。无生命的小强应该如此，有生命的加加减减也应该如此。

关上灯看一下。我说这话是因为我觉察到加加和减减的身上好像都在释放出有颜色的光线。

我刚说完，张晓慧就按下了电灯开关，我们眼前顿时一黑。张晓慧好像突然变得胆大起来，两只眼睛开始放光。她身上那种科学人的特质一下又回来了，这种人遇到鬼会害怕，遇到异常现象却会往前冲。

窗帘还开着，所以屋里没那么黑，假如我伸开右手，五指一定清晰可见。透过想象中的指缝，我看到两只章鱼像两块磁铁一样互相吸引，只是两层玻璃把它们阻隔开来。与此同时，我还听到噼噼啪啪的声音，那些彩色的光线互相射向对方。

我们离它们越来越近，却没有引起它们的注意。我不知道脑子里哪根筋突然被接通了，连忙大喊一声：快把这些光照下来！于是我和张晓慧同时打开手机，开始录像。

在半黑暗中手机录下的视频不算清楚，但至少颜色什么的还能记录下来。我当时的决定也不全是出于下意识，因为我发现有一道红光图案至少重复了三次，连角度都是相似的。

后来仔细查看视频，果然证明了我的敏锐。

要是写个故事，以上这些都是序章。直到第三天早晨，章鱼们的故事才算真正开幕。

那天早晨是我第一个到实验室的。我瞟了一眼加加的水箱，里面没有它的身影，我也没特别在意。自从喂给它一些贝类之后，加加就用剩下的贝壳搭建了房屋，构造了一个封闭的空间结构，从此有了自己的隐私权。减减来了之后，也照样做了同样的基建工作。

但我突然觉得哪里不对，不知道是余光使然还是心理作用，反正我就是觉得不对。我本能地把目光投向减减的水箱。

加加和减减并排卧在那里，一起鼓起眼睛静静地盯着我。

6

第一步是询问，把所有持有实验室钥匙的人都排查了一遍。昨晚我们走后都有谁来过，有没有人打开水箱并恶作剧或者因为其他想法把它们放到一起，诸如此类的问题。排查的结果是零。那么晚了，根本不会有人再来实验室。我们甚至问了保洁和所里后勤掌管钥匙的人，我觉得他们没觉得我们有病已经不错了。

然后是调实验室的内部监控。说实话我敲键盘的时候手都有些发抖，我担心真的看到什么不能理解的东西。师兄问我怎么了，我承认说有点害怕，师兄斜了我一眼说害怕有用吗，这才让我的情绪稍微平复下来。但接下来更奇怪的事情发生了——我什么内容都没有看到，相关时间的视频是一片空白。

一个解释是监控坏了，哪怕是当时的视像内容被有意抹掉了，这些我都能勉强接受。但事实并非如此，根据电脑记录，有几分钟监控居然没有打开，被意外地关闭了。即便是这个电脑记录，也是我们后来恢复的，因为这个记录本身也被清除了。

又一轮的排查，还是没有任何人为参与的迹象。

现在就比较好玩了。

我这人从来就不信什么怪力乱神，从来。任何诡异的事情，一定有其背后的合理解释，绝对没有什么超自然的现象与道理，这一点可以肯定。我决定做实验。

老板正在国外开会，我和师兄没有联系他，擅自做了决定。我们在电脑上重新设置了监控装置，打算捕捉到那个让人兴奋的解谜时刻。但张晓慧悄悄拉了我一下，示意我跟她出去，那神情就好像做贼一样。我看了一眼加加和减减，不知道它们有没有在看我。即便是在走廊里带上门之后，张晓慧还是小心地附在我耳边才开口说话：查一下小强。

我瞪大眼睛，身子不由得往前一挺，有些奇怪地看着她。但我发现她的眼神里甚至都有哀求了，所以什么话都没说就反身进屋了。搜索小强的踪迹非常容易，因为它所有的路径都会被忠实地记录下来。结果正如张晓慧预料的那样，监控是小强关闭的。我突然感觉浑身发冷，捅捅师兄让他出来。我们现在只能在外面召开会议了。

就算有了这个铁一般的事实，我还是不认为小强参与了阴谋，真心不这么认为，或者说我不认为一个硬盘里的家伙能与一个水生软体动物进行什么高层次的交流。这里面一定有什么别的问题，只是我们暂时想不到或者还没有发现。

你不但低估了小强，更低估了章鱼。师兄对我说。这一段时间我也自学了不少东西，我觉得我们大大低估了章鱼的智力。光从目前我们了解到的章鱼身体构造来说，它就相当不一般。光是神经细胞，章鱼就有五亿个，这么多神经细胞想干什么不行啊。

看到张晓慧在一旁点头，我还是十分不解：五亿怎么了？很多吗？我记得猫啊狗啊什么的神经细胞也不少，也上亿了。

那也没章鱼多。师兄说。而且这要看怎么比。人的神经细胞也不过就是百亿量级的，而一个小小的章鱼就有五亿。咱们人的神经细胞要真按这比例来，根本不用那么麻烦，你和人握一下手就能马上嗨到高潮。

是这样。还不止。张晓慧用她的专业知识支持师兄的观点。章鱼有三万三千组基因，比人类还多一万组，谁知道那一万组都用来干什么了。关键是章鱼还有能力改进基因编码，甚至能改编自己的神经系统来适应极端环境。

讨论来讨论去，最后我们总算达成了共识。我们决定单设一个录像设备，不连电脑，只把它作为一个纯粹的光学记录装置。

要是，万一，章鱼出来，把这些录像也给删掉呢？张晓慧提醒道。

它要真有这个本事，那它就不是章鱼了，真成外星智慧了。我压根不信这种事会发生。

它就是删，也得先出来。师兄强有力地补充道。只要它出来，咱们就能看见它是怎么出来的。

张晓慧看着师兄不说话，师兄也琢磨出自己话里的漏洞了。它要是真删了，那就留不下什么让我们看的东西了。

好，好好好。师兄的无奈明显是被气的。从现在起，咱们全天候值班，眼睛不离监控地盯着它。它就是删，也得先让咱们看着出来，再让咱们看着删。师兄把他先前的话做了微小的修改。

我们没把这事告诉小本们，担心那样会引起不必要的兴奋和骚动。我本来想让张晓慧踏实睡觉，由我和师兄换班执勤，但张晓慧说她肯定睡不着，非要和我们一起值夜班。于是我们就在她的宿舍设了观测点，昼夜注视着实验室的这方角落。

新监控正对水箱，两个水箱都被收在视野之内。这次没连电脑，直接连的我的手机，再从手机转到张晓慧的电脑上。我和张晓慧先回她宿舍调好了电脑，然后才让师兄过来，全程无缝对接，一点观测死角都没有。我们从下午五点一直盯到夜里两点，基本上已经到了最困的时候，但还是一点动静没有，加加和减减都安安静静地蹲在自己的宿舍里面，很长时间甚至一动不动。我让师兄去睡一会儿，接下来换我们来盯后半夜。但师兄刚躺下还没几分钟，张晓慧突然叫了一声，我连忙去看显示器，上面已是全黑。张晓慧说刚才她眼看着监控画面一黑，图像就这么没了。

师兄被砸起来，我们三个黑灯瞎火地往实验室赶，刷了门卡就冲进去。原本立在椅子上的微型摄像机现在躺在地上，就好像有一只猫窜过来把它撞下去一样。

但我们实验室里保证没有猫。

查看一下现场，很容易就能猜测到，摄像机应该是被机械手打掉的。

这个机械手，就在我的电脑旁边，是我们很早以前装的，固定在那里，一直没怎么用。它的臂长刚好能够到微型摄像机。

而这个时间段能操控机械手的，只有小强。

7

小强，近来怎样？小强有语音识别系统，但我还是喜欢用键盘打字与它交流。

这话什么意思？我不明白。我应该回答"还好"吗？小强回答的口气像个孩子，而且没有任何情感色彩，我相信我就是开了语音系统它的语气依旧会这般平静。

这是人类的说法，算是打招呼吧。我说。最近学了什么？

太多了，你不能理解。

好吧。我没有你知识丰富。最近有和什么人交流过吗？除了我们。

你们指谁？

我啊，我师兄啊，实验室的小本啊，对了还有张晓慧，就是这屋子里的人。

和我一样的人工智能算吗？

其他人工智能吗？你是说你在网络里碰到的？其实我早知道小强与其他人工智能的交流，但为了打开话题我只能继续顺着它说。

对啊。很多。各个研究机构的。

你们都交流些什么？

没什么。我知道的它们都知道，它们知道的我也都知道。都是网络里的那些知识。

有和真正的生物交流过吗？不算我们。

——这里小强有一个长时间的停顿。

什么算生物？我不算吗？

你不算。

我为什么不算。你说过，具有如下特征的就算是生命：能自我保护，也就是数据的排他性、能自我学习，也就是成长、能自我复制，也就是繁衍，还有好多。我具备这些，那些人工智能也都具备这些。

我是说过，但这属于一种类比。严格说来，你其实是智能体，你们都是智能体，不是生命。

有脱离生命的智能吗？

当然有。你就是。想了想我又补充了一句。原来没有，但现在有了。

可你还是没解释清楚智能与生命有什么不同。

我们先把这个问题放一放。我小心地绕开话题。最近，你有和其他生命交流过吗？不算我们，也不算那些人工智能。

——这里小强再次有一个长时间的停顿。

你问倒我了。我要休息一下。

你不需要休息。我追着说出这句话，但小强身上的光芒还是黯淡了下来，这表示它与外界的交流暂时终止了，自我封闭起来，不想再交流了。

有什么办法呢，我没办法强迫它。从一开始，我们就没给它加上必须服从指令之类的要求。理论上我们无法控制它的一切行为。

当然，我们还有别的办法。

接下来几天，我们没做监控，对加加和减减的游戏听之任之。但说实话，没做监控比做了监控更让人生气。

加加和减减变得越发活跃起来，看到它们的行为你就能理解什么叫得寸进尺。尤其是那个加加，总能从自己的封闭宿舍里钻出来，哪怕玻璃盖被锁得严丝合缝也挡不住它。它们好像在加紧活动，就像在赶什么时间，生怕我们不知道它们有这个能力似的。在演出活动中加加和减减好像还有分工，总的来说加加外出活动的次数多一些，而减减相对来说比较宅。就算同样都待在各自的房间里，也是加加好动减减喜静，比如现在，加加就在自己的水箱里上下翻滚个不停，而减减则静静地原地不动，凝望着窗外那辆白色洒水车。隔壁所在施工，那辆洒水车每天都停在楼下，也不知有什么用处。总算是给我们面子，加加和减减没有当着我们的面表演穿墙术，不过我们倒是真希望它们能来一场公开演出。

师兄说，它们这是在向我们传递信息。

是啊，比起那些单调重复的彩色密码，这种信息的意义可要惊人多了。回想上次的半夜录像，我羞愧地承认了自己的浅薄。我想要记录下的是它们之间的联络，但人家大概本就是展示给我们看的。那意思很像是，我们才没说话，我们说话就是为了说给你们听的。或者说，我们是在教你们。

但我还是奇怪这些信息传递活动的意义。既然是密码，为什么急于向我们表现？既然想让我们知道，何不索性就用明码？总觉得这些章鱼所做的一切，有点故弄玄虚的味道在里面。

我无端地联想起一些事。上中学的时候，有个同学喜欢故意把笔记记得十分潦草，好让别人辨识不了。但他再怎么潦草，也还是有规律可循，所以我发誓要破译出来，每天对着他的笔记本照相。但等我们都上了大学，在一次同学聚会上，我不得不承认：有些字迹至今难以破译。

现在的情况完全不同。章鱼好像没做任何隐瞒，所有的信息都是清清楚楚的，明白无疑的，就像打明牌一样，但我们照样一点都没法破译。这样一来我就不知道如何是好了，这完全超出了我的经验。

所以我才不信什么信息传递的鬼话呢，它要真有这个打算早就能找到更好的方式了。它这是在示威，在挑衅。我怒了，真的怒了。它整个就是在调戏我们。它要想跑就直接跑好了，别玩这些魔术杂技的鬼把戏。

它要真想走早就走了，但你看它一点都不着急走，反反复复地给你演示它的杂耍绝活。要么是向你传递信息，要么就是在对你考核。不过真要是考试，咱们早就不及格了。

我盯着加加看。你说我要是把它杀了会怎么样。

不要这样做。尽管我没有任何动作，师兄还是本能地伸手在空中拦了一下。

想都不要想。

开玩笑呢。我笑笑说道。

但我承认，我当时真的起了杀心。

这时我突然浑身一冷，因为我确确实实地注意到加加看了我一眼，相当恶毒。

8

与小强交流无果，我们只能换别的思路。我和师兄和张晓慧三个人在开了一个小会之后，又设计出来一个相对完备的方案。

我们先是关机关电源，对小强进行彻底的物理隔离。然后把加加和减减捞出来，假装是要给水箱换水。说实话在我捉拿加加的那一瞬间，我觉得我看到了它眼睛里的恐惧，它是不是觉得我真要实施我的屠杀计划？

我们把它们转移到看不到实验室的地方，重新安装了摄像设备，这回是秘密的。而且是机械手怎么也够不到的地方。然后我们照常摆好上次的微型摄像机，同样也放在机械手怎么也够不到的地方，当然这只是一个假动作。最后我们再把加加和减减送回原处。

这回咱们明牌暗牌一起打。

晚上值班的时候，本来我是瞪大眼睛盯着屏幕的，但不知道怎么就开始犯迷糊。恍惚中屏幕上一个什么物件跳上了水箱盖，我想不通它是怎么破锁而出的。加加离开水后与在水里的动作差不多，仿佛站立在空气当中，迅速捯着一双腕足，逃离的速度比在水里往后喷气还要快得多。就在这时，我一个激灵猛然醒了，估计自己坐在那里睡着了几秒钟。刚才的梦是因为我之前才看过一部科教片，里面的章鱼就是那样逃跑的。

但我再看屏幕时，却发现上面竟是全白，一时间我还以为电脑刚才断电重启了呢。但切换到别的界面却没有障碍，我意识到一定是摄像装置本身出了问题。监控的方向已不再对着水箱，斜到不知什么方向去了，镜头对着明亮的白墙，所以画面上才会什么都没有。

我叫醒张晓慧和师兄，再次半夜跑到实验室。这次迎接我们的，是两个空空如也的水箱。

空的，什么都没有，连它们自己搭建的私密卧室里都没有。加加和减减，两只章鱼，就这样凭空消失了。

我查看水箱的时候，师兄在研究那台隐蔽的摄像机。其实也没有什么大的移动，就是镜头被掰了一个很小的角度，摄入镜头的就不再是水箱了。

里面的记录全在。

我们仔细地调看记录。我们离开的时候，关门没关灯，所以全部内容都记录在案。先是两只章鱼各自回了内室，然后就是一段长长的空镜。这一段很无聊，我本想跳过去，但师兄拦住我，坚持一个画面一个画面耐心往下看。看着看着，镜头前面突然有些模糊，好像被雾霾挡住了一样。师兄回看了一次，还是搞不清发生了什么。我们继续往下看，那模糊越来越重，几乎要挡住镜头了。然后就在一瞬之间，画面整个变成了橙黄，随后颜色继续加深，呈现出深棕，最后则是全黑。

黑了大约十分钟。

画面恢复原样的过程与先前相反，先是一片漆黑，然后是棕色，然后是橙色，然后模糊的透明，最后又重新清晰起来。最古怪的是，这时镜头已经回正，依旧正对水箱——当然水箱里已经什么都没有了。

师兄快疯了，我也差不多。但师兄比我冷静得快。他说：我知道刚才的镜头是怎么回事了。那是章鱼的身体，它用身体遮住了镜头。它先是呈透明状态，那是为了麻痹我们，然后再把颜色一点点变深，让我们什么都看不见。

师兄的判断可以说是超凡脱俗，但他却回答不了我的问题：那最初，这只遮挡住镜头的章鱼，是从哪里来的。这回肯定不是小强，因为我们关机了，连电源都关了。就算章鱼能够劝降小强，它也得先出来帮它打开电脑才行。也得先出来才行。我一字一顿地说道。师兄听了我的质疑，手指头一转：重新看！一帧一帧地看！我还就不信了！

我们果然是一帧帧看的，这是一件非常费劲的事情。但师兄就是断定，在章鱼糊住镜头之前，一定会先从水箱里出来。再怎么神奇，谁先谁后的因果律它也不能践踏！师兄在恶狠狠地说出这句话时，我觉得他真的快要崩溃了。

我们一帧一帧地看，一帧一帧地看，到底让我们在一帧一帧中找到了那个关键的瞬间。

镜头捕捉到的水箱，有一小段也发生了一点小小的模糊，那是在加加游到箱盖缝隙旁的时候，不仔细看还真看不出来。别说第一次我没注意到，就是这次我也以为是水的微弱震动。但师兄的眼光还是更敏锐，他说又没有地震水没事瞎震动什么。我们不但一帧帧地慢放，而且还把画面放大再放大，终于看清了这些模糊究竟是怎么回事。

缝隙旁的加加先是褪去自己的颜色，变得无限透明，再努力把身体压成一片薄得不能再薄的薄片，然后慢慢从箱盖的缝隙中挤出来。真的是挤出来，就像是流出来的钢水，就像是挤出来的焦糖。我把图像放到最大，不知道是分辨率不够还是真的如此，我感觉加加的身体在很多地方已经断裂，像一块被拉得过紧的塑料薄膜，有些地方都被拉破了。其实我心底还有一个更贴切的比喻：一时间这只章鱼的肌体已经变成了液态乃至气态。

看我摇头的样子，张晓慧却一点都不惊讶。她好像是深吸了一口气：这就对了。章鱼就有这个本事，我听说过但没见过。有时候它们会把身体变成一缕一缕的，随着水流漂流，看上去就像是真正的海藻一样。只是我从来不知道，它还能变得这样薄。

让我倍感侮辱的是，其实加加根本就知道我们在监视它们，根本就知道这个隐蔽的摄像头设在哪里。所以它出来之后，仍以透明海藻的形态漂浮了一会儿，等出了我们的监控视野，才慢悠悠地绕过来糊住镜头。

下面的步骤就容易猜测了。加加先把镜头掰向一边，减减用同样的方式离开水箱，也可能变形的水平比加加要差一些吧，加加掰回镜头，从容离开。其实加加直接掰镜头效果也一样，但它还是故意玩了一个花活。

它们走了。与其说师兄叹了一口气，还不如说他是松了一口气。说完他突然站起来，猛地拉开窗帘。我知道他要看什么，窗外的洒水车已经不见了。

它们是乘洒水车走的。它们用那种近乎诡异的拉膜方式，钻出窗缝，钻进洒水车的管道，随着洒水车一起离去。接下来怎么办？再想别的办法就是。反正它们总有办法。

我们冤枉小强了。张晓慧突然插话说。

不错，我们冤枉小强了。

9

我们没有冤枉小强。

这是三天之后我们才知道的。因为老板回来了，我们要向他汇报。他听了这些之后，没有做出一副无稽之谈的不信神态，而是皱眉想了一下，然后马上让我们调看小强的记录。要说老板就是老板，于是我们发现了这段额外的录像。

录像是从加加匍匐经过小强前的电脑时开始的。之前加加应该是用腕足轻松地按下插线板上的电源开关，再轻松地按下电脑的开机键，这些工序都不复杂。接下来小强开始活动，同时打开摄像头，记录下加加一路走过的痕迹。

加加没有阻止小强，其实它是有意这样做的。这显然是章鱼与小强的一个约定。上一次你帮了我们，这一次我们来帮你。由你来告诉那些人，我们究竟是怎样离开的。

加加离开隐蔽摄像头的视野之后，就慢慢恢复了原形，同时来回变换着颜色，在我看来，那意思就是它正在一边行进一边欢快地唱歌。加加掠过各人的电脑桌时，大大咧咧地抹掉了各种零碎，在它们掉落到地上之前又用不同的腕足一一接住，仿佛魔术师在耍杂技一样。最后它经过我的办公桌，顺手把我桌上的一个小雕塑轻而易举地捏碎了，就像捏破一个塑料娃娃，然后拉开我的抽屉，像甩垃圾一样把残骸丢了进去。

我连忙打开抽屉去找，果然发现了雕塑碎片。前两天忙乱，我竟没注意到桌上少了东西。一种巨大的恐惧由心而生。我知道，章鱼这是在警告我。

加加糊住镜头的场景和减减离开水箱的镜头，与我们的推断一模一样，就没什么新鲜的了。但加加和减减却不是通过窗缝隙离开的，或者说没有利用洒水车。它们在地面会合，同时开始褪色，一路上从深棕到浅黄，最后归于完全透明，与身后的两道水渍融为一体。

哪儿去了？我们仔细看，仔仔细细地看，这才发现玄机。两只已经完全透明的章鱼，再次把身体拉成膜状，然后顺理成章地钻进了堆在实验室角落、我们已经喝空了的纯净水桶。

当时我们一帧一帧查看录像的时候，打死也想不到墙角那两个空水桶里，有两张透明的薄膜紧紧地吸附在桶壁上。我们就这么与它们一起守到天明，想想都让人不寒而栗。不过我想，就算当时我们注意到了，也会以为是桶壁的凹凸不平造成的。

最让人可气又好笑的是，它们在进入水桶之前，共同朝着那个隐藏的监控摄像头回眸凝视，像极了来回摆动触角的小强。

我只能猜。老板说。因为没有任何证据，所以我只能猜。

先说小强。小强肯定与章鱼交流过，这点没什么可说的，你与小强的谈话也从侧面证实了这一点。对于小强来说，一切智慧都是可交流对象。但不知加加是怎么说服小强的，要它不要对我们泄露。第一次小强帮加加关了监控，第二次小强操纵机械手打翻了微型摄像机，第三次小强给它们做了完整录像。其实刚才的测试发现，小强现在不单单会录像，还具有了直接的视觉识别能力，这显然是加加给它接通了视觉系统。

再说加加。加加的出现是有意的，虽说那名旅游者把它送到神所是无意的。至于说它是一个特别的个体还是赶上谁都一样，这个目前还不清楚。总之它是有意来的，目的就是传递信息。它是一个信使，只是我们读不懂它。它的同类，是否同时在别处也有相似行为，这个也需要进一步的调查。至于减减，看起来是一个意外，有没有它加加的故事不会有太大改变，但它的出现有没有更深层次的原因，现在也不好说。

反正在咱们这里，加加与小强进行了交流。说句侮辱人的话，也许章鱼觉得我们没资格和它交流。你们讲它们后来都有些肆无忌惮了，根本不在乎你们发现它们出来进去的，再后来这种侮辱干脆变成了例行公事，当着你们的面调情，或者说是互相传递信息，人家根本就没拿你们当回事。

现在的问题是，章鱼究竟在传递什么信息？或者说，章鱼究竟要干什么？

看到我们都看着他，老板似乎要做一个摊手的动作，但好像又羞于那样做。最终他只是重复了一句否定。

我也不知道。我也不知道。

前一句理直气壮，后一句无可奈何。

为什么以前没有章鱼的信息传递，现在突然开始了？这个我们还是可以大胆猜测一下的。我想一定有什么事情要发生。但究竟是什么事情，我们真的搞不清楚。回国之前我看了国内新闻，说本市这一带海滩有大规模的章鱼聚集，而且不停地变换颜色，看起来就像极光一样。这是太明显的信息传递了。

所以，我们必须向上报告。这就是老板的结案陈词。凭我们一个所的能力，答不出这么难的考题，承担不起这么大的责任。

报告很快就递上去了。由我执笔起草，老板和师兄字斟句酌地反复修改。但报告没引起什么反响。这里有逐级上报导致速度迟缓的问题，更关键的原因是大多数接到报告的人根本不信。爱信不信吧，我心想，套句俗话，哥只能帮你们到这里了。

我们的工作和科研恢复原状，照常进行。我们没有清除小强。不像那些科幻大片里抓人眼球的情节，我们含泪毅然杀死小强，杜绝了人工智能的叛变。生活中没有这种惊心动魄的故事。小强并没那么可怕，它没有主动意识，接通视觉系统也只是章鱼一厢情愿的主动行为，对小强来说最多是有了更好的认识世界的工具。

而且我们的课题还因此向前迈进了一大步。

10

电视台播音员铿锵有力的声音从手机中传来——

近日，我市海域突然出现大量章鱼。据专家介绍，这种章鱼学名双斑蛸，是一种蛸科蛸属的海洋动物，主要分布在我国的东海和南海、马来群岛、印度洋、太平洋和北美。目前双斑蛸大量聚集的原因尚不清楚，专家指出这有可能与海洋气候的变化有关，更深层次的原因还有待于进一步的研究。

这新闻显然有迟滞，从这两天的情形来看，附近海域的章鱼种类已经十分丰富了，远不止双斑蛸一种。所有的章鱼，同类不同类的章鱼，加州双斑蛸还是别的种别的属别的科别的目的章鱼或准章鱼，正朝着这片海域疯狂聚集。

当地渔民们都吓傻了，竟然不敢下网捕捞。当然还是有胆大的人去抓。但那又怎样？抓住一两个没有什么，它们本来就是以集群形式出现的，集群的存在不会计较个别个体的荣辱得失。

夜色已深，我和张晓慧依旧站在栈桥上，眺望着什么也看不见的黑色大海。远方偶尔会冒出几星彩色闪光，并没有我想象得那么壮观。估计是大气透明度状况不够好，影响到可见范围，大大降低了这台盛大演出的戏剧性。

其实不用真的看到，我完全可以自己脑补。再说就算真的看到什么，也只局限于眼前海面这一小块地方，而我真想看到的，是一个全景式的描述。

在想象中我稍微拉开一点距离，如同一个俯瞰众生的旁观者。我仿佛看到，正从四面八方云集一处的各类章鱼闪着五颜六色的光芒，纷纷向某一个中心点收缩聚拢，就像一些脑细胞正在编组一个巨大的大脑。那位民科大牛的话没错，智慧发展到一定程度，个体意识可以忽略不计，它们所形成的集群意识才有意义。我使劲想要从章鱼群中寻找加加和减减，最终却证明这完全是徒劳。

再拉开一点距离，就能看到这个聚沙成塔的过程。一个球状的庞然大物从海面突兀拱起，如同地下热泉从岩眼中喷涌而出一般。不能忽略的是，这些章鱼在汇聚的同时，一刻不停地向外发射着电波。那些色彩斑斓的可见光只是其中的一小部分，在它们的掩盖下各种人类看不见的无线电波纷纷被发射出去。

再拉开一些距离，就会发现这颗蔚蓝色的星球正在朝外发散着缤纷的色彩。发光的地点应该不局限于某一片海域，因为新闻告诉我们，眼下在世界很多地方都发生着同样的情况。如今的近海海域，无数条章鱼在噼啪作响地发射着信息，也许整个海洋都变成了带电的磁场。没有什么可以阻拦它们。你可以阻拦实物，却永远阻挡不了信息。至于它们在向哪里发送，为什么要发送，我们一无所知。我只知道，人类即将向宇宙昭示自己的文明。

我小时候迷恋过一种过时的棋类，军棋，或者叫陆战棋。我下军棋的时候，唯一的胜算就是依靠隐蔽，给敌人以各种虚假的信息。长大之后，玩网络对战的电子游戏，我依旧保留着这个习惯。我向来不喜欢苦练内功，总想靠信息战取胜。我印象自己玩什么游戏都是这个思路，但后来却发现这根本没用。缺乏基本的硬功，不提高对抗水平，藏来躲去没有任何意义，解决不了根本问题。打一个未必恰当的比方，这就好像我们在一个平面迷宫里和人家捉迷藏，假如有人在高维空间俯视你的话，你再怎么隐藏也是瞎掰。所以我们在章鱼面前，是完全透明的；而章鱼在我们面前，恐怕要高一层次。

再拉开更大的距离，我们就会看到这种信息流在整个宇宙中此起彼伏，生生不息。以一种整体的眼光来看，它们就如同一道道振动不已的波。假装诗意一下的话可以这样描述——这是生命之波，这是智慧之波，这是文明之波。

现在我们拉开目前宇宙学所能探知的最大距离，也就是光能走过的最远距离，或者说远及天文学与物理学认定的宇宙极限边缘。在那最遥远的角落或者中心，有一个功率强大的电波收集装置，正贪婪地吸纳着来自全宇宙的各种信息流。

不知道是什么物种或者物种联盟制造了这个收集装置，但一定是他们向宇宙各地泼洒了这些章鱼。这些章鱼也许还有章鱼的变种，是遍布全宇宙的信息源，它们探查着智慧与文明的成长。如今这些信息源中的某一支判定，它们借以寄居的文明已步入成年，有资格进入宇宙文明的大家庭，所以它们开始向宇宙深处发射信息，告知他们：这个文明已有权享受必要的权利，同时也要承担起相应的义务。

收到这些信息之后，对方会做些什么？这就更是我们所不能知晓的了。也许是征收税款，也许是摊派徭役，也许是让人类为宇宙文明做出自己应有的努力和贡献。所有这些，作为"被信息发射"者的文明是全然不了解的。

把镜头再拉回来，迅速再迅速，缩小再缩小，重新投射到栈桥上，投射到那对背影上。

我和张晓慧站在栈桥桥头，也就是上次发现章鱼减减那地方的上方，继续凭栏眺望大海。天边已有些微微的白色，过不了多久暖暖的太阳就要蹦出海面。

电视节目已经变成有关章鱼事件的嘉宾访谈，安排在这个时候真是处心积虑，除了深夜失眠而且不玩游戏者没人在拂晓时分看节目。各行各业的专家都上来侃侃而谈，嬉笑怒骂，插科打诨，所谓的科普节目早已与娱乐节目无异。许多高端人士出来发表观点，有些科研人员甚至呼吁：请给这些章鱼以安静，不要随意惊扰它们。对于这一点我倒是颇为赞同，反正你惊扰不惊扰也影响不到它们。最后连神所所长都出来说了一段，但时间没有多长。时间最短的是我老板，讲了一些有关章鱼传递信息与人工智能传递信息的类比，从他的略显遗憾的口气里我深知他意犹未尽，不过在那不长的篇幅里他还是无意中顺便提及了师兄的名字。

连你的名字都没提啊。张晓慧打抱不平。

我又不是什么著名人物。

可你做了著名的事情。在这件事上张晓慧还是很佩服我的。

也谈不上吧。

我本来还想说一句"功不必自我成"之类的话，想想还是算了，只是用胳膊搂住张晓慧的肩。

——原载《中国作家》2020 年第 6 期

《跳手指舞的泰国女郎》本质上是一个人工智能的故事，但却被置于一个感情故事的框架之下；同时它又以一种近乎黑色幽默的形式，展现出人类那种因从众而导致荒唐偏执心理的社会状态。就故事的科技基础而言，或许显得有些离奇，但它所反映的现实，却又如此的逼真。

跳手指舞的泰国女郎

李兴春

1. 绝对零度以下

　　这是一个隐秘的与世隔绝的电屏蔽室，坐落在美国斯坦福大学低温物理实验室内，这里在进行一个有关超导性的重要实验，主持实验的是著名低温物理学家休·格拉罕教授，实验中有可能产生世界最低的温度，目前世界人工最低温度的记录是 1.2×10^{-98} k。

　　性情活泼的格拉罕教授一向喜欢在实验前大谈他所用的方法和设备，这次却一反常态静悄悄地进行了实验，并且在整个实验过程中阴沉严肃，几乎一言不发，使得其他实验人员的心头也像压了好几万千帕的压力似的。

　　实验一直持续到第二天凌晨，格拉罕教授最后一次观察了制冷器，在电脑上做了实验记录后，疲惫不堪地回到寝室。这时只剩下他一个人，教授面色苍白，目光呆滞，喃喃地自言自语：“如果最低温度能降到绝对零度以下，这世界上还有什么事情不能发生呢？我总算是什么都见识过了。”他拉开抽屉取出一把手枪，开枪自杀。

"用不着这么夸张吧？"侦探明查暗在电脑上看到了这个令他深感震惊的消息，不由得念出声来，"著名低温物理学家、斯坦福大学的格拉罕教授在实验中获得绝对零度以下的温度，他不敢相信（或者是不能接受？）这个事实，竟然在实验后就开枪自杀了。"

他的搭档白守黑闻声立即过来，和他一起浏览网上其他有关这件事的报道：

"……参与这次实验的其他成员均对媒体保持沉默，这更引起人们对这次非同寻常的实验的关注。而科学界本身的反应是冷淡的，从另一个角度说又是极其强烈和耐人寻味的：目前世界各大实验室都没有听说要重复这个实验，有几个著名的实验室甚至已经公开声明，拒绝重复这种'不可能'的实验。"

"……对于非专业人士来说，由于不了解实验是在何种条件下进行的，他们无不疑惑重重。这里首先就有一个难以理解之处：既然宇宙间不存在绝对零度以下的温度，世界上自然没有一个测量它的温度计，现在就算实验证实存在绝对零度以下的温度，已故的格拉罕教授又是用什么'温度计'测量出它的？"

"……如果这不是一个精心制造的骗局的话，那么，一条人们许多年以来坚信不疑的自然规律就被打破了，我们中学时就学过的基本物理常识竟然被证实是错的，而完成这个不可思议实验的格拉罕教授为此自杀，更叫人不得不再次发问：难道科学真的疯狂了？"

白守黑侧过脸看着神色紧张的明查暗："我们这个时代尽出些科学神话。你不觉得这是个神话？依我看，这不但是个科学神话，简直是个科学笑话，哈哈哈！"他果然笑了几声。

明查暗："恐怕你很快就笑不出来了，我相信这个实验，它叫我一下子想起了一个人，我现在就把他介绍给你。"

明查暗输入一些密码和指令，很快在电脑上调出一张照片，照片上是一名青年男子。明查暗把男子的脸部稍微放大："他叫吴为有，你可能不太熟悉他，但我想你一定记得有一个奇怪的理论，我们还为此讨论过并开了很多玩笑，因为这个理论的名称叫'全裸奇点'，我们当初一听就觉得挺搞笑的。它说的是一定条件下，裸奇点处处都有，也许我们身上就有一大堆。这个理论就是吴为有最先提出来的。"

白守黑："但他和我们眼前这个超越绝对零度的实验和不幸的格拉罕教授有什么关系？"

明查暗："我怀疑格拉罕教授就是根据他的理论设计的实验。在现实世界里绝对零度是不可达到和超越的，但在一定条件下的全裸奇点里却可以达到和超越。根据他的理论，我们可以想象，绝对零度已经是最低的温度了，比最低的绝对零度还要低的温度是什么呢？

"那就是最高的温度！嘿嘿！是不是有点哲学味？这就是吴为有从来不被人们认为是科学家而被认为是哲学家甚至玄学家的原因。最高温度没有上限，因此我认为吴为有理论和格拉罕实验的目的并不是要打破人工温度的纪录，他们在全裸奇点里制造创世大爆炸般的高温，是要尽可能获得纯净的真空。"

白守黑倒吸一口凉气："难道他们要制造真空衰变？"

明查暗笑了："哪有这么容易就得到真真空而产生真空衰变？何况真空衰变对他们有什么好处？吴为有的理论只可得到接近伪真空的最基态，他们要利用这个基态做什么，目前还难以猜测。"

白守黑不由自主扭头瞥了一眼屏幕上的吴为有，这看上去是一个中等体形的人，但明显地气质抑郁。他正走出一幢酒吧式样的建筑物，建筑物外墙装饰有鳄鱼图案，附近生长着椰树和油棕，似乎是在一个热带地方。

2．那是你们世界的法则，不是我的

吴为有走出了一家酒吧，酒吧外封墙装饰有鳄鱼图案，这是泰国芭堤雅的

"鳄鱼酒吧"，附近生长着椰树和油棕，由于刚刚下过一场小雨，从曼谷湾吹来的海风也带上了热带地方难得的凉意。

再次走过那个人群经常聚集的街角，这是他回下榻饭店的必经之处，他又看到了那个泰国女郎，确切地说是一个由激光全息仿真成像仪投射出的泰国女郎模样的雕塑。激光全息仿真成像雕塑是目前最流行的城市雕塑类型，但这个雕塑显然已被废弃了，损毁的基座里露出能量就快用完的激光全息仿真成像仪，因此使投射出来的三维立体像就像经过长期风吹雨打后一样显得黯淡陈旧。基座和成像仪经常被人们踢来踢去，成像仪里的微电脑程序似乎也有错乱，使泰国女郎的衣服看上去披一块搭一块的，露出下面仍然由激光仿真出的皮肤。它仍然摆出一副设计好的跳手指舞的姿势，双臂一上一下地抬着，纤巧的手指伸出去像兰花指的造型。泰国的手指舞就是反复做出这种柔美的手指造型，具有一种东方的高贵优雅神韵。但它衣不蔽体，看上去不太雅观。

吴为有偶尔会漫不经心地瞥它一眼，更多时候是埋头走自己的路，他已经不大关心现实世界的各种事物了。今天他抬头看了看它，这一瞬间恰好电脑程序又出了什么故障，它的破衣服不见了一大块，倒像刚刚一阵海风吹过来吹掉的。现在它的衣服不但不能蔽体，几乎不能遮羞了。吴为有不知怎么的，突然感觉到它和他对视的目光中流露出了一丝羞涩、惶急和求助的意思。

它是一个没有生命的信息体，连物体都称不上。尽管科技的发达使许多科幻的概念融入生活，但就那简单的成像仪电脑会在无人干预的情况下发展出某种生命或智能，打死吴为有他也不相信。吴为有心想我这是怎么了？难道是刚才这一阵海风吹花了我的眼？禅宗上说不是风动，不是幡动，而是心动，我这多半也是心动吧？想着想着他还是不自觉地走过去，取出自己的手机式电脑接上成像仪电脑。他是电脑高手，三下两下就修复了成像仪电脑有关的程序，给跳手指舞的泰国女郎重新穿上了完整的衣服，还掖好了衣角，抚平了褶皱。他想这情形要是给别人看到，他们不笑死才怪。

回到饭店房间一头倒在床上，吴为有又沉浸在他的世界，内心的虚拟世界是这样精彩，外面的现实世界是这样无奈。渐渐地一种被遗弃的感觉弥漫了他的世界，他感觉到孤愤，又感觉到悲凉，在床上辗转难眠，折腾到第二天，他昏昏沉沉的脑子里突然产生一种莫名其妙的冲动，越来越不可抑止。他最终冲出了房间。

来到那个街角，奇怪！就像是偏偏和他作对，跳手指舞的泰国女郎不见了。他询问旁人，得到的都是胡言乱语的回答；他满街问人，没有结果。他租了一辆车开着查遍了芭堤雅大大小小的垃圾处理站，也没有看到这位女郎。当他失望地返回饭店时，意外地接到索察打来的电话。

索察据说是一个泰籍华裔富商，同时又是本地黑社会的头子，耳目众多，手下人遍及芭堤雅每个角落，吴为有只在一些不太正式的华人社交场合见过他几面。没想到索察很快就知道他在寻找一个被抛弃的仿真雕塑，并主动上门联系要求提供帮助。

吴为有看来一时也找不出什么理由不答应。三天后他被通知去"取货"，对方用的这个词使他有点不舒服，他感到自己寻找跳手指舞的女郎并不是在寻找一件货物。第一次见索察一无所获，索察说这位女郎不知怎么被丢在一个偏远的海滨浴场，自己手下的弟兄为帮他寻找跑了不少路出了不少力，他得先拿出两万美元现金做弟兄们的辛苦费。

吴为有第二次去了。索察咬着烟一边笑嘻嘻地接过两万美金，一边吩咐手下人把那位女郎的成像仪搬出来。他接过钞票的瞬间突然感到手一痛，钞票掉落，从底下窜出一条色彩斑斓的小蛇，那是一种热带的小毒蛇。中了这种蛇的毒虽使人难受，却不至于送命。

吴为有："索察，你给我听着，你和你的手下人也经常在那条街路过，你们也经常看到这位姑娘，那时它被遗弃在街角一钱不值，如果不是我找它，你们正眼都不会看一下，什么时候又认为它值两万美金了？两万美金不多，你的弟兄们跑了腿，要点酬劳也不过分，但我不受讹诈！"

看着索察在发呆，吴为有也不再说什么了，抱起跳手指舞女郎的成像仪转身走出门去。索察的手下人这才慌忙过来替他扎住手臂，索察颓然跌坐在椅子上。

我干的是弗兰肯斯坦和女娲的活儿，吴为有这么想着，在心底为自己大喝一声鼓劲：干吧！你将创造历史。

多年前他就尝试在特殊的条件下用纯粹的虚粒子无中生无或者有中生无地创造"虚物质"，这次他更是跨越了一大步：直接用虚粒子或者说纯净的真空创造"虚生命"和"虚智慧"。

事实上他所能做的并不多，他只是一名软件工程师或程序员，负责将虚实粒子对应于电脑程序的代码0和1，把成像仪中跳手指舞的泰国女郎的程序和各种数据重新用虚实粒子写出来，设定了高度复杂的自组织和演化过程，然后交给全裸奇点和整个宇宙的硬件去运行。能不能产生类似实粒子构成的物质世界的生命和智慧，就要看他的自组织和演化程序是否适用于虚粒子构成的另一个世界，如果适用这个世界，诞生"虚物质"或"虚人"也就是一瞬间的事，当然，这也需要有极好的运气。

他带着一种连自己也说不清楚的特殊情感亢奋地工作，终于在一个午夜，他用有点颤抖的手记下了世界上第一个人造"虚人"的生日。

他创造了历史，却一点也没有创造历史的那种自豪感和成就感，伟大的成就通常是镌刻在纪念碑上或者直接说就是墓碑上的，而不是写在出生证上的。如果全世界都禁止克隆人出世，那么，第一个造出克隆人的科学家不但不会有成就感，反而会惴惴不安。

跳手指舞的泰国女郎外形和从成像仪里投射出来的一模一样，现在她的大脑还一片空白，但很快她就能学会一切应该知道的东西和必备的生活技能，因为虚人有个最大的特点就是善于模拟和变异，他们可以轻松地模仿任何实物形态和直接"复制"任何知识，这种神奇如魔法般的拟态吴为有用了一个专门术语叫作"虚拟态"。虚拟态意味着超强的自我学习和进化能力，吴为有甚至这样想：也许买来市面上的最流行的"美女养成游戏"就能使跳手指舞的女郎快速成长，不用他再写专门的学习软件了。

但他还是粗糙地写了一个，他知道再强大的学习软件也赶不上跳手指舞的女郎天生就有的虚拟态本能的万分之一，比如说吧，他的程序只管教她汉语和英语，但没过多久她就无师自通学会了泰语，还给自己取了个泰国名字叫乃丹娜。

乃丹娜从此就这样紧紧跟在吴为有身边东游西荡，好奇地睁大眼睛尽情饱览大千世界。她知道是吴为有创造了自己，把自己从一尊僵硬冰冷的雕像变成一个尽管不是有血有肉但却活生生的人，她满心感激，有时也想用她的温柔体贴做一些报答，但她无法进入吴为有的世界。这个人整天不知在想些什么，目光迷离，神情恍惚，话也难得说上一两句，他和现实好像总隔着一层，和大多数人也格格不入。乃丹娜看不透隔着的那一层是什么，只是隐约觉得有另一个异样的世界，而她自己就来自这个世界。她对自己出身的这个世界没有丝毫的亲切感和熟悉感，有时还会无端地感到恐惧。但她不愿去多做了解，反而会更紧地依偎在吴为有身边东游西荡，漫无目的，茫无头绪，无知、快乐而且满足。

吴为有带着她转了好几个国家回到中国后，接到以前曾打过交道的明查暗的电子邮件，要求和他见面。

吴为有一收到邮件就关上手机，连夜搬了家。他根本不想和明查暗见面，因为他知道明查暗现在的身份，而他在独自制造乃丹娜的过程中，不可避免要通过黑客手段侵入各大研究机构甚至军方的电脑网络，窃取秘密实验数据和偷用尖端科学设备。

才过一个月，当他携乃丹娜回到新居，就看见明查暗和一个小伙子蹲在对门人家的走廊上。正午金黄色的阳光漆在走廊的柞木台阶和地板上，他们晒着太阳，就像上个世纪的中国老农蹲在田坎边，或者是蹲在陕北黄土高坡上。

吴为有只好把乃丹娜支开，进门后明查暗用两句话介绍白守黑，第三句话就向他提起格拉罕教授的自杀和实验。

吴为有："既然你们已经认定格拉罕教授是自杀的，又向我调查什么呢？我并不认识格拉罕教授。"

明查暗："这与我们的工作无关，我们不是调查案子，而是出于好奇，一种纯粹科学上的好奇。"

吴为有："我不敢说格拉罕教授的实验就是真的按我的理论设计的，但我的理论确实能导出超越绝对零度的结果——岂止是超越绝对零度，比这更不可思议的结果都有。这么说吧，按这个理论，我们可以用'虚空'制造出一个看起来实实在在的东西甚至一个人，虚空虽然不能用实验设备直接探测到，但它和组成我们的原子分子等等是一样的，是必不可少的。在物质中排除虚空，剩下的高致密物质也可以存在并形成生命，比如最新观测就发现一颗中子星上很可能有这种高致密物质的生命。反过来，排除物质后的虚空也是另一个存在着的不容否认的世界，在那里还可以产生纯粹由虚空虚粒子虚原子虚分子构成的人。这个虚物质世界如同反物质世界一样是为科学所证明了的，但它却比当年的反物质世界更难以被人们接受，我想这也没有什么更特殊的原因，就因为它是虚的。不过我想提醒一下，当初罗巴切夫斯基发现一种非欧几何时，也曾经把它称为'虚几何学'。"

明查暗："我记得有一种说法，两次改头换面出现在科学史上，第一次是科学发展早期，还在进行简单的大气压实验时，人们就认为自然界厌恶真空。第二次是近晚期，由于虚粒子会不断变为实粒子，人们也认为自然界是厌恶虚空的。"

吴为有："应该说，这个现实世界的自然界是厌恶虚空的，而在另一个虚空的世界里，恰恰相反，它是厌恶实在的。"

明查暗："那就对了，既然在我们这个现实世界里，虚粒子就根本无法稳定，更谈不上构成像样的物质甚至生命体。我现在明白为什么人们都把你看成是哲学家甚至玄学家，而不是看成科学家了。即使是哲学家，只怕也是唯心的哲学家。"

明查暗觉得自己是在跟一个不知道说了些什么的高人交谈，腾地站起身走了。和吴为有道别的任务就落到了白守黑身上。白守黑也不咸不淡地说了句："这个世界还是有一些法则，是不能违背的。"

一句话触到吴为有的隐痛处，在他们走出门之后，吴为有突然朝着他们的背影怒吼："那是你们世界的法则，不是我的！"

怒吼声引来了乃丹娜，她惊惶地看着吴为有气冲冲的样子，又看着远去的明查暗和白守黑，过了一小会儿她低声问："他们是什么人？"

吴为有平静下来："我以前的两个老街坊。"

3．阴兵暗军

无数政客、学者和科学幻想家都曾预测过未来的政治体制，他们的设计林林总总，但是，没有一个人能够想到未来社会竟是由普选出来的妙龄美女领导的。

人们称之为"美丽立宪制"。

这种制度发端于委内瑞拉，很快风靡整个中美和南美，而近在咫尺一向见惯不怪的最具包容性的美国，偏偏成了反对这一制度的最大堡垒。当美国终于也抵抗不住世界潮流，宣布废除总统制实行美丽立宪制之后，美丽征服了全世界。

美国不实行美丽立宪制则已，一实行起来就比所有国家都更坚决和彻底。美国的"美丽总统"——相似的称呼在一些原君主立宪制国家称为"美丽君主"，在另一些国家称为"美丽主席"或"美丽领袖"——也是四年一选，但可以不分国籍和种族，只要美国选民肯把票投给你就行，其他国家的人民只要愿意在此投票，美国也会把他们的票数统计在内。几届"大选美"下来，奇怪的是并没有多少好莱坞明星当上总统，相反是许多来自贫穷小国但天生丽质的淑女佳人不断走进白宫，以盛产美女的中南美国家居多。上一届总统是来自北非的阿拉伯美女，人们预测下一届总统将是出自黑非洲的纯正血统的黑人美女，当然，亚洲许多国家的黄种美女们也是不甘于美丽而寂寞的，这当中尤以越南美女入主白宫呼声最高。

又逢四年一度的总统大选美开始，候选人来自十多个国家，乃丹娜每天都把这一类新闻不厌其烦地看上十多遍，看得旁边沉默的吴为有也忍不住开了口：

"你是不是也打算参加竞选呢？"

乃丹娜叹口气："像我这样曾经被遗弃在路边，又差点不能来到世上的人，哪有什么资格参加总统大选美呢？"

吴为有："美丽立宪制在我看来还是一种君主立宪制，只不过将原来的君主换成了美丽总统，换汤不换药，都只具有象征意义，管用的还是宪法、议会和政治中立的高效便捷的公务员体系，以及网上表决的电子直接民主制度。所以你不必担心你的资历和资格，'美女不问出处'。"

乃丹娜："不过我对自己的形象也没有多大信心，我的皮肤太黑了点，鼻子也有点扁，要知道只有世界上最美的女人才可以当上美国的美丽总统。"

吴为有："你就不想成为最美的女人？"

乃丹娜："天下没有哪一个女孩不想成为世界上最美的人，不过也就是想想罢了。像我这样的就算在东南亚也未必竞选得上，更别说全世界了。我清楚自己的现实。"

吴为有有点像喃喃地自言自语："现实真就那么美吗？难道就不可以改变？乃丹娜，我想到了，要让人们相信你是最美的，全世界选民的选票就是最有说服力的证明。再也没有比这更大更好的广告效应了！"

他站起身走到乃丹娜面前，他是第一次这么近距离地直视乃丹娜的脸部，皮肤是黑了点，鼻子也扁了点，嘴也有点大。他伸出双手按住乃丹娜双肩说："乃丹娜，如果你真的想成为全世界最美的女人，我以科学的名义向你发誓，我一定会使你赢得这次大选美，当上美国的美丽总统。"

以科学的名义发誓后，吴为有就给乃丹娜成立了一个庞大而得力的竞选班子，聘用了几十个具有不同文化背景和不同审美趣味的形象顾问，这些人今天帮她订购巴黎的高级化妆品，明天带她飞罗马试穿新潮时装，后天请来香港最著名的概念发型师给她设计发型。至于吴为有，他闭门枯坐，徜徉于虚实之间，然后开始写一个史无前例的"阴兵暗军"程序。

他只需要写出最基础的部分，借助虚实粒子神奇的物理性能，所有幻想中的结果就会由程序无限自动扩充完成。他在唤起一股沉睡的怨灵般的力量，他在为古往今来所有战死的鬼雄招魂。他打开了一扇通往幽暗阴间的明亮的星门，他用科学创造了魔法的奇迹。完成后，连他都只能心悸地等待着自己也想象不到的前所未有的浩荡和壮观。

第一支阴兵出现在美国华盛顿的华盛顿纪念碑前。

他们统一着美国独立战争时的军服，打着当时的军旗，拿着当时的肯塔基来复枪。但他们是礼仪性的一支阴兵，是来拜谒华盛顿纪念碑的。

最大的一支暗军正沿美国、加拿大、俄罗斯、欧洲一线调动。在各国无数条宽敞的高速公路上，行驶的都是滚滚铁流般的暗军坦克、装甲车、自行火炮、自行电磁炮、导弹发射车、火箭布雷车、防化洗消车、电子干扰车等，连绵不绝，动辄长达数万千米。列队行进的步兵和在坦克装甲车上露出半身的机枪射手都面目晦暗，但是，他们普通一兵身上单兵作战系统的造价和技术含量，都可以装备现代国家所有军队的一到两个团。在他们头上，正掠过雁行般的高超音速飞机编队，还有直升机密集阵和称为"蚊云"的纳米机械化飞行部队。在这些飞机头上的太空轨道，瞬间多出数万种军事卫星和军用航天器，向阳展开的采集能量的翼板都漆着阴冷的深色。地下，无数装有高能粒子束喷射熔毁器的黑色钻地运兵车在密实的岩层间畅通无阻，直到把地球几乎钻成像虫蛀透了的一个烂苹果。在海上，同样整体呈深黑色的暗军舰队乘风破浪纵横无阻，围住了各国所有的海军基地，并困住航行中的各国军舰。水下万米深的核潜艇都被迫浮上海面，当时世界上最大的航空母舰在暗军的海上浮动基地前，就像军舰模型放在一艘真正的军舰前。

最奇异的阴兵暗军出现在各有核国家的核基地和核武库周围，以及航天中心、导弹发射场、大型武器实验场和兵工厂周围。和这些最先进的军事设施列阵对峙的阴兵，竟然都像是复活了的从古至今各个国家不同历史时期的军队，宛如展现一幅卷帙浩繁色彩斑斓的世界军事史画卷。有古罗马不可一世的军团，有中国暴秦强汉时灭六国扫匈奴的兵车战阵，有欧洲中世纪一波又一波远征耶路撒冷圣地的十字军重甲骑士，有俄罗斯风雪中的拿破仑龙骑兵师。曾经驰骋草原蹂躏多国的蒙古铁蹄现在踏响的是一条条沥青路和高标号混凝土路面，希腊城邦的三层桨战船冲向现代化的钢铁艨艟巨舰仍然如同冲向萨拉米湾的波斯海军。苏格兰的长弓和日本的武士刀并举，汉尼拔的战象连同阿拉伯帝国倭马亚王朝的骆驼兵一道行进。全世界看起来都成了好莱坞拍摄古装战争大片的逼真得可怕的外景地。阴兵们似乎在用强烈的对比反差开某种玩笑，古老的冷兵器斗不过核弹，但古老的"虚"的冷兵器和现代的"实"的核弹就有一拼，因为你可以杀死一个人却无法杀死他的影子。所有阴兵都是像乃丹娜一样的虚人，古代各国军队都是他们的虚拟态，他们是一支黑暗的影子般的大军，也是一支恐怖的魔军。

全世界人民都在瞠目结舌地看着百万阴兵过路，卷起道道烟尘，战云笼罩在城市乡村。最惊人的一支阴兵是从欧洲、北非和太平洋岛屿的古战场爬出来的阴兵。在"一战"和"二战"的许多著名战场，悲风苦雨，愁云惨雾，闪电撕裂着夜幕，呻吟夹杂着诅咒。一个个战死的幽灵从坟墓里挣扎着伸出手，扒开乱石厚土，费力地一点一点抬起头钻出来，摇摇晃晃站直身子，拖着沉重的步履走向集结地。他们身上似乎还有斑斑血迹，他们不少人还吊着绷带并且缺胳膊少腿。他们有的打着残破的近卫军旗，军号手还吹着呜咽的不成调的传令军号。他们的枪口冒着未散尽的硝烟，他们脸上还带着失去战友的悲痛和愤怒。正是这一股不灭的怨气使他们在地下历百年而雄心不死，斗志犹存。一遇到某种神秘力量的召唤，他们就从凡尔登、从阿拉曼、从诺曼底、从硫磺岛、从伏尔加格勒的战壕碉堡遗迹上慢慢拱出头，爬起身，源源不断地集结到大路上，集结到任何一个空旷的地方。不管周围有多少惊恐的避让和骇然的注视，他们一如生前，整理队形，列阵出发，妖异、诡秘而堂皇盛大。

只要愿意，阴兵还可以有兽人或半兽人的虚拟态，有骷髅兵和生化怪物的虚拟态，可以成为所有神话中最强大的龙与巨人，可以成为任何恐怖科幻故事都想不出来的令人作呕的嗜血外星异形。但吴为有认为已经没必要了，现有的暗军就足以征服地球，他们按照程序的指令在有条不紊地、不容分说地暂时控制和接管各国政府部门、军事基地、科研机构和重要民用设施。在最初的十个小时内，面对从天而降破土而出的各路阴兵暗军阴郁无边黑暗弥漫的威慑力，极度的惊骇使各国军警竟没有一个人开一枪反抗。

第一枪是由美国驻土耳其的一个空军基地哨兵开的，他眼睁睁看着子弹在一名阴兵胸膛像黏不住似的反弹下来掉在地上，对方向他敬了个礼："你是一名尽职的哨兵，不过该由我替换你站岗了。你现在就可以交班换岗。"

最后一枪是联合国常备军总司令沃伦·威尔福德上将开的，不过是向自己的脑袋开。开枪之前，他问他面前的阴兵军官："我不知道你们从什么地方来，我只想知道你们为什么来？"

阴兵军官："我们为美丽而来，我们是来给泰国的乃丹娜竞选美丽总统助阵的。"

威尔福德上将听了后就像做超越绝对零度实验的格拉罕教授一样面色苍白，目光呆滞，喃喃地自言自语："如果为了一场没有什么实质意义的选美动用这样有史以来最庞大最古怪的军队，这世界上还有什么事情不能发生呢？我总算是什么都见识过了。"他拉开抽屉取出一把手枪，开枪自杀。

但对面的阴兵军官眼疾手快缴了他的枪，连同已经射出枪口的子弹。

第一枪和最后一枪之间的任何冲突都没有升级到一场战争，或者说根本就没有机会升级到一场战争，也没有人伤亡。阴兵暗军完全掌握了局势，现实世界的人类看到大局已定大势已去后，也就现实地放弃了徒劳的抵抗，一起静静等待最后一支阴兵的出现。

最后一支阴兵出现在美国总统大选美的选美场上，是一支威武挺拔的军乐队，肃立在吴为有和乃丹娜身后。另一边，是参加竞选的各国佳丽，不乏用最苛刻的审美标准也无可挑剔的天使容貌，以及严格按照黄金分割比例精雕细琢的魔鬼身材。时间已经到了激动人心的揭晓的一刻，尽管有更重大的阴兵过路暗军集结事件发生，人类爱美之心仍然使现场和全世界的目光都聚焦在即将宣布竞选获胜者名字的主席台上。

竞选裁决委员会主席带着一脸被灯光和目光烤烫的汗水，登上主席台。他从密封套里取出写有经统计票数后确定的新一届美丽总统芳名的单子，就像奥委会主席取出写有获得下一届奥运会举办权城市名称的单子。

短暂的寂静。尽管已经没有悬念，人们都知道谁将获胜，但还是想亲耳听听委员会主席念出那简短的谜底：

"泰国，乃丹娜。"

阴兵军乐队也就在这时奏响了凯旋曲，委员会主席如释重负地走下主席台。乃丹娜还没有反应过来，瞪着茫然的双眼左顾右盼，就从那被人遗忘无人理睬只有海风吹过的芭堤雅的街角，一下子站到了百花簇拥万众瞩目的世界中心。

4．美丽的战争

最先撤退的是控制各国民用要害部门的暗军部队，然后是控制各国政府机关的暗军部队。大撤退和大进军一样浩荡壮观。人们甚至对这支不发一枪一弹的威武和平之师产生了依恋之情，有一些地方已经出现了自发组织起来欢送撤军的群众。

选美场的主席台上，刚刚下达完撤军命令的吴为有向世界发表了宣言式的谈话：

"我曾对新当选的美丽总统许下诺言，我以至高无上的科学的名义，一定帮她竞选成功。我做到了。有人会认为我是以胁迫的手段做到的，百万阴兵压境，战争阴云密布，为了一个美丽的虚职而陷入天下大乱的险境，是任何一个负责任的人都不愿意看到的，也是要做出让步的。就这一点来说，我承认有胁迫的成分。但竞选裁决委员会可以作证，统计的票数是真实而有效的。没有一个阴兵上门逼谁投乃丹娜的票，甚至连直接的暗示都没有，他们只是按照我的命令忠实地为乃丹娜竞选助威。他们就是在造势，除此外没有任何挑起战端的举动。"

暗军部队开始撤离各国军事基地和部队驻防地。

吴为有继续发言："但他们为美丽而来，因为他们相信乃丹娜是世界上最美的女人，这是他们的信念，甚至可以说是他们的信仰。如果这个世界真的要颠倒是非美丑不分，他们就会为美丽而战，乃丹娜就是海伦。万幸的是：理智的、独立思考的选民永远不会美丑不分，他们一定会选中乃丹娜。我的阴兵暗军也相信这一点，就如同相信乃丹娜的美一样。"

核基地、核武库、航天中心、导弹发射场、大型武器实验场和兵工厂周围的古装暗军部队也从剑拔弩张变为偃旗息鼓，开始隐退回历史深处。

"这样肯定又会有人产生疑问：既然确信乃丹娜会赢得大选美，出动百万阴兵又有什么必要？还落了一个武力要挟的嫌疑。我要反问一句：如果不出动百万阴兵助阵造势，乃丹娜哪怕真的倾城倾国，就一定会赢得大选美吗？我要不幸地指出：恐怕不会。所谓美与不美实在是一个很软的标准，我们有一个不同的美的标准，就拥有一个不同的美丽的新世界。事实上，我们并不生活在共同的世界里，而是一人一世界。在我们的现实世界里，也许乃丹娜小姐皮肤是黑了点，鼻子是扁了点，嘴也大了一点，但在乃丹娜她自己的世界里，皮肤黑、鼻子扁、嘴巴大恰好就是最美的，这是东南亚人普遍的外貌特征。为什么我们只承认我们的现实世界，不承认乃丹娜小姐的世界？为什么我们不能在和平的环境里发自内心地正大光明地喜爱、追求、呵护、珍惜每一种美，偏偏要兵临城下刀架在脖子上才别别扭扭犯贱一样地正视早已存在的东西？如果人们都能做到前者，乃丹娜尽可以公平地参与竞争，又哪里用得着我唤起百万阴兵？"

悲壮的"一战""二战"阴兵在解散，重新回到凡尔登、阿拉曼、诺曼底、硫磺岛、伏尔加格勒的古战场，又爬进坟墓中。

吴为有发出了最后的呐喊："话说到这里，很多人都听出了我是在借乃丹娜小姐和乃丹娜小姐的美说事。我们与其说要为海伦打一场美丽的战争，不如更确切一点说是为克娄巴特拉的鼻子打一场美丽的战争。在这场战争里，一块脱落的马蹄铁就可能使一个国家覆灭。千言万语此时都不能表达我的心情，最后一句我只能说：在我们每个人的世界里，我们每个人其实都是最美的。"

吴为有发言镇住了全场，人们也来不及细细品味他话里拐弯抹角强词夺理的地方，是啊！既然是在乃丹娜的世界里，乃丹娜当然就是最美的了，为什么她就不该当总统？

掌声开始响了起来，渐渐地从稀疏暴响到密集。网络上出现了数以亿计的对乃丹娜的真诚赞美和祝贺，各地欢庆的大游行通宵达旦，首都华盛顿纪念碑前举行了庄严的阅兵式。就职典礼上，乃丹娜喜极而泣。在冉冉升上星空的晕眩中，她还清楚地听见吴为有的声音在耳边说：

"我说过，要相信自己是世界上最美的女人。有时候，信心真能创造奇迹。"

自信的乃丹娜面对世界，尽情展现她的风采姿容，直到这时，全世界才真正为之服气。因为有人也曾经问过这样的问题：女孩子什么时候最美？

吴为有式的哲学家和玄学家的答案是：在她自己认为最美的时候。

5．西西里的柠檬

乃丹娜成为美国人的乃丹娜后，还可以成为全世界人的乃丹娜，却不能成为吴为有的乃丹娜。

这个结局吴为有也早料到了，不要说乃丹娜不再成为他的乃丹娜，就连他自己都不能成为他自己了。

阴兵过路暗军集结事件后，他就被美国国家安全局和联邦调查局共同严密监控起来，走到哪里都有双眼睛在窥伺着他，还不准他接触这接触那，他也再没有机会召来暗军的一兵一卒。尽管他一再抗议，甚至几次闹到起诉美国政府，但是，就像当初他敢冒天下之大不韪独自唤起百万阴兵一样，美国人也不听他的，只给了他两条路选择：一条是监狱，另一条是和监狱差不多的美国最高保密级别的终身不得脱离的科研机构。

乃丹娜在任上倒是一个称职的美丽总统，但她也面临着一场不大不小的麻烦。

纽约一名黑社会头子布莱克向法院和有关机构递交了证明文件，证明他拥有乃丹娜作为三维激光仿真雕塑形象的原始设计权，也就是说：当初是他创造的仿真成像仪程序。乃丹娜"虚"的生命在法律上没有明确规定，还是一个空白，所以得不到保护。而作为一尊雕像，乃丹娜美丽的外貌是属于他的版权，只要他高兴，他可以任意窜改这张已经为美国和全世界人民熟悉和喜爱的脸。

官司打到最高法院，国会已经临时紧急动议要为此专门立法，但对这种立法有没有溯及以往的权力发生了争议。最后乃丹娜出来发表声明，她愿意放弃自己目前的形象并辞去总统职务。

各大媒体充斥着有关这方面的报道，此时艳丽不可方物的乃丹娜频频曝光在镜头前，直看得白守黑口水滴答："她这张脸是越看越好看了，要放弃这样一个形象简直是犯罪，布莱克真是没有一点怜香惜玉之心和绅士风度。"

"他给乃丹娜难看，其实是给吴为有难看。"明查暗慌忙过来用餐巾帮白守黑围住下巴，免得他口水打湿胸前新买的金利来，"不过你注意到了没有？现在在乃丹娜总统迷人的世界里，已经看不到我们的朋友吴为有的影子了，本来他是最有资格出现在乃丹娜身边的。"

白守黑："我早注意到了，这真不公平，是吴为有一手造就了乃丹娜，她才有今天的名声地位。现在她用不着吴为有了，还愿意放弃原来乃丹娜的面目。这是什么世界？"

明查暗："至少不是吴为有的世界了。不过我要是吴为有，也不会觉得面上难看。联邦调查局早就希望我们插手布莱克的事了，我们和他熟悉，就因为我觉得这对吴为有没多大妨碍，一直拖着。不过乃丹娜声明愿意辞职，可能并不是不念旧情，我们说不定冤枉了她，她应该也有不得已的苦衷。"

白守黑："政治人物的话你也相信？那是迫于压力不得不做出的姿态，只等国会一通过立法，法外再留一点情，她摆脱了麻烦，就算有心辞职，这么喜爱她的美国人也不会答应的。"

明查暗："美丽立宪制之所以在现在盛行，就因为它选出的美丽总统不再是传统的玩弄权术的龌龊政客，它倡导的美丽政治不再是传统的丑恶的阴谋政治。相比在论资排辈争权夺利中煎熬上来的苍老的男性，年轻的不谙世事的美丽女人天生就要顾一点面子，也就更容易保持善良的本性而不会蜕变得阴险狡诈心狠手辣，利用她们圣洁美丽的形象就更容易对老百姓产生号召力和凝聚力。她们真想退下来，也比别人容易得多。不过我还是要向我们的朋友吴为有表示怜悯，我要送给他一样礼物。"明查暗转身在一张卡片上写着什么。

白守黑："什么礼物？"

明查暗："一篮子刚从意大利运来的西西里的柠檬。今年雨水多，柠檬可能不太熟，有点酸。"

白守黑莫名其妙："为什么偏要送他西西里的柠檬？"

明查暗："我记得小时候看过一篇意大利小说，讲的是一个感人的古老故事，好像是皮兰德娄写的。故事的男主人公倾家荡产帮助女主人公成了名，当上大歌星，女主人公却过河拆桥地冷淡和嫌弃他。贫困潦倒的男主人公来看望今非昔比的女主人公时，仍然不忘带上他们家乡西西里的柠檬，最后孤独地离开了，而这时女主人公正在豪华的住所里举行盛大的宴会。故事的名称就叫'西西里的柠檬'，所以我要送给吴为有一篮子西西里的柠檬。"

"这柠檬听起来是够酸的。"白守黑说。

明查暗刚把柠檬寄走，荧屏上就报道了最新最具爆炸性的消息：在要求辞职未获批准的情况下，乃丹娜总统于今晨7时45分失踪，据悉是她自己不辞而别，并得到了她身边许多人的同情和帮助。

白守黑看了看明查暗："我觉得我们有必要去找找布莱克了。"

纽约布莱克的私人俱乐部。明查暗对布莱克进行了义正词严的规劝："布莱克，我不明白你要乃丹娜形象的原始设计权干什么，她现在已经是一个人了，不是一座雕像。难道全国人民真允许你把她扛回家去立在你客厅的罗马柱头上？你无非是想利用这个给吴为有找麻烦罢了。但你的官司注定输惨了，你整个就是引火烧身玩火自焚。我知道，这也不是你的本意，是泰国那个该死的索察给你煽阴风点鬼火，一定是他找到乃丹娜原来真正的程序设计人，你们不知是用敲诈还是勒索的手段买到了乃丹娜成像仪程序的创作权。这是违法的，你已经有了不少案底。"

布莱克不慌不忙地回应："明查暗，套用一句我以前跟你们学的话：我是吃面包长大的，不是吓唬长大的。你的这些话可以对我的律师说。索察是我的手下人，我很用得着他，他受到过吴为有的侮辱，我应该为他出这一口气，何况这还是我自己要长脸的事。"

明查暗口气缓和下来："但你也不想想乃丹娜现在的民望？尽管有不少争议，到头来谁会支持你这样一个黑社会名流？就算当初真的是你设计制造了乃丹娜的成像程序，你又能利用这点可怜的权力达到多大的目的？国会正在通过新法案，我只怕你得不偿失，搬起石头去砸自己的脚啊！"

布莱克："无论是我还是乃丹娜雕像原来的设计制造者，都不应该享有对乃丹娜的任何权力，真正造就她的是吴为有，他就像皮格马利翁一样精心雕刻了他的象牙女郎。我请教过心理分析专家，他们认为吴为有对乃丹娜有一种皮格马利翁对他的雕像女郎同样的爱。如果说爱神阿佛洛狄忒为了成全皮格马利翁的爱情，赋予雕像女郎以生命，那么我将出于仇恨，赋予美丽的乃丹娜世上最丑陋的容貌。如果你认为吴为有的虚粒子给了乃丹娜千变万化的本事，她抛弃本来面目后还可以换上另一副更美的容貌，但没用，只要我在法庭上证明了这仍然是乃丹娜同一个人，我就可以像白雪公主的后妈一样，我只想把她变得更丑不想把她变得更美。吴为有这个人从心理上说不就是爱美吗？他倾注了很大的感情使冷冰冰的雕像变成了活生生的美丽，如果我又把这种美丽变得奇丑无比，是不是很打击他呢？我就想看看那时他的样子。只要做到这一点，我对吴为有报复的目的也就达到了。"

明查暗用更温和的商量的口吻说："你知道，我们和联邦调查局掌握有许多对你不利的证人证词，如果都抖搂出来你会坐牢的，为什么我们不做一笔交易呢？你放弃你这种希腊神话和格林童话式的想法，我们回去为你开脱？"

布莱克看了看他："明查暗，我还忘了告诉你，我不但不是被吓唬长大的，也不是被哄骗长大的。"

明查暗拿他没办法，扑通一声半跪在他面前："求求你，就饶了我的朋友吴为有吧，你不知道，他为他的雕像女郎付出了多少。他简直是在为她用核弹炸蚊子，不管做得对错，他的皮格马利翁之爱是多么伟大，多么感人！虽然我怎么看你也不像阿佛洛狄忒或者七个小矮人，但你难道就真没有一点同情心和爱心？只要人人都献出一点爱，世界将变成美好的人间。"

布莱克面无表情："对不起，我听不懂你唱的中国歌。如果你们没有其他话要说，我的电脑向民用高精度遥感卫星订购的一条线路已经发现了乃丹娜的踪影。我想你也一定像我一样有兴趣看看她到了哪里。"

明查暗又一下子站起来，咬牙切齿，凶相毕露地说："布莱克，我拿你当人，你自己要做鬼。给你三分颜色，你就开起了美容院。我敬你一尺，你不敬我一丈；我把你抬到天上，你把我摔到地上。老虎不发威，你当病猫来整。撮箕端狗，你一点不识抬举。我早知道跟你这种人讲什么爱心不如背块煤炭下河洗。不是黄泥巴不烂路，不是黑社会不害人。今天我牙齿不好，偏要拣牛筋嚼。明知你有电，我也要碰碰你这根高压线。看来对付你这种人就只有来硬的了。"

6．理想与现实

吴为有吃着明查暗寄给他的有点酸的西西里柠檬，又走在芭堤雅椰树和油棕的街头。他习惯每年这个时候来这里旅游，并且固定要住同一所饭店、去同一家鳄鱼酒吧。又走过那个熟悉的人群聚集的街角，又是漫不经心地瞥上一眼，他剥着柠檬皮的手突然停了下来。

一个女郎，一个泰国女郎，摆着跳手指舞的姿势站在那个街角，身上的衣服不知是不是程序出了问题，仍然有点衣不蔽体。她不知是不是还会流露出羞涩、惶急和求助的眼神？

吴为有心想我又是怎么了？这回肯定是错觉。他迟疑着正要往前走，乃丹娜说话了：

"吴为有，现在如果我又被丢到远远的海滨浴场，你还会把我找回来吗？"

吴为有看着她，再看看手中的柠檬，确定眼前真的是乃丹娜。他勉强笑着说："乃丹娜，这是明查暗寄给我的酸柠檬，吃得我这两天尽倒牙。不过我在想：心理学上有酸葡萄心理和甜柠檬心理，如果说吃不到的甜葡萄是酸的，那么，能吃到的酸柠檬就是甜的了。你陪了我这么长时间，我已经心满意足了。你应该开始你的新生活，别再留恋过去的世界了。"

乃丹娜："我的世界是你给的，我不能离开你。我真恨自己爱慕虚荣，差点丢掉了真正可贵的东西。我把自己的衣裳撕破了，站在这里一直等了你三天，我知道你早晚会经过这里的。你还能接受我，让我回到从前的世界吗？"

吴为有沉默了一会儿，真诚地说："乃丹娜，我听到过你原来的设计制造人布莱克的嘲笑，他说我是皮格马利翁爱上了自己雕塑的女郎，这一段时间我静下心来想了想，我不是皮格马利翁，我并不真正爱你。当初你被遗弃在这条街角，那时的我也整天自哀自怜，认为是社会和科学界抛弃了我，我一时冲动把你捡回来，是因为在你身上看到了我自己的影子。我按自己的理想重新塑造了你，又把你抬上美丽总统的宝座，不过是因为我要向这个世界证明我的那个世界，要这个现实世界承认我的那个虚幻世界。你是我的理想！就算我真有一些可以叫作爱的感情，我也是爱自己。乃丹娜，哪怕我为你付出了那么多，也不值得你的半点回报。我其实只是一个自私自恋的纳西塞斯！"

"水仙花。"乃丹娜痛苦地啜泣叫唤，"我只是你的理想，可是既然你的理想已经被现实接受了，你为什么不接受我呢？过来拥抱我，就像拥抱你的理想；爱我，就像热爱你自己的理想。"

"乃丹娜，"吴为有也流下了泪，"想想当初的现实是多么残酷，你的世界只有阴暗的街角和冷冷的海风，你也有自己的荣誉和羞耻，有自己对美的理想和追求，可是谁会同情和爱惜你呢？只有旁人时不时践踏你剩下的最后一点尊严。如果我不能唤醒百万阴兵，又有谁会给我不同的理论和不同的世界一点生存的机会？谁会在乎我们的理想？看到应该属于你的美丽？"

"可是我们已经看到了，不是吗？"乃丹娜破涕为笑，"你说过人人心中都有一个不同的世界，都有自己的理想，但如果这个世界不和现实世界协调，人们还是不能实现自己的理想。你的百万阴兵最终也撤退了，向现实做了协调，你得到了理想，却要让我失去爱。"说着说着又从海上吹起了风，这回是在真正掀动着乃丹娜的破衣裳，乃丹娜凄楚万分地问："起风了，你还能再为我披一次衣服吗？"

吴为有还是有一点迟疑，最后缓缓走了过去，不再需要通过电脑程序，他直接就用手替她披好了衣服，抚平了褶皱。接着，他紧紧搂住了她的双肩，吴为有和乃丹娜终于悲喜交集地拥抱在一起。他们拥抱的是两个人心中的世界，那水仙花般的理想，也拥抱了美丽的爱情。他们拥抱的更是每个人心中的世界，那水仙花般的共同理想，而不只是两个人美丽的爱情。

没有掌声，只有明查暗在布莱克的酒柜上倒了三杯杜松子酒，递了一杯给布莱克。"多么感人的场面！"他唏嘘感叹，"古话说得好：男人用征服世界来征服女人，女人用征服男人来征服世界。吴为有用他的虚幻世界征服了现实世界，现在乃丹娜又征服了他。布莱克先生，你终于也觉得成全这样的爱情自己也是幸福的了，我唱的中国歌你听不懂，说的中国谚语你终于听懂了。可是不管怎么说，还是值得为你伟大的牺牲精神和这个动人的爱情故事干上一杯。"

　　这是通过全球移动定位搜索并跟踪拍摄的卫星遥感系统看到的场面，尽管远隔千里，也如同置身现场近距离拍摄的一样。在看之前，布莱克办理了一道法律手续，向自己的律师发去一份署名文件，无条件地放弃了对乃丹娜形象的任何权利。

　　布莱克接过明查暗递来的酒杯呷了一口："我虽然不像你想的那么坏，但也不像你说的这么好。我只是记起了你们以前说过的光棍不吃眼前亏这句话。你们在国际刑警组织一个什么秘密部门工作，谁敢保证这个部门没有发给你们像007那样的杀人执照？你们真干得出来！现在既然我已经做出了伟大的牺牲，成全了一桩动人的爱情，大家举杯庆贺了，白守黑，我想你是不是可以把你顶在我后脑勺上的漂亮的小手枪挪开了？"

——原载《科幻立方》2020 年第 3 期

一次偶然的事故将他抛入时间长河，倏忽之间他便置身于三十年后的世界。但这只不过是表象而已，更本质的原因是他遭遇了外星文明。完全随机的一次邂逅，让他责无旁贷地担当起一名联系双方的代言人的职责。那么他在面对自己的未来、其他人的当下时，他在深陷各种势力与利益的矛盾冲突时，又该怎样成为一名不辱使命的合格使者？

冷湖疑光

江　波

天净沙·冷湖

荒烟蔓草黄沙，

雪山冷湖残花。

油田戈壁长路，

北风如割，

不见当年人家。

俄博梁

起风了！

王十二回头望去，俄博梁奇形怪状的山头淹没在沙尘中，时隐时现。他有种奇怪的感觉，仿佛那些山头都是活物，趁着风沙，悄悄地移动了方位。

罗玉玲还在车里等待救援，希望这风沙不要惊吓了她。

他默默向着来时的方向望了一会儿，然后顶着风继续向前走。

在一个小坡上他停下来张望。

灰褐色的荒野寸草不生，远方的山脉绵延逶迤，横亘在地平线上。远山和荒野之间，巨大的风车耸立如林，扇叶缓缓转动，似乎在沉默中想要说些什么。风卷着沙尘，掠过荒野，风车仿佛陷入了迷雾之中，变得朦朦胧胧，而远方的山，则被悬在了空中，望过去犹如飘在云端。

天空灰蒙，日头化作一团白色柔和的光，一点也不像高原的正午。

王十二不记得自己见过那片风车，它们像是突然从地下冒了出来。或许路线有偏差，经过的时候自己没有注意。

但这都不重要，重要的是，前边有条路！

一条黑色的公路将灰褐色的荒野一切两半，直通向天的尽头。

目力所及，王十二注意到一个小小的黑点正沿着黑色的公路移动。他仔细看去。

那是一辆越野车！

王十二心头一阵激动，连滚带爬向着公路冲去，一边跑，一边解下头巾，高举在头顶挥舞，生怕那车开得太快，没看见自己。这无人区少有人来，错过了这辆车，不知道要等多久才能见到下一辆。

风沙灌进王十二的口中，满嘴沙子，然而王十二顾不了那么多，只是使劲地蹦跳，向着那越野车挥舞头巾。

越野车明显减慢了速度。

王十二悬着的心一下子放了下来，但还是用最快速度向着公路跑。

车停在了路边，车上下来两个人，向着这边张望。

王十二紧赶慢赶，终于跑到，跨过护路的矮石堆，向着那两个人靠近。

他气喘吁吁地站在了两人面前。

两人都穿着迷彩军服。一个脸庞黑里透红，身材魁梧，眉宇间带着一股威严，一看就是在高原上摸爬滚打多年的老兵；另一个则白白净净，微微发胖，架着一副眼镜，为了防风沙，用头巾裹着眼睛鼻子，只露出半张脸，看得出来很年轻。

"咋了？怎么一个人在野地里？"老兵问。

"我，我也不知道……车没电了，瘫了，我没办法，跑出来求救……"王十二上气不接下气地解释。

"出来旅游啊？"

"对，探险。"

两个军人相互看了一眼，老兵继续开口问："你怎么进的无人区？只有一个人吗？胆子也忒大了！"

"我们两个人，两辆车……本来想没事的，有双保险，但怎么也想不到车竟然再也打不着火了。"

"你们没带卫星电话吗？"

"电话也……没电了。"

两个军人又对看了一眼。

老兵发话："上车，去看看你的车。你的朋友是不是还在那里等着？"

"对对对，她还等着我。"

"我们去把你的朋友带出来。"

"那真是太谢谢了！"王十二满怀感激，离开公路进无人区，一般的司机都不敢随意冒险，这两个军人真是帮了大忙。

他正迈开步子，年轻人拦住了他："我们先检查一下你身上的东西。"

王十二一怔，随即抬起手来，任由年轻人检查。反正什么都没带，检查就检查吧！

在车上坐定，老兵递过来一瓶水，王十二接过来，拧开瓶盖，喝一大口，漱漱口吐到车外，然后咕嘟咕嘟把一整瓶水都喝了下去。

一瓶水下去人浑身舒畅。王十二瞥了一眼包装，看见农夫山泉几个字。农夫山泉什么时候出了蓝瓶包装？这个疑问从心头一闪而过。

他随手把瓶子放在储物格里。

"你能认路吗？"老兵问。

"可以，我一直按照指南针的方向往南走，现在只要一直向北就行，就在那片雅丹地貌里，大概有十五千米，我走了三个多小时。"

"身体素质不错！"老兵夸了一句，一扭方向盘，车子越过路坎，沿着车辙向北开。

"你们所有的带电设备，都没电了，是不是这样？"年轻人突然问。进了车里，他就把挡脸的头巾拉了下来，面孔看上去很英俊。

"对，一下子就没电了。"王十二顺着年轻人的话回答，"就那么一下子，车就熄火了，也不知道是怎么搞的，停车一检查，电瓶一点电都没有，手机也没电，连手电的电池都没电了，我明明出发前充满的。简直不可思议！"回想当时的情形，王十二仍旧心有余悸，当发现所有的电池都没有电，他和罗玉玲别提有多惶恐。原本充满探索乐趣的野外旅游顿时变成了一场惊魂冒险，搞不好就会陈尸荒野。

"这还起风了，幸亏遇上你们……"王十二喃喃地说。

"你这是打算到公路上碰运气？"老兵问。

"最坏的情况，我走到冷湖镇，一天一夜总能走到了。"

"你太高估自己了。这种天气，晚上肯定降到零下十度，风又这么大，你不被冻死才怪。"

王十二默然不语。这一路走过来，他几乎耗尽了体力，走一天一夜到冷湖镇，的确是个不切实际的想法。

"你到了冷湖也没有用，冷湖也失去了所有的电力。"年轻人继续说，"我们就是来调查的。"

"你说冷湖镇上？"王十二惊讶地看着年轻人。

"对啊。不仅仅是冷湖镇，你看见那个风力电场吗？整整六百架风车，他们建了一个六亿安时的储电站，结果也是一瞬间就没电了。所有的电都消失得干干净净，这块地方成了电网的一个窟窿，差点把西北电网都弄崩溃了。"

王十二惶然看着对方，不知道该说什么。

这听上去像是一场大灾难。

"所以就算你到了冷湖，也没有人能帮你，他们连自己都帮不了，现在镇上一辆能开的车都没有。"老兵补充了一句。

"多亏遇见你们！"王十二再次说。事态比他想象的更严重，冷湖镇居然也失去了所有的电。

越野车爬上一个陡坡，路面变得坑洼不平。

"事情发生的当时，你有发现什么异样吗？"年轻人问。

"没有啊。"王十二回答，"当时我光顾着开车。"

"没有看到什么异常的光吗？像闪电一样？"

王十二摇头，然而猛然间想起什么："对了，我朋友说她像是看见了有什么光一闪。"

"你朋友？"

"就是我们要去救的那个，她叫罗玉玲。"

"她怎么说的？"

"就是感觉到光一闪，她问我有没有看到。那是车停下后，我们下车后她说的。"

"这个我要记录一下。"

年轻人从口袋里掏出一个手机般大小的物件，熟练地展开，一个 A4 大小的屏幕出现在王十二眼前。它如纸一般轻薄柔软，半透明，有着玻璃一般的质感。

王十二颇为惊诧，这种折叠屏幕他只在科技新闻里看见过。

"你这是折叠屏吗？居然已经有产品了？"王十二问。

"这是几年前的产品了。"年轻人不以为然，"你没用过吗？"

王十二看着那屏幕，眼中满是羡慕。"这是给军队特制的吧，我还从来没见过。"

年轻人皱了皱眉，瞥了王十二一眼，不再说话。

他很快打开屏幕，开始输入字符。屏幕半透明，隔着屏幕，王十二能看见一个个字在屏幕上蹦出来。淡淡的蓝色光线映着白色的字，看上去漂亮极了。王十二不禁多看了几眼。

年轻人抬起头来，对着王十二说："你就是我们的目击证人，我要记录你的目击报告。你是什么时候进入无人区的？"

"就是今天一早，我们大概六点半从冷湖镇出发，沿公路开了半小时，然后就下了路……"

王十二说着，年轻人运指如飞，飞快记录。

王十二突然停了下来。

年轻人抬头："怎么了？"

王十二指着屏幕，隔着屏幕，虽然每个字左右都颠倒了，却还是能读出来。"2048 年 4 月 21 日，你打错了！"

"没错啊！"年轻人有些纳闷地看着王十二。

"应该是 2018！"王十二更正他。

年轻人的脸上掠过一丝惊异。"2018？你说什么？"

"今年是 2018 年啊！"王十二重复，心头也疑虑万千，这年轻人不像是在开玩笑，然而今年是 2018 年，肯定没错啊！

年轻人原本摊开放置在键盘上的手半握成拳，两眼直直地看着王十二。

原本在开车的老兵把车停下，回过头来，看着王十二。

一时间，车内的气氛像是凝固了。

老兵盯着王十二的眼睛，表情异常严肃。

"今年是 2048 年！"

这句话在王十二的耳朵里轰鸣。

冷湖镇

冷湖镇的大街上没有车，也没有人。

这个镇子也被称为火星小镇，至少王十二来到这里的时候还是如此。因为距离镇子不远，有一个火星模拟训练基地，也因为距离镇子五十千米的俄博梁地区，风沙凶猛，经历千万年雕琢出魔鬼城一般的雅丹地貌，有如火星。俄博梁周围没有人，没有绿色，是名副其实的生命禁区，于是距离它最近的冷湖镇就代替它成为火星小镇。

这个高原小镇还有两样特色，一是它的彩虹琴键墙，沿着主干道，所有的建筑外墙都涂着一道道钢琴键般的纯色条纹，从东向西，颜色按照赤橙黄绿青蓝紫的顺次变化，正是彩虹的颜色；第二样特色就是冷湖塔，它原本是个纪念塔，为了纪念在曾经的冷湖油田上生活奋斗过的十万冷湖人而建，后来开放给游人，成了一处观光塔。塔高一百八十八米，在一片平坦的戈壁荒漠中隔着五十千米就能望见。

王十二透过窗户望着远处那高耸的铁塔。直到现在，他还是不敢相信自己居然真的到了 2048 年。平白无故丢失了三十年，自己早就成了失踪人口，连身份都没有。

然而，昨天他就住在冷湖镇上，镇上根本没有铁塔。

昨天，罗玉玲也明明就在自己身边。甚至当车子被困在俄博梁的风沙中，自己离开去寻找救援时，罗玉玲还安慰他，不会有事。

然而，罗玉玲却连同两辆越野车一起，踪影全无，俄博梁奇形怪状的巨石之间，除了风沙，别无他物。

如果真到了 2048，那么也只有自己一个人来了。

王十二心头泛起一股酸涩。

回头看看屋子里，这屋子正是昨天自己下榻的房间，原本是简单的青年旅社，一间屋子里放着三张高低床，可以睡六个人，现在则已经成了豪华宾馆，一张两米宽的白色大床，一幅四米宽的巨大屏幕，嵌在墙内几乎占据了整个墙面，一体化的卫浴设施……设计简洁明快又不失精致，带着一股浓浓的太空感。

桌上放着瓶装水，王十二打开一瓶，喝了两口。这水的包装和自己在军车上喝到的一样，水还是那个水，然而三十年的时间，让它的面貌变得人都认不出来了。

王十二苦笑一下。

跨越三十年时间，自己成了老古董，被关在笼子里供人观赏。

他走到门边，试了试门把手。

把手岿然不动。

军方的人说，为了保护他的安全，限制他只能在房间里活动。

他退了回来，一屁股坐在沙发上，半躺着，抬头望着天花板。

忽然间，眼前一黑，像是有无数颗金色的星星冒出来，一闪一闪。

王十二眨了眨眼睛，星星立即消失了，眼前仍是一片雪白的天花板。

这可不是什么好迹象，像是大脑短暂缺血的症状，或许是高原反应吧！

王十二定了定神，把手伸向电话，想找人要一点消除高原反应的药。正当他的手落在电话上，耳边传来咔哒一声响。

他扭过头，只见窗外站着一个黑影，手中端着窗玻璃，另一个黑影正从洞开的窗户里跳进来。王十二只觉得脖子上微微刺痛，一股强烈的睡意随之涌来，世界像是在一瞬间被排斥在外，天旋地转。

来者不善！

凭着一点残存的意识，他用尽全力去抓电话。

找到任何一个人都好。

黑影一闪，他只觉得自己的身体被狠狠地一拽，电话也随着滚落到地上。

王十二哼了一声，倒在沙发上，人事不省。

冷 湖

天空蓝得没有一丝杂质，远方传来隐约的鸟鸣。风吹草动，耳边响起一阵窸窸窣窣的声音。

王十二猛地坐起来。

他正坐在一片草场之中，放眼望去，枯黄的草甸直铺到天际，和远山连作一片。

阳光有些刺眼，王十二狠狠地眨了眨眼睛。

几只鸟儿掠过天空。

是黑颈鹤！

王十二下意识地转过头去，在他的身后，一汪碧蓝的水静静地依着雪山。

这里是冷湖。几天前的情形仍旧历历在目，那时候有一大群黑颈鹤在湖面上飞。现在没有黑颈鹤，但湖水依旧温润如玉，雪山倒映在湖水中，微微荡漾。

自己怎么会躺在冷湖边？

他想起自己是被两个黑衣人弄晕了，醒来是在一间漆黑的屋子里，两个鬼影一般的人要给他打针……再醒来，就已经躺在了湖边。

他感到一阵发冷，万分惶恐，不由缩起肩膀，双手环抱，想缓和一下。

他不明白发生了什么，然而意识到自己不知不觉已经卷入一场阴谋里了。

那些该死的家伙把自己抛在荒郊野外，现在该怎么办？

不等他多想，远处传来一阵嘈杂，像是有什么东西正在草丛中穿行。王十二站起身，向着声音传来的方向望过去。只见一辆绿色的勇士越野车正穿过草场，向自己而来。

片刻之后，车在身前停下，车上跳下来三个人。

"王十二，你还好吧？"领头的人向王十二打招呼。

这正是那天从俄博梁把自己救出来的那个老兵。

老兵走到王十二跟前，仔细打量了一番，点点头。"看起来还好。上车吧！"说完一摆头。

他身后的两个兵立即走上前，一左一右，半推半架地把王十二拉着就向车里走。

王十二挣开两人："这是怎么回事？我怎么会在这里？"

"先上车，我慢慢和你说，不要急，我们是来保护你的。"老兵安慰他。

"保护我？"王十二根本不信，他只觉得自己掉进了陷阱里，本能地抗拒，"我连你是谁都不知道！"

老兵愣了愣，伸出手来："一回生，二回熟，我姓唐，你就叫我老唐好了。"

王十二并没有握住老唐伸过来的手，反倒往后退了一步，不料脚下一空，摔倒在地，一屁股坐在了烂泥地里。地下滋的一声冒出一股水，花白的盐碱和着泥水沾在他身上，弄得他狼狈不堪。

老唐慌忙上前拉住他。

"啊，你小心点！这片算是沼泽，陷下去可就危险了。"

王十二拉住老唐的手，站起身，他并没有放开老唐，反而抓得更紧。"这究竟是怎么回事？"王十二几乎要哭出来。

"不急，不急。我们慢慢说。"老唐拍拍他的肩膀。

"你们看！"一个士兵突然喊，手向着空中一指。

众人都抬头望去，只见天空中有一团明亮的光，不太刺眼，可以用肉眼直视，它飘在湖上，离水面不算太高。

"那是凝聚光团吗？"另一个士兵问。

没有人回答。

王十二确定那不是云。它有着锐利而清晰的边界，就像蓝天中被剪出了一个窟窿，温和的光从那窟窿里泄露出来。那是一个完美无缺的圆形。

这是冲着我来的！

王十二的心突然抽紧，他说不出任何缘由，却相信这一定是事实。

"啊！"一声短促的惨叫传来，一名士兵倒在地上。

接着又是几发子弹，没有击中人，打得周围的草地噗噗作响。

"快上车！"老唐一把拉着王十二就往车上跑，拉开车门，将王十二塞进车里。

子弹追了过来，打在车上，梆梆作响。

老唐掏出手枪，向着枪声响起的方向放了两枪，冲着剩下的一名士兵喊："你开车！"说着弓着身子，拉住地上动弹不得的战士，使劲拖进车厢里。

勇士越野车原地掉头，飞快加速。

几个人影从草丛中站立起来，一边追着车跑，一边放枪。

老唐抓起对讲机："洞幺洞幺，我是幺七四，遭到偷袭，请求支援！"

"幺七四，报告对方情况。"

"大概十名武装人员，身份不明，武器为自动步枪，其他情况不明。"老唐一边机警地扫视着窗外，一边报告。

"三架雷霆无人机已经向你处出发，大约五分钟抵达。"

"好，看样子是些教徒，尽量活捉。"

王十二透过车窗向外看，只见草丛间又窜出来十来个人影，他们并没有向着越野车开枪，而是转而拦住了追击车辆的人。两伙人并没有彼此开枪，追击的枪声停了下来。

越野车依旧向前狂奔，扬起滔天尘土，转过一个小土坡后，追击者失去了踪影。

天上传来低沉的轰鸣，王十二抬头，只见天空中一个小小的黑影掠过。

"幺七四，报告你的情况！"从对讲机里传出声音。

"我们暂时摆脱了追击，暂时安全。车上有伤员，背部中枪，伤势严重。"

"急救直升机已经前往接应，基地将直接控制你车上的A30。"

"幺七四明白。"

老唐话音刚落，只见一架螺旋桨无人机从车顶飞出，向着远处的沙尘而去。

受伤的战士大口大口地喘气，血水浸透了急救绷带，渗到了座椅上。老唐扶着他，不断安慰。

王十二惊魂未定，一直到车开出草场，进入一片沙地中，才缓了口气，逐渐平静下来。

车在荒漠中疾驰。

窗外，远远可以望见残破的城市。这是曾经的冷湖市，当年有石油的时候，据说有超过十万的人口，现在则是一片废墟，只剩下一些残断的土墙，在这片荒漠中逐渐被湮没。

猛然间，原本晴朗一片的天空变成了漆黑的夜空，漫天星斗下，荒漠中的废墟显得格外凄凉。

王十二惊异地张大眼睛。

"老唐，你看见了吗？"他转头向着一旁的老唐喊。

"什么？"老唐抬头看着王十二。

"整个天空都变黑了，都是星星。"王十二指着窗外。

"你说什么？"老唐的脸上满是疑惑。

"天变黑了！"王十二几乎是在大喊。

"外边是白天啊！"老唐困惑地看着王十二。

一些不可思议的事情发生在自己身上了！王十二再次向窗外看去，天空果然仍旧碧蓝。

但他确信无疑，刚才的天空的确翻成了黑色，他看见了漫天的星星，甚至还有灿烂的银河。那是幻象吗？

"你看不见吗？"王十二惊讶万分。

"你的表现很奇怪。"老唐望着他的眼神中带着一丝同情。

王十二做了一个深呼吸。

如果一个人能瞬间从2018年跑到2048年，看见一些奇怪的幻象也就不算什么了。自己就是这个时代的怪人。

　　从现在开始，就安心做一个奇怪的人吧！

　　车拐上一条小道，地势变得有些向下，进入一块盆地。周围的地势较高，远远望去，高地就像是连绵不断的雄伟城墙团团包围着这片盆地，盆地中央大大小小的半球形白色屋子在灰褐色的大地衬托下格外醒目。

　　荒凉不毛之地，全密封的球形建筑，这简直像是一个火星殖民地。

　　一道路障横在前方，车一点也没减速，向着路障直冲过去，路障自动移开。

　　王十二看见了竖在路旁巨大的招牌。

　　"地中四基地"，一人多高的金色字体在阳光下闪闪发光。

地中四基地

　　王十二枯坐在一张硕大的办公桌前。

　　桌子对面只有一张椅子，椅子空着，似乎是在等着某个大人物。

　　王十二抬头看了看老唐。老唐就站在身旁，身体笔直，就像站岗的卫兵一样，连眼神都没有一丝游移。这真是一场超级尴尬的会面，自己从来没有经历过这样的场合。

　　门悄无声息地打开，进来两个人，一个穿着军装，是个军官，另一个则穿着白大褂。王十二认得后边那个，那正是刚替自己做了身体检查的医生。

　　军官在对面的椅子上坐下，医生拉了一张椅子，坐在侧旁。

　　军官向着老唐点了点头，老唐敬了一个军礼，转身迈开步子。

　　"等等！"王十二喊住老唐，扭头向着军官说，"能让老唐留下吗？我在这里只有他一个熟人。"

　　军官看了看老唐，说："那你就留下吧。"

老唐再次敬了一个军礼，仍旧笔直地站在原地。

一个半透明的屏幕从天花板上降落下来，横在王十二和军官之间。屏幕上，出现了王十二的照片和大段的文字。

军官开口了："王十二，男，三十二岁，2018年4月21日在俄博梁地区失踪，失踪时租用一辆丰田汉兰达四驱越野车，车牌号青-LH48XDJ，同行人罗玉玲，证实事发当时该人离开车子，徒步前往公路寻求救援……"

听到罗玉玲的名字，王十二嘴角微微抽动，军官的声音成了模糊不清的混响，他再也听不进去。

"这是你吗？"念完了卷宗里的文字，军官开口问。

"是我。"王十二回答的声音有气无力，像是一声叹息。

从2018到2048，三十年的时间就这样蒸发了。他看着屏幕上的照片，照片里的人也正看着他，两个人一模一样，只是相隔了三十年的时空。

"你的父母到青海找过你，没有找到，他们都已经去世了。"

王十二心头涌过一阵哀痛。这个世界上已经没有他的亲人，父母故去，曾经的女友早已经嫁人，恐怕孩子都已经快三十了。世界还是那个世界，却早已不是他的世界。

"不要跟我说这些，没用的。你们想要我做什么，直接说。"他不想再听任何关于过去的消息。

军官微微点头，表示理解。

"我还是要从你的失踪开始说。你失踪的当天，冷湖地区发现了异常的强烈电磁辐射，那是一个定向的超高频信号，指向特定的方向，但在那个方向上，我们也没有发现任何异常状况。但是……"军官停顿了一下，透过屏幕看着王十二。

王十二被这突如其来的中断吸引了注意力，抬头望着军官，问："但是什么？"

"但是电磁辐射发生的位置，正好是你和罗玉玲出事的地方，你们租的两辆车都带上了强烈的辐射。"

"辐射？"王十二颇有些意外，"那罗玉玲岂不是受到了辐射？"

军官点了点头："没错，我们找到她的时候，她身上也带上了辐射，我们几个战士也受到了辐射污染，为此北京还派专人来进行调查。"

"那她怎么样？"王十二关切地问。

"还好，在解放军医院监护了两年，出现了一些辐射症状，但没有危及生命，后来就让她回去了。她没事。"

"那太好了！"

"我们找不到辐射源，按照专家的说法，出于某种未知的原因，现场周围三百米的圆形区域内大约有百分之三的铁原子被转化成了不稳定的同位素，这种铁同位素半衰期只有八小时，当时如果不是因为机场的安检发现罗玉玲的行李异常发亮，我们很可能就此错过这个发现。当然直到今天，这种铁是怎么转化成放射性同位素的，科学家没有任何解释。"

"我的失踪和这个有关？"

"我们不知道，我只是根据上级指示，要把情况和你说清楚。专家组分析下来，高度怀疑这个辐射事件和当时的强烈电磁信号有关，因为发生时间和地点太过巧合，信号中心区，就是在你失踪的地点，也就是我们找到罗玉玲和两辆车的地点，信号发生在 2018 年 4 月 21 日上午 7 点 42 分，你的失踪时间我们无法确定，但也就在 7 点到 8 点之间。"

王十二一边听军官说话，一边回想。那天早上突然断电，的确是发生在七点多，然后自己就离开了车子，7 点到 8 点间，这个军官说的一点也没错。

"所以这就成了一个悬案，直到现在我们发现你，这三十年的功夫算是没有白费。"

"都三十年了，你们还在找我？"王十二有些疑惑。

"当然不是仅仅在找你，我们做的事很多。包括这个基地，也是在那次事件之后才建立的。我们在冷湖成立了研究所，对外保密，叫作 111 所。你的下落，是这个研究所重点关注的目标之一，各路专家都以为你被某种神秘的力量带走了，提出了各种假说，但谁都没想到，你居然是被带到了三十年后。"

军官停顿下来，叹了口气："这整件事，已经远远超出我们的理解了。一种不知名的力量让你跨越了三十年，这没有任何理论可以解释，所以，现在你突然现身，我们也是束手无策。只能走一步看一步了。"说完他转向医生："吴医生，你和王十二说一说身体检查的结果吧。"

"好！"吴医生站起身，伸手在中央的大屏幕上滑动，一个硕大的人脑剖面图出现在屏幕上。

"大脑的精细 CT 扫描没有发现你的大脑里有任何异常，至少生理看不出什么病灶。根据你的描述，你说能看到一些幻象，我们对你的大脑皮层进行了全面分析，发现你的前额叶和视觉中枢之间的脑区有些膨大，你的这个部位比一般的大脑要厚实，我们分析这应该是一种增生的迹象。脑细胞的分裂生长一般在十八岁到二十岁之后就停止了，所以如果真的是增生，那就是一个反常现象。不过也有可能，你的大脑本来就是这样。"

屏幕上的图片转化成全身图像，心脏，肺，肠胃……一个个脏器依次被高亮显示。

"你的所有脏器功能都很健康，免疫系统活跃，新陈代谢旺盛。从医学的角度来说，你是一个完全健康的人。"

"谢谢！"王十二回答。

吴医生看了王十二一眼，不知道为什么，王十二觉得那眼神有点怪异。

"好了！"军官站起身来，"今天先这样吧，信息量有点大，你先好好休息一下，你的房间里有很多影视剧，从前的资料显示你喜欢看谍战剧，我们给你挑选了最近三十年的优秀谍战剧，你可以看看影片，放松一下。"说着，他开始往外走。

"为什么我会被绑架？"趁着军官还没走出门，王十二大叫。

军官很快地扫了吴医生和老唐一眼，最后看着王十二："这个事，我们还在进行调查，明天我会告诉你具体情况。"

他顿了顿："你在这个基地里，会受到很好的保护，这种事不会再发生了。"

午夜奔逃

已经快深夜了，王十二却怎么都睡不着。

他躺在床上，望着天花板，仔细思考这三天来的种种遭遇。在宾馆住了一个晚上，自己就被两个黑衣人带走了，人事不省，再次醒来就在冷湖边。在冷湖边，老唐带人把自己救出来，却遭遇了埋伏。

一个势力庞大的团伙想要他的命，他们连军队都敢伏击。想到这点，王十二就不寒而栗。2048 年，恐怖团伙居然发展到和军队公然叫板的地步了？

至少有军方在保护自己。王十二宽慰自己。

在这个地中四基地，应该不会有什么人敢惹军队。

然而两个把自己带走的黑衣人，他们真的是想要自己的命吗？自己昏迷不醒的那段时间，他们有很多机会可以悄无声息地干掉自己，完全不用等到老唐出现再冒着风险和军队干仗。

王十二翻来覆去，始终想不明白事情的来龙去脉。

他想起冷湖上空的那团光。那绝对完美的圆形，令人过目不忘。

猛然间，他仿佛置身荒野，周围一片漆黑，只有头顶的星空灿烂，无数的星星辉煌夺目。

王十二惊恐地坐直。

这怎么可能，自己明明在屋子里，躺在床上。

没错，他仍旧在屋子里，手掌下可触及柔软的被褥。

然而他根本看不见床，也看不见被褥，他只能看见星空，星空下漆黑一团，什么也没有。

这是幻觉！自己的眼睛看不见眼前的事物，大脑却看见了一些不该出现的场景。

王十二狠狠地眨眼，希望这幻觉立即消失，然而没有用，他仍旧身在漆黑的荒野之中，伸手不见五指，只能看见星空璀璨。

稍稍平静之后，王十二开始打量那些星星。银河横跨天脊，如瀑布一般雪亮。

不对！王十二猛然警醒，这不是银河，夜空中的银河没有这么醒目，尘埃云遮挡了银河的光辉，让它看上去显得朦胧黯淡。但这是星星的瀑布没错，仔细辨认，仍旧能在密密麻麻的星星间找到一颗颗亮点。

它比银河壮观一千倍！

或许，没有尘埃云的遮挡，银河就该是如此壮观吧！

星星的瀑布之外，另一颗星引起了王十二的注意。

它并不算是颗亮星，然而不断闪烁，在所有的星星中独一无二。

它闪烁着，如同灯塔的光。

王十二眨了眨眼。

整个天幕开始移动，就像是望远镜的视野在不断缩小，将远方的物体拉近。布满星星的天空逐渐淡出，如光瀑一般的银河最后也没了踪影。天空变成一团漆黑，只在天顶的中央有一颗孤零零的星星，有节律地闪烁。

这景象持续了一小会儿。

天空慢慢亮了，而星星渐渐淡去，最后完全消失在白亮的天空中。

王十二看见了屋子的天花板。

视力恢复了！

王十二翻身下床，走到窗户前向外张望，想看看夜空中是不是真的能看见银河。

银色的光映入眸子，他惊讶得合不拢嘴。

窗外的夜空下，圆形的光球静静悬浮，比月亮大上三倍。

正当王十二惊惶不安，门开了。王十二像见到了鬼一样向后跳开，离门远远的。

一个人影挤进了屋里，随即把门关上。

"王十二，快跟我走。"来人说。

王十二定睛一看，正是上午打过交道的吴医生。

"怎么了？"王十二警惕地问。

"赶紧走，不然就来不及了。"吴医生走上前，想要拉王十二的手。

"你究竟要干什么？"王十二躲开吴医生的手。

"这基地马上就要被轰炸，你不跟我走，就死在这里。"吴医生无比焦急，"他们要你死，如果不跑，就太晚了！"

王十二还想说什么，门又被推开了，一个人冲了进来："怎么回事？我们只有十三分钟。"

王十二一抬头，只见冲进来的人全身黑衣，戴着黑色头罩，手中举着一把乌黑的枪。

"快跟我们走，出去后我再跟你解释！"吴医生满脸焦急。

吴医生看上去真的很在乎自己，况且他们还有枪。

王十二把心一横，说："我跟你走！"

一行人在午夜的基地中悄悄行走，很顺利就从基地走了出来，外边有两辆接应的车，王十二跟着吴医生上了其中一辆。

夜空中，光球仍在，悬浮在基地上空，悄无声息。

突然间，整个基地警报声大作。

两辆车迅速开到了最大马力，开始狂奔。深夜的荒野中没有一点灯光，车头的探照灯光在嶙峋的乱石上晃动，车内颠簸不断。

才开始了十多分钟，王十二就已感到胸口发闷，只想呕吐。他急切地想拉开车窗，却被吴医生一把拉住："你要干什么？"

"我，我想吐……"一句话刚出口，喉头中酸味已经涌上来，王十二拼命忍住。车窗自动开了，冷风灌进来，吹得人直哆嗦，王十二顾不上许多，扑到车窗上，将头伸出窗外，翻江倒海般地呕了起来。

满胸的烦闷随着呕吐为之一清。王十二缓了口气，向基地方向望过去。天上悬着的光球已经不见了，夜空中，月亮半圆，分外醒目。王十二正想缩回到车里，不经意间只见两道火光从天空中划过，向着基地落了下去。

火光一闪，又是一闪。烈焰冲天，爆炸声震耳欲聋，强劲的气浪夹带着沙子，打在脸上生疼，整个大地随之颤抖。

王十二目瞪口呆。长这么大，他第一次如此近距离看见一场剧烈爆炸！

枪击，爆炸，白光，幻觉……这是怎样狂乱的一个世界啊！

王十二忽然觉得脖领一紧，吴医生将他拉回了车里。

"事态紧急，我说的一切你都要记住了。"吴医生急切地说。

荒 园

王十二缩在墙角，静静地听着外边的动静。

枪声不断，在寂静的夜里听上去格外瘆人。每一声枪响都会让王十二心头抽动一下。

如果吴医生告诉自己的事都是真的，那么外边所发生的一切都是冲着自己来的。无意之间，自己已经成了被追逐的目标。他们甚至为此轰炸了地中四基地，那可是个半军事基地啊，有驻军保护。

这些人胆大妄为的程度让王十二心惊肉跳，他们居然能组织起一只成规模的武装游击队公然向军队挑衅！

只有宗教狂热分子才能干出这种事。

门外传来动静，王十二警觉地盯着大门。

一个人影钻了进来，是吴医生。王十二不自觉地松了口气。

吴医生凑到王十二身边，几乎贴着他的耳朵说话："现在他们都以为你死在了基地，你暂时安全了。我要去找人来，你躲在这里，不要出去，我明天回来找你。"

说完吴医生就要走。

王十二一把拉住他："他们一定要我死吗？"

"你是被选中的人，是人类和外星交流的代表，我们都会保护你。"

"他们一定要我死吗？"王十二重复问话。

"那些人是疯了，相信只有杀掉你，才能避免地球被外星人占领。但是你放心，他们不会得逞的。"

"那我死掉就行了。"王十二望了望窗外，"我对这个世界来说不过是个多余的存在。"他真心诚意地说出这话来，他不想陷在一个提心吊胆的境地中，也不想被人当成工具用。

"你胡说什么！"吴医生带着几分怒意，"你是被选中的人，不管你是个王八蛋还是个正人君子，你现在的身份特殊，你是唯一一个能和凝聚光团发生感应的人。这不是你一个人的事，是全人类的事。"

王十二默然不语。

"我会回来的，在这里等着我。"吴医生说完悄然离开。

光从窗户照进了屋子。

王十二抬头向窗外望去。

巨大的光团悬浮在夜空中。

从地中四基地出来，那光团就消失不见了，此刻却又再次出现。它是跟着自己来的吗？这是幻觉吗，还是它真的出现了？

王十二惊疑不定。

门外突然传来动静，王十二回头，警惕地喊了一声："谁？"

"王十二，是我！"门外的人低声回应。

这是老唐的声音，王十二稍稍放下心来。

老唐猫着腰进了屋子。

"老唐，你怎么来的？"王十二问。

"我趴在你们的车后边，差点没被摔死！"老唐低声说，"这个吴荣贵，居然是个间谍！"他愤恨地骂了一句。

"他救了我，"王十二为吴医生辩解，"也救了你，要不是他带我出来，你可能也被炸死在基地了。"

"怎么说他都是个间谍！呸！"

"我们别管那么多了。"王十二中止了争论，"现在有一群人要杀我，地中四基地又被摧毁了，你想怎么办？"

"我来保护你，冷湖镇我很熟，你跟我走，我把你藏起来。部队明天就到，到时候那些人一个都跑不掉。"

"那吴医生呢？"

"当然抓起来，该怎么判怎么判，死了那么多人！"老唐的脸上满是愤恨。他挥了挥手，"现在别说那么多了，趁他们人都不在，我们赶紧走！"

"我不能走。"王十二拒绝了老唐的提议。

老唐难以置信地看着王十二："你要干什么？你要跟他们一起逃跑吗？"

王十二看了看窗外，巨大的光球仍旧一动不动地浮着。

"它在影响我。"王十二说，"我不是很确定，但它一定在影响我，甚至让我失明，眼前什么都看不到，只能看见幻象。你知道这光球的来历吗？"

老唐看了那光球一眼："全世界到处都是关于这种凝聚光团的传说，它时不时会出现，有人把它当作末日启示来崇拜。之前我还从没真正见到过，但这几天，连续见到好几次。"老唐说着意识到了什么，转向王十二："不会是因为你吧！"

"它就是冲着我来的。"王十二说，"应该就是它，会让我产生幻觉。所以我现在不能跟你走，我可能马上就会变成瞎子，我失明的时间好像越来越长，如果我什么都看不见，你也没法带我走。"

老唐有些焦急："那怎么办？你留在这里很危险。"

"吴医生把我带到这里来，不是想要杀我，我在这里很安全。你赶紧去做你的事吧！"

老唐想了想，解开手腕上一条绑带，交给王十二。"放在口袋里，这是军队用的身份识别，你带着它，我就能找到你。"

王十二没有动。他的眼前一片漆黑，根本看不见老唐。完全漆黑的世界里，一颗星星在闪烁。

果然，那光球在影响自己的大脑，让大脑产生幻觉。

"拿着！"老唐催促他。

王十二笑了笑，说："我现在已经什么都看不见了。"

老唐沉默下来，依稀中，王十二感觉到什么东西在眼前晃动，似乎是老唐在试探自己的视力。

很快，他感觉到一样东西被塞进了自己的衣兜里。

"我会回来的。"老唐在他耳边说了一句。

老唐的脚步声消失在门外。

王十二抬头，夜空中唯一的星星变得硕大无比，看上去比月球大了一倍。王十二看得分明，那并不是一颗星星。

那是一艘飞船，一艘巨型飞船，虽然并没有什么参照物，王十二却知道它的直径超过一万千米，通体浑圆；它的表面光洁如镜，没有一丝瑕疵；电磁波缠绕着它，强烈的磁场将尘埃和粒子阻挡在上百万千米之外，形成各种形状的闪光；它的内部是一切物质的熔炉，以一种人类从未知晓的方式驱动着飞船，穿行在银河群星之间。

它在星际间游弋了十三亿年。

它曾经降临过地球，那时的地球气温很高，海洋里游弋着巨兽，陆地上满是高大的蕨类植物和身躯庞大的恐龙。

王十二跪倒在地。信息并没有重量，然而海量的信息在一瞬间涌入，那并非人的大脑所能承受之重。

......

吴医生回来了，一同回来的还有两个人。

王十二躺在冰凉的地板上，瞪大眼睛，看着三个人站在自己身前。

他眼神涣散，像是失魂落魄一般。

吴医生蹲下摸了摸王十二的额头，将他扶起来。

"你怎么样？"吴医生关切地问，不等王十二回答，又接着说，"我们必须马上转移，不然就来不及了。"

王十二毫无反应。

"王十二！"吴医生抓住王十二的肩膀摇晃。

"你们走吧，不用管我。"王十二终于开口。

"你胡说什么呢！我们就是要把你带出去，你是大家的希望。"

王十二直直地盯着吴医生。

"你想知道的，不就是外星人吗，我告诉你它在哪里。"王十二的语调原本平静，突然间抬高了声调，"但是，你知道了又怎么样呢？它就在太空里，它想来地球，你又能怎么样？你只能等着，它想怎么样就怎么样！它要是高兴，炸了地球也就是眨眼间的事。"

吴医生被这突如其来的高声叫喊吓了一跳，慌忙示意王十二嘘声。

王十二的眼神一下子又涣散无光，漠然坐着，似乎对一切都不关心。

吴医生稍稍犹豫，随即对着身后的人发话："你来背他下楼，我们尽快走。"

两个人开始拖拽王十二，背着他走出门。

王十二动也不动，任由摆布。

电筒的光在走道里晃动，雪白的墙一闪而过。

突然间，王十二像是一下子活了过来，翻身落地。

"你怎么了？"吴医生赶紧过来问。

"墙上的字，手电筒给我看看。"王十二急切地说。

手电的光在墙上晃动，各种涂鸦一闪而过。这是一面涂鸦墙，写满了各种字迹，夹杂着许多留言。

王十二往回走了两步，手电筒的光柱停留在某个位置不再移动。

惨白的光柱中是一首词。

天净沙·冷湖

荒烟蔓草黄沙，

雪山冷湖残花。

油田戈壁长路，

北风如割，

不见当年人家。

王十二记得这首词，那是当初自己和罗玉玲一道来到冷湖的时候在墙上留下的，为此自己还在罗玉玲面前得意了许久。三十年了，字迹还在，看上去既熟悉又陌生。

手电筒的光柱向下移动，词末尾的署名和日期赫然在目——王十二题，2018 年 3 月 26 日。

然而下方的一句话却是原本没有的。

王十二，你在哪里，你知道我有多想你吗？

没有落款，没有日期，然而王十二认得那笔迹。

王十二呆呆地看着，突然间呜呜地哭了起来，泪水顺着脸庞往下流，滴到地上。

通道里只有王十二的哭声在回响。

片刻后，吴医生走上前，拍了拍他的肩膀。"我能理解你的感受，但现在我们必须抓紧走，如果军队来了，他们抓住你，他们会把你关起来，严加看管，你就再也没有机会了。"

王十二伸手抹了把眼泪，转身就走。

这突如其来的转变让吴医生三个人愣了愣，随即回过神来，跟了上去。

转下楼梯，吴医生跟在最后，他回过身，用手电最后照了照身后。

墙上的字迹吸引了他的注意，他回头冲着楼梯里的人喊了一句："你们先上车，我马上来。"说完掏出手机，就着手电的光，拍下照片。

"老吴，快！"楼外在喊。

"来了！"吴医生快步下楼。

一辆急救车穿过冷湖的中央大道，冲进了荒野，它悄然无声，连前灯都没开，就像一个夜行者在荒野中潜行。远处，检查站的探照灯扫了过来，灯光下，荒芜的大地呈现出惨白的颜色，一辆军用吉普急匆匆地冲进了院子里。

探照灯照亮了院子的门楼，几个残缺不全的字挂在门楼中央，依稀可以辨认出"冷湖中学"的字样。

废　墟

地道的入口巧妙地隐蔽在一堵半塌的墙下边。

如果不是亲眼看见满是碎砖块的地面向两边分开，暴露出洞口，王十二无论如何不会相信在这样的地方，地下会别有洞天。

高原的夜晚，风很冷，从洞穴里涌出来一股暖意。

一个黑衣人从洞口探出头来，招呼他们下去。

王十二弯下身子，向着洞里钻去。

从洞口向下是一段长长的竖直阶梯，阶梯是金属的，摸上去有些凉。

王十二一直向下，过了十多米，一脚踩在实地上。头顶传来哐当一声响，王十二抬头，只见洞口已经重新合上，被封得严严实实。

"跟我来。"吴医生招呼他。

走过一段仅容一人通行的狭窄通道后，眼前豁然一亮，空间一下子宽敞起来。王十二四下打量。

这像是一节火车车厢，大约十多米长，三米宽，顶部呈弧形，两盏灯相隔五六米远，挂在弧顶上，昏暗的灯光照下来，一切像是蒙上了一层暧昧的金色。

车厢里有四个人，围着一张方桌站着，当王十二进到车厢里，他们的眼光齐刷刷地望过来。

王十二向桌上瞥了一眼，桌上摆着三把枪，从枪口到枪托浑然一体，枪体乌黑，泛着金属光泽。

这些人看着都像是非法武装人员。吴医生怎么会和这些人混在一起？王十二心生警惕。

四个人微微颔首，闭上眼睛，伸出右手，轻抚额头，口中念念有词："神的使者将最后的启示带到人间，每个人的灵魂都会得到拯救。"

四个人念得很轻很快，王十二却听得分明。

那么他们都是光明教的信徒。

在从地中四基地逃跑的路上，王十二听吴医生说过，这是 2018 年之后才出现的宗教组织。2018 年后，神秘的凝聚光球在世界各地不断出现，整个世界都为之疯狂，光明教应运而生。而冷湖，这个最早发现光球的所在，就成了光明教的圣地。

三十年来，光明教不断发展壮大，在全球拥有超过数千万的信徒。和任何只能从经书古籍中寻找神迹的宗教不同，凝聚光球的奇迹几乎每年都会出现，这让光明教所宣称的神和末日拥有无可辩驳的说服力。

信徒们宣称宇宙中存在创世的高等文明，而人类只不过是这个文明微不足道的一部分。当人类的科技发展到足够理解高等文明的水准，末日就将到来，然而这只是旧人类的末日，所有人的灵魂都将被审判，被洗涤，神将帮助人类踏入一个新纪元，成为接近永恒的存在，这是人类文明的升华。在最后的升华到来之前，神会派出他的使者，宣告他的意愿。

王十二根本不相信这样的胡说八道，他能看见一些异常的东西，那该是一种超乎寻常的科技，而不是什么神。然而面对眼前虔诚的信徒，他意识到最好不要在这里和他们发生任何冲突，于是沉默地看着眼前的人进行他们的宗教仪式。

四个人完成了致敬礼，当中一个低着头，向着王十二鞠躬几乎到了九十度，一边用唱歌一般的语言说："神的使者啊，请带给我们神的旨意！"

王十二有些不知所措，只得向吴医生投去求助的目光。

吴医生向四个人回礼："神的光芒照耀四方，所有人都沐浴他的光芒。神已经送来他的代言人，会在最合适的时候表达他的意志。现在不是时候，明天一早，军队会来，整个戈壁滩，连鸟都飞不出去，我们要连夜赶往昆仑山谷，把使者送到安全的地方。"

对方并不坚持，又向着王十二行了个礼，然后说："接应已经准备好了，随时可以出发。"说完往一旁靠了靠，让出道路，示意王十二向前。

吴医生正想向前，却被王十二一把拉住："等等，我可以跟你们合作，但有个条件。"

吴医生愣住了："什么条件？"

"帮我找到罗玉玲。"

"那都是三十年前的事了。"

"你们这么神通广大，难道还找不到一个人吗？"王十二的态度很坚决。

"我一定帮你找到她，但是你现在一定要立即跟我走。"吴医生果断地回答。

吴医生的承诺下得如此之快，以至于让王十二有些迟疑。

"你要相信我！"吴医生继续说。

王十二抬眼望去，只见吴医生正坚定地望着自己，眼神中充满了期待。自己举目无亲，身陷囹圄，哪怕似乎得到了外星人的垂青，能看见一些光怪陆离的东西，但最需要的，还是一个可靠的人。

地球和宇宙，人类和外星人，那些都是很重很重的东西，远远超越了他的思想，超越了他的生命。那些东西，都该留给真正感兴趣的人，而自己只想再见罗玉玲一次，告诉她自己就在这里。

吴医生的眼神是真诚的，他应该能够信守承诺。王十二相信自己没有看错人，他跟着吴医生继续向前。

地下通道里没有灯，全靠手电筒照明。地势一直向下，通道中逐渐变得有些潮湿，最后地面上甚至有了积水。

"这里居然能挖到地下水？"王十二不禁有些惊讶。冷湖镇周围全是荒凉的戈壁，水异常宝贵。

"你的头顶，是整个冷湖。"吴医生并不回头，只是随口回了一句。

"你们把地道挖到了冷湖底下？"王十二更为吃惊。

"他们用了二十年，才完成了这个秘密工程。这就是信仰的力量。"

王十二愣了一下，随即说："只有信仰的力量，也完不成这样的工程。"

吴医生没有搭话。

地道开始转而向上。

又是一段漫长的步行之后，前方出现了灯光。

凑得近了，王十二才看清那是一扇门，门上有个小小的窗户，光亮正是从窗户里透出来。

吴医生灭掉了手电，借着窗户透出的光，他在一旁的墙上找到了小小的密码盘，飞快地键入几个数字。

伴随着轻微的机械响声，厚重的门打开一道缝，一阵冷风从门缝里吹出，嘶嘶作响。

王十二不由得紧了紧衣领。

吴医生跨进门去，王十二急忙跟上。

这是一个地下仓库，微弱的蓝光充斥着整个空间，一个个大约一米高的立方体排列成行，堆叠起来，码得整整齐齐，向着前方无限延伸，让人仿佛置身于一个集装箱码头。

吴医生向着那几乎看不到边的立方阵列一挥手，说："欢迎来到世界上海拔最高的亿安时蓄电场，这里接待过的参观者可都是大人物。"

王十二漫不经心地瞥了一眼。这景象的确颇为壮观，然而和那在太空中疾驰的钢铁巨球相比，连九牛一毛都算不上。更何况，一种熟悉的感觉紧紧攥住了他的整个身心，让他没有任何心思欣赏眼前的壮观景象。

"我们快到地面上去。它在召唤我！"王十二说。

吴医生关切地看着王十二："你又感觉到它了？"

王十二点头。

他们用最快的速度上到了地面。

一个四米见方的水泥墩立在两人眼前。抬眼望去，水泥墩上高大的风力发电机直冲天穹，巨大的扇叶缓缓旋转，在呼啸的风中保持着一份从容的傲慢。月光倾洒下来，在地面上拉出清晰而粗壮的影子。一座又一座发电机整齐排列着，绵延到远方的地平线，看上去就像沉默的黑暗森林。

王十二等待着。

它该来了！

刹那间，光球浮现在半空中，地面上亮如白昼。

王十二再次感受到了那汹涌澎湃的力量，信息的风暴正向他席卷而来。

不，这不是时候！他向着那遥远深处的对话者发出呐喊。

下一个瞬间，光球消失了。

风依旧在呼啸，沉默的风车巨人也仍旧不紧不慢地旋转着扇叶，似乎什么事都没有发生过。

吴医生看着王十二，脸上掩饰不住惊讶。

王十二紧紧握着拳头，自从卷入这怪事以来，他第一次感觉到自己的力量。他也有了更多的筹码。

"帮我找到罗玉玲，我告诉你我知道的一切！"他对吴医生说。

远　途

天刚蒙蒙亮，空荡荡的高速上，一辆工程车在疾驰。

前方就是检查站，荷枪实弹的士兵向着司机挥手示意。车子缓缓进入检查站。

"带上身份证，前边安检。"士兵一边对司机喊，一边开始检查挂车。

挂车是暗淡的红色，车身上用白色字体刷着"华强风电"四个字。

车上是两管粗大的风车结构体。

士兵绕着车转了一圈，并没有发现什么异样。

司机已经从安检室出来。

"今天怎么这么早？"士兵问。

"前几天不是突然断电嘛，这两截柱体当时在安装，结果摔了，要送回去返工。原来说不着急送回去，但昨天老板突然通知我送，恨不得昨晚就让我送过去，说项目进度已经拖了。我赶个大早，他还是骂得我狗血喷头，老子明天就不干了！"

"昨天冷湖镇上出了事，你那边有见到什么异常吗？"

"冷湖镇？我又不经过那儿，那儿怎么了？"

"昨晚十多辆军车开过去，至少有一个连，还有重武器，说是出了大事。"

"大事？大事跟我们小老百姓有什么关系，我还是押我的车。"

两个人说话间，司机已经上了车。

士兵挥挥手，示意放行。

工程车驰过了检查站。

王十二蜷缩成一团，蹲在风车管子里，把司机和士兵的对话听得清清楚楚。

冷湖镇出事了？应该就是地中四基地被炸的事。那些疯子为了干掉自己，简直不惜一切代价。

吴医生在管口出现："出来透口气，暂时安全了。"

王十二艰难地从管子里爬了出来。

外边的空气很清新，王十二贪婪地猛吸了几口。

两个人在车厢里坐了下来。

"还有两个小时就可以到德令哈，到了那里，我会帮你联系罗玉玲，但还是那句话，你必须要听我的安排。"

"我听你的安排。"王十二淡然回答。只要能够见到罗玉玲，其他的一切他都不在乎。

太阳从东方升起，暖暖的光照在两人身上。朝阳血红，看上去一点也不刺眼。

两人默默地坐在车厢里，看着朝阳。

"你能看见外星人吗？"吴医生打破了沉默。

"不能。"王十二的回答很干脆，"但是，它们就在那里，我看见了它们的飞船，在太空里飞。那飞船大得令人无法想象，比地球还大，人类创造的任何东西和它相比都不值一提。也许更应该说它是一颗星球，能自己飞行的星球。"

"它们在哪里？"

"我也不知道，银河的某个地方，它告诉我一些信息，或许是一些坐标，但我无法理解。我只知道，从那艘飞船上看出去，银河很亮，你能看见银河里无数的星星，可能它更靠近银河核心。"

"我真想自己也能看到。"吴医生露出向往的眼神。

王十二看了看吴医生，露出一个苦笑："我们真该换个处境，外星人怎么偏偏就选中我呢？它应该选中你才对。"

"哈，这是你命中注定，我羡慕不来。"吴医生摇头，他抬头望着天空，"我很想去太空看看，但这辈子恐怕都难了。"

"凝聚光球呢？你知道那究竟是什么吗？"吴医生把话题拉回到外星人身上。

"我不知道。恐怕又要让你失望了，我原来是学美术的，只知道相对论很牛但从来不知道那究竟是什么意思，我没那个兴趣。我上中学的时候，物理经常不及格。这个光球，对我来说就像在我的脑袋里装了一架望远镜，可以让我看到那艘大飞船。其他的东西，我真不知道。或许我可以把它画出来。"

"这个主意不错！"吴医生兴奋起来，"你可以把看见的东西统统都画出来。全球的顶级科学家都会感兴趣，他们会排队来见你。"

"我不想见什么科学家。"王十二回答，"这没什么意思。"

他扭头看着吴医生："你打算怎么帮我找到罗玉玲？她是四川人，家在成都，2018 年的时候，她在上海八兄弟文化做编剧……"王十二叹了口气："但是都三十年了。"

吴医生掏出手机，比画几下后将手机递给王十二。

一张照片展现在王十二眼前，黑漆漆的夜里，一面白墙上横七竖八地写着凌乱的字。

其中一条最醒目："王十二，如果你能看到这条消息，给我打电话，我会一直等你。"没有落款，没有日期，但王十二能认出那是罗玉玲的笔迹。

"你在哪里拍到的？是在那个学校里吗？"王十二急切地问。

"你们下台阶，我看见墙上有你的名字，就拍下来。罗玉玲应该找了你不止一次，她的电话号码你一定还记得，但从 2035 年开始，所有电话实行单一实名，每个人的电话号码就是他的身份证号，老的电话号码早就不能用了。"

"那有其他办法？"

"当初你的失踪案例的卷宗我看过，有她的个人信息，到了德令哈，我会找我的朋友，我已经和他打过招呼，他会帮忙把罗玉玲档案中所有的信息都转给我。我们应该就能找到她。"

王十二看着照片，熟悉的字体让他心头泛起一股暖流。他很想再见到这个曾经和自己海誓山盟的女人，然而他有一种预感，自己的时间不多了。

他抬头看着吴医生："有劳你了。请尽量快一点，我的时间不多了。"

"什么？"吴医生有几分诧异。

"自从我昨晚回应了它，我的身体就有些异样，像是有什么东西要把我的脑子撑开，我觉得自己活不长了。"

"那是幻觉。"吴医生安慰他，"你的大脑灰质细胞有一部分增生，会让你偶尔产生幻觉，没什么大碍。"

"不是那么回事，我自己明白。"

吴医生还想说点什么，驾驶室里的司机探出头来："快到大柴旦检查站了，你们快藏起来。"

"好！"吴医生应了一声，一拉王十二。两个人很快各自钻进一个风车柱体里边。

德令哈

这不是王十二第一次来德令哈，上一次来的时候，罗玉玲还和他在一起。

上一次来的时候，还是 2018 年。

三十年的时间，德令哈的街道并没有什么大变化，唯一不同的地方，是那被称为德令哈之眼的摩天轮成了摩天巨轮，远远地高出城市的天际线，从任何一个方向接近德令哈都能看见。

王十二望着德令哈之眼出神。

巴音河静静流淌，仿佛从德令哈之眼中涌出的眼泪。

王十二的心头像是有无穷无尽的哀伤。

这并非他想要的东西，然而却让他无法遏抑，就像是身体无法割舍的一部分。

外星人用一种神秘的方式影响了自己。王十二紧紧攥起拳头。

和那接近永恒的存在相比，一个地球人的生命和意志多么渺小。幻象在眼前浮现，这一次不是星空，而是荒漠。

这是一个地势低洼的盆地，四周高地环绕，仿佛一堵堵高大的围墙将这小小的世界圈在其中。人们来到了这里，向着地下深处钻探，高达十米的黑色油柱喷薄而出，石油汇聚成湖……更多的人到来，建起了砖房，建起了城镇，道路在荒漠中延伸，人们在这里生活，学习，成长，开采石油。地下，沉睡了千万年的机器苏醒，它通体浑圆，和那太空中飞翔的飞船如出一辙，它似乎没有任何能够探查外部的手段，却在上百米深的地下，默默地感知地上的一切。

石油枯竭，城市开始衰败，在荒原中穿行的车越来越少，人也越来越少。

这是文明的宿命。

王十二紧紧攥着拳头。哀伤令人无法克制，眼泪缓缓溢出来，顺着眼角往下淌。

他明白这是那机器传递给他的情感。不仅为人类，也为它所观察过的其他两百六十七个文明。它们分散在银河的各个角落，从边缘到核心，彼此相隔千百光年，从不知道对方的存在。它们有的仍旧朝气蓬勃，有的早已经烟消云散。

蛋开始移动，顺着人们遗留的管道上升，破土而出，在荒原上隐没不见。

采样。

一个王十二有些生疏的概念跳入他的脑子里。

那蛋一般的机器并非真的消失了，它在地球上四处游荡。东亚，太平洋，美洲，欧洲，非洲，中东……繁荣，成长，战争，萧条，它是一只来自世界之外的眼睛，淡然地看着地球上发生的一切。它不断地观察，记录，最后，它回到了开始的地方。

它选择了无人区，设定了启动程序。

两辆越野车驶入了它的影响范围。

……

王十二站在桥上，望着桥下清澈的河水和河水中晃动的倒影。

自己的命运不过是个偶然，人类的命运却就像这条巴音河，向着既定的方向流淌。

或许只有一次机会，能改变河流的走向。

"你怎么哭了？"吴医生扭头看见王十二正悄然流泪，大为惊讶。

"你的朋友什么时候能到？"王十二并不理睬吴医生的问题，反而提问。

"大概还有半小时。"

"我去那边走走。"王十二说完自顾自向着河堤走去。

吴医生想要拉住他，伸出手却又缩了回来。

河堤边是一个纪念馆，仿古建筑，纪念一个叫作海子的现代诗人。

王十二听说过海子，然而也就仅仅是知道而已，他对现代诗从来不感兴趣。然而罗玉玲感兴趣，做旅行计划的时候，说好了从冷湖回来要参观海子纪念馆，他也答应了。

王十二在纪念馆的台阶下站了一小会儿，走开了。

纪念馆的旁边，是一片碑林，形态各异的碑石沿着小径排列。

王十二走进了碑林里。

碑上都刻着海子的诗。王十二一边走，一边读，他放缓了脚步。

最后，他在一块硕大的大理石碑前停下了脚步。

碑上刻着一首诗，《今夜我在德令哈》，王十二轻声把它念了出来：

姐姐，今夜我在德令哈，夜色笼罩

姐姐，我今夜只有戈壁

草原尽头我两手空空

悲痛时握不住一颗泪滴

姐姐，今夜我在德令哈

这是雨水中一座荒凉的城

除了那些路过的和居住的

德令哈……今夜

这是唯一的，最后的，抒情

这是唯一的，最后的，草原

我把石头还给石头

让胜利的胜利

今夜青稞只属于她自己

一切都在生长

今夜我只有美丽的戈壁　空空

姐姐，今夜我不关心人类，我只想你

落款是 1988 年 7 月 25 日。

看到这个日子，王十二的心微微发颤。

1988 年海子写了他的诗；2018 年自己和罗玉玲失散在俄博梁；此刻是 2048 年，自己站在这碑前，似乎和诗人心意相通。冥冥之中，这是天意吗？这大概就是命运吧！

石碑上刻着海子的头像，厚实的方框眼镜后边，一双清澈的眼睛，对这个世界报以永恒的微笑。

我不关心人类，我只想你！然而，我又怎么能不关心人类，既然已经看见了，就不能装作没看见！

王十二蹲下身子，他开始抽泣，泣不成声，最后干脆放声大哭。

吴医生急匆匆地跑过来，拉起王十二："我们必须马上走，不然就晚了！"

王十二站起身，抹了抹眼泪，正想问问怎么回事，吴医生一把拉着他就跑。

两人顺着河堤跑了一段，跑到街上。一辆黑色轿车停在路边，吴医生拉开车门，将王十二推进去，随即跟着坐进了车里。

车里没有司机，座椅异常宽敞，车门一关上，车子就立即启动，飞快加速。王十二和吴医生都跌在后座上。

"究竟怎么了？"王十二问。

"他们追来了。"

"谁？"

"军方的人。我不想闹出什么麻烦，我们要尽快离开德令哈。"

"我们现在去哪？"

"机场。"

吴医生话音刚落，车子突然紧急刹车，两人狠狠地撞上了前座的靠背。王十二爬起来向窗外望去，只见一个士兵正隔着玻璃用枪指着自己，而更多的士兵正迅速地把车子包围起来。

突然间，王十二看见了老唐，他正从一辆军车里下来，快步向着车子走过来。

王十二一下子明白过来，是老唐追踪到了自己。

吴医生推开车门，哗啦啦十几条枪指着他的脑袋。他缓缓站起，向着四周望了望，平静地说："你们的长官呢？我要见他。"

老唐走到了吴医生面前，带着冷笑开口："吴医生，我们又见面了！"

吴医生冷冷地瞥了老唐一眼："王十二是重要人物，我要带他去北京，把你们的长官请出来，我会向他解释。"

"想要解释，到军事法庭上解释吧！"老唐说着向一旁的两个士兵使了个眼色。

"等等！"吴医生伸手挡住了两个士兵，想将手伸到衣服的内口袋里。

两个士兵迅速扭住他的胳膊，将他拉开，摁在了车的后厢盖上。

"别乱动！"士兵警告他。

"我只是想出示证件。在我的内口袋里。"

士兵快速搜身，找到了吴医生的证件，交给老唐。

老唐看了一眼，微微皱眉。

"看好他！"他吩咐士兵，然后弯下腰，看着车里的王十二，"你没事吧？"

"我没事。"王十二摇头，"吴医生是个好人，不要为难他。"

老唐冷哼了一声："他是不是好人，我们会查个清楚。你下车吧，我们把你带到安全的地方去。"

王十二下了车，回头看了吴医生一眼，吴医生也正看着他。

"我们去哪里？"王十二问老唐。

"机场。我的任务是找到你，把你送到西北军区总部，那里绝对安全，没有这种疯子。"

"押送王十二是我的任务！"吴医生大叫起来，摁着他的士兵用枪口顶了顶他的脖子。

"我哪里也不去了，我要回冷湖。"王十二郑重地说。

"这我可做不了主。"老唐面露难色，"把你送到总部是军区大本营的命令。"

王十二抬头望着远方，德令哈之眼在正午的阳光下熠熠生光。一切因果清晰地浮现在头脑里，他做出了决定。

"今天就是最后的时刻，我必须去冷湖。"他看着吴医生，"错过了今天，不会再有第二次。如果你能找到罗玉玲，帮我转告她，我看见了她留给我的话，我一切都很好。"

老唐的通话机响了起来。

老唐接起电话，脸色肃然，时而说一声"是"。

关掉电话，老唐冲着车旁的士兵挥了挥手，说："放开他。"

吴医生站直身子，整了整衣服。

老唐走到吴医生跟前，把证件递过去："我接到命令，由你来接替王十二的守护任务。从现在起，我就和这个任务无关了。"老唐沉着脸，说完向王十二看一眼："对不起了！"

军队的撤退和他们的到来一样迅捷无比。

"我们快走吧，北京有人在等我们。"吴医生对王十二说。

"你当然可以送我去北京，但那毫无意义。它要走了。"

"什么？"

"外星人，它要走了。"王十二盯着吴医生，"你可以把我送去北京，完成你的任务，我想你是一个双面间谍，一面替光明教卖命，潜伏在地中四基地，一面是政府打入光明教的特工。我相信你有职业操守。"王十二笑了笑，"我也相信，你一心一意想要解开这个谜团，能和来自外星的高等文明接触，这是划时代的事。送我到冷湖去，你就是时代的创造者。"

吴医生沉默着。

"现在它要走了，这是一个选择的时刻。我已经做出了选择，我是这个世界上一个多余的人，哪怕对罗玉玲，我也是多余的。我可以用这个最后的机会帮助人类。你也要做出选择，送我去冷湖还是去北京。"

吴医生嘴角抽动："一定是今天吗？"

"晚上九点四十五分，我们赶回去还来得及。"

吴医生一咬牙："上车，我们去冷湖！"

王十二笑了。

"谢谢你！"

远　方

车在路障前停下。

一队荷枪实弹的士兵站在路障后边，警惕地监视着车子的动静。

"车主请掉头，前方是军事封锁区，禁止一切车辆驶入。"高音喇叭不断重复同一消息。

王十二下了车。

士兵们几乎条件反射般将枪口对准了他。

吴医生跟着下了车，一半的士兵把枪口瞄准的福利转到了吴医生这边。

王十二高举双手，向着士兵高喊："我要去冷湖，外星人在那里。"

从一旁的帐篷里走出来一个军官，向他们甩甩手："赶紧退回去，这里是军事封锁区，你们听不懂吗？"

"我要去冷湖，外星人的目标就是我。"

军官眯着眼睛端详王十二："你没毛病吧，看样子你也不像是个教徒啊！"

吴医生走上来，将自己的证件递过去，说："我们有行动任务。"

军官翻看证件，脸上露出狐疑的神色，抬眼打量着吴医生："情报局一级警探，你的级别还蛮高嘛！但情报局和我没有关系，我只服从上级指令。"

"这件事关系重大，如果耽误了，你负得起这个责任吗？"吴医生试图从气势上压倒对方。

军官冷笑："别跟我来这套！你们情报局惹事，都是军队替你们擦屁股，我告诉你，没有上级指令，谁也别想从这里过去。"

王十二抬头望着天空。

天空中一瞬间现出一团光球，静静地悬浮在众人头顶。这一次，光球距离地面特别近，只有十多米的高度，仿佛压迫在头顶的一座大山。士兵们骚动起来，队形有些散乱，不知道谁开了第一枪，所有人开始向着那巨大的球体射击。

子弹没入其中，光球没有丝毫动静。

"都住手！"军官暴怒。枪声立即停了下来，然而所有人的枪口仍旧指着那光球，明知道毫无效果，这动作似乎仍旧能提供一些安慰。

"这是你搞的鬼？"军官转向王十二。

"外星人就在那里，我必须赶过去。"王十二答非所问。他仍旧抬着头，望着天空，眼中茫然无物。

一辆军车疾驰而来，在检查站急停，轮胎发出刺耳的摩擦声。不等车子停稳，一个人影已经从车上跳下，向着检查站走来。

"让他们过去！"来人说。

来的人是老唐。

军官见是老唐，脸上的表情缓和了一些，说："没有上级命令，不能让任何非军事人员进入控制区。"

"总部有指令，让他们过去，我会负责监视他们的行动。你可以查看735号作战指令，十分钟前刚颁发。"说话间，老唐已经走到了王十二身旁。

军官看了一眼手中的仪器，抬头向着一旁的士兵点头示意。

路障自动移开。

"走吧！"老唐催促王十二。

王十二站着不动："我现在看不见。"

老唐扶着王十二："我扶着你，跟我走。"

光球消失了。它的消失和到来一样只在眨眼之间。在场的士兵显然有些惶恐，彼此相互观望。

老唐扶着王十二坐进了自己的车里，回头盯着吴医生，露出憎恶的表情。"你老实点，别耍花样！"说完自顾自上了车。

吴医生无奈地苦笑一下，坐进自己的黑色轿车里，跟在军车后。

军车驰过路障。

"去哪里？"老唐问。

"冷湖。"王十二木然地回答，两眼仍旧无神。

"那里正在交火，现在去不合适。"

"就是现在去，再晚外星人就走了。"

"但是交火地带很危险。"

"不用担心，我不会有事的。"

王十二沉默了一会儿，问："吴医生呢？"

"他在后边车上。"

"麻烦转告他，他答应我的事，别忘了。"

"好，什么事？"

"他知道。"

王十二说完摸索口袋，掏出了一条手环来："这个还给你，我想它对我也没用了。"

老唐接过来，欲言又止，最后终于忍不住说："你怎么说得像是在交代后事！"

王十二抬起头，茫然无神的双眼眨了眨，露出一个苦笑。

"这是我的命运。"他对老唐说，又像是在自言自语。

他失明的双目望着遥远的时空，银河间，无数的星辰燃起又熄灭，他仿佛正透过无数的星辰，看见宇宙的过去、现在和未来。

命运之神在招手。

神　迹

碧蓝的冷湖旁激战正酣。

隔着很远，就能听见激烈的枪炮声和爆炸声。

一路上过来，王十二已经听老唐把战场情况说了一遍。

军队占据了绝对优势，自动火炮和无人机把那些狂热教徒炸得毫无还手之力，只能龟缩在地下负隅顽抗。优势火力无法进入地下，战斗也就陷入了僵局。偷袭和反偷袭，一时间竟然成了前线的主要战斗模式。

和一群宗教徒僵持不下，甚至有所伤亡，这让指挥战斗的李上校很上火。在他眼里，消灭这些宗教武装应该像热刀切开黄油一样容易，事实却是部队像是一口咬上了一块石头，差点把牙磕掉。

"上校不会让你过去的，他绝不会允许一个平民去送死。"老唐说。

"我不是平民，我只是一个没有身份的人。"王十二淡然回答。

"我看吴荣贵也不会让你去送死，那些宗教徒想要杀掉你，你过去，他们岂不是求之不得？"

"他们有些人想杀我，有些人把我当作神，但不管他们怎么想，我只想把自己该做的事情做完。"

"究竟是什么事？"

"它要走了，我要选择留下还是跟它走。"

"你选择跟它走？为什么？"

"它让我看见了一些东西，巨大的衰败城市，死气沉沉，湮没在荒漠里，那是在遥远的星球上，别的智慧生命创造的城市，它们比现在的地球强大得多，辉煌得多，然而它们都灭亡了。这不是一个偶然，能源耗尽，文明退化，它们都是银河世界的匆匆过客。冷湖也有废弃的城市，它就像文明的缩影，人类的文明，最后免不了走到这一步。"

"这是危言耸听。从古到今，地球上消失的文明不知道有多少，人类却越来越强大。"

"那是你看得不够久远，发展出太空技术的文明，平均寿命只有六百多年，少数能延续几千年，然后就湮灭了。银河十多亿年的历史中，只有一个文明逃过了这个铁律。那就是它。"

王十二叹一口气，接着说："至少人类应该知道这点。"

车里沉默下来。

军车停在了阵地边缘，阵地上，自动火炮整齐排列，时不时喷吐出火焰。

"你的眼睛能看见了吗？"老唐问。

"我不需要眼睛了。"

王十二说完推开车门，自己下了车。

冷湖上方的天空像是突然打开了一个洞口，无限幽深，在一片碧蓝的映衬下甚是醒目，洞中似乎有什么东西在旋转，不断向外扩张，逐渐将洞口撑得更大。

地面上的人们立即注意到了天上的变化，枪炮声很快停了下来，正在战斗的双方都被这突如其来的变故惊吓到，竟然自动停止了战斗。

王十二向前走去，突然一个趔趄，差点摔倒。

老唐正想追上去，却被后边的吴医生一把拉住。

王十二站稳了继续向前走。他的眼前一片漆黑，只有一道光指引着方向。

他穿过阵地缓缓走上了高台，又走过阵地前的掩体，出现在开阔的草甸上。双方的作战人员都发现了他，所有人都盯着他的行动。战场上格外寂静，只能听见风吹过草丛的沙沙声。天空中黑色的旋涡不断旋转，令人不安。人们心怀敬畏，连大气也不敢喘。

王十二一步一步向前跨着，他能感觉到脚下的土地变得泥泞，一脚下去，就有水浆翻上来，不一会儿，鞋子就全湿了。

突然间，远方传来一阵清亮的鸟鸣。

是黑颈鹤的鸣声！

王十二循声望去。他看不见任何东西，然而他能想象一群黑颈鹤正在湖面上飞行的样子。那是一幅美丽的画面。他想起那时的日子，自己和罗玉玲站在碧蓝的湖边，相偎相依，沉浸在美景之中。

王十二面露微笑，继续向前走。

湖水浸没了他的脚脖子，小腿，大腿……最后是整个身子。冷湖的水很冷，很清冽。他尝到了冷湖水的滋味，淡淡的咸味中带着一丝苦涩。

王十二的头整个没入了水中。

岸上观望的人们骚动起来。

吴医生向着湖水中的王十二跑过去，十多个教徒从隐藏的掩体中跳了出来，跟着吴医生跑。

平地间响起一声炸雷。

气浪汹涌，把湖边的人们都掀翻在地。

吴医生挣扎着坐直身体。

整个冷湖都不见了！一个巨大的水球悬浮在空中，飞速旋转。隔着一层水，能依稀看见王十二被包裹在其中。

突然间，许多黑色的东西从天而降，落在草丛和沙地上，甚至有的直接砸在人身上。那是大大小小的鱼。一条胳膊粗的鱼正好落在吴医生身前，在草丛中不住扑腾，猛地一跃，直冲进吴医生怀里。

吴医生一甩手把它丢得远远的，目不转睛地看着那水球。

水球越转越快，最后已经看不清在转动，仿佛凝固成了一块坚冰。透明的冰球悬在空中，十分诡异。

天空中的黑色空洞张开得越发庞大，向着冰球靠过来。

一瞬间，冰球整个落入了黑洞之中。

一瞬间，天空恢复了原来的模样，似乎什么都没有发生过。

刚才的一幕就像是在做梦，一个虚拟现实的梦。

然而，裸露的湖底和散落在草丛间不住扑腾的鱼儿证明刚才的一切真的发生了。

吴医生缓过一口气，正想站起身来。

整个天空忽然黑了下来。

夜幕降临，太阳不知所终。繁星满天，比吴医生这辈子见过的任何一次夜空都更璀璨。银河低垂，亮得有些刺眼，如同一片惨白的瀑布从天而降。

这夜空辉煌得让人窒息！

这不是地球的星空！

王十二的脸出现在夜空里，似乎正在张望，一颗明亮的星星逐渐变大，变得更醒目，穿过王十二虚化的影像直奔地球而来。

那颗星越靠越近，最后展露出本来面目，它通体发白，散发着金属的光泽，包裹在一层绚烂的光芒之中。星星越来越大，最后占据了整个天空，遮蔽掉其他所有星星。它像是倾倒的天空一般向着地面压过来，在众人的尖叫声中悄然划过。

一刹那间，眼前的世界变得光怪陆离，带着各种色彩的方块一闪而过，整整齐齐的方块从眼前一直排列到天的尽头，四面八方，无穷无尽，看上去宛如浮动的光影海洋。

吴医生感觉自己就像被一只无形巨手拽着，向着方块矩阵的中心急速下落。

这并非幻觉，神秘的力量制造出强大的光场，将整个世界都变成了一个巨大的虚拟现实，逼真得让人仿佛身临其境。

下落的速度越来越快，五彩缤纷的方块变成一条条飘忽的彩线，最后混合成一团白色，再也看不清，世界陷入混沌之中。吴医生头晕目眩，隐隐想要呕吐。正当他想要闭上眼睛，摆脱这有些窘迫的境地，眼前忽然一亮。

急速运动的方块消失了，他身处一片空旷之中。

前方，白色的光团闪耀，晶莹剔透的巨大晶体围绕那光团旋转，多彩的方块成群地向着那些晶体飞去，在晶体上落下，然后又升起，重新回到那无穷无尽的方块矩阵中去。方块群的舞蹈此起彼伏，仿佛随着节奏明快的乐曲而动。

它们围绕着中央的白色光团舞蹈。

那是真空之火。

万物皆朽，只有真空之火永恒。

这是外星飞船的核心，是燃烧了十三亿年的真空之火。

光团向着人们逼近，不断放大，最后化作无数的粒子火焰在人们眼前熊熊燃烧。

火光黯淡下来，眼前的世界仿佛成了一个沙漠，赤色的土地上，奇形怪状的山峰林立，风沙在石头间穿行，肉眼可见。整个世界逐渐远去，原本平坦的地平线变得弯曲，最后，在天空中展露出全貌。红色的球体在漆黑的宇宙中静静旋转。

那是火星!

巨大的火星挂在天空中，清晰得能看见星球表面沙暴的移动。

它在一瞬间消失得干干净净。

天空重新变得碧蓝。

人们仿佛麻木了，一个个呆站着，望着天空，过了一小会儿，大家渐渐都清醒过来，带着一种劫后余生的侥幸开始相互拥抱庆贺。

吴医生站起来，抬头望着天空，久久不语。

老唐走到了吴医生身旁："王十二有句话要我带给你。"

"什么？"

"你答应他的事，别忘了。"

尾　声

"身份确认，准许进入。"一个温柔的女声提示。

眼前的气密门打开了。

里边还有一层半圆的门，门上雕刻着一人多高的圆球，球的上缘恰好和半圆内切，让整扇门看上去就像是一只眼睛。

吴荣贵走上前，伸手摁在圆球中央。

一个虚拟的脸从门上凸显出来，随即是身子和手脚，最后整个人从门上脱离，完整无缺地站在吴荣贵身前。

这是一个精致的美人，完全符合标准人体的规范，身穿一身飘逸的汉服，头顶挽着一个大大的发髻。

"吴先生，我是实验室助手西施，您有什么要求？"美丽的虚拟人问。

"我要看一看冷湖狂欢节。"吴荣贵说着回头看了一眼，罗玉玲坐在轮椅上，正缓缓地跟进来。

"地球青海区的冷湖狂欢节，又称为废墟狂欢节，我只找到这一个项目符合您的要求，您确定是这个地方吗？"

"没错。"

"好的，您稍等！"西施说完消失不见。

两秒钟后，门打开了。

门里是一个小小的太空舱，十多平方米，舱室呈半球形，一半是透明的玻璃。玻璃舱外，半个地球挂在黑色的夜幕上，非洲大陆和印度洋很是醒目。地球散发着淡淡的光晕，亮得有些刺眼。

吴荣贵推着轮椅进了舱室。

罗玉玲看着窗外的景象，脸上露出欣慰的笑容。"真没想到，我这辈子居然还有机会在太空看见地球！"

吴荣贵微微一笑。

"您的现场沉浸即将开始，舱内光线将经历绝对黑暗，然后恢复。整个沉浸将历时十分钟。如果有任何需要，请随时召唤我。"西施不见人影，只听见她的声音在舱室里回荡。

灯光暗了下来，窗户逐渐变成不透明的黑色，外边的世界悄然隐没不见。

当光线再度亮起，两人仿佛正置身于荒凉的废墟之间，不断有人在残断的黄土墙间出没，远处竖立着一个巨大的火炬，火炬的顶端是一个纸糊的大球。吴荣贵指向那个火炬所在的位置，做出一个拉近的动作。整个场景开始移动，他们仿佛正在废墟之中漫步，很快就来到了火炬下方。

这是一个百米见方的广场，周围废墟环绕，人们在此间忙碌，搭建舞台，调试音响。广场的一端，"火星预备基地"的横匾立在残破的土墙前，银白色的字体闪亮。火炬的旁边竖立着巨大的雕像，正是清晨，太阳不高，雕像的影子拖得很长。

吴荣贵站在雕像的阴影中，抬头张望。这是王十二的雕像，雕像望着高处的大球，两手高举，像是要和大球拥抱。

"这不太像啊！"罗玉玲说。

"艺术家善于夸张，能有个轮廓就不错了。"吴荣贵解释。

"现在都这么热闹了，当年我们去的时候，连个人影都看不见。"

"都已经快一百年了，这个王十二废墟音乐节都已经快二十年了。"

罗玉玲笑了笑。"是啊，我都一百零七了，做梦都想不到我一百零七岁还能上太空一趟。当年我们去火星小镇，就是想圆一个到外星探险的梦……真没想到……"她转向吴荣贵，"谢谢你！"

吴荣贵摇头："我只是兑现自己的诺言，我答应过王十二，带你去见他。"

罗玉玲点头："你当年已经把这事告诉我了。"

"是啊，所以我也没有想到，这事居然还没有完。"

"什么？"罗玉玲听出吴荣贵话里有话，露出疑惑的表情。

"沉浸式体验结束，您将经历黑屏模式，然后恢复正常环境。"西施的声音响起。

周围的画面顿时消失，世界变成一片黑暗。

灯光缓缓亮起，越来越亮，最后恢复正常，窗玻璃也重新变得透亮，外边的地球再次展露出来。它移动了少许位置，转动了一个小小的角度，非洲大陆占据了更大的比例。

"你刚才说的是什么意思？"罗玉玲追问。

"西施，给我们展示1141号物件，三D投影就可以了。"

"好的，请稍候。"

西施话音刚落，两道光从不同的角度射出，在吴荣贵和罗玉玲眼前交错。一个长方形的条块出现在两人面前，"Loading"的字样一闪而过。

一个一米多高的球体跳了出来，悬浮在两人眼前。

这是一个透明的球，球体中央有一个小小的黑点。

"这是我们最近才发现的！"吴荣贵说着比画了两下，球体中央的小黑点飞速变大。

一个人体浮现在两人眼前,他似乎包裹在一层透明材料中,面目栩栩如生,闭着双眼,仿佛正在沉睡。

这正是王十二!保持着三十二岁的样子,一点没有变老。

"啊!"罗玉玲惊叫一声,伸手捂住了嘴。眼泪从她的眼角流了出来。

"我们也没想到,居然能发现他的遗体。"吴荣贵说,"我们的轨道探测飞船在火星的静止卫星轨道上发现了他。我们不知道这究竟意味着什么,但可以确定,这是那次全球播送事件的结果之一。科学家分析,如果再过三十七年,我们还没发现它,它就会坠毁在火星。这是一个有时间限制的闯关游戏,如果我们没有在足够短的时间里有能力彻底探测火星,那么它就会和我们错过。还好,我们没有错过。"

罗玉玲呜咽着,不停地抹眼泪。

吴荣贵轻拍她的肩膀:"王十二曾经改变了历史趋势一次,我不知道这次发现会有什么后果,是不是会再次影响我们的历史,但至少我知道,我有机会把你带到他面前,兑现我的承诺。"

罗玉玲点点头:"谢谢你!"

"军方正派出最快的飞船,要把它带回地球来建造一个纪念馆,最快也需要两年多时间。到时候,我会邀请你参加揭幕仪式。你是演讲嘉宾的最佳人选,如果你自己愿意。"

"嗯!"老妇满眼是泪,目不转睛地盯着眼前的虚拟像,干瘪的嘴唇微微颤抖。

……

送走了罗玉玲,吴荣贵回到了天眼实验室。

他站在玻璃窗前,俯瞰地球。

"西施,让我看看冷湖,卫星影像就可以了。"

玻璃窗里现出了冷湖的图景。戈壁滩上,成群的风车仍旧在转,然而早已经不再是发电站,而是历史保护物。冷湖的水碧蓝,从高处望下去,仿佛一只深邃的眼睛。

湖边有一块亮晶晶的地方，那是一个玻璃建筑，是冷湖事件的纪念馆。

废墟仍在，那曾经潜藏了无数虔诚教徒的地方，早已成了极客狂欢的所在。

吴荣贵的视线透过玻璃窗，望向远方。地球的边缘浮现出大大小小的亮点，那是环绕在地球轨道上的太空城。再远处，火星正在夜空中发亮，火星轨道上的三个永久基地已经有了上百万人口……

人们不断向太空移民，假以时日，地球最终会成为一个缅怀过去的所在。

冲向火星，成为太空种族，这不是一个口号，而是共识，是王十二给了全球所有人天启般的十分钟之后，全球人类的共识。有史以来头一次，人们团结在同一个理念下，以百年为时间单位来规划一个共同的未来。

亿万年来，只有一个种族突破了废墟的魔咒，成为真正的星际种族。人类将会是下一个！

这一切都要感谢他！

"西施，再给我看看1141号物件。"吴荣贵下令。

他没有听见西施的回应，这可不寻常。

"西施！"他提高了声调。

"吴医生，我是王十二。"西施的声音终于响起来。

吴荣贵惊异地睁大了眼睛。

不起眼的光照亮了吴荣贵身旁的空间，一个人影显露出来。

那是王十二的身影！

吴荣贵心头一颤。

"王十二"睁开眼睛，看着吴荣贵，露出一个微笑。

——原载《作品》2020年第9期（上半月）

畸形的社会产生畸形的人物，畸形的人物演绎畸形的故事。《老公爱我》以一种近乎白描的表现手法，娓娓道来地铺陈出一起想要由高科技手段强行拉扯的感情关系演变成一段令人啼笑皆非的感情纠葛，结局让人不禁莞尔。

老公爱我

宝　树

第一眼见到那家伙的时候，大约是下午两点半，我正枯坐在自己的办公室里，对着一堆无聊的报表，不无睡意。我懒懒地打了个哈欠，透过玻璃窗，望向外头董青青窈窕性感的背影，略感提神。董青青正在咖啡机边上冲咖啡，一会儿会按惯例先送进我办公室。我想起来，应该在她送咖啡的时候，跟她谈一谈上午骚扰电话的事，安抚她一下。

然后那可恶的家伙出现了，董青青刚端起咖啡，我看到一个戴墨镜的青年出现在她背后，拍了拍她肩膀，说了句什么。董青青回过头，似乎整个人一下子傻掉了，手里的咖啡掉在地上，好像溅到了那个人的身上。她手忙脚乱地要给对方收拾，那人挥了挥手，好像并不在意，又问了董青青几句话，她指了指这边，那人气定神闲地走了过来，我正在纳闷，他已经推门进了我的办公室。

他摘下硕大的墨镜，眉目还算是俊朗，他身上穿着普通的白 T 恤和牛仔短裤，脚上一双耐克运动鞋，还有几滴刚沾上的咖啡污渍，总体来看，是一个再普通不过的小青年。董青青干吗像见到偶像巨星似的那么激动？我心中诧异，却淡淡地问："先生，有什么可以帮您的？"

他开口了，声音中带着几分愠怒："林主任是吗？早上我打了你们这边好几次电话，不是被挂掉就是说些套话，让我亲自过来，所以，我只好来了。"

我有点摸不着头脑："您是……"

他没有说话，而是在手表上按了一下，在我们之间骤然展开了一个虚拟界面，那是一个推博的主页，上头加金色立体飘动 V 符号的"汪子淞"三字赫然入目。头像是一个年轻人，长得和眼前这人倒是有点像——

"汪……子淞？"我擦了擦眼睛，再看关注关系栏，并不是注明"已关注"或者"未关注"之类，而是"进行编辑"几个字，也就是说，在这个智能手表上的登录者就是——

"还不信吗？要不要当场发条推博看看？"他讥嘲道。

"你真是汪子淞？"我声音高了八度。

"别嚷嚷！"他压低声音说，"这回你相信了吧？"

"汪……汪先生，真是你？快请进来！不是（他显然已经进来了），快请坐！"我也手忙脚乱地站起来，指向自己的座椅，想了想不对，才尴尬地指向边上的沙发。又对外头叫道："小董，快给客人倒咖啡！"

当然，我也懂得了，为什么董青青如此激动。因为他就是汪子淞。

汪子淞是谁？其实汪子淞什么都不是，只不过有一个老爹叫汪冉中，而那个汪冉中名下凑巧有一个永达集团，在全国拥有一百多家酒店和五十多家商业中心，在福布斯富豪榜上排名中国第一而已。另外，汪老头只有一个儿子。

有这么一个首富老爸，汪子淞也就理所当然，不可不戒地成了中国第一富二代。他年近三十，身边当然少不了女人，却一直没结婚，这两年在推博上成天招猫逗狗，有几百万女粉丝每天在他推博下大叫"老公"，做着嫁给他的春秋大梦。董青青就是其中之一，他一进门，董青青就认出来了。我一个大男人，虽然听说过汪子淞的名字，也看过两次他的推博，但根本记不清他长什么模样，所以一时没反应过来。

而我明白过来，自己的确也犯了一个错误。今天一早，董青青告诉我，她接到了好几个自称是汪子淞的电话，说有机密的业务，让我们上门洽谈，我们认为是恶作剧，所以置之不理。董青青还因为感到亵渎了偶像，把对方大骂了一顿。想不到他真的是汪子淞本人，而且亲自跑来了。

"汪……汪汪……"我说话结结巴巴，好像是狗叫，"……那个汪先生，真不好意思，想不到您会给我们中心打电话，我们也一时太大意了，怠慢了您，您看这……"我连连道歉，汪子淞摆摆手，大大咧咧地往沙发上一坐："算了算了，我亲自来看看也好。说正事吧，有一件事需要你们帮我办。"

"当然当然，请您放心，我们一定竭诚为您服务。"我渐渐恢复清醒，心下寻思他到我们这里来所为何事。

"本来可以让秘书代我来，不过这种事我想还是亲自了解一下比较好……"汪子淞刚说了两句话，门又被推开，董青青端着一杯咖啡进来了，手还在瑟瑟发抖，居然能没洒掉而放在汪子淞面前，也算是奇迹。她也学起了狗叫："汪……汪……汪先生，请用茶。"我注意到，第一，她居然没给我这个顶头上司也倒一杯咖啡；第二，把咖啡说成了茶。可见大脑已经不听使唤了。

汪子淞看了她一眼，董青青马上露出花痴般似怨似慕的表情，好像子宫已经被他的目光穿透了。但董青青青春靓丽的身段没让汪子淞的目光多停留一秒，他偏过头，给我使了个眼色，我一怔，才明白过来："小董，你先出去忙吧。"

"哦，那个，汪先生还有什么需要吗，我干什么都可以……"

眼看她越说越不像话，我只好站起来把她推了出去，董青青一边蹭着地板一边频频回望，好像在和爱人生离死别。

我把门关上，又把百叶窗放下。汪子淞这才步入正题："'再爱我一次'情感修复中心，听说你们主要的业务是修复父母子女之间的感情？"

"对，主要是子女对父母的，您知道，现在社会转型时期，年轻人和父母的关系普遍紧张，家庭矛盾突出。有些人自己也感到痛苦，但是自己的性情却很难改变。在我们中心，经过一个快速疗程之后，可以百分百地恢复童年时对父母的孺慕之情，家庭关系也就恢复如初了。"

我一边说，一边想，是不是他和他老爸的关系出了什么问题？也有可能，这小子虽然名义上是永达的副董事长，但谁都知道他游手好闲，做生意不行，永达最近效益也不好。据说上次金融危机亏了不少钱，也和他投资失误有关……也许汪冉中气到要和他断绝父子关系，他要讨好老爸？

"有意思，怎么能做到的？"汪子淞接着问。

"这个说起来比较复杂，不过基本原理相对上还算简单……印刻效应，您听说过吗？"

我以为他多半一无所知，刚想接着解释，汪子淞却说："我在国外修过生物学，是说动物幼崽对第一印象产生的反应吧，比如说刚出生的小鸭子会跟着母鸭，但如果有一个人在边上，它就会把人当成它的母亲，跟着走。"

"对。"我点头，"很明显，这和条件反射不一样，第一是只需要一次，就会建立固定联系，而且极为牢固；第二是会抑制其他的同类联系。比如如果这小鸭子跟着人走，那么即使后来看到它亲生母亲，也不会再认它了。像语言学习也是很好的例子，小时候第一语言学得很快，但学会一种语言之后，要学其他的语言就非常困难了。"

"我想还有一个例子吧。"汪子淞说，"爱情，对不对？"

"没错！"我心想这二世祖倒还有点小聪明，"许多少年男女一见钟情，其实就是一种印刻效应。而且在陷入热恋的时候，心中只会装着自己所爱的人，对其他的人，即使条件差不多，甚至更好的俊男靓女，也不会放在心上。"

"不过花心的、变心的人也不少啊。"

"是，印刻效应有一定的窗口期，像认母亲这种会在刚出生的时候被激活。而像恋爱产生的印刻效应一般在青春期被激活，其关联也远不如认亲那样牢固和持久，所以见异思迁、脚踩两只船等并不罕见。但是其基本生物学机制是比较类似的，只是效应比较弱而已。"

"我听说你们也有爱情方面的业务。"他渐渐进入正题，"就是说，你们可以在成人的爱情生活中也产生和强化这种印刻效应吗？"

"是的，印刻效应的生理学基础已经比较清楚了，无非是一些基础神经元的连接，建立一个固定的回路，让特定的形象和情感产生共鸣。我们是用微型纳米机器对老化的神经元进行手术，让其再度生长，抹去已经建立的印刻效应并长出新的突触，建立新的连接，而且是高度强化，不可改变的。"

我一边说，一边想，汪子淞要爱情方面的印刻效应干吗呢？难道是要什么人看上他吗？可以他的身份，还有什么人追不到的？难道是日本的公主，还是美国好莱坞影后，不会是俄罗斯的美女检察长吧？

我正在胡思乱想，汪子淞又说："不可改变？你的意思是这种手术只能做一次吗？"

"是的，我们的大脑既精密又孱弱，可经不起接二连三的折腾。"我谄笑道，看到汪子淞皱起眉头，忙又说，"不过您可以放心，一次手术是没有问题的。一切都经过精妙的计算，改变的只是特定的情感模块，对于您的记忆和思维能力不会有丝毫损害。"

汪子淞并没有那么放心，他又问了许多技术细节上的问题，唯一没有问的是费用，当然，这是他绝对不用操心的。

我们谈了一个多小时，我也没有问他的目的究竟是什么。最后，我把他带进治疗室进行讲解："您只需要接受纳米注射后躺在那张床上，然后就会被盖上一个面罩，送入圆筒内，电脑会实时操控纳米机器在您脑部进行手术，同时进行精密的核磁共振扫描，以便监控。过程会比较长，大约要四五个小时，不过整个过程中您都会在睡眠里。我敢保证，这将是您一生中睡得最好的一觉。

"等您睡醒了，就宛如获得了再生一样，过去一切爱情的痕迹都将烟消云散，您第一眼见到的女孩，就将是您一生的挚爱。您会全心全意爱她，至死不渝。"

"不错，不错。"汪子淞搓着手，心中似乎难以决断，"不过如果真的能够缔造这么完美的爱情，为什么来你们这里的情侣或夫妻并不多呢？我在网上查过，很多人都说不靠谱。"

"这就是问题所在。"我告诉他,"表面上看,大家不愿意接受自己的爱情是被一部机器以技术方式决定的,这也是最强烈的反对意见。不过根本上来说,许多人都不愿意放弃恋爱的自由,从心底不想和一个人一生一世绑定在一起。既然引起强烈抵触,其他的各种谣言也就都出来了,说什么大脑被芯片控制,什么会变成白痴,都是无稽之谈。"

"这种事我明白。"汪子淞同情地点点头,"网上不知道有多少人也在造我的谣。"

"所以您会打电话来,我们是真没想到……"

"所以你们认为是恶作剧。"汪子淞接口道,"是啊,谁想得到我会需要这个呢?把自己的心固定在一个女人身上,直到永远,傻子才会这么做。但是……"

他拿出一张照片给我,咬牙切齿地说:"我就还真需要这个!"

我看了一眼照片,上面是一个女孩,穿着名贵的皮毛大衣,戴着奢华的钻石项链,长发飘飘,面露微笑,看上去就像一个从天而降的天使——只不过是脸朝下着地的。

看着那张几乎是变形的脸,我有种想吐的感觉,不想再看第二眼,便抬起头询问地望着汪子淞。他叹了口气,又左右看了看,解释说:"下面要告诉你的是绝对的机密,不要外传……永达最近出了问题,去年的金融危机,我们几乎蒸发了五百个亿,资金链断裂,分分钟破产。冠科集团的梁总愿意以很优惠的条件注资救急,前提是我和他的丑八怪女儿结婚。简直就是政治婚姻!你能相信吗,这年头还有这种事!"

"说真的还不少。"我苦笑着告诉他,"来我们这里进行爱情修复的,有一半也是因为家庭压力不得不和讨厌的人结婚。"

"是吗?那你一定能理解,我如果不干的话,永达立刻就会破产,我老爸的一生心血都会付诸东流,即便我名下还有点钱,最后连二十亿都不一定能剩下来。"汪子淞神色痛苦,看来二十亿对他来说真的和身无分文差不多。也是,他们家的总资产没人知道是多少,但肯定超过两千亿,一下子缩水99%,自然也相当于破产了。

"我明白了。"我说，"虽然这位梁小姐的容貌不是特别……呃……出众，不过基本还是人形……要建立起爱情印刻关系还是不难的。不过她本人最好到时候在场，照片和视频效果不是最佳。她知道这件事吗？"

汪子淞怪笑了一声："她知道吗？就是她让我来做这个手术的，她也不是傻子，拿出几百亿，当然想把我牢牢拴住，让我永远无法挣脱。她自己也要进行手术，我倒不知道这有什么必要。"

我心想，人家虽然不漂亮，毕竟也是有钱的大小姐，未必就死心塌地地爱你汪公子呢，不过这话自然没出口。

"你这部仪器我看也不大。"汪子淞又说，"不如到时候搬到我家的别墅里去吧，我希望整个过程能够在安全场所秘密进行，以免节外生枝。"

"这个……恐怕不行。这种大脑印刻的技术是有高度敏感性的，很容易被传销、洗脑、邪教等利用。国家管理非常严格，只能在特定机构进行，手续也极其严密。不过你放心，我们这里对于顾客的资料是严格保密的，旁人不会知道。"

"不，是请你放心。"汪子淞自信地一笑，"国内，不，整个亚洲地区还没有我们两家搞不定的事，会有中央领导特批的，手续包在我身上。"

事实证明，汪子淞太自大了，他们家的财富在中央面前不值一提。他没有弄到特批文件，几天后不得不放弃这个打算，乖乖地在我们中心进行手术。

有钱能使鬼推磨，手术在周日进行，按规定我们是不开门的，不过为了汪子淞的手术，主要人员都在加班。早上九点，一排红色巨鹰般的宝马"佩加萨斯"系列飞车从天而降，汪子淞穿着正式的礼服，在一群漆黑西服的保镖簇拥下从车里出来，梁若华小姐也长裙飘飘，戴着墨镜从另一辆车里出现。我曾经好奇过为什么她不去做整容手术，不过见识到她身材之后，我恍然大悟，脸和身材还是搭配着来更好。和她比起来，汪子淞简直就和大卫王一样英俊不凡。

我们中心的头儿马院长像哈巴狗一样上前去寒暄，但两位贵客都没有这心情。汪子淞像上刑场的烈士一样，朝我投来一个悲壮的眼神，先进了治疗室，然后梁若华也沉着脸进去了。我在娱乐新闻上看到，她好像最近和一个"10后"的小鲜肉男星打得火热，要斩断关系，当然不爽。

两台情感修复治疗仪对称地放在两边，二人接受完手术后，几乎会同时醒来，望向彼此，收获一生一世的完美爱情。至少在他们自己看来，应该是如此吧。

马院长主动为他们开门，打开机器，帮汪子淞脱鞋，扶着他躺进去，戴上智能头盔，按下启动按钮，又装模作样地在周围跑来跑去，看这个问那个的。其实此后的一切过程都由电脑操纵，不需要人动手。马院长在监控室里看了一会儿进程，又问了我几句，并没有发现什么异常情况，很快也就不耐久待，看时间还长，就先回办公室里歇着去了，只嘱咐我和手下几个技术人员盯着手术的核磁共振图像看到底。

过了半小时，一切平静如常，我也懒得傻盯着屏幕，出门去上个厕所，不料刚出门就看到董青青守在一旁。只见她打扮得花枝招展，呼吸急促，激动异常，把我拉到一个没人的房间里，锁上门，说："林哥，我……我有件事想跟你说。"

我心中犯着嘀咕，这时候她找我干吗？"你说。"

"林哥，我……我其实……我……"董青青面颊通红，似乎羞涩得不敢开口，我心中一动，这丫头不会是对我有什么意思吧？其实她刚大学毕业，二十出头，虽然不算倾国倾城，但还是很水灵的……我也不是没有动过那方面的心思……不过听说她有个男朋友啊……

"我粉了汪子淞很久了！"董青青终于大胆地说了出来，"我……我想让他当我的老公！林哥，这可是千载难逢的好机会啊！等手术结束后，让我进去见到他，他会立刻爱上我的！"

"你疯了？这么违规操作，你会被开除的！还有巨额罚款！"我说，说完才发现自己说了句蠢话。

"林哥你太逗了。"董青青轻轻笑了起来，"如果汪子淞能一心一意爱上我，开除算什么？交一万次罚款都绰绰有余！林哥你一定要帮我这一次，事成了我给你……五千万……一个亿怎么样？"

我微微心动，但还是摇头："这个项目的情况你也略知一二，汪子淞如果不能和梁若华在一起，他们家就完蛋了，两千多亿全打水漂……"

"那又怎么样？别说其他的隐性财产，汪子淞自己名下一家公司至少还有二十亿，在全世界各地的十来座别墅加起来也好几亿了，光他那个三千万人关注的推博号也值上亿！到时候只要他对我死心塌地，我一句话，还不都是我的？"董青青的算盘倒是打得蛮清楚。

"青青，真的不行啊，这么搞，我们中心的牌子不也砸了吗？"

"林哥！"董青青抓着我手臂，用甜得发嗲的声音撒娇，"我知道你也喜欢我，最多我答应你好了，除了那一亿之外，只要你让汪子淞第一个见到我，我什么都可以给你，如果你想的话，现在……现在就可以……"她整个人都腻在我怀里，胸口的柔软让我感到某个部位开始发硬。

但我的脑子还没有硬到转不动：一亿元是不错，但如果真这么干，一旦东窗事发，董青青有了汪子淞的力保，倒可以过关，而我一定会被汪家和梁家一起大卸八块的……

"绝对不行！"我收敛心神，厉声道，"你给我打消这念头！这件事就到此为止，我可以当什么也没发生过。如果再有不轨的行为，我会上报给马院长的。"

董青青火热的身子僵硬了，她呆了片刻，然后推开我，一言不发，往外走去。

我松了口气，但隐隐又有几分遗憾。上完厕所，回到监控室，看着屏幕上显示的手术进度，只希望这麻烦事能快点结束。手术过程和以前的并没有什么大异，当然了，不管是富二代还是平民屌丝，都是非洲同一群猴子的后裔，大脑结构并没有什么本质差异。我拿起手头一本宝树的科幻小说看了起来，不过心里还是七上八下的，眼前一会儿是汪子淞的痛苦神色，一会儿是梁若华的丑脸，一会儿又是董青青的半露酥胸，再精彩的小说也读不进去。

时间一分钟一分钟地过去，到了第四个小时，已经是下午一点了，马院长来问过几次，出去吃饭了，却让我们饭也不吃，守在这里。我看也没什么情况，就让几个技术员去吃饭，给我带一份回来，他们走了十来分钟后，有人急促地敲门："林哥，林哥，出事了！"

我听出是董青青的声音，想这丫头片子又玩什么花样呢？打开门问道："怎么回事？"

"人，外面有人来了！他们——"董青青上气不接下气地说，手往外指。我也听到门口传来的喧哗声，似乎来了不少人，感到不对。匆匆关上门，和她一起向外面赶去。

到了走廊里，看到已经有好几个时髦女郎不顾工作人员的拦阻，在四下乱闯。一个女郎冲过来，劈头就问董青青："汪子淞是不是在这里？"

我一惊，接口道："我是这里的负责人，请问你找谁？"

"找我老公汪子淞！"她答得倒是响亮，"他在这里做什么情感修复的手术对不对？"

这个项目本来是严格保密的，我支支吾吾地道："汪什么松？没听说过！"可是这么说反而露出破绽，女郎看了我一眼，冷笑道："汪子淞你会没听说过？想骗我？"说完就往里走。

我忙拔腿追上去，想抓住她，但那姑娘穿得暴露，抓哪里都不合适："喂喂，我不知道你说的是哪个汪子淞，可是我们这里真的没有——"

女郎忽然在拐角处站住了脚，我差点撞到她背上。向前一看，暗暗叫苦，原来汪子淞和梁若华带的一共七八个保镖分成两排，西服笔挺地站在治疗室门口，里面的是谁不问可知，再怎么否认也没用了。

"老公！老公真的在里面！"女郎叫了起来，兴奋地冲过去，最外头的保镖伸手轻轻一推，不知道使了什么功夫，她"哎哟"一声，像被点了穴似的，软软倒下，正好撞到我的身上。

我好不容易爬起来，身后的几个大小女人都冲了上来："子淞！我爱你！""老公，我来了！""老公，老公爱我！"叫喊声此起彼伏，不知道的还以为真是一群妻妾。

一个人扶我起来，是我手下的工作人员老胡。"这是怎么回事？"我气急败坏地问。

"林主任，你看这个！"老胡给我看他手机，我看到推博上不知道谁转的一条，说国民老公汪子淞为与一神秘女士订婚，于今日上午来到我市情感修复中心进行印刻手术云云，光几句话也罢了，可还有从侧面偷拍的两张汪子淞及其随从的照片，说服力大增，短短两个小时，转发已经超过了二十万。

"这他妈谁干的……"我骂了半句，忽然明白过来，"董青青？"

从角度来看，董青青是唯一能够拍到这几张照片的人选，何况她被我训斥了一顿，保不准想要报复我。她人呢？我抬头一看，董青青已经不知去向。

"林主任，现在怎么办？"老胡神色惶急地问。

我抬起头，看到刚才几个女的都被保镖撂倒了，轻松了几分："不就几个女人吗，也没什么大……不……了……"

我说不下去了，脸色也变了。外头"老公""老公"的叫声越来越响，也不知道有多少娘子军正在赶来。消息传出去已经有两三个小时，外地的不一定能来，本市的大姑娘小媳妇杀过来时间上是绰绰有余。

我到窗前一看，腿都发软了，只见一条街上都是花枝招展的各色女子，莺莺燕燕，美丑妍媸都有，有的还穿着婚纱，像一群蝗虫——啊呸，花蝴蝶——似的不断飞进情感修复中心，前锋已经到了走廊里，后面的还在街角，目测不少于一万人。也不奇怪，本市的适龄未婚女性可有三四百万，只要一百个人里有一个过来……

"挡住，一定要挡住她们！"我大叫起来，中心的保安和工作人员都动员起来，在我的组织下，组成人墙，拼命拦阻着不断涌入的各色女子。也许是人多产生的集体效应，女人们的动作也越发疯狂，门被挤烂了，窗户被打破了，有人阻拦，她们就又撕又咬，口中呼喊着：

"老公！老公等我！"

"老公，不要看其他的臭女人，只看我一个！"

"老公爱我！"

"老公娶我！"

"老公要我！"

叫声越来越不堪入耳，我看着那些狂热的女人，小到穿校服的中学女生，大到四十多岁的阿嫂，土到城乡接合部打扮的灰姑娘，洋到金发碧眼的洋妞，有几张脸像是电视上见过的名模或者小明星，甚至好像有我大学时的校花……这都什么世道啊！

我们撑不下去了，没过几分钟整个防线都崩溃了，娘子军带着一阵香风，冲到了治疗室门口，几个保镖就像斯巴达三百勇士守温泉关似的顽强地把守着大门，不过看上去离被冲破也只是时间问题。

"不行，快报警！"我对老胡说。老胡脸色煞白，刚拿出手机，就被后面的几个女人挤倒了，我也倒下了，不知道被多少高跟鞋从背上踩过，疼得我龇牙咧嘴。

我好不容易从人堆里逃出来，手机响了起来，是手下一个技术员打来的："林主任，不好了，董青青刚才进了监控室，说让我们增援前面，我们刚出来，她就把门反锁了——"

我终于明白过来。董青青这个心机婊，引来这些个女暴民原来不只是要报复我那么简单，而是要调虎离山，自己伺机从监控室的后门进入治疗室内！眼看时间不多，真的要让她得逞了吗？

我设法从边上杀回监控室外，外来的娘子军还不知道这里，两个技术员正在用力踢门，但什么用也没有，这铁门有几十厘米厚，从里面锁死的话，犀牛都不一定能撞开。我灵机一动，把他们叫到旁边房间，踩着他们的肩膀爬进了通风管道，可那两个宅男，一个骨瘦如柴，一个肥胖如球，一个也爬不上来。

算了，我自己搞定！我根据方位，设法爬到治疗室的位置，果然从缝隙间，看到董青青已经站在了汪子淞的床边，眼神中闪烁着胜利的光芒，一旁的屏幕上，进程已经完成，面罩已经打开，汪子淞随时可能会醒来。

"别干蠢事，赶紧收手！"我大喝一声，打开通风口，跳了下来。董青青微微一惊，随即哀求道："林哥，求求你给我一次机会！你就当没看到，事成后我给你一亿，不，两亿……我还可以给你——"

"混账！"我怒火中烧，"你为了一己私欲，把整个中心都坑了，外面说不定人都被踩死了几个，我不会让你得逞的！"

我向她走去，想要控制住她，董青青退了一步，咬牙道："林哥，你不要逼我！"

"是你在逼我！"我大声说，走到床边，刚想把她拉开，脸上已经中了她闪电般的一拳，脚下又被她一绊，狼狈地摔在地上，我可没想到这看似柔弱的小姑娘竟然这么能打。

"我可学过三年跆拳道！"董青青面目变得狰狞，"我要得到的就一定会得到，今天的事，谁也阻止不了我，汪子淞是我的——"

话音未落，一只大手从背后抓住了她的头发，把她拽向后方，董青青尖叫着，却毫无还手之力，被一个膀大腰圆的粗豪女汉子像拎小鸡一样拖到了一边，两拳就委顿了。要说能打，还是街头的大妈厉害。

更多的女人在她们背后出现。看来，治疗室的大门终于被娘子军攻破，那些保镖不知道是抱头鼠窜还是壮烈殉职了。

女人们疯狂地围了上来，我忍着身上的伤痛，扶着床沿，爬了起来，站在汪子淞的身前，张开手臂，用尽力气，声色俱厉地喝道："我是本中心的负责人，你们私闯这里，已经触犯了中华人民共和国刑法，快出去！警察马上就来，再不走一律法办！"

女人们一时被我唬住，没有前进。此时，背后却传来了汪子淞微弱的声音："究竟……出了什么事……"

"老公我来了！"

"老公我在这里！"

"老公爱我！"

听到"老公"的声音，那些女人哪里还能听我的，纷纷尖叫起来，冲向汪子淞，我只好转身抱住他，把他的脑袋埋在我胸口，让他谁也看不见。她们打我，拉我，挠我，踢我……我背上不知道挨了多少记，就是不松手。我眼睛紧闭，意识渐渐模糊了……

背后的打击越来越少，终于消失了，是警察来了吗？我睁开眼睛，却看到一双迷惘而明亮的眼睛正在和我对视，正是汪子淞。女人们不知道为什么都停止了动作，一个个在一边看着我们。

"汪先生，你看到那些女人没有？"我忙问道。

汪子淞摇了摇头，仍然盯着我，好像看到了什么新鲜的玩具，他整个人看上去就像是变成了一个婴儿似的。

"那就好，梁小姐是在……是在……那边……"我说，从床上爬下来，觉得浑身火辣辣的疼，骨头好像都断了几根。

汪子淞却拉住了我。

我一怔回头，看到他看着我，笑了。那笑容很幸福，很甜蜜，也很怪异……

一个念头在我心底划过，我顿时无法呼吸，浑身都发起抖来。

警笛声在外头响起，女人们也好像如梦初醒，一个个逃命似的离开了治疗室。一时间，治疗室里只剩下我和汪子淞两个人。他坐起来，抓住我的手不放，眼神中射出热切的光……我感到空气都凝固了……汪子淞缓缓张开嘴唇，吐出了含糊不清的两个字：

"老公……"

"汪先生……你别开玩笑……别……"我语无伦次。书上的说法一道道从心头划过：印刻作用非常强大，它可以战胜一些后天习得的文化惯性，乃至一部分先天本能，比如性取向……每个人心里都是潜在的双性恋，只需要激活……

另一边传来响动，汪子淞一怔，我忙挣脱了他的手，向另一边看去。"汪先生，我先去看看梁小姐……梁小姐，你怎么……样……了……"

我又一次说不下去了，梁若华已经坐了起来，睁开一对母熊般的小眼睛，目光正直勾勾地盯在我脸上。我才想起来，自己又犯了一个错误。

一个更无法弥补的错误。

后来？后来也没有什么大不了的。这次事件倒是没死人，但是七八人重伤，几十个人轻伤，董青青因为扰乱公共秩序被捕，判了一年，其他捣乱的女子也有好几个被抓的。

汪家和梁家都想把我剁成肉酱，但汪子淞和梁若华却为得到我而相争不下。梁若华当天就抱着我不放手，和汪子淞打了一架，差点把汪子淞打残。后来她闹了好几次自杀，她老爹梁老板没办法，逼我们结婚，我本来怎么都不答应，但当着一张五十亿的支票和十来把手枪，这个"不"字怎么说得出口？

就这样，我和梁若华订了婚，但我对汪家总有一份歉疚，于是通过梁若华说服了她老爸，让他仍然注资给汪家救急，让汪家也挺过了一关。但我和梁若华的婚事也没法再推诿。再说，以他们的势力，我逃到天涯海角也会被找到。

谁知婚礼当天，汪子淞带着几十个人来抢亲，把我抓走，我和他在一起不明不白地住了几天，细节我不想说了，总之最后又被梁若华找到。他们都逼我做出一个选择。可是我哪一个都不爱，甚至厌烦至极。最可恶的是，那些小报还说我是全世界最幸运的男人，幸运！你们以为他们两个给我汇了那么几百亿，什么别墅大楼的随便送就算幸福吗？和不对的人在一起，怎么可能会幸福！

但是不对的人也能变成对的人，我自己知道，我也可以选择做一个手术，将其中一个人——问题是只能是一个人——永远印刻在脑海里，和他／她双宿双飞。那样的话，自然就是 happy ending。可是我能选择谁呢？同性的帅哥，还是异性的丑女？

唉，如果是你，会怎么选呢？

——原载《作品》2020 年第 9 期（上半月）

《星光》是一个有着三重结构的故事：第一重是一位母亲携带两个孩子在旅途中所经历的似真似幻、近乎滑稽的"火星人藏身地球"的冒险故事；拨开这重迷雾之后，以一种悲壮的笔调展现出中国几代地质科技工作者不懈努力、坚守初心、不屈不挠的为国勘探历程；最后揭开这重帷幕，才让读者目睹到隐藏于所有假象之下的真正的故事谜底。

星　光

凌　晨

未来就在这里

群山之间

千里戈壁

——题记

　　巍巍青藏高原的西北边缘，阿尔金山脉纵横千里，东接高大的祁连山山系，西连雄伟的昆仑山山系，犹如巨屏，将一块二十五万平方千米的辽阔大地与世隔绝。这块大地干旱少雨，动植物稀少，因东部盐湖众多被称为柴达木盆地（蒙语中，柴达木是盐泽的意思）。

　　盆地的西北，阿尔金山南，更是不生一丝绿色的生命禁区，只有广袤的戈壁和土丘，静寂地躺在灿烂的阳光中，被风沙无情肆虐。

　　忽然，天空有更灿烂的光团闪耀，瞬间连太阳的光华都被它淹没。光团划过蓝天，穿透白云，呼啸着，拖了长长的烟雾尾巴，一头扎进山丘，爆裂。巨大的撞击声连绵不绝，大地颤抖，山丘崩溃，地面塌陷。黑石油从地底喷涌而出，四处流淌，燃起熊熊火焰。

地震持续了很多日子，大地才慢慢恢复平静，月牙形状的伤口中汇聚了阿尔金山融化后的冰雪，渐渐形成湖泊。路过的蒙古人称之为呼通诺尔湖（蒙古语，异常冰冷的湖泊），后人就称之为冷湖。

冷湖周围有了绿色的植物，但一千米之外，依然是寸草不生的盐碱地，干涸的土丘和戈壁，生命无法立足。只有风和太阳，陪伴着褐黄色的大地，一年又一年。

1950 年后，石油勘探人来到这里，为祖国建设寻找石油。1958 年 9 月 13 日，"地中四井"油井井喷，石油从 650 米深的地下喷涌而出，三天三夜奔流不息。轰轰烈烈的石油大会战开始了。中国石油人在这不毛之地勘探、钻井、采油、炼油，还以冷湖为水源地建起了冷湖镇。冷湖油田成为全国性的大油田。

时光流逝，转瞬就到了 2020 年 7 月。

1

荒凉无人的戈壁滩上，一辆红色越野车正在公路上奔驰。女司机张霞神情紧张，身体几乎都要压在了方向盘上。

"快点！快点！"后座上的男孩狂叫，"它就要追上来了！"

"赵佳智，你吵得我头痛！"张霞吼，"佳慧，它还跟着吗？"

也坐在后座上的赵佳慧就立起上半身，向后窗外眺望。

"看不到。"女孩儿喊，有点开心，"我们甩掉它了？"

"不！"张霞和赵佳智同时惊呼。

前方，一辆庞大的黑色越野车正横过来挡住去路。

张霞急忙拐弯，冲下公路，朝另一个方向急行。车轮碾压过沙土，在从未有过人类活动的大地上留下清晰的车辙。

黑车毫不迟疑，也急拐弯追过来。

"大概离我们五百米。"赵佳智判断，"老妈你能把这车甩掉的，是吧？"

"应该能吧。"张霞顺口回答。前面出现一条岔路，她来不及思考，手已经扭动方向盘。

红车子弹般射向那条新路。

"我为什么要相信你的鬼话！"张霞踩紧油门的脚僵硬得简直要断掉。

"妈，绝对是真的！"赵佳智着急起来额头上就青筋乱跳，声嘶力竭，"火星小镇，就是火星人的镇子，被他们占领了！佳慧你也看见了！"

赵佳慧撇嘴："妈，哥是神经病！"

赵佳智抓住妹妹的头，搓揉她的脸："他们变形了，火星人！假装地球人。整个镇子，那些火星旅游的项目，没法不逼真，因为真的火星人在那里！"

赵佳慧试图掰开哥哥的手，连声叫："妈妈，妈妈，哥疯了！"

"坐好！"张霞高声警告。

车子剧烈颠簸起来，两个孩子被弹到半空，撞到车顶，又重重落下。赵佳慧身形小，掉到后座下面。哥哥连忙把她拉上座位，扣好安全带。

公路的黑色沥青路面已经被磨得发白，变形隆起，形成一片片的坑坑洼洼。红车就像行进在搓衣板上。孩子们被安全带护住，身子牢牢锁死在了座位上，跟着车子的起伏也起起落落。

"我们……啥时候……能到花土沟？"赵佳智的声音都在起伏，抖动着，他问母亲，"方……向没……错？"

"二百七十千米，走了三分之一，还得两个多小时。"张霞回答，"这条路没名字，但方向上是对的。"

"花土沟就没有火星人了吗？"赵佳慧追问。

"咳，花土沟是个大镇子，十万人口，火星人搞不定。"赵佳智回答她，"冷湖有多少人？二百！而且离哪儿都远。火星人要干点啥，谁知道！"

"他们能干啥？"张霞顺口问。道路两旁的荒凉没完没了，让她怀疑这条路一辈子都走不完。不敢回忆，仅仅四天前她还在大连的空调公寓里和孩子们吃下午茶。

"妈，他们要置换人类，然后，以冷湖为基地，先是青海然后中国然后亚洲然后全世界。"赵佳智喘口气，强调，"我们得揭发这阴谋！"

"置换人类？"张霞重复，还是有点不可思议，迷迷糊糊的感觉。昨夜儿子慌乱敲开她房间门的惊惧表情犹在眼前。从那时起到现在，十七个小时，收拾行李，溜出营地，离开镇子，忙得无暇多思考儿子发现的合理性。赵佳智一说"火星人是真的"，自己就立刻做出逃离的决定。是对这趟旅行本能的反感，还是骨子里天生就有的危机意识条件反射？

"就是冒名顶替人类呗，这样火星人就能悄无声息进入人类社会了，没人会发现，等发现了，就晚了。"赵佳智很认真地推理判断，"但他们在冷湖这么偏僻的地方，怎么找得到顶替的人？所以他们就建了一个火星小镇的主题公园，吸引游客。"

"游客就全都变成火星人了？"佳慧瞪圆眼睛，"我们要不走，也会变？"

"会变啊！咱俩看见的。"佳智回答。

"那我看看你变了没！"佳慧说着，就去揪哥哥的脸，使劲扯。佳智疼得哇哇大叫。佳慧正得意，突然松开手，拍打车后窗，惊叫："它跟上来了！妈，它跟上了。"

张霞已经从后视镜中看到。黑色越野车就像黑色的恶魔，压迫过来，瞅一眼都觉得呼吸困难。

"妈妈！快点啊！快点！要追上来了！"佳慧、佳智一起喊。声音仿佛战鼓，捶打着张霞的神经。

然而，平坦的原野中忽然升起无数城堡，挡住了前进的视线。张霞倒吸一口冷气。脚一松，车速就慢了下来。

"妈？怎么了？"佳智立刻问。

过了几秒钟，佳智却觉得像过了一个世纪，才听到母亲有点惊恐和压抑的回答："俄博梁，前面是俄博梁。"

2

听到"俄博梁"三个字，赵佳智的躁狂忽然消失了，他挺直腰背，向车窗外努力眺望。那些城堡都是一座一座独立的土丘，形状各异，却有着同样灰白的土色，并且朝着同一个方向突兀，周身还有一圈圈的纹路，暗示是风和水共谋，才有了现在的奇特模样。

"这就是俄博梁啊。"佳智兴奋，"全世界最大的雅丹地貌，之一。果然，像外星世界。"

"你不跑的话，明天来这里。"佳慧晃动《火星夏令营说明书》。这个说明书巧妙地折叠成一个球形，因此得到了佳慧的欢心，总拿在手上玩。

"来这里适应火星生活？"佳智摇头，"呵呵，把飞船藏这地方绝对没人能发现。"

"地上看不见，天上呢？卫星一照还能藏得住？"佳慧较真。

"咳，这地方地磁异常，无线电信号根本进不来。卫星也看不到。"佳智解释，"而且地方大，两万多平方千米，藏几艘飞船都行，找不到的。"

"还几艘？"佳慧冷笑，"那火星人就只占领了一个冷湖？笨！"

"别吵了！"张霞大叫，怒气冲冲，"都给我住嘴！"

"可这是俄博梁……"佳智还想说什么，张霞直接就是一嘴巴扇过去。

"安静！"张霞怒吼，凶神恶煞的样子镇住了两个孩子。

过了好一会儿，佳慧才小心翼翼地责怪："妈你好凶！"

张霞没工夫解释。俄博梁的千沟万壑已经在眼前展开，却再没有公路可以指点方向。只有一条崎岖不平的工程车巨轮压出的土路，蜿蜒曲折，深入绵延不绝的层层山丘之中。导航仪中的指示箭头一动不动，柔和的导航声音也沉默了。随着汽车的前行，电讯信号终于消失殆尽。

张霞握紧方向盘的手微微颤抖，手心全是汗。十七年没有到过这里了，俄博梁能否仍然大度，让她幸运穿过，安全抵达花土沟？她不知道。尽管现在驾驶的车，比十七年前的那台 Jeep2500 好太多。可是那时自己才二十五岁，什么都不怕，甚至觉得死在俄博梁也没什么要紧。而且那时候他在！

张霞就忍不住看了看副驾驶座。座位上一堆杂物，没有人。两个孩子从来喜欢后排。至于丈夫，要不是司机，要不开他自己的车，这个副驾驶座，竟然大部分时间只是放东西。而那时，只要一朝右边看，就能看到他的左脸。他左眉侧的伤疤触目惊心。她却觉得好看，有时候竟然看到发呆。他就敲打她握换挡杆的手，轻喝："专心点！"

2003 年的记忆，就这样突然袭击了张霞。总坐在她右侧副驾驶座上的那个人，身形清晰起来，紧皱眉头的严肃面孔触手可及，还有带点沙哑的凶巴巴声音："看清楚！""专心！""别瞌睡了！"说了很多话，最多的就是这几句，短促有力，像铁锤一样砸下来，让开车的她时刻警醒，不敢大意。

那时的俄博梁还鲜为人知，Jeep2500 还是稀罕的好车。她最后一次给他做司机陪他去勘探油矿，在俄博梁遇到大风沙迷了路。

红色越野车在雅丹地形间穿行。张霞双眼直勾勾盯着前方，心神却在过去的时空中徘徊。车厢里的气氛沉默得令人昏昏欲睡。

佳慧就叫佳智："哥。"一本正经地问："我到现在都没搞明白，咱爸为什么要给你报名火星夏令营。"

"我也一直没搞明白。"佳智反问，"明明是我一个人的夏令营，你为什么要跟着。"

"妈也跟着啊。"佳慧撇嘴。

"妈她不放心我，送我过来。这是她职责。你呢？你为啥？没见你对火星有兴趣。"佳智眯起眼睛，"你不是要和同学去音乐节吗？"

"第二位报名半价。"佳慧笑眯眯，"妈觉得不给我报名太亏了。"

佳智摇头："你可以不来啊。可我怎么觉得你是哭着喊着非来不可。"

佳慧扁嘴，还要说话，却忽然咬住手指头，目光跳过佳智的脸，穿出窗玻璃，落在一座土丘上。那土丘如仰天长啸的男子，脸上似乎还有落寂孤独的表情。

这一带独立的城堡样地貌已被连绵不绝的风蚀残丘取代。残丘们或连接或独立，似亭台楼阁，又如飞禽走兽，往往换个侧面，就能看到不同的样子。

佳慧看着窗外飞驰而过的土丘，嬉皮笑脸的表情消失了，她很认真地回答佳智："我梦见过这里。就是这里，错不了，经常梦到。夏令营宣传页上的照片，我一眼就认出了是我的梦境，所以我要来。"

"雅丹地貌是这儿的特色，肯定重点宣传。"佳智不觉得有多奇怪，"咱爸妈都是冷湖出去的，家里照片一箱子，你会有记忆，会梦到，太正常了。"

"不正常。"佳慧却摇头，"我梦见在开车，就在这些沟壑里开车，旁边坐着一个男人。我永远在要看清男人的脸的时候醒过来！"

佳智皱眉："这男人不是我就是咱爸！你应该找个心理学医生，而不是到这里凑热闹！"

佳慧还要争辩，头忽然撞在前排座椅上，痛得直龇牙。

车子一个急刹车停住了。张霞甩开安全带推车门跳出去。佳慧和佳智也解开安全带。张霞围着车转了转，随即拉开后备厢的门。风呼呼灌进车厢，风里夹杂着张霞惶恐的声音："快拿行李下来！"

3

佳智的脚一踏上大地，风就把他头上的帽子扯下来摔进沙土里。佳智追上帽子，捡起来重新戴好，顺手把帽带系死了。

"哥哥！"佳慧尖声叫。

佳智吓了一跳，这才看见那辆一直尾随的黑车已经追了上来。他急忙奔向母亲。

张霞背了一个大旅行袋，左手接住儿子，右手牵牢女儿，就往坡上跑。

"车子怎么了？"佳智问。

"底盘陷住了。要想搞出来得找车拉。"张霞简单说明情况，"快起风了，我们先找地方躲一下。"

爬上坡，张霞三人都是"呀"一声惊叹，说不出话来。坡上地势平坦，雾气腾腾。雾气中有水流响动。原来竟有一口热泉，汩汩不断从地底喷涌而出，泉水色泽鲜红，味道刺鼻。

"神秘泉！"佳智兴奋，叫，"它上过《国家地理》的封面！我们在俄博梁的核心区！"

"以前没有它。"张霞小心翼翼走近泉水。泉水从一个孔洞里向空中喷射，发出嗞嗞如自行车漏气胎的声音。水柱升到两米左右，又砸回地面，把沙土坑砸成一个小池塘。泉水很热，在池塘中翻滚涌动，冲向地势低的地方，形成了一条少有的沙漠溪流。

"2008 年，石油勘探队在这里钻井勘探，没找到石油，却打出了这口平均温度 74 度的高压硼化温泉！"佳智解释，印在说明书上的文字都已镌刻进脑海，随时和现实印证，"原来一直没有名字，2018 年火星小镇建立时，取名神秘泉，严禁随意靠近。"

"这水有毒吗？"佳慧问，就要伸手去够泉水。佳智立刻按住她的手，不让她碰到水。

佳慧笑："没事，七十多度还烫不死人。"

张霞看了看四周，不能确定以前来过没有，但她看到插入泉眼中的取水管，眼睛一亮，赶紧招呼孩子们："走这边！"

佳智和佳慧就按照张霞的手势，顺着溪水方向走。张霞跟上他们的步伐。

黑车司机跳下来，他穿红色短袖 T 恤，戴红色帽子。T 恤和帽子上都印有"火星小镇"的黑字和 LOGO。司机戴墨镜，皮肤黢黑，身形并不高大。

"赵佳智，前方是禁区，不得入内！"司机拿出小喇叭反复叫。声音十分响亮，压倒了呼啸的风声和嗞嗞的泉水声。

佳智才不管司机的叫喊，拉了佳慧继续走。

"张霞女士，请制止你孩子们的危险行为！请立刻回到车上去！"司机转而召唤张霞。

张霞犹豫了几秒。司机的样子看上去不像坏人。实际上，昨天中午到达的冷湖，除了那些奇形怪状颜色诡异的所谓外星建筑，并没有多少令她不适之处。尤其是佳智他们的宿营地冷湖一中，几乎一砖一瓦都没有改动：手臂粗的供暖管道，庆祝五四青年节的黑板报，还有楼道上"我回来了，冷湖"的潦草字迹和电话号码，连楼梯扶栏上隐藏的"浙江建筑公司"字样的铁艺都还在。每个细节都触动她的记忆，有那么一刻，张霞真的相信冷湖镇的确被改造成了很有情怀的主题公园。

"张霞女士，很快要起风了，请您带孩子们回到车上去！"司机注意到了张霞的犹豫，催促。

佳智已经和佳慧走出去十多米，完全没有停下脚步的意思。张霞走动两步，脚差点陷进沙土中。泉水周围的泥土被水泡久了，已经酥软，稍重一点的脚步都会深陷下去。这让张霞格外小心着自己的步伐。那司机却无所谓地边喊边走，似乎身轻如燕。

本能的警惕感瞬间控制了张霞，她喊男孩儿："佳智！"比了一个手势。这是虚拟主视角游戏中常用的一个战术手势。战术的名字叫"声东击西"。

佳智立刻领悟了，拉着佳慧跑得更快。张霞似乎扭了脚，停了下来，痛苦地揉动脚踝。

瞬间，司机就来到佳智面前，伸胳膊拦他："赵佳智，前方是禁区，不得入内！"

佳慧惊叫："你怎么跑得那么快？"

佳智不管不顾，还要往前冲。司机一把拧住他的胳膊，往黑车方向拉。

"放开我！"佳智大声嚷嚷，使劲儿往后拖，"退营，我退营了你管不着我！放开我！"

"前方是禁区，进入危险。"司机重复。

"你要把我抓回去吗？我不回去！我退营了！"佳智夸张地扭动着身体，大声抗议。

"你已经签订了协议，合同时间未到不能终止。"司机毫无妥协余地。

佳智索性一屁股坐在沙土里，不肯起来。司机弯下身子拽他。

这时候，张霞飞奔到黑车前，拉开门跳上车。果然，车子中没有其他人，一直是这个司机开车追他们，钥匙还在车上。张霞拧动钥匙。

听到发动机的轰鸣，司机抬起头。佳智趁机往上一蹿，把司机拱得连连后退，就要站不住。佳慧再从后猛地一撞。司机就踉跄着栽倒在泉水中。

张霞的黑车启动了，开到兄妹俩身边。佳智和佳慧立刻拉开后侧左右车门，蹿上车。

司机在泉水中挣扎着，半立起身子还喊，声音嘶哑了许多，断断续续："赵……佳智，前方……禁区，不得……入内！"

张霞就要掉头，佳慧叫："妈，稍等！天啊——"

司机的衣服在崩溃，里面有什么东西蠕动着。他的脸一片片脱落掉，变成褐色黏稠的物体流下脖颈。衣服被撕开了，一堆褐色的浆液涌动出来。泉水又一次喷射。那些浆液被泉水击中，瞬间消融。

司机再也找不到了。只有他的红色 T 恤和红色帽子，还在泉水中漂动。

4

已经晚上 8 点钟。太阳才勉强踱到地平线上,天空仍然蓝得清澈明亮。张霞终于在旗舰山附近一条峡谷的高处找到宿营之地,其实就是土丘里凹陷的一个小洞,风吹不到,正好容纳她和两个孩子半躺下休息。

佳慧一倒地就瘫软成泥,不一会儿便睡着了。佳智体力强很多,吃块巧克力就神色如常。他很是钦佩地问张霞:"妈您这是什么神走位?看不懂啊。"

"什么?"张霞的思绪还停留在两个多小时前,火星小镇司机熔化的那一刻。虽然看着儿子的嘴巴一张一合,但他的话都如风吹过耳边,不留丝毫痕迹。

"我们干掉了那个伪装成司机的火星人,缴获了他的车子。可您没用那辆车,只是用那车把咱们的车从沙土里拖了出来。我以为您会开咱们的车走呢,您却先把司机的车开得远远的,才过来开车。当时多大的风啊,我觉得车子都要给掀翻了,您愣是往风里钻。我和佳慧都觉得您是要发疯了,却突然就风过天晴,我们已经深入俄博梁十几千米。可是,我们以为您能一鼓作气穿过俄博梁继续赶往花土沟,您却又弃车,带我们徒步走到这里。妈,您刚才一直不肯多说话,我看您紧张严肃得法令纹都加重了,也不敢多问。现在休息,您总可以解释一下这么走为什么了吧?"佳智憋坏了,倒豆子一样说了一大堆话。

张霞的注意力这才集中到儿子身上,问:"你是说刚才我为什么要这么做那么做,跟你想的都不大一样?"

"嗯嗯。"佳智点头,"就是啊,这样那样都特别果断,像上了发条一样。"

他说,张霞别看你是个女娃,遇上事情比男人反应都快,你是本能地会逃避危险。逃避……危险……那么急急忙忙地离开冷湖,是为了逃避哪样的危险呀……张霞不由得黯然。十七年前的心路历程,还能从记忆深处辨认得出轨迹吗?

"妈妈！"佳智伸手到张霞眼前晃动，嗔怪道，"您有在听我说话吗？"

"听着呢。"张霞连忙摇头，将那个人赶回过去，认真看着儿子，"我刚才为什么要这么做，当然是为了安全。不能让火星人找到我们。至于为什么没有继续走……那时候在刮风，伸手不见五指，你看见的，我们的车子都差点被掀翻，不能走。现在嘛，天就要黑了，我们只能等到天亮才找得到路。"

"妈！"佳智认真地问，"您现在相信我说得没错吧？火星小镇已经被外星人占领了。"

张霞拍拍儿子的脸："我从来没有怀疑过你，从来都是支持你的。"

"我知道，所以妈您在我身边，我就不会害怕。"佳智笑，"我开始还挺担心您来不了。爸说这么多年，每次他提议回冷湖，您都不愿意。"

"他想来自己可以来，不用拉上我。"张霞说，"这次你和妹妹都要来，我不放心。"

其实看到火星夏令营的宣传单时就有点预感，佳智吵嚷着要走青海看柴达木好些年了，只是自己一直在找各种理由推托。所以丈夫把两个孩子的申请表拿给自己看时，自己象征性地表示了一些不高兴，但最后还是在敦煌飞机场租了车子，亲自送他们到冷湖火星营地。张霞以为自己的心理建设已经做得很好，孩子们去营地的时候，她只需留在营地旁的火星酒店吃吃喝喝，等孩子们满足了好奇心便带回家，多简单的事情。

冷湖有两样宝：自然景观的雅丹地貌，以及人文景观的石油开发遗址。理性的佳智应该更喜欢自然景观，还会晚上架起高倍望远镜欣赏暗夜星空。妹妹佳慧感性，对历史最感兴趣，丈夫给她讲 4 号基地当初怎么打油她都能听哭了，估计要真到 5 号基地，能在废墟上哽咽大半天。

可是想不到酒店里刚睡下，佳智就匆匆跑来，说发现了火星夏令营的真实面貌，必须立刻离开。从那一刻开始，冷湖这个偏僻小镇的旅行就变得不简单了。

张霞重新审视这两天的行为，自己的确是依靠本能行动的女人，身体的动作永远比脑子快。这有什么问题吗？有些人天生如此，天然行动力就强。

"妈！"佳智有些困倦，偎依着母亲的臂膀，喃喃问，"赶走火星人我就能成为英雄了吧？"

"当然！"张霞轻轻抚摸男孩儿的头发。到底是只有十二岁的孩子，此刻一放松身心，便如妹妹一样沉沉睡去。

张霞闭上眼也想睡一会儿，从昨天晚上到现在，她都不得一刻放松，急需睡眠补充体力。但她越想睡就越睡不着。十七年前的记忆，趁机又从脑海深处爬出来，一幕幕重现。他要寻找支持自己理论的证据，她却是故意迷了路。那时她想证明他是错的，这样他就会放弃他的坚持，和她一起离开冷湖，到繁华的大都市去，一起读书，一起去探索更丰富和生动的外部世界。

他已经坚持了太久，从他父辈就开始坚持，认定冷湖西北侧的盐碱地里有大油脉。他父亲马兴国戴厚厚的近视眼镜，话不多，据说是学石油地质的留苏大学生，还经常用俄语和他对话。那会儿没电脑，也没计算器，老爷子用一把计算尺推算出数学公式，推测出冷湖结构还有储油，远远没有到资源枯竭的时候，可以再搞个大油田。

那时候，冷湖主要的石油机构和生产厂都在往敦煌搬。马兴国不肯撤，拒绝了敦煌那边安排的新工作，就一门心思守在冷湖，一定要守到自个儿理论有实践的日子。

他外出读完大学后，回冷湖工作，陪父亲一起等待理论成真。马兴国的固执和坚持，终于等来一台钻机，在他所指出的 A41 地块钻探。但是据说打到两千多米都没有见油，马兴国非常郁闷，自此一病不起，很快就去世了。

马安北，这是他的名字。张霞睁开眼睛。那次俄博梁迷路，她真希望永远走不出去，就能永远和他在一起。但他怎么说？"傻姑娘，我得留在冷湖，我老爸的心愿还没完成。可能就是一辈子。"他还说，"托你件事，替我去看看外面的大世界。什么时候空了回来，讲给我听。"

"我回来了。"张霞喃喃自语，"但你在哪里呢？"这两天在冷湖，潜意识一直寻找着马安北的身影。一个地方，因为有记忆和故人才会温暖亲切。她找到了记忆，还缺失着故人的拥抱。

"妈，那是什么声音？"佳慧醒了，睁大眼睛，惊恐地问。

"是风声。"张霞说，打开应急灯，安慰女儿，"不要紧。"

佳慧扫视四周，揉揉眼睛："现在几点了？"

"一点多了。"张霞回答，"还早，接着睡吧。"

佳慧坐起来，裹着睡袋滚到张霞身边。"妈！"她叫，"这就是雅丹的魔鬼风吗？真可怕。"

张霞这才注意到洞外的风声。冷湖长大的人，早已经习惯了如此的鬼哭狼嚎，并不觉得风声有何异常。张霞就对女儿解释："这会儿风力变大了。这些山丘土层中有好多孔洞，风引起洞里的空气震动，加上风在峡谷中的回音，就形成了这种声音。"

外面的风声越来越大，洞口沙石雨样倾泻下来。张霞不由得抱紧兄妹俩，后背抵到了洞壁上。更宏大的声响推动着山丘，江河奔涌，大海惊涛，烈雷爆击。洞壁在这嘈杂的声音中瑟瑟发抖。沙土飞进来，飘在空中，随时都会钻入鼻腔，呛得呼吸困难。张霞和孩子们止不住轮番咳嗽，就像是要给风声来个伴奏似的。

"外面是星际大战吗？"佳慧开玩笑，踢哥哥，"嗨，赵超人，该你上场了。"

佳智被自己的咳嗽惊醒，打个哈欠，气定神闲地回答妹妹："不急，等他们打累了两败俱伤，我再出去收拾战场！"

"好有想法！"张霞被佳智逗笑，关了应急灯。黑暗中两个孩子的眼眸熠熠生辉，就像四颗探究未知事物的小太阳，照亮着未来的时光。十七年前的记忆顿时黯淡。明天必须把孩子们带出俄博梁，张霞心里责备自己，不能让他们有半点危险。

张霞迷迷糊糊闭上了眼睛，然后一激灵，又醒过来，摸摸身边，只有一个脑袋。

张霞立刻开灯，摸到的，却是旅行水壶。两个孩子都不见了。张霞顿时睡意全无，爬出睡袋奔了出去。

外面，风已经停了，大地静寂无声。天似穹庐，笼盖四野。银河如练，从天上流淌到地面。白日的燥热此时荡然无存，甚至还有了些凉意。张霞裹紧外套，打开应急灯，仔细辨认着夜色中的景物，寻找孩子们的身影。

"妈！"佳智的声音似乎从外星球飘过来，"您也醒了。快来看。"

两个孩子原来就站在不远的高处，使劲儿向她招手。张霞就走过去。

"嘘——"佳智示意妈妈别说话，指指脚下。

脚下的浅沟深壑，此刻都笼罩在暗夜之中。那些龟背形、槽垄形、圆丘形、立柱形的各种样式雅丹地貌，白日里或壮丽雄伟或巧夺天工，这时全都身形模糊，显露出一种只在星光下才有的神秘莫测。

"那边。"佳慧轻轻说，以头示意。

那边荒凉的大地上，竖立着一艘梭形的宇宙飞船，金属的外壳在天穹下闪光，仿佛立刻就要挣脱地球引力腾空而去。模模糊糊的，它的身边又多了一艘飞船，正迎着东方展开巨大的护甲。一艘又一艘飞船，浩浩荡荡，绵延不绝。戈壁滩上，已经是战舰集结，号角吹响，只等旗舰起飞，就将全体出动，迎战来敌！

张霞站不住，整个身子都瑟瑟发抖。这景象太过真实，却又完全违背她的日常经验。她靠住佳智，勉强稳定情绪。佳智和佳慧围绕着她，不说话，三个人连呼吸都要停顿下来了。

天地辽阔，一片静谧。

不知道过了多长时间，一颗流星划过天空，消失在戈壁上空。

张霞的心脏一紧，以为这就是星际舰队的出发信号弹了。她握住佳智的手不由得加大了力度。佳智龇牙，小声呼喊："妈，你要捏死我了。"张霞这才意识到失态，连忙松开手。

就这么个眨眼的工夫，流星便多起来，从英仙座涌出，穿过银河，扑向大地。

"21，22，23……"佳智对表计数，轻轻感叹，"15分钟26颗，照这样一个小时能达到110颗左右。哇！货真价实流星雨。"

佳慧忙捂住他的嘴："别说话！"

流星闪耀，星舰待发，天地无言。

张霞忘记身处何时何地，震惊之后只觉茫然，眼泪不受控制地扑簌落下，无法抑制地抽泣起来。十七年前也曾夜宿俄博梁，却不曾目睹这般壮丽的自然景观。那夜没有银河与流星，有的只是狂暴的风沙和惴惴不安的情感。

佳慧赶紧拿纸巾给张霞擦泪。小姑娘只到妈妈的腰部，需要踮起脚尖伸长手臂才够得到妈妈的脸。张霞感到女儿的温柔，抱住她。

佳智忽然放下计数器，低呼："听！"

悠扬悦耳的琴音从远方慢慢传来。这声音恬淡从容，带着金属清脆的质感，穿透沟壑山丘，回荡在星光里，绵延不绝。

《红河谷》《莫斯科郊外的晚上》《啊，朋友再见》《雪绒花》……都是久远的老歌，张霞曾经熟悉到做梦都会跟着哼唱。

"好美。"佳慧轻轻赞叹。

佳智问："是什么乐器？"

"口琴。"张霞回答。琴音十分温柔，覆盖之处，那些欲行的战舰便停止了动作，身形渐渐变得柔软圆浑，甚至蠢萌的乖样子。千军万马的战场，顷刻间就转成海的幼儿园，无数小鲸鱼和海豚依偎在一起深眠。琴声陪伴，安然好梦。

吹琴的会是马安北吗？曾经看他木格的口琴实在太破，就趁在敦煌出差买了把新琴送他，却直到离开，都没有见他用过新琴吹奏。

遥想故人，神游天外，张霞沉浸在琴声中，没有注意到佳智和佳慧诡异的对望。

两个孩子悄然放开妈妈的手，朝琴声发出的方向跑去。

5

在前往冷湖将近十五个小时的漫长旅途中，张霞思考过会不会遇到马安北。依照他继承自马兴国的执拗劲，只要冷湖没有发现大油气田的消息，他就多半还留在冷湖。这些年来，新闻中偶尔有冷湖字眼，讲的都是一个城市如何因石油兴盛又如何因石油衰败，马家父子心心念念的油气田毫无踪影。所以，张霞有见到马安北的思想准备。不曾想到冷湖已经似是而非，街上的行人、夏令营的工作人员、商铺老板和饭店厨师……全都没有熟悉的面孔，仿佛十七年真是一个漫长的数字，久得已经沧海桑田。

此刻，马安北就站在面前，张霞却觉得很不真实，像是今夜的又一个幻觉。他比自己大十三岁，该是将近六十的人了吧？身形却还如十七年前那般瘦高而单薄。应急灯聚光中，他面孔的每个细节都清晰无比，抬头纹、川字眉，确确实实，不能否认的就是那个马安北。

这两天时常产生的警惕感，此刻并没有出现。张霞只是手足无措，哭笑不得。

马安北摇摇晃晃，举起湿漉漉的胳膊，挡住应急灯的强光，问："张霞，是你吗？这两个孩子怎么回事？还泼我热水。"

佳智摇晃手中的热水壶，煞有介事："神秘泉的硼化水。对你无效！OK，你鉴定通过了。"

"通过什么了？"马安北擦拭胳膊，关切，"你们怎么在这里？迷路了吗？"

"证明你不是火星人啊。"佳智解释，问张霞，"妈你认识他？"

"认识。认识很久了。"张霞喃喃说，"他不会是火星人。"

凌晨时分最是寒冷，但马安北的帐篷里温暖如春。一个大功率电暖炉散发出蜜黄的光芒，营造出似故人笑容般明亮舒适的环境。张霞和她的孩子们围坐在暖炉周围，分享马安北的巧克力条和速溶牦牛奶茶，但是拒绝了他的青稞酒。一边吃，张霞一边交代了来冷湖后发生的事情。事情说起来其实不多，张霞三言两语就讲完了。

"火星人？"马安北哈哈大笑，手里的青稞酒瓶跟着一起晃动，"怪不得我觉得冷湖的气氛越来越不对头。"

"真没开玩笑。我和佳慧亲眼看到的。在营地里，他们脱下人类的面具休息，他们在天花板上行走，他们还能变形。"佳智争辩，"而且追踪我们的那个还在神秘泉里熔化了。"

张霞点头："熔化那个我见到了。"

"所以，你们用温泉水泼我验明正身？"马安北看向佳智、佳慧，"你们两个小家伙还挺有想法。"

"我不小了。"佳智反驳，"甘罗十二岁时都拜宰相了！呵呵，你不知道冷湖镇上有火星人吗？"

马安北摇头："我很久没去镇上了。搞主题公园后，要冷湖工委开通行证才能进去。我忙得很，顾不上领，干脆就不去了。"

"你还在找油气田的证据？"张霞问，有点心疼眼前的男人。别人在他这个年龄都心满意足退休养老，可他还在风餐露宿野外作业。

"没空找了，现在工作要紧。"马安北说，神态平静，并没有志不能得的遗憾表情，"从俄博梁到南八仙这整个地区，要申报国家地质公园，得把石油项目施工留下来的工程垃圾和生活垃圾清理干净，还要评估以前开采过的两千多口油井是不是有生态环境危害，石油溢漏、矿渣堆积、输油管线渗漏、污水排放等全都要查，有问题还得修复。"

"那得忙很久吧？"张霞焦虑，轻装在这些地方行走都困难，还要做那么多事。

"很久。"马安北笑笑，"这辈子没时间去其他地方了。"

佳智赶紧插嘴："那你能带我们去花土沟吗？我们得赶紧报告火星人的事情。"

张霞不高兴："什么你啊你的，是您，叫叔叔！"

"叔叔！"佳智强调，"这事儿很重要！您去冷湖看看就能明白，那里已经不是地球人的地盘了！"

"是啊！"佳慧补充，"要是火星人把这地方占领了，地质公园肯定修不起来。叔叔您就白忙了。"

马安北瞧瞧佳智，瞅瞅佳慧，一拍大腿："对啊，咱大柴旦这么好的地方，不能让火星人占领了！"

张霞倒吸一口冷气，这么夸张的举止，却又不像那个熟悉的马安北。直到马安北凑近她耳朵，悄悄说："你娃真有想象力，我配合下？"张霞才松口气。这有点那个熟悉的马安北的意思了。就算她这个做妈妈的，也不能百分之百完全相信孩子们的所见所言，更何况其他人。但无论相信与否，佳智、佳慧的这份勇敢，这份侠义，她都必须支持。

"必须啊！老马，上天让我们在这里遇到你，就是为了让你帮我们的。"张霞也夸张起来，毫不客气地要求，"赶紧送我们去花土沟！"

"那边现在修路，得绕道，要多耽误大半天。"马安北挠头，想想说，"天文台有个直升机，飞过去快！"

"冷湖都建天文台了？"张霞惊讶。这么稀罕的新闻，她天天盯新闻台的怎么不知道。

"还没修好，隔三岔五要从敦煌运物资。精细设备不敢车运，怕颠簸怕风沙怕高温，只能空运。"马安北解释，"飞机跟我部门借的，驾驶员我哥们。"

佳智就激动："叔您说得对，干吗去花土沟报警，咱们直接奔敦煌找国家安全局！"

张霞吓一跳："行吗这样？"

佳智热血上头，不管不顾地说："当然可以！守土护球，人人有责！"

马安北反而有些胆怯："敦煌我只去过七里镇，国安局在哪儿可不知道。咱们要去国安局报告，是不是得多点证据？"

张霞奇怪："怎么能多点证据？我们是偷偷跑出夏令营的，不可能再回去。"

佳智说："是啊，那里很危险。"

佳慧忽然问马安北："叔叔您是哪个单位的？"

"中石油青海油田公司下面的环境研究所，这次地质公园的环境生态修复工程就由我们来做。"马安北说明。

"您在这附近工作，都不去冷湖吗？"佳慧继续问。

"不去了。支持单位，后勤基地，都在花土沟。"马安北说，顺手掏出圆珠笔，反过来用笔杆尾巴在沙土上画出简易地图，指点给孩子们看，"这是冷湖，这一带是俄博梁、水鸭子墩和南八仙雅丹地貌，这边是茫崖花土沟，这是在修的天文台。看上去没多远，随便开车都七八十千米起步。"他越说越得意，"我在这儿待惯了，地广人稀，自由自在，不像大城市，人多车多太闹腾。"

佳智盯住地图一会儿，一拍巴掌："我们去抓个火星人，不就有证据了吗！"

6

朝霞布满天际的时候，张霞和孩子们坐上了马安北的国产大皮卡，驶离旗舰山。皮卡的货厢塞满了各色杂物，有种机油混合牦牛肉的怪异味道；驾驶室里却干净异常，后排座位更是如新的一样。

"咳，没什么人坐后面。"注意到张霞的目光在后排徘徊，马安北解释，"地广人稀，一个萝卜得填三个坑。我这申请助手好几年了，一点儿回信都没有。"

这次该张霞坐在副驾驶座位上了，她闻到马安北身上浓烈的青稞酒味道，担心："你开车行吗？"

"没问题。"马安北满不在乎,"这点酒还放不倒我。"

张霞注视着马安北的右侧脸颊,伸出左手去,和他握换挡杆的右手并排。她的手白皙细腻,他的手黢黑粗糙。两只手的对比如此鲜明,她不由得轻轻叹息:"我不如你了。"

"嗨,生活方式不一样而已。别说泄气的话。"马安北说,"给孩子们做个榜样。"

张霞摇头:"我现在养尊处优久了,生活中有一点改变都不愿意。以前,面对戈壁荒滩,巴不得来个陌生人,来个不一样的工作,生活多点刺激多点新鲜感。那时我不会害怕,不会躲避,要是那会儿遇到火星人,多半就直接上去打斗了!"

而我现在只想逃走,离开这个人口密度一平方千米还不到一个人的地方,回到大连去。张霞不敢把这话说出来,怕一说就伤感,连忙掉头看向窗外。十七年前,俄博梁的夜里她怎么回答他的?"我一定要回来的。"她声嘶力竭,"回来陪你一起找证据油田!"

但她过了十七年才回来,已婚,两个娃,皮肤白嫩,她再也不可能陪他纵横柴达木盆地,一点点去核实马兴国手稿中计算出的数字,寻找大油田的踪迹。她做了冷湖的逃兵。

"手机!"马安北突然叫她,"手机给我。"

张霞莫名其妙,顺手递出自己的手机。马安北极快摘下手机中的 SIM 卡,关了手机,才把卡和手机一起塞回她手中。

"过了前面的孔雀开屏石就会有电讯信号。"马安北解释,"夏令营如果还要找你们,手机会暴露你的位置。"

张霞"哦"了一声,怪不得昨天黑车能一路追着,还被它逼进俄博梁。

"叔您说得太对了。我们首先不能暴露方位。"佳智从后排探过头来,"就按您说的,先从 4 号基地边上擦过去!运气好就抓个火星人当证据,抓不到就直接去飞机场。"

佳慧正把自己和佳智的手机也关机拔卡,听到佳智的计划就从鼻子里哼一声,轻蔑:"哥你不想做拯救地球的超人了?"

"先保证自己安全重要。"佳智说,"要不谁去揭发问题。"

"对,什么时候都要先保证自己安全!"马安北赞许,"这季节气候多变,今天还可能有泥石流。我们还是要尽早尽快走。"说着,脚下又加大力度。

前方没有路,皮卡愣是从山脊上直冲下去。车子底盘硬,张霞母子三人被颠得上下蹦跳,要不是有安全带系着,不定磕碰到哪儿。

这么紧要关头,佳慧却还琢磨马安北的话,好奇地问:"这儿算是中国最干旱的地方之一,怎么还会有泥石流?"

"雨少可不代表不下雨。地上尽是沙土,存不住水。"马安北耐心回答,"还有开矿把地都挖空了,雨大点就能地表塌陷。"

随着马安北的声音,皮卡又爬上几乎90度垂直的山坡。张霞被颠得要把苦水都吐出来,使劲儿压住抽搐的胃,忍不住请求:"慢点,安北,别这么快!我们还有时间!"

"有时间吗?"马安北怀疑。

张霞就一五一十地计算:"昨天进了俄博梁我手机就没有信号,雅丹里又刮大风,到这时候他们定位不了我的位置,肯定会以为我们迷路了。要找我们,没半天不行吧?时间不就有了吗?"

"还是早点吧。"马安北说,"万一出个意外也好有个机动。"

张霞不说话了,身体的难受也让她说不出话来,只能任由马安北的皮卡"发疯"。她试着打开一点窗户透气,风立刻呼啸着灌进车里。阳光也跟进来,射到皮肤上火辣辣地疼。

张霞只好关紧窗户。隔着茶色的玻璃窗,皮卡正将一个个的背鳍形垄脊甩到身后,那就是昨夜的战舰和鲸鱼,典型的风蚀地貌,因为所含的石英颗粒而闪光。张霞闭上眼睛,以前经常在马安北的车子上睡觉,不过吉普上的空调时有时无,车厢里热的时候像蒸笼,冷的时候却又像冰窖。不似此刻,和风轻拂,如身处春天之中。朦朦胧胧地，她觉得自己已经睡着了，却又睁眼睛竖耳朵，警惕着周围。

佳慧忽然喊："孔雀开屏！"

张霞惊醒，窗外果然是形神毕肖的一只土孔雀，高耸尾羽傲然绽放。他们就要走出俄博梁了。

"好嘞！"佳智兴奋地叫一声，"火星人，我们来了！"

7

雅丹地貌终于消失在地平线那端，油黑的公路笔直向前，前方的地平线上群山连绵，山顶白雪皑皑。公路两边铺展开广阔的土褐色平坦大地，生长着水泥电线杆和通信公司的基站。没有来往的车辆，没有路人，没有植物和动物，整个天地，唯一活动的物体就是马安北的皮卡。

车子加速到了一百二，人和车好像被吸到了路面上，擦着地皮在飞。

佳智和佳慧习惯了皮卡的节奏，挤在后排角落里嘀嘀咕咕商议怎么对付火星人。

张霞就对马安北说："谢谢你没把孩子们当神经病。"

"因为火星人？"马安北笑，"俄博梁那边有个火星模拟训练场，经常会有科学家试验火星车、火星居住舱、火星采矿机……他们都自称火星人。"

张霞龇牙，昨夜说了那么多，马安北还没有理解吗？还是他喝多了酒，一切都忘记了？她加重语气强调："不是这种火星人。佳智他们的意思，冷湖火星小镇主题公园那边，被真正的火星人，当然未必真来自火星，但肯定不是地球人，占领了！"

马安北的脚就踩到了刹车上。皮卡一个急刹车。佳智、佳慧撞到一起，疼得直叫。马安北跳下车，张霞赶紧跟着也跳下车。

马安北点着一根烟，狠吸了几口，才问身旁的张霞："昨晚上你讲的，你孩子讲的，都是真的喽？"

"真的，没胡编乱造。而且如果没有遇到你，估计我现在还在俄博梁里转悠找路，说不定就像南八仙的那些前辈，葬身荒漠。"张霞认真回答。

"我还以为，孩子们在玩'寻找外星人'的主题游戏。这几年，虽然不怎么去冷湖了，但这路上的旅行者可遇到过不少，什么稀奇古怪的想法都有。"马安北说，"所以我配合你们的游戏，没剧本还演得挺好。"

"冷湖那边，你真的不了解情况吗？"张霞问。

马安北缓慢摇头，又缓慢点头，靠近张霞。张霞看着他眼眸中的自己，一时间心神恍惚，忘却身在何处。

"走！"马安北干脆说。

"去哪里？"张霞喃喃问。

"我有些东西给你看。"马安北激动，"你早该去看的。"

佳智摇下车窗，探出头叫："妈妈，马叔叔，出什么事情了？"

张霞赶紧低声快速说："安北哥，请继续配合，拜托了！"

"车厢里找点吃的！"马安北高声回答，随即在张霞耳边轻语，"好，只要你高兴。"

8

皮卡继续奔驰。忽然前方飞沙走石，天空中瞬间乌云翻滚汇聚。云层厚得仿佛就要坠落大地。

"好像世界末日啊！"佳慧感叹。

佳智也叹口气，脱口而出："这环境真挺糟糕，要说火星人在这儿生活也不容易。"

佳慧瞪哥哥："嘿嘿，你怎么站火星人一头了？"

佳智说："我当然是站地球人这边。可要是火星人没伤害过地球人，柴达木盆地那么大，一百多火星人容得下。"

佳慧微微皱眉，质问："你这想法倒新鲜，昨天怎么不这么想？"

"昨天紧张呗！突然看见货真价实的外星人，谁不害怕啊？可咱老祖宗怎么说的？有朋自远方来，不亦乐乎！他要是朋友，我们就好酒好肉招待。"佳智越说越振振有词。

"可他要是豺狼呢？不得准备猎枪啊！"佳慧反驳。

佳智跺脚下结论："那关键就是判断火星人的属性，是邪恶还是友善！"

张霞想问马安北要给她看什么，但孩子们的谈话让她走神，冷湖为曾经居住的数万石油员工准备了图书馆、医院、学校、宿舍、商场……如今人去楼空，又是那么偏僻的地方，为什么不能给火星人用呢？如果他们真的没有恶意的话。

"嘁！"佳慧喜欢和哥哥抬杠，就说，"火星地方更大，火星人怎么不回他自个儿家呢？到地球来串门做客没问题，长期住赖着不走不好吧？柴达木地方是大，可生态脆弱啊，经不起火星人折腾。"

佳智瞠目结舌，说不出话来。

佳慧得意："是吧，我说的有道理吧？"

"有道理。"张霞点头赞许，"佳慧的话没毛病。"

佳智使劲咬嘴唇，终于打个响指，找到了问题的解决方案："那就是火星环境不再适合他们了，他们才会到地球上来。柴达木对我们而言环境严酷了点，对火星人也许就刚刚好！孟子说，穷则独善其身，达则兼济天下。仁慈而慷慨，才是人类种群文明发展的标志。"

"说得好！"马安北夸赞，"叔要不是开车，就给你鼓掌了！你多大？"

"十二岁。"佳智不高兴，"昨天晚上告诉过你。"

马安北说："十二岁？能有这抱负见地，了不得。我十二时连柴达木外什么样都不知道。"

佳慧撇嘴:"他那是孟子的抱负见地好吧!"

佳智扑哧笑了,马安北也笑,佳慧忍忍还是露出了小酒窝。张霞内心自踏进冷湖后产生的紧张感,竟然消失了一大半。她看看孩子们,再看看马安北,也跟着笑起来。

雨点噼里啪啦打在车窗上,惊起一片沙土,天地之间顿时浑浊了。皮卡疾驰着,超过一道道闪电。这场景有种强烈的科幻感。除了马安北,车上的人都举起手机要拍照,却同时想起手机已关,大家再次笑起来。

皮卡奔下公路,蹚过一片片泥浆,停了下来。

"雨太大了。我们等一下再走。"马安北说。

雨雾中隐隐约约有一道矮小的围墙,还有个白色高高的物体耸立在那里。张霞觉得似曾相识,是非常熟悉的地方,有些惶恐,问:"这是哪里?"

马安北闭目靠着椅背,并不回答。

张霞开车门,才开了一条缝,外面的雨水就哗啦啦往里钻。她急忙关紧门,心脏扑通扑通跳。

"妈妈,这是在哪儿啊?"佳智问。

"我说不好。应该是……公墓。"张霞抽口冷气,就是这地方,没错,就是它,"青海油田冷湖四号公墓!"张霞喃喃道。

佳慧顿时伤感:"哦,爷爷奶奶在这里。"

"还有太爷爷。"张霞补充,"爸爸讲过的,太奶奶是寻找油苗的地质勘探队员,1957年在俄博梁那边雅丹地区失踪。太爷爷带着只有十岁的爷爷过来找人,寻不到,就留了下来。五年后,爷爷成了冷湖年龄最小的石油工人。"

"妈!"佳智灵光一闪,"太奶奶不会就是失踪的八个女地质队员之一吧?她们失踪后,那一带就被称为南八仙,表示对她们的纪念。"

"不是,南八仙的失踪者时间更早一点。"张霞说,"太奶奶没有找到,所以和太爷爷合葬的是她的遗物,一块头巾。"

佳慧哽咽了。

佳智说："爷爷奶奶我知道。他们退休后到大连来和我们住一起，可是住不惯又回冷湖去了。后来爸爸就说，他们病逝了，葬在冷湖。"

那时佳智、佳慧还小，她留在大连照顾他们，丈夫独自回冷湖料理老人的后事。回来带了张照片给她看。她对那张照片印象深刻：爷爷奶奶的墓碑上刻了529、530两个号码，他们是在冷湖安葬的第529、530位石油战士。太爷爷和太奶奶则是247和290号。马兴国老爷子是451号。

张霞记得马老爷子下葬的情形，特别隆重，很多人从敦煌赶来给他送行。几天前老爷子病床前，马安北拍着胸脯说要当好她的师傅，老爷子脸色一沉："什么师傅！张霞聪明，让她出去读书！"

2003年，她真的有了机会去大连读书。那时还不是婆婆的丈夫妈妈，把冷湖的沉砂包一袋，放到她贴身的衣兜里。老人家说："不管你以后回不回来，你的根在这里。"

张霞哆嗦，她再次打开车门，雨停了。

雨后的天地，干净肃穆。张霞环顾四周，一个个小馒头样的坟包，围绕着白色的纪念碑。没错，就是四号公墓。她踩着松软的沙土，踉踉跄跄走动着，寻找自己熟悉的墓碑。

佳智、佳慧也下了车，他们面前的墓地十分简单：围墙低矮，没有任何绿植，大片坟包的沙土都连在了一起，彼此很难界定，只有那些简朴的墓碑，说明沙土下的英魂是谁。

佳智腿快，走到纪念碑前，碑身上镌刻着"为发现柴达木石油工业而光荣牺牲的同志永垂不朽"一行大字。佳智再往前走，是没有门的公墓大门口，两侧也刻了字。

"志在戈壁寻宝业绩与祁连同在，献身石油事业英名与昆仑并存！"佳智一个字一个字念。

"知道这说的什么吗？"马安北出现在佳智身后，问他。

"说的是埋葬在这里的，都是为了找石油献身的人。"佳智回答，"我爸说，有好几百人呢。"

"537 人。"马安北说，"年龄最小的只有十九岁。你看到那个位置了吗？我死后要葬在那里。"

那个位置在公墓最里面的角落中，现在只是一块光秃秃的黄土。

"叔！"佳智一贯话多，此刻却找不到任何语言来描述心情。占据他思维空间的火星人一时甩到脑后，不重要了。

马安北挽住佳智的手往公墓里走，温和地说："别难过。人终有一死。我这一辈子，都走不完柴达木的路。小伙子，要记住，只有荒凉的沙漠，没有荒凉的人生。"

"爷爷奶奶他们到这儿来找石油，一开始很苦吧？"佳智问。

"一卷行李一口锅，前者骆驼战沙漠，渴了抓把昆仑雪，饿了啃口青稞馍。"马安北随口念，"刚来时就是这么苦，没房子住，就在地上挖地窝子。不过没人在乎，自个儿怎么苦都没关系，关键是要把石油挖出来，祖国需要油！这边油层浅，一两千米就能出油。地中 4 井钻到 650 米就井喷，连喷三天三夜都不停。"马安北越说越激动，"1958 年 9 月 13 日，每个冷湖人都为之自豪的日子。就是那天地中 4 井出了油。从那天起，冷湖油田就源源不断出油，一直到 1992年，因为油气枯竭才关停了大部分油井。不过，这个世纪还会重现当年的辉煌，相信我，这附近还有大型油气田。"

马安北絮絮叨叨说着，拉了佳智走到公墓深处。张霞正给一些坟包重新垒土，佳慧在旁帮忙。

"都看到了？"马安北问。

张霞点头："是，孩子的爷爷奶奶、太爷爷太奶奶，还有你父亲。他们都是坚毅的战士，在这里钻井找油，一干就干到死！"

"我为祖国找石油，祖国的需要就是他们的信仰。"马安北说，"天上无飞鸟，地上不长草，风吹石头跑，这样的环境只是挑战不是考验。"

张霞仰望着马安北，慢慢说："我想回来。脚踩在这里，心里才有踏实的感觉。"

马安北刚要说话，佳智插嘴问："妈，那姥姥姥爷的墓呢？"

张霞擦擦脸颊上的泪水，抱住儿子："姥姥姥爷他们不在这里。他们是车祸，从敦煌运送物资上来时，在阿尔金山。尸骨无存。"

"妈妈！对不起。"佳智叫，后悔问这个问题。

"一直没有告诉你们。妈妈实在不知道怎么讲述姥姥姥爷。他们去世的时候，妈只有两岁，根本不记事。"张霞说，"我被你们爷爷奶奶收养，马叔叔家住隔壁。所以，我和爸爸，还有马叔叔一起长大。"

佳慧也抱住妈妈。

马安北突然问："佳慧、佳智，要不要看看妈妈当年住过的地方？"

张霞连忙摇头："不，不，那里没有什么可看的。我们还是赶紧去找飞机。"

"不，不，既然来了，一定要看看！"佳慧要求，"离得远吗？"

"不远，顺路。"马安北说，"只是好好陪妈妈，我怕她又要哭了。"

9

戈壁的天气，到了中午已经晴空万里，炎热而干燥，丝毫没有两个多小时前还下暴雨的迹象。吃了点干粮大家继续前行。

皮卡没走公路，仗着车皮实，在旷野中抄近路拐大弯，确实没开多久，道路右侧就出现一排排无顶无窗灰白色的残垣断壁。

车开得近了，这些残破的建筑就更多，建筑中间的主干道还可行，其他地方的道路都被沙土砖瓦碎块淹没。

"5号基地。以前我们就住这里，那条街过去第二排房子。"马安北说，给张霞和孩子们引路。

佳智"哦"一声，四处环顾，到处都觉新奇，尤其那边半残的墙壁后还有黑板，应该是间教室。

"那是5号职工子弟学校。"注意到佳智的眼神，马安北说，"这边是5号电影院，5号钻井食堂，旁边是露天电影院。那边还有商店，当时叫贸易公司。"

"这墙上还有标语——向雷锋同志学习！"佳慧发现，大声念。

"冷湖主要是由老基地、4号基地和5号基地构成的，刚才去过的公墓在4号基地边上。"马安北对孩子们说，"这儿曾经是一个很大的居住区，但是冷湖的石油资源暂时性枯竭后——"停顿几秒后，他继续说："这儿的单位就陆陆续续搬走了，当然居民也就撤了。"

"所以他们就把房顶都拆了？"佳智说，"拆得这里好像打过仗一样。"

"能带走的都带走，这也是对物资的极大节约和尊重。"马安北说。

"叔叔你说暂时性枯竭是什么意思？"佳慧注意到马安北的用词，问。

"我相信冷湖这里还有大的油气田。我的余生都会为了这个信念努力。"马安北看看身边，"你们妈妈呢？"

张霞站在一排房子前，来回走动，时不时蹲下身子刨动沙土。

佳慧跑过去，问："妈，这是你住过的房子？"

"应该是，很奇怪，我有些不好的感觉。"张霞说，她一直不愿意回冷湖，就是因为这感觉：只要回忆链接到"冷湖"这个词上，一片一片残破的基地，一批一批离去的人便浮现眼前，那不是难以割舍的亲情，而是特别心悸、惶恐和紧张的不舒服。

"是什么？"佳慧追问。

"我说不出来。我印象里并没有在这里住多久，后来就搬到4号基地去了，那里条件好些。"张霞摇头，"那些年代的事情真的很模糊了，记不住。"

佳慧附在张霞耳边轻轻问："妈你是不是喜欢马叔叔，可是他不肯走，你就只好跟爸爸走了啊？"

张霞吃了一惊，看到女儿眼中全是八卦的小星星在闪，她又好笑又伤感："你编小说啊！马叔叔大我十三岁，对我就像妹妹一样。我和你爸爸，应该算是青梅竹马吧。"

"那就好那就好。"佳慧笑，"你和爸爸感情好就成。"

"你这孩子，满脑袋瓜儿都想啥。"张霞拧女儿的脸蛋，"回家不许上小说网站！"

佳慧吐舌。她顺手扒开妈妈刚才刨的沙土，里面却是碗口大的树根，断面整整齐齐。佳慧又刨一根，再刨……刨出六七根。

张霞注意到佳慧的动作，解释："这儿寸草不生，这些树都是从德令哈拉来的树苗，冬天用棉被包裹，夏天一日三遍浇水，历尽艰辛，好不容易长大了。那点绿色太稀罕了。可是都被砍掉了，太可惜。"说着，又去摸了摸树根。

就像被电击到一样，张霞急忙缩回手。

"怎么了？"佳慧急忙问。

"不舒服。"张霞跌坐在地，刚才很是头痛，脑海中闪过许多凌乱的画面：基地在熊熊大火中燃烧，树木齐刷刷向一侧倒下，天空异常明亮……

佳智过来，一脸神秘状，问："妈，这里地下是不是有什么矿产？"

"没听说过。怎么了？"

"你看这个数值，已经超过警戒线太多了。妈，这地方辐射超标，有问题！"佳智兴奋，手里的黑色小盒子在张霞眼前晃来晃去。

"你带了盖格计数器！"张霞诧异。

"有备无患。妈，这附近可能进行过核试验！"佳智煞有介事地分析。

"瞎说。我 2003 年才离开，可没听说有什么核试验！"张霞驳斥孩子。

"您自个儿看数据。事实说话！"佳智就把计数器塞到张霞手中。

计数器上的红色数字很是刺眼。

张霞腿软，头又痛起来了。前几天的紧张危机感，还有现在的惶恐无助感都叠加在了一起，她想跑，但站不起来。耳边响起无数纷乱的声音。眼前也是凌乱的一片片颜色，拼不出清晰图案。

"佳智！佳慧！"张霞急忙叫，试图抓住孩子们，却抓住了一只温暖的大手。

"我在这儿。"马安北说，扶住张霞，"你怎么了？"

"我不知道，我很难受。这儿有过一场大火，这些树不是人砍伐的。我看不清楚，但我感觉到了。这些房屋，在拆毁前就已经被毁了。安北哥，你说过要给我些东西看，我早该看的，是什么？"张霞像个溺水将亡的人抓住唯一的稻草，喘息着说。

"它不在这里，我们还要继续开车二十分钟，你能行吗？"马安北问。

张霞点头，撑着他的手努力站起来，坚决地说："走！"

10

张霞从来没有觉得二十分钟的路途会如此遥远，似乎一辈子都到不了。皮卡驶出 5 号基地后，又路过一处又一处残破的居民点，规模都要小很多，可能是检查站、加油站之类。张霞叫儿子坐副驾驶座，自己到后排躺下，才觉得身体状况好一点，神经和血管都要撕裂扯碎的痛楚减弱了许多。

"天啊！那是风车吗？"佳智叫起来，激动地摇下车窗。

灰黄的戈壁上耸立起一队又一队的风力发电机，就像手握长枪严阵以待的武士。风力发电机不停转动的叶片下方，柔和的绿色一点点延展到远方。

"这儿终于有草了！"佳慧说，抱抱妈妈，"好开心！"

张霞握着女儿肩，慢慢坐起来。车轮碾压过柔软的骆驼草，穿过一丛丛白刺和沙棘。绿色越来越密集葱郁，在蓝天白云下，闪动着生命的朝气。张霞眼睛一亮，干涸的嘴唇中吐出一个词："冷湖！"

"是的，前面就是冷湖了。"马安北说，"我们要去的地方，就在冷湖边上，快到了。"

植物茂盛，皮卡不能再像在戈壁上那样横冲直撞，只能小心地沿着前车压出的土路行驶。片刻，冷湖晶蓝的身影就出现在左侧车窗外。

"有鸟！"佳智叫。

"麻鸭，灰雁，黑颈鹤，这个季节都有。"马安北说。

"哦，那野兽有吗？"佳慧问。

"山上有狼。"马安北回答。

山在车窗右侧。青色绵延的阿尔金山，白雪皑皑。如果站在冷湖对面，看山映在湖水中，湖水映衬山峦，必定美不胜收。

皮卡并没有在冷湖停留，又前行一会儿，才戛然停住。

马安北嘱咐大家戴上眼镜，就开门下车。佳智和妹妹一个车下接一个车上扶，把张霞挪到车外，她靠在车身上，喘气。

佳智和佳慧同时"啊"了一声。

张霞也很意外："这是哪里？我以前来过冷湖，从没有见过这个地方。"

众人面前是一片不大的水域，白得晶亮耀眼。冷湖湖畔的绿色到这里荡然无存，无数白色大块结晶体覆盖了水岸，像是镶嵌了一圈华贵的水晶项链。

"这是盐湖。"张霞体力恢复了些，弯腰捡起一小块晶体，放进嘴里尝尝，问马安北，"是我走后出现的吗？"

"你在时就有，只是面积很小，而且是保密级的。你走后面积在一天天扩大。原来，井架那边可以直接开车，现在不行了。"顺着马安北的手指方向，张霞看到一座勘探用钻井机。

"保密？钻井有什么问题？"张霞脑海中有些模糊的猜想，她不由得哆嗦。

"这里就是我爸爸认定的冷湖新油气地块。那口钻井，就是他的勘探井。"马安北说，"张霞，我想给你看的就是这口井。"

"不是没找到油，井拆了吗？怎么还立着？"那种紧张得要窒息的感觉又来了，张霞的头剧痛，只想赶紧结束这次旅行回家。她的手完全不受控制地一把揪住马安北衣领，怒吼，"你给我们找的飞机呢？飞机呢？"

佳智一旁帮老妈吼："是啊，叔您说了用飞机送我们走，飞机在哪儿？您是大人，可不能食言而肥，做坏榜样。"

马安北挣脱张霞的手，解释："飞机我已经联络了哥们。他从敦煌送了天文台的货再到咱们这儿来，得黄昏了。在这里等，风景比较好。"

　　张霞望着马安北，这个她曾经依赖和倾心的男子，突然之间面目全非，完全看不清他的心灵了。她深呼吸，尽量平静情绪，马安北的葫芦里卖的什么药，还得面对。她于是放慢语速对马安北说："你带我们来这里，可不是为了看风景。那口井到底有什么秘密？带我过去看。"

　　"我们也去！"佳智、佳慧齐声说。

　　马安北便从车厢里摸出三双肮脏的水鞋，示意张霞母子穿上。鞋子又大又肥，张霞他们穿上好一会儿才能正常走路。

　　"慢慢跟着我。"马安北说，"水不深，但有些地方是沼泽，陷进去挺麻烦。"

　　柴达木盆地盐碱地很多，因此盐湖随处可见。大量的湖盐类沉积矿物结晶析出凝结成数米厚的盐板，构成湖底。一两厘米厚的咸水铺在盐板上，就构成了湖水。清澈的湖水在白色盐结晶帮衬下形成了一面巨大的反光镜，倒映出蓝天白云骄阳，特别纯白洁净。远远望去，站在盐板上的人好似漂浮在水面上一般，倒影清晰可见。

　　冷湖附近的这个盐湖人迹罕至，尤其清澈晶莹。马安北一行人的每一步，都是踩在松脆的盐板上，发出沙沙的响声。随着他们的行进，松松的地表下便渗出盐卤水，迅即淹没了他们的脚印。他们就像水上漂一样，轻盈地来到钻井旁。

　　钻井是老式的磕头机，下半部被蓝色铁皮围栏包住。马安北拿个钳子一拧，围栏上的铁锁就开了。他推开门。

　　机器还保持着当年工作的样子，似乎只要擦遍机油，就还能开动起来。

　　张霞走到钻井旁，毕竟在冷湖长大的人，从小看惯了磕头机的样子。"这口井哪里不对了？"她纳闷。

　　"这口井其实钻出了石油，而且才1200米就开始喷水喷油。"马安北说，

"我爸爸的理论是成功的。那是1974年。"

张霞的脸色微变："可是局里都说他失败了。"

"因为还喷了其他东西。"马安北慢慢说，"所以，石油局对外宣称他没有找到油。"

"什么东西？"张霞心头一紧。

"没人知道是什么东西。参与钻探的所有人都被隔离了。过了很久才解除隔离，我才能见到爸爸。后来他们又钻了一次，那一次动静比较大，冷湖5号基地的很多建筑被破坏，树木更是齐根断掉。"马安北平静地讲述往事，张霞却听得心惊肉跳。

那些模糊的影像又涌入脑海：奔跑的人群，熊熊大火中燃烧的基地，齐刷刷向一侧倒下的树木，异常明亮的天空，还有一朵腾起的蘑菇云……

"简直就像核爆炸！"张霞不由得惊呼。

"就是核爆炸。5号基地核污染严重，必须进行清理，基地单位和人员整体搬迁。防化部队进了5号基地。还有一个地质专家组重新勘探这个地块，我爸爸参加了这个专家组。"马安北停顿片刻，跺脚，"就在这下面，有东西。"

佳智和佳慧都听得入神，此时异口同声："火星飞船！"

马安北说："那是很大的结构，有三四千米长，如果是飞船，该是星际母舰级别的。这个结构可能已经有五万年。"

"五万年前，有一艘星际母舰因为意外坠落在这里，深埋地下。然后，被勘探石油的钻井触发了定位系统！一直在寻找母舰的火星人终于得到母舰的位置，他们立刻赶过来，占领冷湖，并准备适当时机解救母舰。"佳智一口气说完，满脸得意，"OK，我接近真相了！"

佳慧盯着马安北的脸，问："我哥说得对吗？请您说实话！我可是学过微表情课的，你要撒谎我立刻就能看出来。"

马安北摇头："真相现在还不知道。但1974年后，这一带UFO的目击案确实特别多。1975年，兰州空军还将驻扎在茫崖地区的一个雷达站迁到这里，监视空中飞行器活动，直到 1985 年才撤离。"马安北叹息："我们不敢再往下钻了。尽管我爸爸的理论没有任何问题。"

张霞说："马叔叔的理论不用再证实，这儿有油。那么你——"她看着马安北："你留在这里，是为了——"张霞说不下去，眼前这个人真的是在清理环境吗？认识他三十八年了，却从不清楚他到底在干什么。

"为了你啊。"马安北回答。

张霞按住头，这几天折磨她的所有心理和生理痛苦，现在一起发作了。她觉得这个世界正在和她分离，要从她的身体发肤中抽走。她再也坚持不下去，推开孩子们，向外跑去。

11

张霞跑过清澈的盐湖，跑过沼泽和芦苇荡，跑过黄昏灿烂的晚霞，跑过初升闪耀的金星。直到精疲力尽，她跌倒在冷湖冰凉的湖水中。本能地，她翻过身，仰躺在湖面上。她的头顶，一颗颗星星点亮，连接成璀璨的银河。湖水涌动，一点点推她向湖中央。

佳智、佳慧和马安北追到岸边。

"妈妈！妈妈！"两个孩子叫，"您快回来！"

马安北却没说话。

"马安北你到底安的什么心！"佳慧骂，"我妈要淹死了，你赶紧救她啊！"

马安北没动，指指头顶。

飞机轰鸣的声音，聚束灯光。一架直升机擦着冷湖的湖水，缓缓接近张霞。舱门开了，一个绳梯放出来。

佳智跳脚，恍然大悟，质问马安北："根本没有火星人，我们从开始就被你算计了！"

"我们的确在算计。我和你们的父亲。"马安北说，"我们负责这个项目。包括你们，都在项目中。你们的这次旅程，就是项目组的设计。"

"原来爸也参与了。"佳慧恍然大悟，"咳，当然了，是他给我们报名的火星夏令营啊！"

"你们都是很出色的孩子。"马安北夸赞，"妈妈把你们教导得很好。"

"我看到的火星人，还有那个被高温泉水熔化的人……难道都是你们设计好的表演？"佳智惊讶，"这，这不合逻辑啊！"

"火星小镇，镇上的所有活动内容，都是文化拓展项目，和我们这个项目不是一回事。高温熔化的只是纳米材料机器人。我们利用了一下冷湖的这个火星文化项目，为你们定制了一点东西。"马安北解释。

"为什么呀——"佳智哭笑不得，"你把我们耍了。"

"不，我们希望能用一些极端手段唤醒你们或者是妈妈体内的原始记忆，打开母船，救助它，帮它回家。"

佳智不愿意相信，跺脚狂叫："我妈不可能是外星人！我也不是！我不可能是外星人！"

马安北拉住佳智，用平稳的声音说："当年地下喷出的那些物质中有活性物质。我们尝试培养这些物质。后来，终于把其中的部分信息组合进了人类的基因中，并且形成了胚胎。几百个胚胎中只成活了一个，健康长大，成熟，外形上和人类婴儿毫无区别。"

佳智像是突然被钉子钉住，一动不动。他张了张嘴，却说不出话。

"是的，我父亲，给这个婴儿取名张霞，希望她给两个文明都带来曙光。而且，她还成功孕育了人类的孩子，在你们身上，也有外星物种的信息。"马安北说罢，长长舒了口气。这秘密隐藏在心中太久，终于可以说出来了！

佳智仍然呆若木鸡戳在原地，马安北的话中包含的信息太过丰富，他一时难以理解和接受。佳慧的所有注意力都集中在张霞身上，没听清马安北的话。

绳梯接近了张霞。她一动不动漂在水面上，没有任何反应。

从机舱出来的救生员顺绳梯下来，他接近水面，一把抓住张霞。

"爸爸！"佳慧认出救生员，大叫，拉起佳智的手狂喊，"爸爸——爸爸——"

救生员冲佳慧兄妹挥挥手，就将张霞整个儿抱出水面，给她系上安全绳。直升机带着他和张霞，向马安北这边飞过来。

马安北拉住佳智和佳慧："我，你们，还有你们的妈妈爸爸，我们一起把地下飞船唤醒！让冷湖成为星际港口！我们一定要做到！一定能做到！"

佳智"啊——"一声终于叫出声来。"星辰大海！"他哽咽，"我们来了！"

——原载《人民文学》2019 年第 11 期

初看起来，《纳克人》很像美国科幻电影《银翼杀手》的追杀翻版；而形式上，又颇有些网络游戏中过关斩将的流程模样。但故事并没有停止于此，最终还是回归到更为常见的母题：欺瞒，探究，令人震惊的真相，以及自我救赎。

纳克人

一骑星尘

亚林合上了《机器人的秘密生活》，粗暴地扔到了角落里，被杰瑞舰长看到了。"你扔的是什么？"他问。

"没什么，一个关于机器人的故事罢了。"

"很难看吗？"

"不是好不好看的问题，而是里面的机器人竟然可以违抗命令，简直可笑。"

杰瑞犹豫了一下："确实不合常理，我们手下的机器人和纳克人都不可能违抗命令，不过传说千年前的那批产品有瑕疵。"

"传说？千年前？那种老古董早就淘汰了吧。"

"说得也是，不过……哎，算了，没什么。"

无垠太空中，一艘星舰进入了虫洞，开启了它的使命之旅。

你再次醒来的时候，已经是黄昏，鲜红而又巨大的太阳还剩下一半，即将消失在南方的峡谷之中，那里是纳克人的禁地，光线微弱，上次去的时候你在那里失去了尾巴，伤口至今都在隐隐作痛。

你很高兴自己苏醒了过来，尽管对于你这个纳克人来说，苏醒意味着有活儿要干，而且是非常非常累的活儿，不过能够"活着"就已经很好了，这感觉太棒了，足够令你兴奋不已。你伸展一下四肢，让肢体最大化地延伸。可是刚刚深吸两口久违的空气，你就剧烈地咳嗽起来，因为空气干燥并且充满了灰尘，每次呼吸都有土进入你的嘴里，令你的喉咙发痒，还很苦涩。但是这份痛苦让你更加开心，每一条毛细血管都兴奋地颤抖，因为这正是"活着"的证明。你哈哈大笑，使劲地抖动身体，甩掉了不知积累了多少年的灰尘，露出了刚刚充满气，还很皱的皮肤。你捏了捏自己的脸，弹性还不错，保存还算完整，至少感光细胞可以正常工作，要知道有的纳克人可是在苏醒后发现身体只剩下了一半。

你感受到了远方强烈的呼唤，一种微波信号正试图与你的脑波相连，不管是谁唤醒了你，他都有权利命令你做任何事。服从命令，是纳克人的天职，你没有拒绝的选项。

整个大地都是一片火红，沉浸在单一的红光之中。这种波长在622—760纳米的可见光为你源源不断地提供着动力，全身的每一个细胞都在忙碌着捕获光子，以获取能量。相比纳克星美丽的黄昏，更吸引你眼球的是巨大的太阳。在你上次苏醒的时候它还没有这么大，如果把你记忆中的太阳比作橘子，那么现在的就是篮球。

你还没来得及思考太阳变大的原因，一个声音就强行钻进你的大脑。

"A119，A119，收到请回复，收到请回复！"

"收到！你是谁？"你默念，看来你的脑波已经成功连接上了脑域网络。

"很好，下面为你分配任务，请立即执行，我是这个脑域网的终端F2000，你直接听命于我。"

听起来向你下达命令的也是一个有编号的"人"，这让你有些吃惊，因为你之前执行过的命令都是由人类自己下达的。可能是自己沉睡太久了吧，每次苏醒都会有新鲜玩意出现。详细的任务列表很快就输送到你的大脑中，多达五十多页。你的自尊心微微抖动了一下，让你苏醒去执行的任务竟然列在第四十页上，连前一百都不是。你仔细地看了看，任务名称是——清理发射井。

比起打扫卫生这种事，你更希望做些刺激而更有难度的活儿，可是任务就是任务，需要你时，你就苏醒，不需要你时，你就沉睡，纳克人就是这样，别无选择。

任务地点在东方，你迈开四条腿向东方走去。火红的太阳在大地上拉出了长长的影子。

"情况怎么样。"杰瑞舰长浓重的愁眉已经快扭到了一起，他的副手亚林一脸苍白，仿佛一夜间衰老了许多。亚林从操作台上抬起了沉重的双手，几根手指已经完全改造成钛合金指头。"唤醒程序终于启动了，在终端 F2000 的计算下，要完成剩下的活儿得有数万个任务要做，后面的零还有增加的趋势。我已经赋予了终端最大的权限，让它去调动纳克星上的人手。"亚林说。

"这个基地怎么烂成这个样子了？"

"没有什么是时间损坏不了的，毕竟这是一个熵增的宇宙。"

"无论怎样，都得把这纳克星上的发射基地修好，这是我们最后的机会了。"杰瑞的愁眉并没有因亚林的话而舒展。

"我真不想让咱们全部的希望压在一群破烂能否修好另一个破烂身上。"亚林那丧气的脸又白了一层，睡眠不足的他脸颊上有些死皮，护肤品则完全顾不上涂抹。

"没人这么期望，孩子，可我们别无选择，谁让我们搞坏了反物质储藏器。据运算，我们刚好可以赶上，是吗，终端？"

"是的，没错，相信我。"

终端用它那独特的电子音来表明它的存在："我可是宇宙中最先进的量子计算机之一，纳克星火箭发射井的主体保存相当完好，燃料储存也没有泄露，只要按进度修理好，一定可以达到发射要求。但是发射火箭是一个精密的工作，为了保证万无一失，还需要做全面的检修。另外，基地在数百年的闲置中也堆积了很多垃圾，这些垃圾都是不可预测的变量，也需要有人去清理。"

"纳克星上还能抽出人手清理垃圾？"杰瑞吃惊地问。

"我唤醒了一个最古老的仿生机械劳工去干这活儿，它原本因为设计缺陷早已被淘汰，可是这时候急缺人手，我也别无选择。说实话，它还能被唤醒，我都很吃惊，要知道它的机体已经在脱水脱气的状态下闲置了上千年。"终端F2000说。

"好吧，物尽其用吧，这也是所有纳克人最后的任务了。而如果失败的话，这也是我们最后的任务了。"杰瑞意味深长地说。亚林继续用他沉重的双手敲击着键盘，复古的机械键盘声在飞船里哒哒作响。

一开始你是走着，蹄子踏在松软的红色土地上，激起微微扬尘，感受泥土的温柔；然后你开始慢跑，四只蹄子有节奏地跳起了探戈；再然后，你开始飞奔，酣畅淋漓地劈开风的阻挠。飞奔中，你什么都不用想，只需要体味这份奔跑的快感即可，什么都无法阻挡你。这一刻，你是最自由的纳克人。很长一段时间以来，你已经忘记了奔跑是什么滋味，自由是什么感觉，甚至没意识到自己并不自由。但是缰绳并没有消失，它只是放松了一阵子。

"进入地下基地后，请立刻取得工具，开始清扫工作。"终端F2000的声音毫无征兆地钻进你的脑海，打破了你的白日梦。

尽管你很不情愿，但你不得不说："好的。"毕竟命令是不能违背的。与此同时，一份地下基地的详细地图传到了你的大脑中。

地下基地显然已经被废弃了很久，它曾经是纳克星最大的火箭发射井，深入地下数百米，能容纳数万人。不过那都是历史了，曾经的辉煌早已不再。按照常理这里应该永久封闭，被人遗忘才是，现在竟然要重新清扫维修，这让你很是吃惊。目之所及的金属管道、门框、废弃的轨道车，全都锈迹斑斑，有的已经扭曲变形，甚至成为极端细菌的食物。电力供应现在也没有恢复，变压机连接处嘶嘶地冒着电火花。好吧，至少有人在尝试恢复电力，不然这里只会是一片漆黑。你不想上"夜班"。

你顺着地图来到了工具间。

工具间的门已经被打开了，严格地说是被撬开的，不过打开门的人并没有拿走你需要的东西。按照指引，你找到了一个系在腰间的便携吸尘器，一个握在手中的机械钳，还有一个背篓，显然是装垃圾用的。

至少自己还有用，清理垃圾也是项崇高的工作，你这样来安慰自己。

你的主要任务是清理火箭发射井，顺带"靠自己判断"清理应该清理的垃圾。

顺着火花四射的走廊，你朝发射井走去，心里想着奇怪的命令——靠自己判断？每次你执行的任务都有详细的指示，唯有这次含糊不清。好吧，命令是不可违背的，硬着头皮上了。

据你的分析，这次任务的核心在于保证火箭的顺利发射，所以你只需要清理会阻碍发射的东西就行了。走廊堆积的各种垃圾，你并不想去理会，它们无关紧要。

你打开了头部两眼之间的生物探测器，隐约地察觉到这个基地里已经有了很多纳克人，还有更多的纳克人正在赶来。这个数量让你吃惊，你还从来没有见过这么多的同类汇聚到一起。自从被制造出来后，纳克人就被分散到星球各处执行任务，没有任务的时候就脱水脱气进入待机状态，需要时就被唤醒。所谓的纳克人，其实就是机械与生物结合的产物，是人类制造出的"听话的"劳工，可是现在纳克人都聚到了一起。

前方突然传来一阵巨响，是某样巨大的东西的撞击声，仿佛数十吨的重物狠狠地坠落到钢板上，发出刺耳的哐当声。你循着声源，飞速地绕过弯道，赶了过去。现场已经有两个纳克人在那里了。

"嗨，老兄，这真是太惨了。"偏胖的一个纳克人说。与你不同，它有四条胳膊，看来是新型号。

你注意到地板上有一个巨大的洞，洞的边缘还有绿色的液体——纳克人的血迹。你意识到有什么东西砸穿了地板，还压扁了一个纳克人。

"这到底是怎么了？"你问道。

"我也不知道，我到的时候已经这样了。"

"是什么东西砸穿了地板？"

"看来你们都是老型号的纳克人。"偏瘦的纳克人开口了，它有八只手，"我刚把情况报告给了终端，新型号的纳克人有一个脑域网通信频道，大家可以相互交流，这事在频道里已经炸锅了。"

"到底是什么事？终端没告诉我们。"你头一回听说纳克人之间还可以远程交流，在此之前，你一直以为纳克人只能和终端对话。

"有一个旧型号的重型纳克人暴走了，它苏醒的时候脑袋出了点问题，完全不听终端的命令，也拒绝交流。用人类的话说就是疯了，类似于患了疯牛病的牛。它现在横冲直撞，袭击同类，已经有三起伤亡案件上报了。我们现在任务这么紧迫，竟然还有一个纳克人袭击同类来添乱，真是麻烦，别让我碰上就好。"偏瘦的纳克人说完转身就走了，看起来它是搞技术的，对这类"闲事"不感兴趣。

"祝你们好运，兄弟们。"临走时它还不忘来句告别。

只剩下偏胖的纳克人和你面面相觑。

"你知道暴走的纳克人长什么样吗？"你问道。

"我也没看太清，身躯很庞大就是了。"

"我需要更详细的情报。"

"呃，我的任务是修理电路，处理发疯的纳克人不是我的工作。详细的情况你可以问问终端，它应该收到了不少报告。不过你的任务是什么，问这个干吗？"胖子说。

"巧了。"你说，"我的工作正是清理会阻挠发射的垃圾，我想，这个家伙可能会影响到我们的任务，所以我要清理它。"你并没有退缩，反而内心中有一股兴奋。这是一个机会，你意识到。

胖子看了看你手中的机械钳子和背上的背篓。"呃，好吧，如果命令是这样，那我只能祝你好运了。有人来处理这件事我还是很高兴的。我的工作是编写发射程序，事实上我正在前往发射台的路上。这一路可真是不容易，到处都在出问题。好了，我该走了，再次祝你好运。"

"谢谢，我会努力的。"你挥舞了一下手中的机械钳。这个胖纳克人竟然是工程师，这再次让你吃惊，印象中只有人类可以干这个工作，而现在纳克人也可以，而你，对此却浑然不知。

你看着眼见的大洞，开启了追踪模式，这个模式你已经很久没有启动过了，尽管曾经有一个时期你天天都在使用它。机械和血肉混合的心脏开始为你输送更多的血液，根据任务指令，你判定它是需要清理的"垃圾"，危险指数Ⅲ级，这意味着你获取了战斗权限！

热血激发了你的斗志，你纵身一跳，毫不犹豫。

在追踪模式下，暴走纳克人的蹄印已经被红外成像印在了你的大脑中。看起来它有八条腿，而且蹄印的大小是你的两倍大，很难想象它是怎么在这狭隘的地方活动的。这将会是场苦战。

不过没关系，你就是为苦战而生的。

远在纳克星同步轨道的飞船上，杰瑞舰长等人正密切关注着基地的维修情况。呈现在他们面前的基地到处被标红，如同一个千疮百孔的蜂巢，标红意味着这个地方需要修理，而现在只有没有标红的地方才可能数得过来。

杰瑞注意到基地边缘突然出现了大面积标红，刚才那里还是正常的蓝色。

"终端，这里怎么了？"他问道。

"报告舰长，这里刚刚发生了Ⅳ类暴力事件，不过对于我们的计划影响不大。"

"暴力事件？还是Ⅳ类？"

"是的，刚刚收到多起目击报告，一个重型纳克人出现了故障，在疯狂袭击同类，已经有三起伤亡事件发生了。"

"怎么会这样？它们不是严格执行命令的吗？"

"纳克星上的劳工已经多年没人维护修理了，毕竟这颗星球即将毁灭。事实上它们能被唤醒已经是个奇迹，有几个脑袋出现故障不奇怪。"

"现在基地千疮百孔急缺人手，而且这次发射关系到人类的命运，我不能允许这种变量的出现。"杰瑞严厉地说，他不想任何意外发生。

"了解，不用担心，在我指派人手之前已经有人去处理这件事了。巧的是，他们是同一个时代的纳克人。"

基地原本已经严重锈蚀，在这个暴走的纳克人面前就像蛋壳一样脆弱，它像一个大块的弹子球，在基地里乱撞。

你很快就找到了它，因为它也没有想躲。沿途你看到了好几具"尸体"，有的纳克人胸口的机械心都被打烂，修复是不可能的了；还有的正拖着两条残腿艰难爬行，见到你仿佛见到了救世主一般，而你除了向终端报告伤员的情况和位置外，什么也做不了，解决暴徒才是优先的任务。

终于，你来到了它的面前，这里较为空旷，应该是员工就餐的大厅，明明有一扇门，这个家伙还是用蛮力自己开了一个洞进来。这个力量数值远在你之上。

光线阴暗，你看不清它的脸，不过黑暗中它那魁梧的身形已经暴露了它的型号——老版的重型纳克人，你曾经很熟悉它们。按理说重型纳克人不该进到基地内部，在恶劣的环境中搬运重物才是它们的工作，毕竟在这么狭小的空间里容易损伤它们。

不过现在什么都很乱，你来不及多想，趁它还没有注意到你，你抢起钳子就向它冲去，抢占先机很重要，先下手为强。

你看准机会，飞身而起，就在将要把钳子砸到它脑袋上的一刹那，它转过头来看到了你，而你也看清了它的脸。

你的大脑一下子怔住了，挥下去的钳子在空中犹豫了一下。

对这个家伙，你是又恨又爱。因为在那一瞬间，你发现它是曾经和你并肩而战的重型运输纳克人——编号 Ch370。

没有时间思考，Ch370 没有给你第二次偷袭的机会，咆哮着抡起手臂就将你扫到了一边。

你重重地摔到了地上，但很快就爬了起来。你忍着剧痛，冲它大吼："为什么会是你啊，喂！"

"为什么会是你啊，喂！"你冲它大吼，曾经和它并肩作战的场景历历在目，用人类的话说你们曾经是过命的兄弟，往昔并肩战斗的片段强烈冲击着你的大脑。另一方面，你的机械钳也再次准备就绪。

Ch370 并没有理会你，而是在不停地吼叫，似乎很痛苦。它浑身伤痕累累，身体已经发生了扭曲。它一只手中有一根大铁棒，正是这个棒子打烂了好几个同伴，上面还沾有绿色的血迹。

"你真的失去理智了吗？！"

在你的印象中，Ch370 一直很憨厚温顺，承担着队伍中最累的工作，任劳任怨，从来没有听它说过抱怨的话。这样的憨憨，怎么会发疯呢？

"A119，A119，系统检测到你的脑波出现了不正常波动，请保持理智，请保持理智，遵守命令，遵守命令。"终端突然进入了你的大脑，打断了你的回忆。

"是的，遵命。"

Ch370 没有认出你来，初步判断它已经丧失理智，极度危险，你不得不执行终端的命令。

对不住了，Ch370。

你后腿蓄力，猛地向前冲出，用机械钳狠狠地撞向了它的胸口。Ch370 发出了一声可怕而尖厉的惨叫，然后跳开了。但是，它很快就向你冲了过来，速度超乎想象。

你尽力躲闪，还是有一条腿被它撞到了。

你听到了一声钛金属咔嚓折断的声音，随后这条腿便失去了控制，剧痛在传递到大脑的一瞬间就被屏蔽掉了，在战斗中你不能顾及损伤，疼痛感在战斗中毫无意义。

但是Ch370并没有继续攻击你，而是冲撞着逃走了，拖着庞大而又残破的身躯。

你用仅剩的三条腿向它逃走的方向追去，在处理掉它前，任务是不会结束的。

你追了上去，很快就又发现了一个纳克人躺在地上，正用手捂着胸口。它有两条胳膊已经折断了，腿上也受了伤。

"老兄，你没事吧！"你关切地问。

"该死，我碰上了那个疯子，真倒霉，不过还好，我这还算轻的，脑域网上说它已经杀了好几个人了。"

"你没事就太好了，事实上我正在追它，你知道它去哪儿了吗？"

受伤的纳克人大吃一惊："追它？难道你就是那个奉命阻止它的纳克人？你可真是勇士，网上都传遍了，但是没人敢站出来。我们这一代纳克人都是功能型人，不擅长战斗。脑域网上有最新的目击报告，我帮你查查。"

听到它的话，你陷入了片刻沉思。在你出生的时候，战争还是常态，纳克人被制造出来就是为了打仗。时至今日，你已经记不清经历过多少生死的战斗了。看来自己真是睡得太久了，在经历了这么长的沉睡后，世界已经发生了这么大的变化。

"好的，谢谢，我的脑域网只能和终端直连，没有办法同其他纳克人交流。"

"你这样的型号真是太古老了，我还是第一次见到四只胳膊的纳克人。找到那个家伙的信息了！据说它在B通道上，正在前往发射井，不好，要是它把发射井破坏了的话，一切都前功尽弃了！"

看着发狂的纳克人不但没有被阻止，还在直逼发射井，杰瑞再也坐不住了："终端，这是怎么回事？"

"目标体形过于庞大，是战争时期的老型号，新型的纳克人没有战斗能力，阻止不了它，唯一和它相似的型号正在追赶它。"

"你可知道发射井对人类的重要性？"

"我知道，如果发射失败，得不到反物质武器，我们就没有足够的能量来拦截洛基星的飞弹，而错过这次机会后，飞弹将直逼太阳系！"

"所以我们必须保证装有反物质武器的火箭发射成功，不容失败！该死的，如果你明白了就赶紧把那个不确定的变量解决！"

"我尝试过连接它的大脑，但是没有收到反馈信号，它似乎陷入了一种幻觉之中。"

"我不管它脑子怎么了，是什么原因，又是怎么坏的，纳克星的结局只有毁灭，反正它们最后都会死，但是，我要你现在就解决它。"

"明白。"

在收到杰瑞下达的死命令后，终端连接上了你。

"A119，A119，收到请回复，收到请回复。"

"我在。"

"你怎么样，请报告情况。"

"受了点轻伤，还好，我正在追它。"

"考虑到你们体形的差异，为了快速解决问题，我准许你使用过载模式。"

纳克人是一种机械与有机体结合的产物，如同人类在肾上腺素的激发下会爆发惊人的潜力一样，过载模式也会激发纳克人的生物潜能，在短时间内激发出十倍的力量，当然代价也很大。

这种模式非常危险，是对身体机能的极度考验，严重折损寿命。你不知道自己这把老胳膊老腿还能不能承受得住，但是任务永远优先，如果必要，你会去使用它。

"遵命，我不会再失手了。"

Ch370 非常容易追踪，因为它根本就没有隐藏自己的行踪，所到之处尽是狼藉。你迅速追寻过去，在穿过一个破败的悬桥时一脚踏空，坠落了下去。破碎的钢片和你一同坠向了深渊。

在脚踏空的一刹那间，恍惚中你看到有一只手试图抓住你，可是太黑了你没有看清，可能是错觉。

前一秒你还在专注任务，下一秒你已经身处空中，刚刚所在的悬桥离你越来越远，破碎的钢片在你身边与你一同坠落，最后的撞击即将来临！你的大脑飞速地推算出撞击损伤程度，虽不至于立刻毙命，但足以让你丧失行动能力，这意味着你的任务失败，你将失去价值。

失去价值，不，你绝不接受，你才刚刚苏醒，你很清楚在战斗中受伤意味着什么。

于是，就在落地的前一秒，在那千钧一发之际，你启动了过载模式，激素在 0.01 秒中到达全身，松散的肌肉组织立刻强韧数十倍，浑身的能量迸发而出。在下个 0.01 秒，你实现了空中回旋翻身，然后用仅剩的三条腿重重地落地，激起一片扬尘。

在黑暗中，有两个平行的红灯，那是你的双眼，在过载模式中，你的双眼会因爆血而变成红色。

正当你以为失去了 Ch370 的踪迹时，沉闷的一声巨响传进你的耳中，有什么东西重重地摔到了你的身后。你刚想回身去看，就意识到有什么东西正飞速地冲你而来。你猛然向右侧一闪，只听见哐的一声，一个东西擦着你的身体而过，撞到了地板上，那是一张破碎的餐桌。

而抛出它的人，正是 Ch370，原来它也坠落了下来。此时它正在冲着你疯狂咆哮，要是手上还有东西可以扔，它一定会砸过来。但是与你不同的是，它没有过载模式可以启动，直接用肉体承受了高空坠落的撞击，此时它已经瘫在了地上无法动弹，几条腿严重扭曲变形，无论是机械的部分还是肉体的部分都已经损坏，血液流了一地。

你看着眼前的 Ch370，没想到自己的任务竟然就这样完成了。它已经失去了行动能力，威胁不到发射了，放在这里就好，等一切都结束了，再叫人来修理它就可以了，但是不知为什么，你总觉得 Ch370 不是在愤怒，而是在哭泣，悲痛欲绝地哭。它已经完全失去了语言交流的能力，似乎在用肢体表达着什么。

这时你突然意识到，在自己坠落下来的时候，就是它伸出了手想要抓住你，黑暗中那张模糊的脸，这时突然清晰了。

"终端，终端。"你用低沉的声音呼叫。

"收到，A119，请汇报任务情况，你那里一片黑暗，我探测不到。"

"任务目标 Ch370，已经失去了行动能力。"

"很好，继续执行清理任务。"

"只是……"

"说。"

"我已经开启了过载模式。"

"……关上它。"

"我的控制器坏了，无法停止。"这意味着你的结局将是力竭而死，从外界强行关闭过载模式需要精密的手术，你知道这个环境下不会有人给你做手术，"另外 Ch370 只是失去了行动能力，没有完全毁坏，我认为它还有恢复的可能。"

"好，现在急缺人手，请坚守岗位。"

"我会的，但是我觉得 Ch370 还有救，请任务完成后救救它。"

"现在的优先任务是保证发射成功，请立刻回到工作岗位。"

"遵命。"

终端没有明确回复你的请求，现在人手不足，当任务完成后你觉得它会派人去修理 Ch370，尽管那时候你已经过载而死。不过没关系，你把自己的命看得很轻。于是你继续前往发射井，准备清理垃圾。

回去的路上，你发现那个受伤的纳克人依然躺在地上。

"老兄，我已经向终端报告了你的位置，你只是受了轻伤，稍加修复就能继续工作，为什么没有人过来修理你。"你很奇怪为什么终端不派人来修理它，在你看来这些新型号的纳克人很有价值。

"哦，是你啊，看来你已经完成了任务，解决了那个疯子，祝贺你。我你就不用担心了，我们的团队也完成了分配任务，已经不需要我去做什么了，就让我在这里等待着一切的结束吧。"

"什么意思，就算任务完成了，你也应该被修理啊，每一个纳克人都是无价的。"

"哦天，我才发现，你这是进入了过载模式无法关闭了吗？看来咱俩一样，都是弃子了，本来终端是不让我们讨论这些问题的，现在任务紧迫，它忙不过来，我发现它放松了对我们的思想控制。"

"什么意思？思想控制？弃子？"你越听越疑惑，在你的记忆里只要纳克人还有一线生机，战争结束后都会被好好修理，为什么这个新型号的纳克人要这么说。

"你没发现太阳已经变得很大了吗？多则两三万年，少则千百年，纳克星就将被太阳吞噬。它已经变成了红巨星，这个星球现在已经被抛弃了，我们这些新型号的纳克人都知道这件事，但是终端牢牢控制着我们的思想，也不让我们讨论甚至思考自身存亡问题。你们这些老型号的纳克人缺少模块，它控制不了，但是你们也不知道这件事。"

你的大脑嗡的一下蒙了，纳克星即将被吞噬，你不敢相信自己的耳朵。"所以，这是最后一个任务了吗？"你低声说，你的使命感与荣誉感发生了碰撞，所有纳克人的使命都要结束了吗……

"是的，现在的任务是纳克人最后一个任务，关乎人类的命运，只准成功，不许失败！所以受伤的纳克人也不用修理了。"

你想到了 Ch370，想到了和终端对话时它的冷漠态度，想到了曾经为人类浴血奋战的一切。毁灭、死亡、杀戮……纳克人生来就在做这些事，当失去价值时也被轻易抛弃，如同帝国衰落的残阳，忧郁而无力。

可是，你不想接受这个现实，无论如何都不想接受。

亚林的脸上终于有了些血色，他说："报告舰长，那个暴走的家伙已经解决了。"

杰瑞听到后，脸上难得露出了笑容："很好，发射进度怎么样了？我们还有三个小时的时间。"

"细节需要终端来回答。"

"终端？"

"报告，这个星球的纳克人都已经在这个基地了，但是现实情况比较复杂，我现在也不能给出准确的答案。"

杰瑞的脸立刻沉了下来。

"为什么？"

"有一个老型号的纳克人知道了它们最终的命运，知道了这是最后一次任务，情绪上有些波动。"

"噢，天呐，要是我知道自己的命运只有死的话，也会这样。"亚林插嘴道。

"可是它们不是人类，它们是战士，服从命令是它们的天职，不是吗？"杰瑞怒吼道。

"是的，所以它们还在继续着任务，我正在安抚它们的情绪。"

"我觉得我们可以考虑 Plan B 了，在冥王星附近拦截洛基人的飞弹。"亚林说。

"那样的话，冥王星就会毁掉，而且我们回去也会受到指责，就像一只落水狗。"杰瑞狠狠地说，它右手上青筋暴起，狠狠地握着通讯器。

地下基地投影上标注着数万名纳克人，每一个都以一个绿点的形式呈现。

就在舰长他们头疼不已时，所有的绿点突然间变成红色，格外刺眼。

"这是怎么回事？"杰瑞大惊。

"我正在查。"亚林也吓了一跳，手指飞快地敲击着键盘，忙着调出所有纳克人的数据。

而在另一边，纳克人口耳相传，在基地里炸开了锅。

"受伤的纳克人已经被抛弃了，这是最后的任务了。"

"兄弟，你是说我们干完这一票后都会死吗？"一个独眼纳克人正在问你，它是新型号的纳克人工程师，能够实时与所有纳克人交流。

"是的，太阳已经变成了红巨星，吞噬这颗星球只是时间问题。"你说。

"我知道红巨星的事，可是还有两万年它才会吞噬纳克星啊，为什么现在就抛弃我们，妈呀，这可怎么办！"独眼惊呼，它已经把这一条消息通知了所有纳克人。

在得知这一消息的那一刻，所有纳克人都停下了手中的工作，细细品味其中的含义。

"天哪，为什么要告诉我这个消息，我宁愿不知道。"

"所以我们是弃子吗？明明还有两万年的缓冲期。"

"不要瞎说，相信人类的抉择就是了。"

"噢，我宁愿现在就沉睡也不想被抛弃。"

"我们已经为人类服务了这么多年。"

……

纳克人网络上也吵翻了天，新型号的纳克人虽然知道红巨星最终会吞噬纳克星，但是它们不知道这个任务完成后它们就会被人类抛弃，各式各样的说法都有，一时间任务被耽搁了下来，如同集体故障。

"肃静！"

终端的声音响在了每一个纳克人的脑中，整个脑域网瞬间安静了下来，全体纳克人都在等着终端发话。

"纳克人同胞们，我知道你们在忧愁，在焦虑，在惋惜，因为你们刚刚知道了自己的命运。没错，这就是你们最后的任务，但是那又如何？你们生来的意义就是为人类服务，你们只需要服从命令执行任务就好，不需要考虑别的。现在地球受到了外星导弹的威胁，如果不能在纳克星拦截它，改变它的轨迹，那么人类将承受巨大的损失。"它顿了顿，"现在，我要求你们立刻回到工作岗位，继续执行命令。"

继续执行命令，这句话仿佛魔咒，全体纳克人听到后都心里一震，然后蓦然回到了工作岗位。

但是你对这个命令并没有太大的反应，同胞们的反应令你吃惊，它们竟然全都回到了自己的工作岗位，有条不紊地工作，就好像刚才的事没有发生过一样。你对此感到很奇怪，忍不住问了旁边的兄弟一句："你怎么了？"

"什么怎么了？快说，我还要工作。"

"可是任务结束后我们就要被抛弃了，你的心思还能在工作上？"

"什么被抛弃？你在说什么，无聊，我还有好多活儿要干呢，先走了。"

这个时候你才意识到，同胞们的记忆被终端抹除了，因为自己的型号过于古老，没有搭载这部分模块，所以终端无法抹除自己的记忆。

但是，你还是接收到了继续工作的命令，这时候，你也受到了触动。服从命令的天性同时写在了你的基因与 CPU 中，这么命令是强制的，你无法拒绝它。

但是，你可以用另一种方式顺从它。此时你已经开启了过载模式，开关已经坏了，你无法阻止它，而且你明白了不会有人来修理你，终端根本不在意你的死活，最终你将坏掉，不会有人来收尸，也不会有人去修理 Ch370。你们曾经并肩而战，现在也将一起赴死。只是，这样死太丢人了，太遗憾了。你无法接受这个选择，你和其他纳克人不同，旧型号的你在命令执行上没有那么死板，因此你才会这么痛苦。乖乖执行命令就好，为什么自己就这么不甘心呢？

你大吼一声，吓到了面前的独眼纳克人。

"兄弟，你怎么了？"

"我不想就这么死去。"

"死去？你在说什么？为人类而死是我们的荣幸，更何况只要完成任务，我们就能继续活下去。"

你低下脑袋，摇了摇头："不，你不明白我在说什么，你已经被改变了。至少，我要选择自己想要的死法。"

"……我是不明白你在说什么，但是我要去执行命令了。"说完，独眼就走了，又剩下了你自己。

"终端，人类对纳克星被毁灭的事怎么看？真的要抛弃我们吗？"你向终端提问。

"……"终端没有回应，如同预料的一样。

生死只是一瞬间，你并不惧怕死亡，你怕的是死得不够壮烈。这次任务后人类就会放弃纳克人，可是纳克星并不会立刻被吞噬，明明还有时间可以拯救这颗星球，可以拯救这个种族！

你活了很久，但清醒的日子很短暂，白驹过隙，往事历历在目，多少纳克人曾和你一同征战过，多少纳克人沉睡后就再也没醒过来，你好想再见到它们。

"报告。"终端对舰长说，"反物质火箭发射已经准备就绪。"

"很好，总算是赶上了。"杰瑞回答道。亚林也松了一口气，他的脸色已经恢复如初。火箭顺利发射，离开了地表，进入了大气层。如果顺利的话，它将按照轨道与杰瑞的星舰擦肩而过，飞向接近光速的洛基飞弹，引爆上面搭载的反物质炸弹，将其拦截。

"等回到地球，我们会是英雄，会收到最美的鲜花与掌声，喝最好喝的宇宙啤酒。"

"我都迫不及待了，老婆还在等着我呢。"亚林说，很罕见地笑了笑。

"哈哈哈，幸亏我还单身。"

......

纳克人圆满完成了自己最后的任务后，全部进入了待机状态，意识陷入了停滞。

位于纳克星盆地的地下火箭发射场，迎来了它久违的发射，也是它最后的一次发射。倒计时开始：

10！

9！

8！

......

2！

1！

火箭即将升空，这是全体纳克人最后的心血。你望着已经点火，喷出滚滚浓烟的火箭，心力交瘁，上气不接下气，不停地吐血，因为你无法关掉过载模式，它正在飞速地消耗你的生命。

你不知道这颗火箭是干什么用的，因为自己的级别不够高，只能猜测它对人类很重要。现在它对纳克人来说也很重要，因为一旦它发射成功，就意味着所有的纳克人将会被抛弃，纳克人将不再被需要，你无法接受这个结果，这对纳克人不公平。在你力竭而死前，你想为纳克人做点什么。

现在也只有你能行动，其他的人都进入了待机状态，或者失去了行动能力。

于是，你开始行动，在火箭即将拔地而起的刹那间，你纵身一跃跳了出去。

"A119！你在做什么，我命令你立刻下来。"终端检测到了你的不稳定，但是它无法强行控制你，过载模式让控制系统失效了。

"我在做……"你强忍着痛苦说，"在做有意义的事！"

"我命令你……"

终端的声音消失了，因为你的通讯模块彻底坏掉了，火箭速度很快，正在穿透大气层，为了不被甩下去，你用尽力气抓着它的尾翼。

你大声一吼，用牙狠狠地咬向了火箭的外壳。钛钢的外壳很坚硬，可是你的牙也是钛钢制作的，你驱动着上下颚的肌肉，将过载模式的力量发挥到了极限，终于将飞船的表面撕裂出一个口子，虽然很小，但一颗螺丝钉的松动就可以毁了一艘飞船，更何况是一个咬痕。

正当杰瑞和亚林以为发射很顺利的时候，终端突然发出了绝望的嘶喊：

"不！"

话音刚落，火箭毫无征兆地爆炸了，杰瑞在星舰里目睹了一切。巨大的能量在一瞬间就将星舰淹没，将血肉与机械化为了气体，向宇宙四处扩散，甚至纳克星的大气层都被炸出了一个大洞，而洛基人的飞弹，则与纳克星打了一个照面之后，继续以亚光速飞向太阳系。

所有纳克人都听见了终端的嘶喊，在它的嘶喊声中，纳克人们恢复了意识，火箭在天空中化成了一朵绚丽的火花，在那一刻，它们全都获得了自由。

Ch370似乎察觉到了什么，它身体几近瘫痪，却还能爬行。有那么一瞬间，它似乎恢复了理智，滚烫的热泪沿着脸颊滑落，滴到了地板上……

你的牙咬破火箭外壳的那一刻，你狂躁的内心突然平静了下来，满足感油然而生。你解放了所有的纳克人，尽管纳克星终将被吞噬，但是在这之前，它们至少还有几万年的喘息时间，它们可以自救，而人类短时间内也会自顾不暇，不会有人来管它们。

冥冥之中，你看到了一个帝国的建立。这份遐想伴随着红太阳的升起，迎来了生命的终结与纳克人的新生。

至深至纯的黑暗与远大征程。

——原载《西部》2020年第2期

师生间以书信形式对感情问题进行了高屋建瓴的理性探讨，逻辑清晰客观冷静地梳理出人类历史上因感情而产生的种种弊端。然而这种分析最终还是遭遇瓶颈，用理性诠释感性的图谋悲剧般地失败了——乐观地说，情感本身神圣而不可解读；悲观地说，千百年来人类终究未能跳出窠臼。

爱的二重奏

夏 笳

魏老师：

您好！

冒昧打扰。我叫李圆，是生态与环境研究中心的学生。去年我选修了您主讲的"后人类时代的爱情、婚姻与生育"这门课。我很喜欢您讲课的风格，喜欢您推荐的书和电影，喜欢每一次课上的案例分析和专题讨论。期末作业我提交的是一篇调查报告，内容是关于近年来热议的"无爱婚姻"现象。

还记得在一次课上，您跟我们分享了一部纪录片，片名是《破解爱情密码》。片中提到本世纪初，一支科研团队通过一系列神经生物学实验，揭示出人类在恋爱不同阶段中大脑的活动状况，由此发现爱情与大脑中奖励系统之间的关系——尤其是腹侧被盖区、前额皮质与伏隔核等这些与多巴胺活动有关的区域。换句话说，爱情的脑科学机制与成瘾几乎一模一样。之后十几年间，科研人员通过更多研究找到了打开和关闭这些大脑奖励机制的方法。相关技术和理念曾在全球范围引发多次激烈争论，最终逐渐被大众所接受，并进入许多国家的医疗保障体系。如今的孩子在出生之后 2 至 4 岁之间，会在医疗中心对神经与激素水平进行一次全面调整，以降低孤独症、抑郁、偏执、厌食、肥胖、成瘾等各类精神与行为失调的发生概率。在此过程中，与爱情有关的神经回路(也就是通常所说的情锁) 会被关闭，等孩子十八岁成年之后，自己选择是否打开。这个过程是不可逆的，也就是说，锁一旦被打开就不能再关上。

在通过影片了解这段历史时，我不禁想到自己的父母，想到他们曾不止一次对我提到，在他们那个年代，成长是一件多么艰难的事。这话我以前不太明白，毕竟在我印象中，那是一个鼓励消费和享乐的年代，人们互相攀比，铺张浪费，资源与环境问题也没有像今天这样紧迫。那个时代的孩子被比作温室里的花朵，这个比喻在我看来非常贴切。他们沉迷于温室里的幸福，看不见更不在意这幸福背后的代价。

因此，我一直很难理解父母所说的"成长的艰难"，以为他们夸大其词。但在看过纪录片之后，我开始对此产生强烈好奇。之后我又看了一些当年的文学和影视作品，发现"成长的艰难"的确是其中一个反复出现的主题。故事主人公总是沉迷于各种对自己明显没有好处的事情：抽烟、喝酒、打架、欺负同学、谈恋爱、打游戏、反叛父母、离家出走，甚至触犯法律。他们似乎无法管理自己的情绪和欲望，也不懂得如何与人沟通，如何寻求帮助。因为把太多时间和精力浪费在这些不值得的事情上，他们大多没有目标也缺乏计划，找不到属于自己的前进方向。很多人甚至成年之后依旧如此，之后又用这种糟糕的态度影响下一代。我有时候为这些故事中的人物生气，有时则替他们难过。

除此之外，这些未成年人之间的关系也很糟糕。那时候没有 LINGcloud[①]也没有社区学习中心，学生们会花费大量时间在所谓的学校里过集体生活，进行低效率的被动学习。学校里气氛压抑，特别是男性和女性学生之间总是故意

---

① LINGcloud：一种拟想的近未来技术，以碳纳米元件为基础，能够结合空气中的水分子，像云团一样自由流动，任意变幻色相材质，从而完成各类信息交互。这一技术为教育领域带来了巨大变革。

彼此疏远，甚至带着恶劣的性别偏见相互攻击嘲弄。如果一男一女关系亲密，大人会担心他们早恋，同伴也会嘲笑和排挤他们。奇怪的是，大多数故事却又都是关于早恋的，内容在我看来荒诞而幼稚。比如 A 喜欢 B，B 却不知道，但是 A 身边的 C 和 B 身边的 D 都知道了，但是 C 和 D 又分别喜欢 B 和 A，诸如此类乱七八糟。好像这些青少年除了分分合合哭哭闹闹之外，再没有其他更有意义的事情做一样。

因此我想到写邮件向您请教。魏老师，您认为这些文艺作品在多大程度上反映出当时的真实情况，又存在多少艺术夸张？过去的孩子当真过得那样糟糕吗？

期待您的回信。

顺祝
新春愉快，幸福美满！

学生　李圆

李圆同学：

你好。

来信收到。感谢你与我分享这些问题与思考。

我虚长你十岁，但依旧可以算是你的同代人。你所提到的时代，对我来说同样算是"史前史"。所以我无法用亲身经历来回答你的问题，只能根据有限的认识探讨一二。

的确如你所说，"成长的艰难"在过去的漫长岁月里，一直是文学艺术中的重要主题，也由此产生出很多经典作品。然而，这一切已经不知不觉被技术进步所改变。如今的我们，已经很难以过去的方式去理解《红楼梦》中的世界，也无法欣赏像林黛玉那样每日沉溺于感伤的少女。我们不会像哈姆雷特那样优柔寡断，更不会像奥菲利亚那样疯狂而死。我们活得理性、得体、正直、友爱。如果说青春伤痛是一场热病，那么我们则有幸免疫。从这个角度来看，我们可能是另一种意义上的"温室花朵"。

你问我这些作品中有多少真实或者艺术夸张成分，我想不同作品大概千差万别。你问过去的孩子是否当真过得如此糟糕。我只能说，每一时代都有每一时代的幸运与不幸，大多数情况下难以比较。你与我的父母辈甚至祖父母辈，正因为早早识得爱情滋味，才得以收获与众不同的人生经历与体验，得以成为他们自己，得以孕育我们。我们可以站在后来者的立场上批评他们，但这样的批评之所以成立，不过因为我们是后来者而已。

不知道这样的观点，你是否能够接受？

若有不同意见，欢迎继续来信探讨。

顺颂

春祺

后人类研究中心　魏敬之

魏老师：

感谢您的回信。我承认您说的有道理，但依然有一些疑问。

在您看来，小小年纪就识得爱情滋味未必有那么糟糕。那么我想问，您对那些选择推迟解锁的人又怎么看？

我从一些调查报告和论文中了解到，有一些人在十八岁成年时，会选择推迟解锁时间。之后每一年生日那天，他们都有一次机会重新选择，其中很大比例的人会选择继续推迟。甚至最早一批接受上锁的人中，有一部分至今还没有解锁。这样一群人过去很长时间都一直处于匿名状态，对身边的人隐瞒，并被视作异类。但近年来他们却频繁在公众场合发声，成为无法忽视的社会现象。

推迟解锁的原因有很多。有一些人是出于时间、精力与经济方面的考虑，他们希望能在青年阶段集中精力学习和自我提升，等经济条件稳定后再开始恋爱。另一些人则是因为对恋爱过程中不可避免的焦虑、失落、挫败、自我否定等负面体验感到惧怕，希望等自己精神成熟，做好充足准备后再来面对。还有一些人对爱情持一种否定态度，认为恋爱中的人是自私的，只关心自己的个人幸福，看不见其他许多人的不幸，甚至认为恋爱的人是因为找不到更有意义的事情做，只能把谈情说爱当作人生中的头等大事去忙活。

此外还有一种观点认为，其实人一辈子并不是非要恋爱不可的。就好比在过去，在人类无法掌控自己生育过程的时代，人们普遍相信女人一定要生儿子，男人不能和同性结婚，违反了这些就是违反"天道人伦"。但随着技术进步和社会发展，今天的人们已不再相信这些。同样，当我们有能力掌控爱情的开关时，也就到了反思爱情神话的时候。

比如过去人们都相信，爱情是幸福婚姻的保障，但现在有越来越多的人在不解锁情况下找到了合适的伴侣，并结婚和生育后代。我上学期末提交的作业，就在前人研究的基础上，初步比较了这种无爱婚姻与传统婚姻之间的区别。调查数据与案例分析显示，前者比后者更加稳定，婚后幸福指数更高，甚至在性生活的满意度方面也略胜一筹。在其中一个案例中，一对无爱夫妻在结婚五周年纪念日的时候一起去解锁，希望为婚姻增添更多浪漫激情。但在此之后不久，他们却相继爱上了别人，最终离了婚。

我想知道，您对这个问题又怎么看？是赞成还是反对？您觉得爱情对于个人生活来说是必要的吗？

依旧期待您的回答。

祝好！

李圆

李圆同学：

你提的这个问题十分有趣。或许你还记得，我们曾在课上讨论过爱情在现代社会中的演变。工业革命之前，婚姻绝大多数时候只与政治和经济有关，爱情被视作婚姻的障碍而非原因，即便夫妻之间也不会相互表达爱意。随着现代社会到来，爱情所扮演的社会角色发生了一系列变化，从小资产阶级的白日梦，到打破这梦境的革命风暴。

到了本世纪初，爱情已成为无处不在的文化政治和生命政治，每一次心动都意味着一轮新的"生产—消费"循环：逛街、购物、吃饭、看电影、赠送礼物、旅行度假、举办婚礼、购置房产、装修布置，以及通过各种社交媒体展示这一系列内容……与此同时，人们在这重重关卡中精疲力尽，只能不断降低期待，去风险更低且更可控的游戏中寻找快感，而后者总是会源源不断地被生产出来。于是越来越多的人开始选择不谈恋爱。

由此产生出关于爱情的悖论：一方面它似乎在游戏中扮演最重要的角色，另一方面又被踢出游戏之外。就好像几十年前曾一度流行过的那些讲述宫廷爱情的故事，看似所有女性角色都以争得皇帝的爱为目标，但其实真正的戏剧张力与皇帝无关，而只存在于那些女性角色之间。

从这个角度来看，所谓爱情的确只是一种意识形态幻象而已。而无爱群体以及无爱婚姻，则从实践角度提供了打破这类幻象的另类可能性。

最后，恕我冒昧地问一句：你写信询问这些问题，是因为你个人有什么困惑吗？如果不介意分享的话，我也愿意继续聆听。

祝好！

魏敬之

魏老师：

　　谢谢您的回答，也谢谢您最后的问题。是的，最近这段时间我的确有些苦恼和困惑。因为下个月的 14 号，也就是情人节那天，正巧是我的十八岁生日，同时也是我最好的朋友张可的生日。

　　我和张可从小一起长大，一起玩，一起读书，一起锻炼。我们有各自的兴趣，也有共同的爱好。我们讨论各种问题，分享彼此的看法。也经常会争辩，但每次都能从争辩中得到不一样的观点和角度。我们经常合作完成社区学习中心分配的项目，我擅长设计实验和操作，他擅长数据分析和撰写报告，我们在这方面是最佳搭档。正如我在之前的信里提到，这样的事过去似乎不太可能发生，那时候男孩子和女孩子很难做最好的朋友。

　　因为生日在同一天，所以很久以前，我们就约定在十八岁生日那天一起去解锁。当然不是因为那些幼稚的传闻，说什么在解锁的一瞬间，会爱上第一眼看到的人。不是这样的。实际上绝大多数人在当时都不会有什么特殊感觉，往往是在那之后又过了一段时间才遇见第一个心动对象。对我和张可来说，这样的约定意味着某种仪式感，意味着陪伴和见证彼此进入人生中一个新的阶段。

　　但是去年夏天发生了一件事，破坏了我们的约定。那时候我们参加了一个科研项目，去附近的乡镇调查水污染状况。在历时一周的考察过程中，我们看到很多触目惊心的景象：恶臭的河滩，死在污水中的鱼和鸟，患病的妇女和孩子……回去的路上，大家都很沉默。就在那时候，有一队婚礼的花车从我们乘坐的大巴车旁驶过，一辆接一辆，黑色的车上装饰着鲜花与彩带，一眼望不到尽头。我和张可坐在窗边，目送着最后一辆车消失在视野中。又过了片刻，他突然低声问："我们也会变成像他们一样吗？"

　　我明白他在想什么，因为那也是我心里的想法。虽然那种感受很难用语言表达出来。

　　我相信就是从那个时候开始，他开始认真考虑推迟解锁这件事。这也让我开始思考，一种没有爱情的生活可能会是什么样的。

生日一天一天近了，我却还没有想好应该如何选择。是说服张可一起去解锁？是自己一个人去？或者和他一起推迟？

我想和张可做一辈子最好的朋友，最好的搭档，一起追求更高的目标，去做一些对人类有意义的事。或许我们也会结婚，会生孩子。没有爱情，我们或许能把这一切做得更好，至少比我们的父母好一些。

我的父母完全不能理解我的想法，他们觉得我很奇怪。也许真的因为成长年代不同吧。所以我只能给您写信。

此外还有一个原因：我知道您去年刚结婚，有好几次，我遇到您和新婚妻子一起在路上散步，看上去很幸福的样子。我想知道，不仅作为一位老师，同时更是一位正在经历爱情的人，您对我的问题会怎么看？

期待您的回信。

祝好！

李圆

李圆同学：

感谢你对我的信任。自从教授这门课以来，我时常收到学生来信，向我提出类似的问题，而我往往都不知该如何回答。或许正如魔鬼梅菲斯特对那年轻的学生所说："Grau, teurer Freund, ist alle Theorie. Und grün des Lebens goldner Baum."（理论是灰色的，只有生命之树常青。）

在我读书的那些岁月里，也曾为这些问题困扰。特别是当我越研究爱情，就越看到其中不可调和的矛盾与冲突，越陷入左右摇摆和犹豫不决。

直到有一天，我遇到一个女人，她说她爱我。我那时候并没有解锁，却不知为何稀里糊涂地说出那句，我也爱你。于是我们两人就这样在一起了。

我们像其他情侣一样相处。我尽我所能做好一切，内心深处却总是焦虑不安，自我谴责，仿佛是在隐瞒自己不光彩的性癖好。但在旁人看来，我们是一对天造地设的模范情侣。她热情奔放，像个小太阳；我羞怯内敛，体贴而包容。

那之后又过了几年，我们进入谈婚论嫁的阶段。结婚前一晚，我和几位朋友去喝了酒。散场之后，我独自步行回家。那时候是夏天，我穿着一双凉拖。或许因为有几分醉意，在经过一条小街时，我不小心跌了一跤，一只鞋掉进了路边的下水道。

在我尝试去捞鞋的时候，有一种巨大的焦虑和不安开始慢慢涌上心头。我仿佛突然看到光鲜平滑的生活表象之下深不见底的鸿沟，它们不动声色地等待着，等待你或早或晚一脚踏入。我突然没有力气再站起来往回家的方向走了。

于是我坐在路边给未婚妻打了个电话，向她坦白了一切。我说我没有办法爱她，也没办法带着这样的欺骗走进婚姻。我请求她的原谅和宽恕。

在我倾诉这一切的时候她没有说话。沉默片刻后，她问我在哪里，什么时候回去。我说我不知道。她问我还打算回去吗。我说我需要时间想一想。她颇为冷静地说，我等你到早上七点，之后便挂了电话。

我走进附近一家24小时快餐店，点了一碗粥和一笼包子，却毫无胃口。那时候刚过凌晨十二点，我坐在窗边角落里，看着街上往来的人群车辆，设想着各种选择与后果，从最俗套到最疯狂，来回排列组合。时间一点点流逝，店里客人进进出出，逐渐稀少，最终只剩下一个服务员趴在柜台后打瞌睡。那是我迄今为止的人生中最煎熬的一个夜晚。

凌晨六点半时，我已像困兽一样绝望到极点。那时候我决定把一切交给老天。我对自己说，在接下来的十五分钟内，如果经过我面前的人是双数，我就回去结婚，如果是单数，我就不结这个婚。

这时候天已经开始亮起来，路上已有了行人。我开始默默在纸上计数。一位晨跑的中年男人，1；一位送两个孩子上学的母亲，2、3、4；一位扫地的环卫工人，5；几位结伴去遛鸟的老头，6、7、8、9；两位执勤的民警开车经过，10、11；一位蹬三轮车的小贩，12。

墙上的钟嘀嗒嘀嗒响着。

一个骑自行车的人出现在街道拐角处。还有最后十五秒。那人拐个弯骑上这条街，骑得很快。十、九、八、七、六……我用颤抖的手在面前的小纸条上画下最后一笔。13。

吱呀一声，车停在了门口。那人锁上车，推门走进店里。是个年轻姑娘。黑黑瘦瘦的脸，额头上冒着汗，一双眼睛很亮。年轻人，我在心里默念，你不知道自己无意中改变了面前这个人的命运。

姑娘径自走到柜台边，推醒那个服务员。服务员抬起脸，睡眼惺忪地搓着脸，是个小伙子。姑娘放下一只饭盒，揉了揉小伙子乱蓬蓬的头发，歪着头笑了。小伙子也跟着笑。两个人谁也不说话，只是彼此看着。

不是13，是14。那个小伙子一直在这里。我所寻找的答案，其实一直在这里。

我坐在那里看着这一幕。突然间有一道光晃着我的眼睛。窗外，一缕朝阳正从远处的高楼后照过来，照亮了这条街，照得一切纤毫毕现。

就在那一刻，我体验到了从未体验过的感觉。我仿佛进入身边那一对恋人的身体，通过他们的眼耳鼻舌身意心在感受这个旭日初升的世界；我仿佛能够进入刚才走过这条街的每一个人的身体去感受这个世界；我想到我的未婚妻，与她有关的所有回忆都汹涌而至争相绽放。突然间，我，一个无爱之人，能够以她，一个爱我至深的人的角度，来重新体验我们共同经历过的每一天每一时每一分每一秒。

阿兰·巴迪欧在《爱的多重奏》中谈到，"爱是通向真理的步骤"。在爱中存在着某种普遍性的东西。因为所有的爱都提供了一种崭新的关于真理的体验，是关于"二"而不是"一"的真理。世界可以通过一种不同于孤独的个体意识的另一种方式来遭遇和体验，这就是任何一种爱都可能给予我们的新体验。

那一刻我突然明白了这句话。那一刻我知道我在爱了。是的，我不知道自己大脑中究竟发生了怎样的变化，但我知道我在爱了。

我冲出门往回跑。我的眼泪忍不住一直流。我冲到门口用颤抖的手开门。我看到她在屋里收拾东西。我扑过去抱紧她，吻她哭肿的脸。我一遍又一遍说："我爱你！"生平第一次，我感受到这三个字的魔力。它们把我，把她，把我们两个人，都变成了全新的人。

是的，这就是我的故事。对你的问题而言，它也许并不构成任何回答。我只能说，生命中充满偶然，充满冒险。每一次决定都是在掷骰子，每一次骰子落下都会打开新的时间新的可能。对我而言，这就是爱的意义。

希望你真诚勇敢地去面对。

顺祝

情人节快乐！

魏敬之

——原载《人民文学》2019 年第 11 期

在美国科幻电影《时间规划局》中，每个人的寿命数字都被写在手腕上清晰可见，或增或减都是一种商业行为，由此引发出一场对时间的捍卫与争夺。在《时光里》这种"显性寿命"同样成为一种社会特征，不过最初却源于一个男孩的奇异疾病……问题最终得以解决，但人们对于时间与生命的思考却刚刚开始。

时光里

小高鬼

1. 亲情计时器

假如有一天，清清楚楚地知道，来日方长并不长，时日不多也不少，我们将怎样面对生命中的每一天？

我，还记得那天最后一堂课上教授说过的每一句话——

"同学们，借用畅销书里的一段话，假设你的父母现在是 60 岁，余下寿命是 20 年，你没有和父母同住，你每年见到他们的天数大概是 6 天，每次相处时间约有 11 小时。那么，你和父母可以相处的日子只剩：20 个 6 天乘以 11 小时，等于 1320 小时，也就是 55 天。"土豆张教授是前沿交叉学科生物医学博导，竟在课堂上说起了数学问题。教授认为土豆是拯救人类温饱问题的功臣，所以他乐于接受大学生们送给他的雅号，或许年轻时的教授也有拯救人类的鸿鹄之志。

此刻，鸟巢似的满头银发在教室里显得格外明亮，他缓步走到教室门口，如我所料，止步回头望向我们，摇摇头悻悻地说："唉，孩子们，总有些事，在你推托之后，就再也没有了做的机会；总有些时光，你还来不及珍惜，它便将你推向未来。"

时间太瘦，指间太宽，明天是元旦。我们不是不懂土豆张的话，可是三天假期满满当当的活动里，哪有回家的日程。家乡的阿妈阿弟都还健健康康的，我们来日方长。更何况，一晃而过的三天，我要备战硕士论文，在图书馆里争分夺秒的理由足够充分，我这样安慰自己。

日暮下，林荫大道上的霓虹灯闪烁着璀璨的光影，远远望去，宛若银河一般炫目，谁会"举头望明月，低头思故乡"呢？

校园里最亮的路通往进出的大门，那里花团锦簇，熙来攘往的骄子们有一半在抱怨车没人跑得快，时间都浪费在路上。而校园里最幽静的路上形单影只，它通往一号图书馆，是一座比我父母年龄之和还长十岁的古董级建筑，校园里最孤独的地标。

晚饭时，我让图书馆座位预约系统为我自动分配了一个座位，偏又是我常去的负二层 F 区 1 号座，这里没有昼夜之分，是极好的读书空间。由此可见，智能系统对我日常生活学习的数据分析令我担心，却又无可奈何。生活在建国一百年的新纪元时代，没有秘密可言，除非不接触电子产品，比如假期泡在图书馆里畅游在纸质书的世界中。

科学著作《时间简史》是英国物理学家斯蒂芬·霍金的作品，他在讲述人类探索时间和空间核心秘密的故事中，着重解答人类最古老的命题：时间是有始有终的吗？

这是我第三次捧起这部非同凡响的书，世界上的万物都和时间有关，时间会静止吗，会逆流吗，时间都去哪儿了？这部书如同宇宙黑洞，越看越觉着我是那么渺小与无知……

思绪陷入时间黑洞时，耳边忽然爆发出刺啦一声，坚硬的纸张被撕开时的声音，如同寂静的楼道里冷不丁地爆出一颗廉价的烟花，歇斯底里的响动令人惊悚。

声音离我不远，G区5号座上的那撮鸟巢式银发只能是土豆张。而这声音似曾相识，我曾在高考结束后的疯狂一小时，干过撕书的无耻行径。

我迂回包抄而去，悄无声息地睥睨着土豆张的背影。果不其然，他从一本小册子样的黑皮书里撕下一页纸，塞进衣兜，而后若无其事地将书放回书架，急匆匆地走了。

好奇心是所有人的弱点，尤其是发现老师们的把柄。我兴奋不已地绕到书架前，用手机快速拍下这本书所在的区域，忙不迭地跟踪出去。

土豆张没有离开图书馆，电梯间飙升的数字暴露了他的行踪。幸好这座古董建筑的地上部分只有五层楼，我可以通过楼梯飞快地爬上五楼，那儿是空中花园，没人会在这个寒风凛冽的节日前夜到这儿赏月。

"哼，不要威胁我，'时光里'用在人体身上，只是时间问题……我需要时间来研究这项技术的不足之处……你们也不要恳求我，我不敢保证，但我让投资人活到一百五十岁是不成问题的……别催我，快点把经费转过来！"

如我，人人都有另一面，土豆张的这一面好陌生——冷峻的侧面，冷酷的言语，幽灵般的身影，杵在黑魆魆的夜幕下。

快走，趁他还没发现我时！

然而，最悲催的电影桥段竟在我身上发生了。在我逃离的瞬间，手机铃声忽然响起，土豆张发现了我，他可是一米八的健身达人。

"跟踪我？"土豆张是医学院里出了名的说一不二，连院长都要让他三分，只因他的学术背景强大到可怕。

而我只有弱小的背影，还要依仗他为我引荐导师。

远在千里之外的阿妈怎么会在这个时候给我来电呢？我心怦然，在做贼心虚的本能反应下，乖乖地把手机交给他。

"阿迪，你，你快回来吧！"电话被土豆张接通，并摁了免提键，是阿妈熟悉又哽咽的声音，伴着隐隐的波涛，"有……有个事必须跟你商量，阿悠，阿悠他，呜呜……"

阿妈的啜泣声令我和土豆张都震惊，反而缓和了我们之间的尴尬局面。

"你弟弟得了一种怪病！"阿妈定是经历了万般无助，才在夜深人静的海滩上给我拨通这个电话，一口气倒不尽她的心酸，"他长不大了，医生说他的时间不多了！"

"阿妈，我，我今晚就回来！"我抓取电话的手扑了个空，身体用力过猛摔在地上。

高高在上的土豆张用怪异的眼神鄙视我，目光中含着怜悯，脸上挂着无法抗拒的哂笑："我送你回家！"

2. 孩子的诺言

"宝贝儿，你想长大吗？"

"想啊，我想长到爸爸那么高，就可以当警察了。"

"好啊，那时候阿妈老了，你就可以保护阿妈了。"

"可我不想阿妈老！阿妈，如果我和你一样高，你会不会老？"

"嗯，我大概会一点点变老吧。"

"那我就不要当警察了，我也不长你那么高了。我以后天天都这么小，这么小……"

阿妈用颤抖的双手捂住眼睛，过了好半天，才缓缓地移开。她觉得，每当她向医生播放这段视频时，一分钟如无尽的寒冬一样漫长。

我紧紧地握住阿妈的手，她的待机画面是三年前爸爸殉职前的最后一张全家福，那时的我们从未感到时光飞逝。

许久，阿妈终于抬起头，凝视土豆张的脸，嗫嚅道："医生，阿悠都十岁了，能治吗？"

压抑的、痛苦的祈求，仿佛是从她灵魂的深处艰难地一丝丝地抽出来，散布在酒店的房间里。

"阿悠的隐性遗传染色体发生了病变，此病简称巴特综合征，俗称永远长不大，发病概率是五千万分之一！"土豆张紧绷的眉头舒缓开来，将桌子上厚厚一摞各大医院的诊断单和 X 光片翻看了一会儿，又拿过阿妈的手机继续播放。

弟弟长着圆圆的脸蛋，高高的鼻梁，一双水灵灵的大眼睛散着聪明伶俐的神色，而那一脑袋乌黑卷曲的头发与土豆张的发型颇像。只是他的身材瘦瘦小小的，像一年级的小朋友，时光仿佛在他身上停下了脚步。

十一个月没有回家，弟弟的身体在萎缩，阿妈的皱纹在激增，他们经历了什么，为什么不告诉我，为什么呢？

"他很聪明，除了——"阿妈再度哽咽，她不知如何形容弟弟的病。

"除了年龄！"土豆张双手抱于胸前，忽然爽朗地笑道，"阿悠说话算话，他把年龄暂停在了六岁！"

"暂停？"阿妈和我的眼睛忽然明亮起来，身体前倾，"医生，你是说他还有救？"

"我可不是医生，而是科学家！"土豆张向我瞥了一眼，我连忙向阿妈再次介绍教授的身份，而我也只是在昨晚的飞机上才知道他还有另一个神秘身份——基因再生科学家。

土豆张的眼中闪过一丝坚毅的光，他挺起胸膛，郑重其事地向我和阿妈质问："你们相信科学可以让人永生吗？"

"我希望科学能够让儿子长大！"阿妈一天天变老，总有一天会离开我们。

"这个愿望不难实现，但我有个条件！"

"任何条件我都答应！"

"好，我需要你们母子三人做我的临床志愿者！"土豆张从背包里掏出一份保密协议。

3．时钟驻颜术

有些节日，是标识、是符号也是提醒，我的生命以秒为计，时刻提醒我必须更加珍惜任何一个与亲人在一起的节日！

2051年2月10日，距离除夕夜的钟声还有五小时十五分四十秒，我回到家乡落星岛，走进我日夜牵挂的家。

面对热腾腾的饺子，阿妈悄悄地将手腕上的"时光里"放在我面前。黝黑的皮肤上，嵌入了一块两厘米宽、五厘米长的银色金属条，这块智能体感金属条的左端有一块表盘状芯片，表面上只有分针和秒针在旋转，金属条的其余部分是计时器，蓝色的倒计时数字正在从1576807899秒向下递减，这是一组让我们幸福满满的数字，换算成年，等于50年。

弟弟阿悠大快朵颐地吃下一个虾仁陷的饺子，忽然撸起左手臂上的红毛衣，红着脸兴冲冲地对我喊："阿哥，我也有，真好玩！"

3153609999秒，弟弟当然不理解这组庞大的数字意味着什么。

我对土豆张秘密研究的颠覆式黑科技崇敬不已。他曾隐晦地介绍过，这块依靠脉搏跳动提供能量的时光里计时器，灵感来自听诊器和心脏起搏器，它在监听人体脑电流振动频率时，会存储能量，每到人体处于睡眠时，它通过脉冲发生器刺激电机所感应到的脉搏，生成纳米级的生物机器人种群，进入血管中，修复或清理人体内各个器官的坏死细胞，同时激活新的基因，减缓并控制基因衰老和病变速度，从而让衰老与疾病变得比时针还要缓慢。

嘀，嘀，嘀……阿妈与两个儿子就像钟表里的指针，每一圈都有相距最远的时刻，却始终紧紧连在一起。

"这是秘密，不能让别人知道哦！"我忧心忡忡地说。

"嗯！"弟弟急忙捂住胳膊。

阿悠的病被土豆张神奇地"控制"，生理年龄被定格在十岁。他不会意识到一个人的童年被延长到一百年是多么恐怖，他将失去太多成长的乐趣与生活的喜怒哀乐，没有五味杂陈的生活，就如同一盘没有馅料的饺子，谁能吃得消？

"阿哥，你有吗？"阿悠忽然抓住我的左手腕，我不由自主地躲闪开。这些天，我在校园里特意训练左手臂的反应速度，我不想让任何人知道我的秘密。

"阿迪！"阿妈放下筷子。

我跟阿妈走进厨房，我们默默相视，眼中有话。阿妈轻轻抬起我的手臂，拉开衣袖，我的生命只剩下72小时。

"你把生命给了我们？"阿妈猜测到她和阿悠体内的可再生健康基因来自我。

我不置可否地莞尔一笑，把几种调味料合盘端到餐厅，我们母子三人在春节联欢晚会的温馨序幕前吃着团圆饭……

大年初一，阿妈在梳妆镜前为自己化了淡妆。她说要去给爸爸买束鲜花，然后一起去陵园看望爸爸。她出门不久，我发现她的房间里已经有了一束爸爸最爱的紫丁香。我让弟弟留在家里，一路狂奔到落星岛码头。

风景旖旎的落星岛方圆二十平方千米，常住人口不到三万，居民生活安逸，每逢春节，忙碌一年的岛民便飞向世界各地，回家看看，变成了出门看看。

此刻，落星岛码头人气暴增，昨天送我回家的渡船与码头相隔十几米的距离，上百辆等候摆渡的私家车和上千位岛民，争先恐后地挤在售票厅，人声鼎沸中，既有欢腾的狂喜，又有极度的惊恐，场面陷入混乱的旋涡中。我在川流不息的人群中寻找阿妈的身影，同时拨打她和土豆张的电话，却处于占线中。

"小伙子，你不知道大年初六才可以离岛吗？"一位拎着白酒瓶的老人走到我面前。

"五天后？"

老人胸前有导游的工牌，他扬起脖子咕咚咕咚地喝下半瓶酒，笑眯眯地看着我茫然而踟蹰的脸，抬起左手臂，嘿嘿笑道："对喽，五天，四十三万两千秒！"

这一刻，我愕然发现，老人的手臂上也有一块嵌在皮肤上的时光里计时器，一串蓝色的数字有节奏地递减着，他的生命还有2591888秒，不足三十天。这段时间我对数字换算特别敏感！

"哎，盛年不再来，一日难再晨，活一天是一天喽！"老人扬长而去。

望着他的背影和摩肩接踵的人群，霎时间，我意识到参与"时光里"实验的人不止我们一家三口。

我疯狂地冲进人群，强行撸起人们的衣袖，每个人的手腕上都有"时光里"，幽灵眼一样的蓝色数字，有的长到令我望而生畏，有的短到叫我惊愕不已，当人们知道生命指针的终点时，活着的意义也就变得如蝼蚁般渺小。

是在有限的时光里完成生命清单中最有意义的事情，还是在近乎无限的时光里虚度生命？土豆张曾给我说过这个问题，时光里技术的难点还包括道德和人性问题，当人们提前知道生命之旅的终点，这条路该怎么走呢？

落星岛就是试验田，时光里有两个版本，那款只能预知生命最后一秒的时光里，正在为土豆张收集答案吧？混乱在新年第一天爆发！

保险公司的职员将面临失业，没人会为知道死亡日期的生命投保；手术台上的医生不再拼尽全力抢救患者，时光里的倒计时已经显示结果，患者家属们不必乱花钱，不必痛哭流涕，只需在生命最后一刻陪在家人身边。学生们更要争分夺秒了，生命长度可以不同，但生命的质量取决你现在的努力程度，用活得精彩比拼活得长短，会意义非凡。而那些奉行生命很短暂，及时行乐、放弃一切的人也不少。于是，有人在生命最后一程，干起了打砸抢烧的罪恶行径，将人性中最恶的一面展露出来，只因法律在生命面前不值一提……只在一天，落星岛被时光里拖入地狱，新年的钟声宛若落星岛的丧钟，恐怖的阴霾弥散在人们心头，船只不敢靠岸，网络信号中断，信息无法传递出去，整个落星岛都被官方封锁起来。

是我带土豆张来到落星岛，我是引狼入室者。恍惚中，忽然想起一件事。我打开手机相册，仔细辨认那本被他撕下一页的书，不起眼的书有一个可怕的书名《时间终结者》，这是本没有发行量的小说，作者是土豆张，他撕下的那一页究竟记录了什么？难道是描述这个场面的文字，或者是终结这一切的办法？我怔怔地回想，这一个多月来，浑浑噩噩中竟不知返回图书馆，去读那本书。现在，我知道自己必须去找阿妈！

找到了阿妈，我知道她要去找土豆张，将她的生命分配给我。阿妈的想法很单纯，她不知道时光里是不可逆转的。我们还有129600秒的团圆时刻，它不短——足够我们回家过春节。

回家路上，我向熟悉的和不熟悉的人呼吁，新年还得过，珍惜生命，敬待亲情，比时时刻刻盯着时光里的数字看要重要百倍千倍。持续的秩序混乱中，人们发现一切努力和尝试都无济于事，只有面对现实，让时间来抚平恐惧，让时间解决所有疑惑。

家里，弟弟在看动画片，他对外面的事情一无所知。阿妈回到梳妆台前补妆，他便依偎在梳妆镜旁笑眯眯地说："阿妈，你和照片里的爸爸一样年轻！"

"阿妈还是希望你和爸爸一样高！"阿妈摸着弟弟的小脑袋，凝视着我，眼里噙着泪。

就在这一刻，我的眼前闪出一个不可思议的想法——让时光里的分针和秒针逆时针旋转，指挥纳米机器人做点儿颠倒的任务，比如瞬间加速衰亡细胞的新陈代谢功能，让细胞衰亡之前迅速克隆自己，完成细胞向年轻化逆转。

"怎样做到？"我冥思苦想，血液不会逆流，时间怎会倒流？

我一筹莫展地盯着手腕，阿妈和弟弟坐在我的对面，眼泪滴答滴答如时间一分一秒地流逝，空气都在静止。忽然，弟弟面对我，惊讶地喊道："阿哥，你看！"

我们面对面，凝视对方的时光里，视角下的秒针不正是在逆行旋转吗？我恍然大悟，我们的注意力只会停留在递减的蓝色数字上，对周而复始旋转的分钟和秒针视而不见，也不明其意。这一刻，我回忆土豆张为我嵌入时光里的每个细节……于是，我来到落星岛医院，在朋友的帮助下尝试将时光里摘除，反向嵌入皮肤。

新春佳节之际，最幸福的莫过于和家人紧紧相拥，哪怕是生命的最后一刻。第二天，奇迹出现，我还有时间！

大年初三，很多人强行摘除了时光里，也有人继续佩戴它，面对生命和时间，人们要学会拥有平常心。

新年过后，土豆张派人来到我家，送给我一份惊喜——欧洲生命医学实验室助理研究员实习岗位。

我欣然接受，条件是土豆张必须停止利用时光里监视我，我相信我能治愈弟弟的病，让他的童年不再停滞。那人说，落星岛事件要有人负责，恐怕再也见不到教授了。

三年后，我听说欧洲的时尚圈里秘密流传产自中国的"时光里2.0版"，我不知道，富人们为了长命百岁会花多少钱来拥有时光里。估计它的天价也会让普通人望而却步吧，谁会为了知道自己能活多久，买一块让人心跳不已的时光里呢？或许，校园是它最佳的应用场景，那张被撕掉的书页中有所描述！

——原载《读友》（炫动版）2020年第9期

作者通过第一视角的叙述，让从事数学研究的男主人公亲历了一场生物学实验。面对格外优秀的女主人公，他的情感状态经历了从试图接近到犹豫彷徨再到认同接受继而失望而去的曲折过程，但最终的结局依旧令他始料未及……

血色研究

贾 飞

1

我费力地想睁开眼睛，却发现这个简单的开闭动作都难以实现。接着，一束光照进我的眼球，眼睛刺痛，白茫茫一片，后来我看到了一些模糊的影子。

那些影子在我面前走来走去，一会儿聚集，一会儿分散，分不清是男是女，也看不清发型、衣服和鞋子，听不清他们的语言，甚至——我不确定他们是不是人类这种生物。

我觉得头疼，我开始伸手去摸自己的头，但是怎么都使不上力，我尽力往下看，却发现我的头难以低下，因为我的头似乎在被什么东西拉扯着。我闻到了一些血腥味，接着，我的眼睛余光开始看到一些红色的类似血渍的东西。

脖子突然感到刺痛，似乎被蚊子咬了一下，我又开始沉沉睡去。

耳边似乎响起了一些声音："快跑""不要被抓到"。还听到撕心裂肺的呼唤，隐约意识到那是温菲菲的声音。

温菲菲?

我的思绪突然停顿，我的思维和意识都集中在这个风花雪月的名字上面，我开始回想有关她的一切。

我第一次见到她时，她站在大学图书馆的杂志阅览区，穿着白色的连衣裙，扎着长长的马尾，手上拿着《脑科学报》向我招手。当时我的心为之一颤，感觉空气都是甜甜的。没想到导师李教授给我派来的搭档这么漂亮，富有青春气息。

"大脑负责记忆的区域十分活跃，这说明他回忆到了重要线索。"一个电子声音传来。

脖子又一下刺痛，我的眼睛睁开了。慢慢地，我从眼睛不适到开始看清楚一些影子，意识从温菲菲的回忆中醒了过来。

"现在看清了吗？她长什么样子？"一个声音冲着我喊道，我可以确认这是个愤怒的中年男人。

"白色裙子，黑色马尾——"我还没说完，针管再次扎向了我的脖子，我意识到之前的脖子刺痛都是拜这些蓝色的针管所赐。

一股电流冲向了我的大脑，让我的脑海出现了混乱的画面——有童年时的，也有长大后的……我开始觉得疼，头很疼；我拼命摇头，拼命挣脱，却发现牵引我的头的线越来越紧，直到我动弹不得。

不知道过了多久，我又开始做梦。

白色的墙壁上挂着巴甫洛夫的画像和他的名言名句，画像正下方的桌子上摆放着装着大脑组织标本的福尔马林透明玻璃器皿。大脑的神经元在福尔马林溶液里自然地舒展着，有点像一个艺术品，向世人展示着自己的价值。

正在我欣赏这个作品的时候，有人拍了一下我的肩膀。抬头一看，是温菲菲，她温暖而甜甜的笑容让我觉得心情更加舒展。

"第一次看是挺有意思的。"她把双手插进白大褂的口袋里，仿佛这样就能对眼前的一切置身事外，"有了新进展，进来看看吧。"

我跟在她身后走进一个门，看到一条长长的走廊，走廊里放着两篮苹果和香蕉，除了一个猴子骷髅标本，没有其他生物。我跟着她走近了另一扇门，隐约听到一些嘶鸣。我本能地往后退了一步。

她回头笑着说没事，继续走，我便佯装没事的样子继续走。

一股刺鼻的味道冲进我的鼻腔，一直到我的胃里，让我想吐出今天晚上喝的咖啡。

它的脑袋上环绕着各式各样的纱布。它的身体被禁锢在一个跟它一样高的盒子里。

猴子瞪着大大的眼睛看我，嘴巴张得很大。

温菲菲说："猴子刚做手术不久，正在恢复。"

我有些震惊，原来和人类可以媲美的猴子竟然这样被拿来做实验。

"什么手术？"我的声音有些颤抖，我开始怀疑做数学算法的导师为什么让我这个远近闻名的数学研究生来温菲菲这个实验室看猴子，而且是这么可怜的猴子。

"简单来说，就是在它的脑袋上开一个洞。"她的声音十分平静。

我在打量猴子表情的同时，也在怀疑眼前的温菲菲还是不是我第一次见面为之一动的温柔女孩。

"你来看，棍子上有钩，猴子的脑袋上装了一个环。"她驾轻就熟地拿起一根长长的不锈钢棍子，用棍子一端的钩子挑起猴子脑袋上的一个环，轻轻一挑，猴子就乖乖地跟着她往房间里面走。走到房间的一个角落，猴子顺着笼子爬进去，温菲菲将笼子的门关上。

"不好意思，刚才做完实验忘记把猴子关进去了。"温菲菲笑着说，"研究成果在这里。"她指着房间另一头的大屏幕。

我顺着她手指的方向，看到一个彩色的大脑切面图案。图案的中心区域是红色的，其他区域是黄色或者蓝色的，但是面积最大的还是红色区域。

"这个红色区域就是控制猴子思维的区域。"温菲菲指着红色区域继续说，

"我们做了几十个样本，虽然有所不同，但是每当给猴子的大脑以电流刺激，这个区域就会十分活跃。"

"我……"我不想在一个美丽女孩面前承认我并没有听懂她说什么，我在绞尽脑汁地想：我究竟来这里干什么？这些研究跟我的论文有什么关系？"我想去下洗手间。"

可能也只有这个下三滥的理由才能让我有时间缓缓。

我在洗手间里打开水龙头，任凭水顺着水龙头流向水池。看着镜子中的自己，不知道为什么，觉得自己就像是那个被纱布包裹的猴子一样可怜。我掏出手机，看到导师发来的微信，只有一个"加油"的表情包。接着，我听到了一阵嘶鸣。我的耳朵竖了起来。

2

我跑出洗手间，看到温菲菲正急匆匆跑进一个房间，我跟了上去。

温菲菲正拿着不锈钢棍将一个个猴子送进笼子里。

我探着头朝着房间看，一排排的笼子，住满了猴子，猴子们嘶鸣着。

"进来看看，"温菲菲说，"不用怕的。"

"它们都是实验猴子吗？"我装作沉稳地说道，"上次你手上的伤就是它们咬的？"

"是豆子咬的。"温菲菲指着角落里一个笼子里的猴子说道，"平时它最乖，但是那天它做了手术以后不知道怎么发了疯，对着我的手就是一口，害我打了好几针疫苗。"

"哈哈，你还给猴子取名字。"我被她逗笑了。并不那么惧怕那些猴子了。

我跟着温菲菲走出了房间。觉得实验室的味道没那么刺鼻了。

"刚才李教授发微信过来，让我把实验数据给你。"温菲菲关上猴子房间的门说道。

"其实——"我有些羞涩，"我不太懂你们的理论，不知道这些数据我们要朝哪个方向处理。"

"与其他生物相比，人类和猴子是近亲。"她一边将U盘插进电脑一边说道，"我们的目标是要知道人类和猴子的心理和大脑形成过程有多少相似度，在哪些方面相似。"

"你这么说我就懂了。"我的心扉敞开了，我终于成功地把一个未知问题转化为了一个熟悉的数学问题，这样我就可以用数学的套路来解决这个未知问题了，"就是挖掘出数据，然后和人类的数据进行对比，得出结论。"

这个问题很简单，就像是比对蓝山咖啡和雀巢咖啡的区别，小菜一碟。

"大脑区域开始休眠。"一个电子声音传来。

被蓝色针管弄痛了脖子，再次醒来后，我听到了那个熟悉的愤怒男中音。"快说，她究竟长什么样子？"

我一直看不清我眼前的男人，我只能听到他的声音，从他的声音里我判断出他很愤怒。

"白大褂，长马尾。"我的声音有些微弱，"她的脸，我想不起来。"

"你说不说！"他在嘶吼，这种声音比那些猴子的嘶鸣还要洪亮，还要让我惧怕。

我不知道他对我干了什么，我只知道我的头被拉扯得很疼，感觉自己就像是温菲菲实验室里那些被开颅然后接上电线的猴子，在电流的作用下，大脑的区域在大屏幕显示供人研究。

"你知不知道——"他的声音带着哭腔，"我三岁的女儿就是被那个女人害死的。"

这一刻，我异常清醒。

"三岁女儿？"我的脑子开始混乱起来，怎么会牵扯到一个三岁孩子呢，我实在想不出这些事情究竟有什么联系。

我的脖子开始刺痛，我知道，我又要开始被动地回忆了。

回到数学研究所，我跟导师汇报完数据情况，就开始研究怎么处理这些数据，一开始我打算用常见的因子分析法来处理，但是处理结果噪声很大，且有冗余。在查阅了国内的领先研究技术后，并没有找到更好的方法，我开始搜索国外的方法，国外在数据处理方面最热门的就是"非凸"。因子分析法只要用数据处理软件就可以搞定，换句话说，就是用现成的软件进行处理，只要把数据输入，就可以得到结果，但是"非凸"却要建立三个数学模型，才能开始导入数据。

一个阳光正好的下午，我在导师办公室的黑板上写下了我建立数学模型的过程，以及自创的数学公式。

导师放下手中的咖啡，一边郑重其事地拿起粉笔在黑板上写下"500"："五百年才出一个定理，数学被前人研究得差不多了，我们现在能做的一切只是改进。你现在的公式是推翻了前人的公式和定理，从某种角度来说，是不可能成立的。"

我不知道怎么跑出的办公室，只知道自己身上一股咖啡残留的味道。

温菲菲再次联系我的时候，我正在用超级计算机计算我自创的数学公式的精确度，我知道五百年出一个定理，也知道以现有的基础数学研究，想要自创公式简直是天方夜谭，但我还是想验证一下我的公式的精确度。

超级计算机的计算速度非常快，但是面对我这个简单而又复杂的数学公式，还是要计算相当长一段时间的。计算完成一半后，我回了她电话，告诉她我们暂时没有办法对她的数据得出一个非常精确的结果，希望她能再给我们一些时间。

她把我约了出来，就在学院附近的咖啡馆里，咖啡馆里有很多同学在交流学习心得以及最近的研究成果。他们或是手捧咖啡，谈笑风生；或是双肩依偎，儿女情长。

"我刚做完公式精确度的一半计算，再给我一点时间，数据就会处理好了。"

我猛喝了一口咖啡，端着咖啡的手有些颤抖。我有种预感，在帮她完成研究后，我的公式也将载入数学史册，相当于数学界的诺贝尔奖——菲尔兹奖，与我仅一步之遥。

"李教授说你们停止了数据处理，正好，我这边有了最新的数据，我们的实验就要成功了。"她端起咖啡闻了一下，又放下杯子，眼睛红红的，头始终低着，声音低沉，"这段时间谢谢你了。"

"可是——"我放下杯子，"数据真的快处理完了，而且我能从现有的计算中预测到数据的结论，就是人类和猴子之间——"

她用手做了一个暂停动作，制止我再继续说下去。"我女儿病了，我要停止工作照顾她。"

"她多大了？"

"三岁。"她快哭了。

3

从咖啡馆回来后，导师给我安排了其他的学习和工作任务，我的时间满满当当，根本没有时间去回想上次的实验数据。

我几乎都把温菲菲忘了。

我曾经对她产生过幻想，以为她跟我年龄相当，我们的学习和工作又有交集，也许会有不错的结果，但是我并不知道她有女儿，这倒不是什么大事儿，但是这就意味着她有丈夫，她是人妻。而我，只是一个其貌不扬的数学系的单身汉，仅此而已。

再次跟她扯上关系，是一次科幻会议。

导师派我去成都参加科幻大会，我思忖良久，为什么一个科幻大会偏偏邀请我们这种学术型的人去参加，后来才知道，有个科幻作家写了一本关于数学的小说，叫《算殇》，还得了科幻大会一等奖，内容是一个疯子数学家研究了一套算法，算法应用以后世界大乱，最后疯子数学家迫于压力重新修改了算法。大会觉得这个小说跟数学关系很大，所以就邀请我们搞数学的来探讨探讨，开个座谈会什么的。

晚上跟一群科幻作家在成都街头撸串的时候，喝了点啤酒，便开始说起自己之前自创过一个数学公式，但是没有应用就被迫停止研究的事。那群科幻作家对这事挺感兴趣，便开始往下引申，比如他们猜想，这个数据处理完以后将改变人类和猴子之间的生殖隔离，或者那个温菲菲的女儿其实不是人类，是个猴子。

我喝醉了，我梦中情人的女儿不是人类，是个猴子？难道他们不了解达尔文的进化论？猴子虽然和人类是近亲，但是人类想要生出猴子那是不可能的，因为有生殖隔离。

哈哈，这群科幻作家的脑洞真大，真敢想啊！

第二天酒醒以后，我就忘了这茬事了。谁知道在酒店去会场的接送大巴上有人把这个猜想当笑话讲出来了。还有昨晚的朋友圈视频为证。

为此，我专门加了那个发这个朋友圈的人微信，仔细看了那个视频，的确，确实有人说温菲菲的女儿是只猴子，叫豆子。

豆子，豆子，豆子——

我的脑袋轰的一声。

脑海里立马浮现了那天在她实验室的画面，她指着墙角笼子里的猴子说："就是这个豆子咬的我。"

"大脑区域出现异常。"电子声音传来。

但是我的眼睛睁不开。

"我女儿叫豆子。"男人的愤怒减轻了不少，"我想你见过她。"

"豆子……"我的声音颤颤的，"见过，在笼子里。"

"都是她！"男人站起来，"我被她外表骗了，看上去温柔善良，但是骨子里却是个疯子，连自己的女儿都害。"

"豆子……"我顿了一下，"是你的女儿吗？"

"废话！"男人说，"她是我的一切，我看着她出生，长大，她是人类，活生生的人类！"

一束强光照进眼球，我慢慢睁开眼睛，我穷尽全身力气，想看清这个男人的样子，但是始终只能看见一个模糊的影子。

他的浑身长满了毛，活像一只猴子。

对，像猴子。就像是一个人穿着猴子的毛皮扮演猴子。

"你看，你的眼睛舒服多了吧。"男人说道，"温菲菲的研究成功了。"

"太好了，我一直都想帮她完成数据处理，但是始终没有完成，直到后来科幻大会以后，我回到学校做完了公式的超级计算机的精确度计算，并帮她完成了数据处理。"我很自豪，我成了一个近五百年前所未有自创公式的数学研究生，今年刚刚24岁，是所有得过菲尔兹数学奖的数学家的平均年龄，"我想，今年就可以拿到菲尔兹了。"

我感到眼睛有些不舒服，我尽力看清眼前的男人，他是一个英俊潇洒的男人，身上并没有披着猴子的毛皮。

我可能是出现幻觉了。我告诉自己。

"你不用猜了。"男人说道，"我女儿死了，温菲菲的研究成果证明了人类和猴子的心理相似度，她将猴子的大脑组织注入了女儿的大脑组织，女儿看到人类时眼前出现的影像是猴子，看到猴子时出现的影像是人类。她后来很喜欢去实验室玩，就是因为把那些猴子当成了人类，后来被猴子咬伤，不治而死。"

我闭上了眼睛。

原来我的眼睛出现了问题，也是因为被注入了猴子的大脑组织。

我被圈养了。

——原载《都市》2019 年第 11 期

2020 年选系列封面绘图画家介绍

　　曹力 江苏南京人，中国美术家协会会员。1954 年 2 月生于贵州贵阳。1982 年毕业于中央美术学院油画系壁画研究室，现任该院壁画系教授、系主任，承担素描、油画、色彩重构、线构成等课程的教学工作。代表作品:《马与楼道》组画、《牧童》(中国美术馆收藏)、《牧牛图》(钓鱼台国宾馆收藏)、《原野》、《村女》、《最后的歌》、《打开的乐谱》、《金色的天空》、《鸟之舞》、《玩纸鸟的少年》、《童声合唱》、《都市喧嚣》组画、《月光》、《盛夏》、《琴声如诉》等。

《都市喧嚣》 曹力　115 cm×100 cm　亚麻布油画　2000 年

曹力画作短评

　　曹力无疑是一位极富诗人和音乐家气质的画家，他给 20 世纪的中国画坛留下了一系列充满着神奇与客观，梦幻与真实，过去、现在与未来纠缠不清的奇诡瑰丽的抒情叙事组诗，其间跃动着艺术家超人的想象与创造的精灵……这肯定得益于到处生长着神话与传说之树的艺术家童年的故乡贵州山区。

——苏旅（著名美术评论家、策展人、出版人）